# BRUTAL PROMISE BRUTALES VESPRECHEN

EINE DARK MAFIA ROMANZE

VOLKOV BRATVA SERIE
BUCH ZWEI

## ZOE BETH GELLER

KINKY INK PUBLISHING

**BRUTALES VERSPRECHEN.**

Eine Dark Mafia Romanze.
Buch Zwei der Volkov Bratva Serie.
Von Zoe Beth Geller.



Triggerwarnungen: Entführung, Tod, Verrat, Unterdrückung von Emotionen, besitzergreifendes und dominantes männliches Verhalten.

# EINFÜHRUNG

Ich hoffe, du genießt dieses Buch genauso sehr wie ich. Es ist mafia lite-ish mit einem moralisch grauen Charakter, der seine neue Bekanntschaft verteidigt. Dies vereint viele Mafia-Tropen und alle kleineren Mafia-Elemente, die wir lieben gelernt haben.

Dies enthält: Berühre sie und du …Lass sie nie los. Besitzergreifender Alpha. Verwundeter Hauptmännlicher Charakter. Biest. Weiblicher Charakter, der Licht bringt. Spannung & Geheimnis. Würzige Szenen und noch vieles mehr!

XO, Zoe.

# DANKSAGUNGEN

Besonderer Dank geht an *Sherri Shackelford* für die Bearbeitung und meine ARC Proofreader *Maureen Riley* und *Jeanne Jabour*.

## KAPITEL 1, DMITRY

Die Aussicht auf die Skyline von New York City wird nie alt, während wir uns auf die Landung am JFK Flughafen vorbereiten. Der kommerzielle Überseeflug ist vollgestopft mit Familien. Männer und Frauen, die auf Geschäftsreisen sind, arbeiten an ihren Computern. Das einzige Positive auf dieser Reise ist eine attraktive Flugbegleiterin, die meine Cocktails servierte. Sie sprach Englisch und Russisch, also flirteten wir in beiden Sprachen. Irgendetwas an meiner grüblerischen Natur zieht Frauen an. Ich halte mich lieber zurück. Aber sie ist eine hübsche Russin. Ich bin sicher, sie wäre mit einem schnellen Fick zufrieden und würde nicht meckern, wenn ich sie verlasse, nachdem ich mit ihr fertig bin. Ich erinnere mich daran, dass ich hier bin, um einem Freund zu helfen.

Der Flug von London ist immer lang. Der Business-Class-Sitz gibt mir mehr Beinfreiheit als der Standard-Sitz, aber es ist nicht dasselbe Leistungsniveau wie der Familiendüsenjet, den ich gewohnt bin. Nikolay benutzt ihn diese Woche. Mein linkes Bein schmerzt wie ein Teufel, und der Wodka lindert den Schmerz. Es ist steif vom Sitzen, also stelle ich meinen Sitz ein. Wenn mein Hintern taub wird, stehe ich auf und gehe im Gang spazieren. Ich muss mein Blut in Fluss halten. Es erinnert mich an einen Drogendeal, der mit den Italienern schiefgegangen ist. Sie waren wild entschlossen mein Auto umzukippen und es kümmerte sie nicht, ob ich darin lebendig verbrannt wäre.

Ein schießwütiger Mistkerl ist alles, was es brauchte, um mir ein Dorn im Auge zu sein. Es ist ein weiterer Grund, warum ich nicht gerade begeistert von der Cosa Nostra bin, weil ihre Kämpfe Blut auf den Straßen vergießen. Ich bin nicht vertrauensvoll und das hält mich am Leben. Ich habe Regeln, nach denen ich lebe. Ist es Aberglaube oder eine tief verwurzelte Überzeugung? Ich lasse niemals eine losse Ende offen, das zurückkommen und mich in den Hintern beißen könnte. Meine Welt ist dunkel und ich akzeptiere sie, da es alles ist, was ich je gekannt habe. Es ist die Welt, die ich mit meinen Brüdern teile.

Wäre Nikolay mit mir gereist, hätten wir den Jet benutzt. Dies ist keine offizielle Geschäftsreise für die Familie, sondern ein gesellschaftlicher Besuch bei einem Freund, der mich braucht. Es ist eine herausragende Fähigkeit, die ich habe – das Hacken. Ich habe sie in der Unterwelt entwickelt. Ich kann dem Familienbetrieb nicht entkommen, noch will ich das. Ich will unangenehme Männer in der Bruderschaft ausmerzen, und es scheint, dass mein Freund einen Dieb fangen muss.

Während das Flugzeug zum Gate rollt, nehme ich meine Ohrhörer heraus. Sie sind nützlich um Gespräche mit Fremden zu vermeiden, insbesondere mit der weiblichen Passagierin neben mir, die ständig redete. Ich war nicht interessiert und ignorierte sie, um einen Mafiafilm auf meinem Handy anzuschauen.

Diese Reise ist so nah an einen Urlaub, wie ich es jemals bekommen werde, es sei denn, es handelt sich um eine Hochzeitsreise. Und ich sehe nicht, dass das geschehen wird. Zu sehen, wie mein ältester Bruder kürzlich geheiratet hat, war ein Schock. Aber es ist seine Verantwortung, den Familiennamen weiterzuführen und den nächsten Bratva-König zu zeugen. Ich habe kein Bedürfnis, Nachkommen zu versorgen. Wenn ich eine Frau fände, würde ich ihre Brüste nicht mit einem kleinen Gör teilen wollen.

Ich fühle mich zu Hause erdrückt, lebe in meinem hauptsächlich landumschlossenen Land, wo jeder Tag aussieht wie der vorherige. Ich bin sicher, das ist der Grund, warum ich davon träume, die Strände von Bali zu besuchen, vielleicht sogar auf einem Surfbrett zu schwimmen. Ich bin es leid, nur geschäftlich zu reisen. Irgendwo hinzugehen, wo mich niemand oder meine Vergangenheit kennt, wäre schön, wenn auch nur für ein paar Tage. Soweit müsste ich gehen, damit mein Name nicht erkannt wird, sobald der Name meines Vaters oder Nikolais in wohlhabenden Kreisen erwähnt wird. Wir haben legitime internationale Geschäfte. Für die Welt sind wir das Gesicht der Firma, nicht die Mafia.

Ich löse meinen Sicherheitsgurt und schalte mein Telefon auf Flugmodus, während ich auf andere Passagiere in der ersten Klasse warte. Ich hole mein Gepäck aus dem Gepäckfach über mir und schiebe mein Telefon in meine hintere Tasche. Ich bin über zwölf Stunden gereist und sehne mich danach, eine heiße Dusche zu nehmen, um den Staub abzuschütteln. Es war logisch, nach meinem Treffen mit Nikolai aus London abzufliegen.

Mein älterer Bruder ist der neue Don, und mein jüngerer Bruder Roman hält die Festung in Russland. Unsere Bratva hat sich mit einem der ältesten Freunde meines Vaters zusammengetan, und es wird interessant zu sehen sein, wie das abläuft. Expansion kommt normalerweise mit einem Preis. Wachstumsschmerzen, wie ich sie hatte, als ich in meinen Teenagerjahren so schnell wuchs, sind kein Mythos. Meine Zähne schmerzen, wenn ich daran denke, wie unangenehm es war, innerhalb einer Woche ein Inch größer zu wachsen.

Als ich das Flugzeug verlasse, gehe ich durch den Jetway zum Terminal, atme die kalte, klare Luft ein, erfrischend im Vergleich zu der abgestandenen, stagnierenden Dose Scheiße im Flugzeug. Ich freue mich, wieder dort zu sein und möchte das Nachtleben der Stadt genießen.

Ich frage mich, was Kirill macht. Wir können nur so viel am Telefon ohne Verschlüsselung besprechen, aber ich vertraue ihr nicht. Ich mag komplizierte Systeme, die unsere Zellen um die Welt schicken. Die Spielzeuge, die Regierungsagenten heute haben, sind ausgefeilter, als man sich vorstellen kann. Die kriminellen Einheiten, die es am besten machen, sind diejenigen, die altmodisch vorgehen, wie eine Schlange im Gras hinein und heraus. Sie treffen ihr Ziel leise und handeln allein. Sie hinterlassen nie einen Zeugen.

Wenn ein Geschäft schief geht, schneide ich lose Enden ab. Als ich aufgerufen wurde, Soldaten in Revierkämpfen zu führen, wussten sie, dass ich kein nachsichtiger Mann war. Die kleinen Dinge bringen immer die Männer in meinem Arbeitsbereich zu Fall. Ich habe keine Lust, in einer Gefängniszelle zu leben. Ich ziehe es vor, zu tun, was getan werden muss, um sicherzustellen, dass nichts auf mich oder meine Familie zurückfällt.

Meine Familie ist schön, aber es kann brutal sein. Wir sind alle Brüder in der Bratva. Der einzige Unterschied besteht darin, auf welcher Ebene man lebt. Wir halten die Dinge getrennt, um uns selbst vor den unteren Rängen zu isolieren, die es nicht gewohnt sind, gefoltert zu werden und uns vielleicht verraten könnten, aber das können sie nicht, wenn sie unseren Namen nicht kennen und keine Details preisgeben können.

Ich gehe gefühlt ewig. Mein Bein tut weh, und ich denke an meinen Vater und frage mich, warum er jemals einen Deal mit seinem Freund Igor eingegangen ist. Er würde noch leben, wenn es nicht einen verdammten politischen Mist mit russischen Ölfirmen geben würde. Ich weiß alles über die Bedeutung von Freundschaften. Deshalb bin ich hier, um Kirill zu helfen.

Wir haben uns in Princeton kennengelernt und schnell bemerkt, dass unsere Familien miteinander verwandt sind. Daher wurden wir sofort Freunde und verbrachten ein paar Jahre damit, uns wie typische College-Kids auszutoben. Unsere Clubtouren in New York City waren berüchtigt. Ich lernte seine Familie kennen und wir nutzten die Frühlingsferien für Roadtrips, die neben Familienverpflichtungen vor allem aus Party machen bestanden, besonders in Miami Beach. Vielleicht brauche ich ja eine Seelenreinigung. Es wäre nicht das erste Mal, dass ich mich selbst als Schandfleck der Menschheit empfinde.

Zudem könnte nichts die brutalen Nächte auslöschen, in denen wir auf den Straßen von New Jersey Blut vergossen und lernten, uns durchzusetzen. Vielleicht ziehe ich deshalb die Einsamkeit der Computerwelt vor, in der ich Programme erstelle und andere hacke. Zu sagen, dass wir schon in jungen Jahren auf der Straße gelernt haben, ist eine Untertreibung. Ich muss lachen, während ich durch das Flughafenterminal Richtung Ausgang schlendere.

Auf der anderen Seite der Sicherheitskontrolle sehe ich Kirill und schenke ihm ein seltenes Lächeln.

„Bruder", sagt er und wir umarmen uns.

Er beginnt auf Russisch zu sprechen. Zu Zeiten meiner Großeltern wären wir als merkwürdige Ausländer aufgefallen, die auf einem Flughafen Russisch sprechen. Heute ist es eine kosmopolitische Welt und wir passen uns an wie jeder andere. Wir sind einfach zwei Männer, die eine Sprache sprechen, während andere um uns herum miteinander reden.

„Du musst unseren neuen Club heute Abend sehen." Kirills Stimme klingt stolz.

Ich höre ihm zu, wie er mir alles über ihren neuesten Club in der Stadt und über die heißen Mädels, die nur darauf warten, aufgesammelt und gefickt zu werden, erzählt. Er sagt mir, die Mädchen von heute hätten kein Interesse daran, zu heiraten. Ist das nicht großartig?

„Das klingt zu schön, um wahr zu sein", antworte ich.

Frauen wollen immer etwas. Ich rechne nicht damit, lange genug zu leben, um mich einer Frau zu binden. Kinder? Vergiss es. Das sind alles nur Belastungen und ich liebe mein Zuhause, wo alles in Ordnung ist.

Ich bin mit der Bratva verheiratet. Ich werde nur aus Verpflichtung gegenüber der Familie heiraten, wenn es mir befohlen wird. In meiner Welt werden Ehen normalerweise aus finanziellen Gewinngründen abgeschlossen wie Geld, Gebiete oder Allianzen mit einem Feind.

Dadurch, dass ich in Begleitung des größten Produzenten Europas bin, scanne ich unsere Umgebung auf Sicherheitslücken oder Ungewöhnlichkeiten auf dem Weg zur Parkgarage. Sagen wir, es ist eine Gabe. Alles, was ich weiß, ist, dass sie mir mehr als einmal das Leben gerettet hat. Nur weil ich nicht Zuhause bin, wo ich ein leichtes Ziel bin, bedeutet das nicht, dass ich sicher bin. Es steckt Weisheit hinter dem Spruch, schlaf mit einem Auge offen.

Wenn ich die Frauen um uns herum betrachte, sehe ich einen großen Unterschied zwischen Amerikanerinnen und Russinnen. Amerikanerinnen tragen in der Öffentlichkeit etwas, das aussieht wie Pyjamas oder Sportkleidung. Ich fühle mich nicht inspiriert oder verführt, eine von ihnen zu ficken.

Wolgograd ist zwar nicht die größte Stadt in Russland, doch die meisten Leute wollen ihr Leben unbemerkt leben. Es gibt diejenigen, die versuchen, die gesellschaftliche Leiter zu erklimmen und genug Geld zu verdienen, um Designerkleidung zu kaufen und eine Wohnung in einer russischen Stadt zu ergattern. Eine nicht geteilte Wohnung zu bekommen, erfordert in der Regel Bestechung oder Gefälligkeiten von gewählten Beamten.

Kirill folgt dem Piepen seiner Autoalarmanlage und öffnet den Kofferraum seines schwarzen Chargers. Mein Gepäck macht einen dumpfen Schlag im Kofferraum, bevor wir uns in die maßgefertigten Ledersitze sinken lassen.

„Schönes Auto. Sie zahlen dir zu viel. So etwas könnte ich zu Hause nicht haben, ohne dass ich ein Ziel auf dem Rücken hätte", sage ich halb im Scherz.

„Auch New York City hat seine Ratten und Paten", antwortet er grinsend, während er sich eine Zigarette in den Mund steckt, den Rückwärtsgang einlegt, den Motor aufheulen lässt und viel zu schnell die Ausfahrt hinunterfährt.

Das Quietschen der Reifen hallt von den Betonwänden wider. Ich kann erkennen, dass er den Auspuff modifiziert hat und angesichts des Motorengeräusches auch weitere Modifikationen vorgenommen wurden. Es ist ein wunderschöner Wagen, aber Schönheit kann ein brutaler Untergang sein.

Kirill bezahlt die Parkgebühr und wir verlassen den Flughafen.

Kirills Vergangenheit ist kompliziert, da seine Eltern in einer arrangierten Ehe lebten. Seine Mutter ist die Tochter des italienischen Dons, Santino Moretti. Er entschied sich, für die Russen zu arbeiten, weil sein Vater ein Brigadier in der Bratva ist und als Verbindungsstelle zu den Italienern in New York City dient. Das schuf vor zwanzig Jahren eine Allianz mit den Italienern. Dennoch ist die Beziehung durch Uneinigkeiten darüber gespannt, wer die Kontrolle über die Häfen hat und welchen Prozentsatz des Gewinns erhält. Zum Teufel mit arrangierten Ehen. Der einzige Ausweg aus einer solchen ist der Tod.

Ich bemerke, dass Kirill nun an beiden Armen Tattoo-Ärmel hat.

„Schöne Tattoos", sage ich auf Englisch und ignoriere die verärgerten Blicke der anderen Verkehrsteilnehmer, die sich über den Lärm des Autos und seine wilde Fahrweise ärgern. Wenn sie nur wüssten, dass ich schon für ähnliche Blicke getötet habe.

„Danke, ich sehe, du hast auch mehr. War das für eine Geliebte oder um eine Mission zu gedenken? Erzähl mir die Wahrheit", drängt er mich, während er das Gaspedal durchtritt und wir nach vorne schnellen.

Er lacht. Ich schmunzle. Er ist immer noch ein Arschloch.

„So etwas in der Art."

Ich lasse es offen. Ich rede nicht gerne über mich selbst. Ich kann niemanden in meinen inneren Kreis lassen. Ich kann auch ein Arschloch sein, und das hat mich schon ein paar Beziehungen gekostet. Meine einzige Freundin starb, weil ich mich mit einem Italiener angelegt hatte und all mein Geld sie nicht retten konnte. Ich mache mir Vorwürfe, dass ich sie nicht beschützt habe. Wenn ich mich niemandem verpflichten kann, kann ich nicht riskieren, wieder einen Geliebten zu enttäuschen. Ich würde lieber so weitermachen als die Schuld, die ich über die Vergangenheit fühle, zu wiederholen. Ich frage mich manchmal, wie es wäre, verheiratet zu sein und so zu leben wie mein Bruder. Hätte ich mich Lena gegenüber verpflichtet, wenn sie noch gelebt hätte?

Ich weiß es nicht. Ich versuche, nicht darüber nachzudenken, weil Dinge wie diese für Männer wie mich unerreichbar sind. Sie existieren nicht in unserer Welt. Unter meinem Schlüsselbein ist

Schönheit ist brutal in Kyrillisch tätowiert. Das Tattoo habe ich mir nach Lenas Tod stechen lassen.

Ich bin dazu verdammt, die Welt allein zu durchstreifen und schließe andere Möglichkeiten aus. Es ist besser, nicht zu wollen, was ich nicht haben kann. Ich bin der Liebe einer guten Frau nicht würdig. Das weiß ich. Jeder, den ich berühre, stirbt - zuerst meine einzige Freundin und jetzt mein Vater.

Kirill zündet seine Zigarette mit dem Feuerzeug im Armaturenbrett an und bläst einen Ring aus, während er sich in den dichten Verkehr auf der Autobahn einfädelt. Ich erzähle ihm von Nikolays verrücktem Drama in London. Ich meine, seine Verlobte wird vor der Hochzeit entführt, verdammt nochmal. Wie könnte ich da nicht meinem Bruder zur Seite stehen?

„Wenn ich für die Sicherheit zuständig gewesen wäre, wäre das nicht passiert", stelle ich fest.

„Ich weiß, dass du ein teuflisch guter Technik-Nerd bist." Er nimmt die Zigarette in die andere Hand, beugt sich rüber, greift vor mir hin und öffnet das Handschuhfach. „Öffne es", sagt er mit einem Grinsen.

Ich wette, er hat dieses Auto nach seinem Lebensstil anpassen lassen. Als ich hineingreife, berühre ich kaltes Metall und weiß sofort, dass es sich um eine 9mm Glock handelt.

"Was zum Teufel, Mann? Ich dachte, ich sei nur hier für ein bisschen Hacker-Zeug und Auszeit, nicht aber, um in Action verwickelt zu sein", beschwere ich mich, während ich sie durchlade und das Patronenlager auf Munition prüfe. Und die Waffe ist geladen. Zufrieden greife ich wieder in das Handschuhfach, ziehe das Magazin heraus, befestige es an meinem Gürtel und schiebe die Waffe in Position. Ich verdecke sie mit dem Saum meines Hemdes.

"Du kannst nicht mit leeren Händen bei mir sein."

Verdammt. Als ob das je ohne Erklärung abläuft.

"Gibt es da einen Krieg, von dem ich nichts weiß?"

"Nee, nur das alltägliche Leben." Er schaut in meine Richtung und grinst.

"Was gibt's Neues?" frage ich.

Ich werde älter, und mit meinem Bein, wie es ist, habe ich keine Lust, mich mit unnötigem Ärger zu konfrontieren. Das ist der Hauptgrund, warum ich von der Vollstreckung abgewichen bin und mich dafür entschieden habe, die Sicherheit unserer sicheren Häuser zu überwachen und uns um unsere Besitztümer zu kümmern. Alles fällt unter Sicherheit und ich leite es.

"Ich sage nur. Es ist jetzt mein Spielplatz, aber man weiß nie, wer sich dir in der Sandkiste anschließt." Er zuckt mit den Schultern. "Wir haben eine Stunde Zeit. Erzähl mir, was du für den Auftrag brauchst."

Ich liste den Computer auf, den ich brauche, und er zieht ein Wegwerfhandy aus seiner Tasche, ruft an, plappert auf Russisch drauf los und sagt mir, dass ich es haben werde.

"Also, besteht irgendeine Chance, dass es während meines Aufenthalts hier wärmer wird?" Ich frage. Eishockeyspieler lieben die gefrorenen Teiche in Russland. Ich möchte mal etwas wärmeres Wetter ausprobieren.

"Es ist Juni. Wir könnten ein paar Mal achtzig erreichen. Warum? Arbeitest du an deiner Bräune?"

"Mm, es wäre schön, an einem Strand zu sein." Ich erwähne Bali nicht vor ihm. Wenn ich jemals verschwinden muss, ist es ein Ort, an dem niemand nach mir suchen würde. Die meisten Leute, die selbst verschwinden, kehren zu alten Mustern zurück, und es ist nur eine Frage der Zeit, bis sie wieder in ihrer Lieblingspizzeria auftauchen oder bei einer alten Liebe, wenn die Einsamkeit des Untertauchens sie einholt.

Wir rollen ins Greenwich Village in der Stadt. Ich war seit Jahren nicht mehr hier. Ironischerweise wollten unsere Eltern uns, nachdem wir zu gebildeten Männern geworden waren, mit unseren Ivy League Abschlüssen zurück zu Hause haben, um unsere legitimen Geschäftsunternehmungen glaubwürdig erscheinen zu lassen. Als wir nachts auf den Straßen unterwegs waren, wussten wir, dass es genügend Auftragnehmer gab, die wir für die unsauberen Arbeiten engagieren konnten. Ich lernte

Englisch in New Jersey, und Kirill führte das Partyleben und knüpfte Kontakte.

Der Unterschied zwischen mir und dem Auslagern von etwas ist das Vertrauen und die Tatsache, dass ich bereit bin, zu töten, um mein Eigenes zu schützen. Menschen, die sich uns anschließen, weil sie einen Gehaltsscheck brauchen, leben aus den falschen Gründen im kriminellen Milieu. Ihre Loyalität gilt dem Geld. Meine Loyalität ist Blut, Familie und Ehre, meine heilige Dreifaltigkeit. Die meisten Männer, die wir töten, sind Verräter, und wir finden sie, indem wir ihrer Spur aus Gier und fehlgeleiteten Entscheidungen folgen. Männer mit einer Sucht nach Glücksspiel oder Wodka sind nicht ungewöhnlich, aber die Männer, die abschöpfen, um ihre Laster zu ernähren, werden wegen ihrer Schwäche entlarvt. Wer uns bestiehlt, bezahlt mit seinem Leben. Das ist der Kodex, nach dem wir leben und sterben.

Ich lehne mich zurück, während Kirill Musik aus Lautsprechern dröhnen lässt, die das Auto zum Schwingen bringen. Als ob wir uns darüber unterhalten könnten; er hat die Fenster geöffnet. Mein Haar ist so kurz, es bewegt sich kaum im Wind. Ich sehe die Morgensonne und denke, dass das überall auf der Welt sein könnte.

Mein Hochschulabschluss liegt im Bereich Wirtschaftsfinanzen, aber ich habe mehr neben den Büchern als im Unterricht gelernt. Vater wollte, dass ich etwas habe, was er nie die Chance hatte zu verfolgen: einen legitimierten Lebenspfad. Abgesehen davon, perfektes Englisch zu lernen, habe ich oft darüber nachgedacht, was der Sinn des Studiums war. Es gibt nur einen Weg, wenn man in unsere Familie hineingeboren wird.

Es ist schön Kirill zu sehen. Ich dachte, wir seien überfällig für ein Treffen, als er anrief. Mit Roman und Nikolay, die Russland und London kontrollieren, beschloss ich, keine Fragen zu stellen und die Reise anzutreten. Warum nicht? Es wird nur ein Moment im Laufe der Dinge sein, aber es bringt mich aus meiner Routine. Unsere ausgeklügelten Überwachungssysteme sind online. Manchmal muss ich physisch viele Männer an vielen Orten organisieren. Es ist genug Arbeit für zwei Leute. Ich brauchte eine Pause.

Kirill's Fähigkeiten sind brutaler als meine, deshalb arbeitet er mit den Vollstreckern. Er ist kein Computer-Schnüffler wie ich. Ich scherze, wenn ich ihm sage, seine Mutter muss seine Wutausbrüche verursacht haben. Ich habe ihn in Aktion gesehen, wie er ein Ziel zu einem blutigen Brei schlug und ihn mit einem Kopf voller Blutergüsse und einem gebrochenen Kiefer zurückließ. Wir hatten viele lange Wochenenden in Miami über lange Feiertagswochenenden. Seine Familie nutzte das College, um ihm praktische Übungen zu geben. Ich habe ein paar Dinge von ihm gelernt, aber seine jahrelange Kampfkunstausbildung fehlte mir.

Er hat mich kürzlich angerufen, um ihm offiziell zu helfen. Ich habe den Segen seines Chefs, Mikhail Pasnov. Dies wäre nicht das erste Mal, dass ein Außenseiter, der ihre Bücher durchsieht und digitale Spuren verfolgt, erfolgreicher ist als ihre eigenen Männer. Ich werde keine vorgefassten Vorstellungen davon haben, wer es wegen Familienbindungen oder Loyalität binnen Bratva nicht sein kann. Ich habe keine Familie in Alexsei Sidovo's Bratva. Es wird gemunkelt, dass er ein angsteinflößender Motherfucker ist. Selbst nach meiner Definition ist er jemand, den man fürchten sollte.

In meinem Buch gibt es so etwas wie absolute Loyalität nicht. Ich habe wenige Freunde, deshalb sind Kirill und meine Brüder etwas ganz Besonderes. Ich vertraue ihnen und nur ihnen. Außenseiter sind unbekannte Variablen und machen mir Unbehagen.

Kirill hält vor einem Hochhaus an, und das Gebäude strotzt vor Sicherheit.

„Was ist das hier?"

„Dein Absturzquartier. Es ist mein geheimes Safe House, also lass niemanden dir hierher folgen. Der Ort ist mit Upgrades ausgestattet."

Ich bin sicher, er meint damit nicht Fliesen und Granitarbeitsplatten.

Ich schaue ihn seitlich an und runzle meine Stirn.

„Du steckst nicht in Schwierigkeiten, oder?" Ich will mich nicht in einen New Yorker Revierkampf einmischen, besonders nicht, wenn er weiß, dass eine Scheißerei im Anmarsch ist.

„Ich bin legit, Bruder. Wir haben keine Ahnung, wer uns bestiehlt oder warum. Deshalb haben wir jemanden angerufen, der unsere Jungs nicht kennt. Wir brauchen deine unvoreingenommene Analyse." Er wirft mir eine Schlüsselkarte zu, und ich beobachte, wie er seinen Code eingibt. „Es ist unter einem Namen registriert, der nicht Russisch ist und nicht auf mich zurückgeführt werden kann. Es würde Jahre von Regierungsüberstunden dauern, um das zurückzuverfolgen."

Er führt mich in einem privaten Aufzug bis zur elften Etage von fünfzehn und meine Karte öffnet die Tür zu einem prunkvollen Condo mit Blick auf die Stadtlandschaft. Es ist atemberaubend. Ja, die Wohnung wurde frisch renoviert, bedenkt man, dass diese Gebäude vor über hundert Jahren erbaut wurden.

Ich pfeife leise. "Das muss dich einige Münzen gekostet haben."

Er lacht. "Ich berichte dem Berater des Don. Es hat seine Vorteile. Es ist für Mikhail, falls etwas schiefgeht. Ich nutze es jedoch als meinen privaten Rückzugsort zum Entspannen, weil ich bei meinen Eltern lebe. Ich bezweifle, dass du bei mir wohnen möchtest", erklärt er und schaltet dabei das Licht in der Deckenversenkung und unter den Arbeitsplatten ein.

"Wenn Mikhail diese Wohnung ausgesucht hat, hat er einen sehr guten Geschmack. Das ist der Wahnsinn."

Ich lasse mein Gepäck bei der Tür und schlüpfe aus meinen Schuhen, die ich im Eingangsbereich lasse, bevor ich durch die Küche ins Wohnzimmer gehe. Meine Zehen sinken in den flauschigen weißen Teppich, während ich das riesige Panoramafenster betrachte, das auf den Washington Park blickt. Das Condo ist makellos. Alles ist weiß.

Ironischerweise wird mehr Blut auf den Befehl des Beraters vergossen als auf den des Brigadiers.

"Ich hoffe, du hast etwas Schickes in dieser Kleidertasche, denn wir gehen heute Abend in den Club Sixty-Nine."

Als ich Club 69 höre, verschlucke ich mich fast an meinem Speichel.

"Was? Meinst du das ernst?"

"Oh, verdammt ja. Toller Name, oder? Die Tochter meines Chefs wird dort sein."

"Fickst du sie?" frage ich ihn.

"Nein, ich wäre verrückt, das zu tun. Sie ist gerade erst vom College. Sie ist nett und macht Spaß, aber ich würde sie nie anfassen. Ich ficke andere Mädchen." Er nimmt ein Glas und füllt es mit Leitungswasser. "Mensch, du musst hungrig sein. Lass uns etwas zu essen holen. Du entscheidest. Ich bringe dich dahin."

Während ich ihn das Leitungswasser trinken sehe, frage ich mich, ob er heute Abend arbeitet. Kirill ist der richtige Mann für die Aufgabe, wenn dieses Mädchen Schutz braucht. Er ist so ehrenhaft, dass ihr Vater sich keine Sorgen um ihre Sicherheit oder um jemanden machen muss, der ihr zu nahe kommt.

Wie hätte ich wissen können, dass meine Annahmen so falsch waren?

## KAPITEL 2, IZZY

Es ist wieder ein Samstag ohne Date. Ich bin mir nicht sicher, was schlimmer ist, samstags alleine zu sein oder ohne Job. Was schreit lauter Loser? Es steht auf Messers Schneide.

Ich habe an der Abschlussfeier des Fashion Institutes of Technology nicht teilgenommen. Meine Mitbewohnerin Alena bot an, für meine Abschlusskappe und das Gewand zu bezahlen, aber ich wollte ihr Familienblutgeld nicht.

Wir sind beste Freundinnen und passen uns beim Ausgehen so weit wie möglich an. Wir sind etwa gleich groß, aber da enden die Ähnlichkeiten. Sie hat blondes Haar und einen hellen Teint osteuropäischer Abstammung. Ich habe das dunkle Haar und den olivfarbenen Teint einer Sizilianerin. Mein Haar ist pechschwarz und glänzend, wie ein Paar Lackleder-Smoking-Schuhe. Es heißt, es sehe im richtigen Licht blau aus. Männer drehen den Kopf, wenn wir zusammen sind, zweifellos, um sie anzusehen, nicht mich.

Sie besitzt unsere Wohnung und erhält monatlich Geld von ihrem Vater. Sie liebt es, am Wochenende zu feiern und bekommt immer den Mann, den sie will. Sie ist so schön. Ich bin überzeugt, sie könnte ihr Make-up im Dunkeln auftragen und es würde immer noch perfekt aussehen. Selbst auf fünf Zoll hohen Absätzen kann sie wie ein Model auf dem Laufsteg gehen, so dass es einfach aussieht. Ich würde wie eine Bowlingkugel fallen, deshalb bevorzuge ich Keilabsätze.

Sie schwingt ihre schmalen Hüften suggestiv und tut so, als ob sie sich völlig unbeeindruckt von ihrer Wirkung auf die zusehenden Männer zeigt. Wenn das nicht genug ist, hat sie auch noch riesige Brüste, die die Schwerkraft trotzen. Ich wünschte, ich hätte nur einen Hauch von ihrer Schönheit, Eleganz, und Raffinesse.

Ich habe sie zu oft in Action gesehen, um es zu zählen. Wir betreten einen überfüllten Nachtclub, und irgendein Kerl gibt sofort seinen Barhocker auf, damit sie an der Theke sitzen kann. Der Barkeeper fragt, was sie trinkt, weil ein unsichtbarer Verehrer angeboten hat zu zahlen. Cocktail in der Hand, dreht sie sich um, schlägt die Beine übereinander und starrt einen attraktiven Mann auf der anderen Seite des Raumes unverblümt an. Und nicht unbedingt den Mann, der ihr den Drink ausgegeben hat.

Wenn er ihren Blick erwidert, wirft sie ihr Haar über eine Schulter, als sei sie in einem Shampoo-Werbespot, und winkt mit ihrem Zeigefinger, um ihm zu zeigen, dass er zu ihr kommen soll. Ohne zu zögern, steuert der glückliche Mann direkt auf sie zu, lächelnd, als hätte er den Lotto-Jackpot geknackt.

Sie braucht kein Glam-Squad, um kamerabereit auszusehen. Ich habe gesehen, wie sie es nur mit zwei Produkten macht - Lippenstift und Foundation. Irgendwie schafft sie es, mit dem Lippenstift eine freche Farbe für ihre hohen Wangenknochen hinzubekommen. Der Rest ist Geschichte.

Sie ist selbstbewusst und weiß, wie sie ihren Körper einsetzen muss, um zu bekommen, was sie von einem Freund will. Sie halten nie lange, und es endet immer mit Herzschmerz, weil sie keine Pläne für eine langfristige Bindung hat.

Was Männer angeht, könnten wir nicht unterschiedlicher sein. Ich bin von den meisten Menschen eingeschüchtert, wunderbaren Männern. Ich fühle mich unbehaglich und unwohl in ihrer Gegenwart. Ich gehe nie davon aus, dass jemand mich beobachtet. Ich mag es, im Fitnessstudio im Gebäude zu trainieren, und ich bin schüchtern.

In Sachen Sex sind meine Erfahrungen auf gelegentliche Hookups beschränkt, die meistens in Enttäuschungen enden. Glauben Sie mir, zwischen meinen Laken findet nichts Wiederholenswertes statt. Leidenschaftlicher Sex ist etwas, was ich in heißen Romanen lese. Ich habe es aufgegeben, mit Fremden in Bars zu flirten, weil sie meine Nummer nehmen, aber nie anrufen. Ich fange an zu glauben, dass ich keine sexuelle Anziehungskraft habe.

Ich abonniere mehrere Modemagazine, um mich auf eine Karriere in der Modebranche vorzubereiten. Bevor sie an den Kiosken eintreffen, werden sie in meinen Briefkasten im Erdgeschoss geliefert. Sonntags verbringe ich entspannt damit, die Seiten zu durchblättern und die Designs zu studieren. Ich kann mir zwar keine High-End-Designermarken leisten, aber das hindert mich nicht am Träumen.

Ihr Kleiderschrank ist so umfangreich, dass sie Kleidungsstücke an rollenden Ständern hängen hat. Alena wirkt in allem mühelos, von ihrer Frisur über ihr Make-up bis hin zum Einfügen in die Gruppe der Mädchen aus elitären Internatsschulen.

Meine Versuche, mit ihr mitzuhalten, wirken kindisch und enden im Desaster, wie falschen Wimpern. Wenn ich versuche, sie anzukleben, steche ich mich in den Augen oder klebe eine an meine Wange.

Ich glaube, die Männer mögen Alena, weil sie unkompliziert ist und unverbindlichen Sex haben kann, ohne sich zu verlieben. Selbst bei einer flüchtigen Beziehung wünsche ich mir immer mehr. Ich hatte noch nie einen ernsthaften Freund. Mittlerweile bin ich überzeugt, dass es für mich in der Stadt oder überall sonst niemanden gibt.

Meine Mutter sagte mir, dass mein Vater gestorben ist, bevor ich geboren wurde, und der einsame Blick in ihren Augen verfolgt mich noch immer. Sie war am Boden zerstört, ihn verloren zu haben und hat erst datiert, als ich fünf Jahre alt war. Sie starb bei einem Autounfall, als ich sieben war, und meine Tante Emma zog mich groß. Wir wohnten bereits bei ihr in Connecticut, so dass ich nicht umziehen musste. Ich vermisse meine Mutter immer noch, besonders wenn mein Leben in Trümmern liegt.

Als das College begann, konnte Alena mich an Tagen, an denen nichts nach Plan lief, aus meiner Depression holen. Sie weiß, dass meine schlimmsten Tage am Anfang jeden Monats sind – wenn ich Geld von meinem Studentenkonto nehme und sofort hyperventiliere. Wenn meine Stimmung dunkel wird, redet sie mir im wahrsten Sinne des Wortes ins Gewissen.

Meine einzige Familie ist meine Tante Emma, daher bin ich froh, Alena in meinem Leben zu haben. Sie ist die Schwester, die ich nie hatte und vermittelt mir ein Gefühl von Familie. Ich wünschte, ich könnte es mir leisten, mehr für das Leben hier zu bezahlen, aber ich bin bis zum Hals in Rechnungen. Und das beschreibt meine verzweifelte Situation noch nicht einmal annähernd. Die Realität ist, dass ich in einer Flut von Schulden ertrinke, weil in New York nichts erschwinglich ist. An Tagen wie diesen überdenke ich jede Entscheidung, die ich bis jetzt getroffen habe und fürchte, ich habe einen riesigen Fehler gemacht. Ich greife nach Dingen, die ich mir nicht leisten kann, um mich selbst zu unterstützen.

Ich habe Alena bei einer obligatorischen Studentenorientierung kennengelernt. Von dem Moment an, als ich sagte, sie sehe bekannt aus, haben wir uns verstanden. Ich habe keine Ahnung, warum ich das gesagt habe. Vielleicht erinnerte sie mich unbewusst an eine Kindheitsfreundin. Wir tauschten unsere Kontaktdaten aus, und ich war mir nicht einmal sicher, ob ein cooles Mädchen wie sie mit mir abhängen wollte. Aber sie rief mich an, um einen Kaffee trinken zu gehen, und seitdem sind wir unzertrennlich.

Als sie sagte, ihre Familie wäre im Abfallmanagement, hatte ich Angst, ihre Freundin zu sein. Ich mag naiv sein, aber selbst ich wusste, dass das Mafia bedeutete. Ich wusste auch, dass sie mich mochte, und ich wollte unsere Freundschaft nicht durch zu viele dumme Fragen belasten.

Als ich noch in einem billigen Motelzimmer lebte, schien mir ein Anwalt, der neben mir im Zug saß, der richtige Ansprechpartner für einige meiner Fragen zu sein. Ich erzählte ihm von meinen Bedenken, und er sagte, dass Mafia-Mitglieder gute Freunde seien, solange ich sie nicht verärgere.

Alena und ich begegneten uns weiterhin in den Kursen und als sie hörte, dass ich eine bezahlbare Unterkunft brauchte, schlug sie vor, dass ich fast umsonst bei ihr wohnen könnte. Neben der niedrigen Miete gab es noch zahlreiche andere Vorteile. Ich war bei ihr zu Hause zu Weihnachten und Thanksgiving, wenn ich mir die Zugfahrt zu meiner Tante in Connecticut nicht leisten konnte.

Ihr Vater ist ein großer Mann mit einer donnernden Stimme, die jedermanns Aufmerksamkeit erfordert. Er ist einschüchternd und wenn er selten zu Besuch kommt, ziehe ich mich in mein Zimmer zurück, um ihm aus dem Weg zu gehen. Gerüchten zufolge ist er weit oben in der Hierarchie der russischen Organisation. Ich habe diese Information nie überprüft, weil ich nicht seinen Namen in der Historie meines Webbrowsers haben möchte. Stattdessen bin ich zufrieden mit allem, was Alena mir erzählt und halte mich an die Regel, den Mund zu halten und ihnen treu zu bleiben.

Ich brauche ihre Großzügigkeit, denn wenn ich in den nächsten Wochen keinen Job finde, muss ich zurück nach Hause ziehen. Dann wäre mein Traum, es in der Großstadt zu schaffen, gescheitert und ich würde am Ende in irgendeinem schäbigen Einkaufszentrum in Connecticut arbeiten. Ich zweifle, dass Alena mich um meines Stolzes willen ausziehen lassen würde, aber man sagt, Hochmut kommt vor dem Fall.

Wir wohnen im Greenwich Village. Das ist ein echter Glücksfall. Der einzige Haken an der Sache ist, dass ich keine Fremden einladen oder jemandem erzählen darf, dass sie meine Mitbewohnerin ist. Zuerst musste ich lachen, weil ich dachte, es wäre ein Witz.

Dann zeigte sie mir die Waffe, die sie zum persönlichen Schutz bei sich trägt. Mir fiel die Kinnlade herunter und ich stimmte zu, alles zu tun, um uns sicher zu halten. Und so begann mein Ausflug in die Unterwelt. Ich nenne sie nur bei ihrem Vornamen und selbst das nur, wenn es unbedingt nötig ist, besonders wenn ein Versprecher ihre Sicherheit gefährden könnte. Ich habe keine Lust, die Männer kennenzulernen, die geschickt werden, um Verräter zu bestrafen.

Über ihr Familienleben spricht sie wenig. Schließlich erzählte sie mir, dass ihr Nachname Pasnov ist. Ihr Vater ist die rechte Hand des russischen Paten, Alexsei. Ich frage nicht nach Nachnamen. Das Lustige ist, dass ihr Vater denkt, ich sei ein konservatives Mädchen, das seine wilde Tochter zähmen wird. Er ahnt nicht, dass niemand sie zähmen kann.

Alena lebt ihr Leben wie einen Ferrari, der auf den kurvigen Straßen der Amalfiküste dahinrast. Wenn überhaupt, hat sie mich verändert. Sie lockte mich aus meinem Kokon und öffnete mir die Augen für die wirkliche Welt. Wenn sie nicht gerade Koks im Badezimmer schnupft oder in der Toilette kotzt, zeigt sie mir, wie man das Stadtleben genießt. Wenn man Geld und Kontakte hat, ist es ein toller Ort zum Leben und Feiern.

Das Schuljahr endete auf einem bitteren Ton, als mein Praktikum im Mai zu Ende ging. Die Firma hat einen Einstellungsstopp verhängt und konnte mir keinen Job anbieten. Toll. Kann irgendetwas zu meinen Gunsten laufen?

Ich wünsche mir einen Tag, an dem alles nach Plan läuft: einen Tag mit Cappuccinos, die mit einem Berg Schlagsahne und einem Zimtstäbchen an der Seite gekrönt sind, einen Stapel Modezeitschriften und eine E-Mail, die mir einen Job bei dem in der Region ansässigen Haute Couture-Label Ellis Grant oder dem New York City Ballet anbietet.

Was könnte besser sein, als Kostüme für Tänzer zu entwerfen? Ich stelle mir vor, mein Chef wäre die neueste Version von Amanda Priestly aus dem Film Der Teufel trägt Prada, aber irgendwo muss ich anfangen. Ich schlucke den letzten Rest meines Stolzes herunter und verteile Kaffee und Sandwiches an das Team des beliebtesten

Designers, wenn ich dadurch mit den Besten zusammenarbeiten darf. Ich werde alles tun, um einen Fuß in die Tür zu bekommen. Ich kann nicht mit eingezogenem Schwanz nach Connecticut zurückkehren.

Außerdem brauchte ich vor einer Woche einen Gehaltsscheck. Selbst wenn ich diesen Job durch ein Wunder bekommen würde, würde es Zeit brauchen, eine bezahlbare Bleibe unter den begrenzten Wohnmöglichkeiten in New York und den exorbitant hohen Mietkautionen zu finden.

Aber hier sitze ich und nippe an einem schaumigen Getränk, während Alena einen überfüllten Kleiderschrank durchwühlt. Ich beobachte sie belustigt von meinem Platz am Ende ihres Bettes. Es ist, als würde man einen wilden Jack Russell Terrier dabei beobachten, wie er sein Lieblingsspielzeug sucht.

Sie zieht Haufen von Kleidern, die noch verzweifelt an Kleiderbügeln hängen, heraus und wirft sie auf das Bett. Einige landen auf meinem Schoß und ich streiche über die exquisiten Stoffe. Die Art und Weise, wie sie sich über die Kleiderauswahl aufregt, lässt vermuten, dass sie sich auf einen Auftritt bei den Academy Awards vorbereitet.

"Was machst du da?" necke ich sie.

"Ich brauche das perfekte Kleid. Wir treffen uns heute Abend mit ein paar Typen. Einer von ihnen arbeitet für meinen Vater."

Sie taucht zurück in ihren Kleiderschrank und kehrt mit einem Arm voller Designer-Stilettos zurück. Ihre Schuhsammlung würde Imelda Marcos vor Neid erblassen lassen.

"Was? Ich gehe nicht mit," sage ich, während meine Augenbrauen fast meine Haaransätze berühren.

"Gut." Sie zischt. "Hast du heute Abend Pläne?" Sie wirft die Schuhe hin und stemmt die Hände in die Hüften, als hätte ich etwas falsch gemacht.

"Nein." Natürlich nicht. Sie weiß, dass ich ein Stubenhocker bin.

"Dann gehst du mit. Kirill hat einen Freund dabei, und es wird perfekt," erklärt sie sachlich und nimmt ein Kleid hoch, gibt ihm

eine Sekunde der Aufmerksamkeit, bevor sie es auf den Ablege-
stapel wirft.

"Hm, lass mich raten, ein Freund deines Vaters? Nein, danke."

"Sei nicht so ein Spielverderber. Er ist nett."

"Das glaube ich dir, aber ich muss nichts weiter über sie wissen."

"Alles klar. Du bist meine beste Freundin. Wir haben unseren Abschluss gemacht, und du musst dich unter die Leute mischen. Es ist ein neuer Club. Jeder, der etwas auf sich hält, wird da sein. Vielleicht knüpfst du Kontakte. Meine Familie kennt Leute, und diese Typen kennen Leute. Du musst verstehen, dass die Mafia überall ihre Finger im Spiel hat, vor allem in der Mode."

Verdammt, sie hat recht. Ich bin mir sicher, dass ihr Vater mir in Nullkommanichts einen Job in New York besorgen könnte, aber ich würde nie fragen. Ich habe genug Probleme, ohne mit der Mafia ins Bett zu steigen.

In diesem Moment entschied ich, dass ich lieber mit jemand anderem als der Mafia ins Bett gehen möchte. Ich will, dass heute Nacht eine Ausschweifungsnacht wird. Ich nehme das Leben zu ernst, und vielleicht ist genau das das, was ich brauche, um mein Glück zu wenden. Was könnte an einem One-Night-Stand schon schlimm sein? Es muss besser sein, als jede Nacht mit meinem Silikonapplikator zu hantieren.

Warum nicht einfach mal von einem heißen Kerl durchge-nommen werden? Die Stadt ist voll davon. Wie schwierig kann es sein, einen davon dazu zu bringen, mich mit zu sich nach Hause zu nehmen und zum Höhepunkt zu bringen?

In NYC entscheidet das Getuschel auf der Straße über das Schicksal einer Einrichtung. Sich in den sozialen Medien zu präsentieren und es in einen Club mit einer unmöglichen Warte-liste zu schaffen, ist eine Schlagzeile wert. Um diese Türen zu öffnen, braucht man Status und Macht. Vielleicht gehe ich das alles falsch an, denn Alena hat einen berechtigten Punkt. Ich bin nicht mehr in Connecticut. Es ist an der Zeit, die Vorzüge des Lebens in NYC auszukosten.

"Es ist neu. Wir werden niemals reinkommen," weise ich darauf hin, wohl wissend, dass sie oder ihr Vater dafür sorgen werden, dass wir den roten Teppich ausgerollt bekommen.

"Oh, papperlapapp." Sie winkt mit einer nicht-in-Sorge-nehmen Geste ab. "Wir sind drin. Papa ist nämlich stiller Teilhaber der Besitzer."

Ich hätte es wissen müssen. Das ist ihr Leben. Ihr Familienname öffnet Türen, und wenn nötig, tritt ihre Familie sie ein.

Verdammt. Dieser Club wird zweifellos voll von Möchtegerns mit aufgeblasenen Brüsten, Hintern und Lippen sein. Was ist es, dass alle wie Jessica Rabbit aussehen wollen? Niemand denkt an die dafür nötige Fettabsaugung, um diese Comic-Taille zu behalten. Oder wie viel Alkohol und Pillen sie brauchen, um sich von der ständigen Prüfung der öffentlichen Meinung zu betäuben.

Darauf kann ich verzichten, um so dünn zu sein. Ich habe gehört, Champagner hat die wenigsten Kalorien, weshalb ihn alle A-Prominenten trinken. Ich mache mir eine Notiz, das heute Abend zu trinken, wenn sie es zum VIP-Tisch bringen.

Ich genieße es, Alenas Flügelmann zu sein. Sie schützt mich vor den hochmütigen Gesellschaftsdamen, die keine Ahnung davon haben, wie es ist, für seinen Lebensunterhalt zu arbeiten. Ich werde nie dazu passen, und das macht mir nichts aus, denn ich weiß, dass das, was sie haben, einen Preis hat.

Alenas Vater drängt sie, Familientreffen und gesellschaftliche Veranstaltungen zu besuchen, bei denen sie die Jüngste im Raum ist. Alles, was sie will, ist sorglos zu sein und wie ein Unsterblicher zu leben. Verdammt, wir leben nur einmal. Ihr Vater wird noch genug Jahre bekommen, um seinen Willen zu tun, meiner Meinung nach.

"Bevor du sagst, du hast nichts anzuziehen, such dir was aus. Ich habe jede Menge. Tatsächlich habe ich die Hälfte dieser Kleider noch nie getragen." Sie lädt einen Armausfall auf meinen Schoß.

Ich stelle meinen Drink beiseite und streiche mit der Hand über den strukturierten Spitzenstoff des Kleides oben auf dem Stapel.

Ich hebe es hoch und betrachte es mit Interesse. Es ist ein cremefarbenes Minikleid mit Fütterung auf der Innenseite. Es ist wunderschön und elegant. Das Preisschild baumelt vom Designerlabel, und ich kann der Versuchung nicht widerstehen, einen Blick darauf zu werfen. Ich drehe es um und zucke zusammen, als ich all die Nullen sehe.

"Ich habe zu viel Angst, dieses zu ruinieren, Alena. Es ist sehr teuer."

"Ach, das Kleid," sagt sie, als sie meine Wahl sieht. Sie spielt meine Bedenken herunter. "Ich habe es nie getragen, und falls es ruiniert wird, kann ich ein neues kaufen. Diese Farbe passt perfekt zu deinem Hautbild." Sie betrachtet das Kleid und dann mich. "Du wirst darin fantastisch aussehen. Ich bin so neidisch auf deine auch im Mai noch gebräunte Haut."

"Sizilianer, man kann ihre tolle Haut nicht toppen," sage ich und mein Kichern kommt als Schnauben heraus. "Sind wir wirklich Absolventen? Ich fühle mich genau gleich, oder?"

Ich drücke das Kleid an mich. Es ist atemberaubend. Wenn es nicht gerade mal meinen Tanga bedecken würde, könnte es als Hochzeitskleid durchgehen. Die langen Ärmel sind perfekt für eine kühle Nacht, und sie verdecken das Tattoo auf meinem Handgelenk.

"Ja, das ist das Schöne daran. Wir sind jung und leben in einer Stadt, die niemals schläft. Lassen wir uns die ganze Nacht aufbleiben. Mit der Zeit wird sich vieles ändern und eines Tages werden wir uns wünschen, dass wir mehr solcher Nächte gehabt hätten..." Ihre Stimme verklingt, während sie ein rotes Kleid an sich hält und sich in einem langen Spiegel betrachtet, der an der Wand hängt.

"Was ist los? Du klingst nicht glücklich."

"Oh nichts. Ich meine, meinen Vater wird bald wollen, dass ich heirate. Ich habe einen Abschluss, aber niemand erwartet von mir, dass ich ihn nutze." Sie wirft das rote Kleid auf den Ablegehaufen und nimmt ein anderes.

"Oh, das ist schlimm. Ich dachte, du machst Witze, als du es vorher erwähnt hast. Ist das nicht veraltet?"

"Ja, aber es ist so", sagt sie und zitiert dabei eine Zeile von Obi-Wan in Star Wars.

"Aber du hast hart für deinen Abschluss gearbeitet. Willst du nicht deine Unabhängigkeit?"

"Ha, als ob Dad das zulassen würde. Er hat mir vier Jahre Freiheit während meines Studiums erlaubt, aber das wird bald vorbei sein", antwortet sie nüchtern.

"Alles klar, ich muss los und einige Sachen für das Abendessen besorgen. Brauchst du etwas? Ich dachte, wir machen Paninis."

"Ooh, hört sich toll an." Sie zieht das "O" lang. Wir werden erst um zehn im Club erwartet. Das ist früh, aber ich dachte, wir verbringen die Zeit allein, bevor wir die Jungs treffen. Du weißt, wie sehr meine Vaters Männer uns auf Schritt und Tritt folgen."

Ich kann mein Kichern nicht unterdrücken, als es herausplatzt. Sie ist so lässig in der Art, wie die Dinge laufen. Sie hat zweifellos die besten Strategien. Im Schatten ihres Vaters aufzuwachsen hat ihr genauso viel beigebracht, wenn nicht mehr, als irgendein Soldat unter ihm. Ich würde nicht auf sie in einem Straßenkampf setzen, aber einen Wortkampf würde sie dominieren.

Wir besprechen die Zutaten für das Abendessen, bevor ich meine kleine Handtasche nehme, meine Schlüssel und durch die Lobby gehe. Die Lobby mit ihrem schwarz-weiß karierten Boden und den mit Briefkästen gesäumten Wänden ist sicher und verlangt von den Bewohnern einen Code, um einzutreten.

Während ich fünf Blocks zu einem Eckladen gehe, kann ich das kriechende Gefühl, beobachtet zu werden, nicht abschütteln. Durch die Freundschaft mit Alena habe ich ein besseres Gespür für die Straße bekommen, aber ich kann immer noch keinen Stalker von einem Vogelbeobachter unterscheiden. Wenn ich eines aus Horrofilmen gelernt habe, dann ist es, dass Stalker Hoodies tragen, keine Ferngläser.

Ich sag mir selbst, dass ich auf verdächtig und paranoid mache. Es gibt keinen gewalttätigen oder gestörten Ex in meiner Vergangenheit. Ich bin sicher, dass sie Alena wollen, die Verbindungen hat. Scheiße! Was, wenn sie denken, ich wäre sie?

Der Laden ist nur ein paar Schritte entfernt, als ein Kunde rauskommt und ich wie auf flüchtigem Posten durch die offene Tür schlüpfe. Unter dem grellen Licht der Neonröhren fühle ich mich sicherer, aber ich habe immer noch zu viel Angst, um hinter mich zu schauen.

„Hallo, Marco", sage ich, als ich den Besitzer passiere und meinen Weg zur Fleischtheke mache.

Es ist eine italienische Delikatessengeschäft, und alles hier ist hervorragend. Teuer – aber es lohnt sich. Ich habe heute Bewerbungen an Theatergesellschaften geschickt und hoffe, dass etwas klappt. Mist, wenn Alena heiratet, muss ich ausziehen. Sie wird ihre Wohnung vermieten oder verkaufen und wahrscheinlich in einem unglaublichen Penthouse mit Blick auf den Central Park leben.

Ich bin sicher, sie wird in ein größeres und besseres Zuhause ziehen, besonders wenn ihr Vater Geld in einen Nachtclub stecken kann. Selbst ich weiß, dass Alkohollizenzen begrenzt und teuer sind. Ich wähle vorgeschnittenes Fleisch für heute aus, nehme Käse und höre, wie die Türklingel klingelt. Ich sehe einen großen Mann in einem schwarzen Kapuzenpullover, seine Hände sind in seine Taschen gestopft. Ich drehe mich schnell um und denke, er wird mich nicht sehen, wenn ich ihn nicht ansehe.

Verdammt. Dies kann kein Zufall sein. Junge Leute tragen diese, nicht Männer in ihren Vierzigern, oder? Ich greife ein Brotlaib Italienisches Brot. Fertig. Na toll, Mafiamänner auf der Straße lieben Jogginghosen.

"Wie geht's dir, Izzy?" Marco kassiert mein Essen.

"Super, und dir?"

"Guter Tag. Soll morgen regnen. Mal sehen." Er ist in seinen Fünfzigern und immer nett, aber er kennt mich seit Jahren. Ich habe ihn Italienisch sprechen hören, und es ist eine so schöne Sprache. Ich wünschte, ich könnte eine romantische Sprache sprechen.

Ich bin erleichtert zu sehen, dass sich im Spiegel hinter Marco der Fremde auf die andere Seite des Ladens bewegt hat. Ich frage mich, wie der Geschäftsinhaber es schafft, seinen Job zu machen, wenn die Kriminalitätsrate so hoch ist. Ich lächle ihn nervös an, während ich meine Karte in das Gerät stecke und atme erleichtert auf, wenn es piept und "angenommen" auf dem Bildschirm erscheint.

„Pläne für heute Abend?"

„Ja, danke, wir gehen in einen neuen Club. Danke, Marco."

Ich nehme die Tüte mit unserem Abendessen und stoße nervös die Tür auf, als ich rausgehe. Scheiße, das hat meiner Schulter wehgetan.

Es ist heute in den siebzigern, und der Heimweg ist angenehm, als ich am Park vorbeigehe. Die Bäume bereiten sich auf die Blüte vor. Ich möchte mich umdrehen und sehen, ob der Typ hinter mir ist, aber das ist zu auffällig. Ich holte mein Handy heraus, so als würde ich ein Video aufnehmen. Es ist wirklich ein Video, um meine Sicherheit zu gewährleisten. Ich drücke den roten Aufnahme-Knopf auf dem Bildschirm und halte es über meinen Kopf, sodass ich hinter mir sehen kann. Ich fühle mich wie ein Trottel.

„Hier bin ich im Park... großartiger Tag für einen Spaziergang", spreche ich laut, damit vorbeigehende Fremde mich hören können. Aber das ist New York City, und niemand schenkt Aufmerksamkeit. Ich bemerke, dass der Mann in der Kapuze sein Tempo verlangsamt und den Kopf senkt.

Verdammt.

Er bestätigt meine schlimmsten Befürchtungen. Ich poste das

Video auf einem meiner Social-Media-Accounts, falls ich in den nächsten drei Blocks verschwinde, und schicke es an Alena.

Ich schreibe eine SMS. Dieser Typ verfolgt mich. Weißt du warum?

Punkte erscheinen, dann ihre Antwort, Scheiße, ich treffen dich unten.

Meine Atmung ähnelt mehr einem schnaufenden Güterzug, schwer und keuchend vor Schreck, als ich die Tür erreiche. Merkwürdigerweise werfen wir beide wieder einen Blick auf die Straße, und der Mann ist verschwunden. Alena nimmt mich in den Arm.

„Puh, das war so seltsam", sage ich, während ich den Komfort ihrer Arme genieße. Ich zittere.

„Bist du sicher, dass er dir gefolgt ist oder..."

„Ich frage mich, ob er dich will", antworte ich, als wir in den Aufzug steigen.

Ihre Augen schweben durch den kleinen Raum wie fliegende Salatteller.

„Oh, Mist." Ihr Gesicht wird blass, jetzt wo sie eins und eins zusammenzählt.

„Es gibt einen Grund, warum du in einem sicheren Gebäude nahe einem Park wohnst, mit vielen Wegen und Verkehr", füge ich hinzu.

„Ich habe nie viel darüber nachgedacht. Papa hat die Wohnung ausgesucht."

„Ist etwas mit deinem Vater los?" Das ist die einzige logische Schlussfolgerung. Meine Hand zittert, als wir auf unserer Etage ankommen, und bis ich unsere Tür öffne, textet Alena schon ihrem Vater. Ich stelle das Essen in die Küche und gehe in mein Schlafzimmer. Ich setze mich vor meine Nähmaschine, hantiere mit Stoffen herum, bis mein Herzschlag wieder normal ist.

Mein Kopf ist voll, gedankenverloren. Ich bin geschockt. Was ist, wenn ich entführt worden wäre? Was ist, wenn jemand mich erwischt hätte, um an Alena heranzukommen?

Wenn ich nervös bin, hilft es mir, mit meinen Händen zu arbeiten, um das Zappeln zu stoppen und mich in die Zeit zurückzuversetzen, als ich sieben war und erfuhr, dass meine Mutter nicht nach Hause kommen würde. Kurz danach hat es angefangen, das Zappeln und das Schweregefühl in der Brust. Ich kann die Gedanken an das, was hätte passieren können und die wild in meinem Kopf herumrasenden Gedanken nicht abweisen. Dann schweifen meine Gedanken ab in die Zukunft. Dann ist es eine Zugfahrt der Weltuntergangsgedanken, die an dunkle Orte führt.

Im Laufe der Jahre habe ich gelernt, die Gedanken nicht entgleisen zu lassen. Meine Kreativität zu nutzen ist eine Möglichkeit, der Hässlichkeit der Welt zu entfliehen. Ich möchte glauben, dass mein Talent die Welt auf eine kleine Art und Weise schöner macht. Meine Zeit ist besser ausgefüllt, wenn ich produktiv bin, anstatt in der Vergangenheit zu wühlen oder über Unglücke nachzugrübeln, die ich nicht kontrollieren kann.

Ich kann die Vergangenheit vielleicht nicht ändern, aber ich versuche, meine Zukunft zu kontrollieren. Mama wollte nicht, dass ich in New York City lebe, und meine Tante protestierte gegen meinen Umzug. Ich weigere mich, eine Sklavin der Vergangenheit zu sein. Mama ist nicht hier, und sie würde wollen, dass ich meine Träume verfolge. Sie liebte es, wenn wir uns verkleideten, und ich unserer Garderobe Accessoires hinzufügte. Ich frage mich, was sie mit ihrem Leben anstellen würde, wenn sie noch am Leben wäre.

Ich gehe in die Küche, um das Abendessen vorzubereiten, und Alena gesellt sich zu mir.

„Papa sagt, niemand sollte einen Streit mit mir oder dir haben. Aber er wird es untersuchen. Ich bin mir nicht sicher, ob er mir glaubt." Ihr Gesicht ist fragend. „Warum sollte jemand mich wollen?"

„Weil dein Vater jemand Wichtiges ist. Wer weiß? Es könnten eine Million Gründe sein."

Sie sitzt in unserer kleinen Nische in der Küche und wartet darauf, dass ich in die Paninis beiße, die ich zubereitet habe. Sie hat eine Vorrichtung zum Herstellen von ihnen, und sie kommen perfekt heraus. Ich weiß nicht, was man ihr als Hochzeitsgeschenk machen könnte. Sie hat schon alles. Ich bin lächerlich. Ich erinnere mich an Der Pate und erkenne, dass sie Haufen von Geld bekommen wird.

Sie trägt verwaschene Skinny Jeans und eine weiße Bluse, die an ihrem Bauchnabel gebunden ist. Sie beißt in das Sandwich. Sie nimmt einen Bissen, kaut und schluckt. „Die sind lecker, danke." Sie trinkt ihren Diät-Softdrink aus und scheint meinen beinahe Todeserfahrung vergessen zu haben.

Vielleicht ist ihr das schon einmal passiert. Ich traue mich nicht zu fragen, aber wenn sie nicht besorgt ist, vielleicht hat ihr Vater einen Sicherheitsdienst engagiert. Vielleicht ist das nur Einbildung. Ich verdränge es, kann aber die Wellen der Panik nicht vergessen, die mich erfassten, als ich schneller ging, um sicher in unserem Gebäude anzukommen. Ich bin froh, dass sie zu Hause war und mir die Tür öffnete. Wer weiß, was passiert wäre, wenn ich eine Minute gebraucht hätte, um meinen Code einzugeben?

Alena dankte mir, dass ich das Mittagessen zubereitet hatte, und bot an, die Küche zu putzen. Ich gehe zurück in mein Zimmer und halte das Kleid einen Moment lang fest, wünschte mir dabei, meine Mutter wäre hier. Ich halte es vor mich und stelle mich vor meinen großen Spiegel. Die langen Ärmel sind aus Spitze, und meine Haut wird durch die offenen Stellen in den Ärmeln zu sehen sein, die elegant und geschmackvoll sexy wirken. Ich liebe das Kleid und kann es kaum erwarten, meine erste Aufgabe zu bekommen, etwas Unglaubliches zu kreieren und für meine Arbeit bezahlt zu werden. In der Ecke meines Zimmers steht ein freistehender Kleiderständer mit einem Herrenanzug und Kleidern, die ich für mein Abschlussprojekt entworfen habe. Das Geld war knapp und die Schule hielt mich auf Trab, so dass ich nicht viele Teile für mich selbst gemacht habe. Jetzt wünschte ich, ich hätte etwas mit dem Gedanken an den Nachtclub angefertigt. Ich bin sicher, es gibt einen Markt für erschwingliche Kleider ohne die hohen Preisschilder.

Ich frage mich, ob ich in diesem Kleid bemerkt werde. Kein Mann hat mir jemals die Art von Aufmerksamkeit geschenkt, die Alena erhält. Ihre männlichen Freunde führen Konversationen mit mir, flirten sogar mit mir und erzählen mir lustige Geschichten, um mich zu unterhalten, aber ich durchschaue das. Sie vertreiben die Zeit im Club bis es spät wird und versuchen dann, mich zu überreden, mit zu ihnen zu kommen. Ich weiß, sie wollen Sex. Ich glaube nicht an Liebe auf den ersten Blick. Vielleicht für einen Mann, aber für mich, nicht wirklich. Ich kann nicht leugnen, dass ich nicht neidisch bin, auf die Art, wie die Männer Alena mit Begehren in den Augen ansehen. Sie kennt die meisten dieser Männer schon seit Jahren. Das ist etwas, was die Mafia bietet und ironischerweise das Einzige, was mir fehlt. Familie. Sie haben Geschichten aus ihrer Jugend. Sie kennen die Fehler der anderen und lieben sich trotz aller Streitigkeiten, die sie im Laufe der Jahre gehabt haben.

Ich glaube, dass es Liebe gibt. Sonst wäre meine Mutter ohne meinen Vater nicht so traurig gewesen. Ich seufze, während ich mit dem an mich gehaltenen Kleid herumschwirre. Ich gehe heute Abend aus, weil ich tanzen liebe und es mir hilft, den heutigen Nachmittag zu vergessen. Vielleicht treffe ich einen reifen Mann, der mir den Kopf verdreht. Ich bin es leid, die Spielzeuge in meiner Schublade zu benutzen, und vielleicht habe ich heute Abend mit diesem Kleid Glück und finde jemanden, der meine Aufmerksamkeit erregt. Warum nicht? Was spricht gegen einen Flirt? Ich gebe mir die Erlaubnis, Sex zu haben, und ich hoffe, ich wähle einen Mann, der weiß, was er tut.

„Soll ich dir die Augen schminken?" ruft Alena von ihrem Schminktisch aus.

„Ja, bitte, aber keine falschen Wimpern. Ich möchte nicht wie Kleopatra aussehen."

„Du bist immer so dra-ma-tisch", betont sie das Wort dramatisch, um mich nachzuäffen.

Ich bin nicht dramatisch, ganz im Gegenteil. Ich mag es nicht, im Mittelpunkt der Aufmerksamkeit zu stehen, weil ich mich dessen nicht würdig fühle. Ich lasse andere Leute lieber glamourös aussehen; wenn sie etwas Dramatisches wollen, mache ich es. Ich habe kein Schauspieltalent in meinen Knochen. Ich habe ein hervorragendes College besucht und abgeschlossen, in der Hoffnung, dass es meine Chancen verbessern würde, einen Job zu bekommen. Bei der aktuellen Wirtschaftslage fühle ich mich jedoch nicht mehr so optimistisch, denn meine Aussichten nehmen ab.

Alena hat ihre Rechnungen beglichen und braucht keine Arbeit. Sie sagt, sie werde bald einen Russen heiraten und hofft, dass er nicht alt und nach Wodka stinkend ist. Es ist ihre Tradition, arrangierte Ehen durchzuführen.

Ich war das Zentrum der Welt meiner Mutter, daher weiß ich vielleicht nicht, wie es ist, der Mittelpunkt von Männeraufmerksamkeit zu sein. Ich habe mich oft gefragt, warum meine Mutter erst Männer in mein Leben ließ, als ich älter war. Sie sagte, sie habe mich, und das genüge.

Der Zufall, dass beide meine Eltern bei Autounfällen starben, lässt mich über die Möglichkeit einer Verschwörungstheorie nachdenken. Aber mein Vater starb, bevor ich geboren wurde, und meine Mutter sieben Jahre später. Abgesehen davon bin ich niemand Besonderes. Ich kann mir nicht vorstellen, warum jemand mich wollen sollte.

Entführung und Tötung sind extreme Maßnahmen, und ich würde annehmen, dass sie nur in Krisensituationen eingesetzt werden. Ich kann mir nicht vorstellen, dass ich so wichtig bin, dass jemand mich als Bedrohung empfindet. Es ist nicht so, als wäre ich reich. Aber ich mache mir Sorgen um Alena. Der Kerl im Kapuzenpulli verfolgte mich wohl um sie zu erreichen oder in unser Gebäude zu schleichen.

Ich dusche und wasche meine Haare. Nach dem Abtrocknen wickle ich mich in ein Handtuch und ein weiteres um meinen Kopf. Es neigt dazu, lockig zu sein. Ich gehe barfuß in Alenas Zimmer.

"Wirst du bald heiraten?" Ich sehe, wie sie Foundation und BB-Creme aufträgt. Sie ist eine perfekte russische Prinzessin mit perfekter Haut. Wo werde ich wohnen, wenn sie heiratet, bevor ich meine eigene Wohnung habe?

"Wahrscheinlich. Papa wird etwas arrangieren. Vielleicht ist es der Sohn des Don, wenn ich so viel Glück habe." Sie spottet, also glaube ich nicht, dass das passieren wird. "Ich möchte nur, dass er in meinem Alter ist und gut zu mir."

Sie schenkt dem altertümlichen Prozess der arrangierten Ehe wenig Bedeutung, als wäre es nichts. Sie hat Jahre des Wissens um die Bratva-Welt, während ich noch lerne. Ich kann nicht viele Fragen stellen oder nachbohren... wenn ich mein Leben schätze.

"Ich hätte gerne einen Freund, der mir Rosen bringt oder diese süßen kleinen Schokoladestücke mit Karamell in der Mitte. Oh, und ich liebe die mit Himbeergeschmack. Die machen süchtig, nicht wahr?"

"Du bist ein verdammter Zweig, Izzy. Ich würde fünf Pfund zunehmen von drei dieser Schokoladen."

Sie blickt in einen besonderen Spiegel mit speziellen Lichtern. Ihre Haut ist alabasterartig, aber wenn sie fertig ist, wird sie bühnenreif aussehen, so dass ich sie nur an ihren haselnussbraunen Augen, ihren Flirtgesten und ihrer kecken Stimme, wenn sie einen Punkt macht, erkennen kann.

„Meine Brüste sind schön. Aber mein Hintern, nun, er ist nicht so klein. Wenn ich keine Schneiderin wäre, würde ich hässlichen Kram tragen, der an mir hängt wie übergroße Schlafanzüge. Was mir übrigens nichts ausmacht." Ich liebe Männer-T-Shirts, sie sind die besten. Ich wünsche mir einen Freund. Ich will verliebt sein. Ein paar Mal dachte ich, ich wäre verliebt, aber sie wollten nur ins Bett. Andere Männer schienen mich zu mögen, aber sie hatten keinen Rückgrat. Ich brauche einen Mann, den ich respektieren kann, jemanden, der etwas zur Sache beiträgt.

Alena kichert, weil es ein halbes Schnauben, halbes Lachen ist, und ich gehe zurück in mein Zimmer neben ihrem, mit einem Badezimmer zwischen uns. Es ist die alte Jack-und-Jill-Anordnung aus den Neunzigern, und jemand hat einen hübschen Penny für die Renovierung dieses Ortes ausgegeben.

„Du siehst so bezaubernd aus in deinen halben Shirts und Jungs-Shorts. Ziemlich frech", neckt sie.

Ja, es ist eine meiner bevorzugten Stamm-Outfits. Ich gehe

zurück in mein Zimmer und besprühe meine Haare mit einem Nebel, um die Trockenzeit zu verkürzen.

„Ich föhne meine Haare. Gib mir eine Minute", antworte ich. Ich lege den roten Schalter an dem Ungetüm von einem Trockner um, der meinen Handgelenken wehtut, wenn ich ihn länger als sieben Minuten benutze. Wie gesagt, es ist ein Ungetüm, so wie der Dinosaurier unter den Trocknern. Die sofortige heiße Luft trifft meine Haare wie ein Zyklon und ich benutze meine Haarbürste, um sie zu glätten, in der Hoffnung, dass sie nicht kraus werden. Die Trockenzeit dauert fünf bis sieben Minuten. Als ich fertig war mit dem Föhn, legte ich ihn auf den Waschbeckenrand und tauchte ein paar Finger in ein kleines Gefäß. Ich sammle eine wachsartige Substanz darauf, dann verteile ich sie auf meinen Pony, der mein Gesicht umrahmt. Ich sollte einen Schnitt machen und es stylen lassen, aber das kostet Geld, und ich muss sparen, was ich habe. Ich mache mir eine Notiz, mich selbst zu verwöhnen mit einem Besuch beim Friseur, wenn ich wieder auf die Beine komme.

Alenas Spielzeuge für Jungs kaufen uns Getränke, weil sie vor ihr angeben wollen, und ich habe kein Problem damit, solange sie nichts im Gegenzug erwarten. Aber ich habe für alle Fälle fünfzig Dollar dabei. Es wird nicht viel kaufen, aber ich kann in ein paar Stunden eine Menge Wasser verdrücken und so tun, als wäre ich beschwipst.

Ich bin schon genug mit ihr ausgegangen, um zu wissen, dass die Russen mehr Alkohol vertragen können, als ich für menschenmöglich gehalten hätte. Ich weiß nicht, ob es die langen, kalten Winter in Russland sind oder ob sie trinken, um das Elend in ihrem Land zu vergessen. Ganz möglicherweise mögen sie es einfach zu trinken. Ich kann ihre Kultur nicht durchschauen.

Mit fertigen Haaren ziehe ich das Kleid über meinen BH, der zu meinem Bikinislip passt. Zum Glück ist das Kleid nicht eng und es ist kürzer an mir als es an Alena wäre. Sie ist eher der Bleistiftrock-Typ, was bedeutet, dass ihr Hinterteil nicht mit meinem mithalten kann. Sie ist grossbusig, mit einem herzförmigen Gesicht, und obwohl sie Straßenschläue besitzt, die ich nie haben werde, hat sie ein Herz aus Gold, wenn es um mich geht. Und ich würde alles für sie tun.

Ich trete wieder in ihre Türöffnung. Alena benutzt zahlreiche Pinsel für meine Augen und bewegt sich schnell darüber. Es gelingt ihr gekonnt, sie rauchig zu schminken, wie in den Videos, die ich sehe, und doch schaffe ich es immer wieder, meine Augen zu verpfuschen. Ich bin total ungeschickt, und meine Augen sind mandelförmig, was sie kleiner erscheinen lässt, als sie sind. Es ist die grau-blaue Farbe, die ich an ihnen einzigartig finde. Es ist ein rezessiver Gen, und ich habe es in keinem der wenigen Fotoalben gesehen, die meine Mutter hatte. Sie sagte, ihre Familie hätte sie verstoßen, und den Kontakt zu ihnen verloren. Man könnte meinen, sie sei adoptiert worden, und niemand hätte eine Kamera gehabt. Glücklicherweise hatte sie eine ältere Freundin, bei der wir wohnen konnten, und ich nannte sie Tante Emma, obwohl sie nicht meine echte Tante war.

„So, fertig," ruft Alena aus, als sie sich aufrichtet, weil ich auf ihrem gepolsterten Sitz am Schminktisch sitze. Sie ließ ihn anfertigen, bevor sie einzog. Ich bin mir sicher, wenn man Dinge umbaut, ist es am besten, dies zu tun, bevor man einzieht.

„Es ist Zeit zu gehen. Ich habe einen Wagen von Papas Dienst bestellt. Er möchte, dass wir vorsichtig sind," erklärt sie. Normalerweise nehmen wir die U-Bahn. Jetzt bin ich zuversichtlich, dass wir den Club betreten können, ohne eine Minute zu warten. Es gibt Zeiten wie diese, in denen die Mitgliedschaft in der Mafia ihre Privilegien hat.

# KAPITEL 4, DMITRY

Ich befördere mein Gepäck ins Schlafzimmer und öffne es auf dem überdimensionalen Bett. Ein Bett dieser Größe sieht man in Europa nicht so oft. Wir neigen eher zur Konservativität und Platz ist teuer. Ich nehme frische Kleider heraus und lege sie methodisch zurecht.

Ich steige in die blau-weiß gefliese Dusche und lasse das heiße Wasser meinen Rücken hinunterlaufen. Ich könnte hier die ganze Nacht stehen, aber ich will nicht auf meinen Mini-Urlaub verzichten und halte es in Maßen.

Ich trockne mich mit einem Handtuch ab und trage eine Lösung in mein langes Haar auf, um es auf meinem Kopf zu glätten und es in Form zu halten. Ich benutze Parfüm und gehe ins geräumige Schlafzimmer. Ich steige in meine engen Jeans. Ich ziehe ein langärmeliges Henley über meine ausgeprägten Schultern und benutze ein kleineres T-Shirt, damit es meine Bizeps verkleinert.

Ich setze mich sogar auf die Bank am Ende des Bettes, um meine stiefelartigen Schuhe anzuziehen, die man hochschnürt. Einige Gewohnheiten, die ich als Soldat gelernt habe, sind schwer aufzugeben. Die Stiefel sind funktional und passen zu allem, außer einem Anzug. Ich sehe mich einmal in der Spiegeltür des Schrankes über. Das T-Shirt hat Falten vom Packen und ich glätte sie so gut wie möglich. Es wird für heute Abend ausreichen müssen.

Ich geselle mich zu Kirill im geräumigen Wohnzimmer und angesichts des Stummels im Aschenbecher, ist er bei seiner zweiten Zigarette. Er bietet mir eine an und ich nehme sie. Ich brauche sie nicht. Es ist eine schlechte Angewohnheit. Normalerweise mache ich das nur, wenn ich mit anderen Rauchern zusammen bin. Ich atme tief ein und lehne mich auf dem Sofa zurück, blase einen Rauchring aus.

"Mann, ich kann kaum glauben, dass du diesen Ort hast. Es ist fantastisch. Warum verpestest du den Raum?" frage ich ihn.

Er zuckt mit den Schultern und ich erinnere mich daran, dass er ein bisschen ein verwöhnter Schnösel war. Aber er hat mir über die amerikanische Kultur beigebracht und wie schwer es ist, Freundschaften über die Jahre aufrecht zu erhalten. Ich stehe auf und öffne die Tür zum Balkon, um den verrauchten Raum zu lüften. Er gesellt sich zu mir und wir blicken auf einen grünen Park mit knospbereiten Bäumen.

„Wir könnten jetzt irgendwo sein, aber irgendetwas daran erinnert mich an Europa."

„Vermissst du es, hier zu leben?" Er klingt besorgt. Seine Augen durchforsten mein Gesicht, um zu sehen, ob ich glücklich bin.

„Natürlich vermisse ich es. Ich wäre verrückt, wenn nicht. Aber es geht immer um Familie, weißt du." Ich zucke mit den Schultern und nehme einen tiefen Zug, versunken in Gedanken für einen Moment.

„Erzähl mir davon. Jemand unterschlägt uns Geld und er macht es sehr geschickt. So geschickt, dass unser Mann Tito nicht herausfinden kann, wer es ist."

„Wer zum Teufel heißt schon Tito?"

„Seine Mutter ist Latina. Sein Vater ist Russe. Er würde viel mehr Scheiß deswegen kriegen, wenn er nicht so ein großer Kerl wäre." Er lacht über die Ironie dessen, was er andeutet.

„Groß?"

„Oh ja, er hat ein Männerdutt und sieht aus wie ein Sumotori.

Er wäre ein großartiger Türsteher", sagt er mit einem Lachen. „Sein technischer Tummelplatz ist kompliziert. Er betreut unsere Computer und Intel und hilft bei verschlüsselten Geldtransfers."

Ich bin nicht überrascht, dass es hier gemischte Ehen gibt, insbesondere in der kosmopolitischen Welt, in der wir heute leben. Reisen ist einfacher und billiger. Websites erleichtern es, Fernbeziehungen zu führen, die sonst nie zustande kommen würden.

In Russland heiraten wir nur andere Russen. Wir wollen wissen, dass wir unseren Ehepartnern vertrauen können und dass sie uns verstehen, und dabei die Blutlinien rein halten. So ist es eben. Familie ist alles. Außenstehende werden mit Misstrauen betrachtet und ich möchte nicht derjenige sein, der das Gewicht all dieser Prüfungen trägt.

Selbst mit einem Bratva-Anführer in der Familie könnte meine Loyalität in Frage gestellt werden, wenn ich außerhalb der Bratva heiraten würde. Meine Familie würde die Heirat akzeptieren, aber die anderen in der Bratva wären nicht so nachsichtig. Das ist ein Alptraum, den ich lieber vermeiden möchte. Ich trage meinen Single-Status wie eine kugelsichere Weste. Niemand durchdringt ihn.

Wir treffen uns, essen spät zu Abend und Kirill fährt uns zu ihrem neuen Club, wo Kirill sein Auto einem Russen zum Parken gibt. Wir dürfen den Club mit unseren Waffen betreten, wenn sie nicht sichtbar sind. Dies ist einer der Vorteile der Bruderschaft und Teil der Familie zu sein, die den Club besitzt. Kirill öffnet Türen. Ich bin stolz auf ihn, dass er so schnell aufgestiegen ist.

Der Club 69 hält, was er verspricht, mit Metallstangen zum Tanzen auf verschiedenen Plattformen in dem, was früher ein altes Lagerhaus war. Wir betreten durch eine Seitentür, die nur für Bratva-Mitglieder reserviert ist. Solange wir unsere Waffen verborgen halten, gibt es kein Problem. Wir mögen es nicht, zu zeigen, was wir tun. Ich kenne die Leute hier nicht, also verschaffe ich mir schnell einen Überblick über meine Umgebung, die Türsteher und die Ausgänge.

"Die Anzahl der Menschen, die sich in diesen Ort drängen, ist wahnsinnig," schreie ich Kirill ins Ohr. Es ist unmöglich, über den lauten Bass aus den Lautsprechern gehört zu werden. Meine Trommelfelle werden für den Rest der Nacht unbrauchbar sein.

So sehr ich meinen Besuch auch genieße, ich mag es nicht, wenn so viele Menschen um mich herum sind. Zu viele Schwachstellen können ausgenutzt werden und wir sind in der Öffentlichkeit. Zuhause bin ich erkennbar, aber in NYC kennt niemand meinen Bruder, der in zwei europäischen Ländern der Anführer ist, per se. Wenn ich hier in Mafia-Kreisen seinen Namen aussprechen würde, würden sie ihn kennen, weil sie mit ihrer Heimat in Kontakt bleiben, da sie alle dort Familie haben. Aber die meisten anderen Amerikaner hätten keine Ahnung, dass ich mit einer sehr wohlhabenden und internationalen russischen Mafia-Familie verbunden bin.

Wir bewegen uns weiter durch den Club. Es gibt private Räume für Gott weiß was. Ich habe solche Orte in Europa für dominanten Sex gesehen und es gibt Orte, an denen Frauen versteigert werden. Ich bin sicher, dass es hier schwieriger wäre, das durchzuziehen. Ich weiß, dass sie durch diese Stadtklubs tonnenweise Drogen schmuggeln.

Ich bewege mich gern und ich stelle mich nie mit dem Rücken zu einer Tür, das würde auch kein Polizist, der seinen Salz wert ist. Ich stelle mich lieber jeder Bedrohung, als von ihr überrascht zu werden. Nenn mich paranoid, aber ich vertraue niemandem außer Kirill. Wir haben zusammen zu viel Scheiße durchgemacht, um ihn nicht in meinen engsten Kreis zu lassen. Ich habe keine Ahnung, wen sein Anführer hier heute Nacht arbeiten hat, aber sie sind schlampig. Ich sehe zu viele Türsteher, die mit College-Mädchen flirten, um ihren Job richtig zu machen.

Während einer routinemäßigen Perimeter-Kontrolle, richtet sich mein Blick auf zwei Mädchen an der Bar. Ein Mädchen ist für meinen Geschmack übertrieben geschminkt, sie wirkt sehr gepflegt und wie es aussieht, wird sie von jemandem gehalten. Wenn nicht von einem Ehemann, dann vom Vater. Das andere

Mädchen ist perfekt, mit dunklen Haaren und einer zierlichen Figur. Ich liebe es, wie sie ihr Kleid mit ihren Hüften ausfüllt, während sie sitzt. Vielleicht hat New York doch noch einige versteckte Perlen zu bieten.

# KAPITEL 5, DMITRY

Wir nehmen unsere Plätze in einem privaten Raum mit Blick auf das Untergeschoss des bekanntesten Clubs in New York City ein. Meine Jacke verdeckt, dass ich eine nicht registrierte Waffe bei mir habe. Wir bestellen eine Flasche Wodka.

„Bring mir deinen besten Champagner", fügt Kirill hinzu, bevor die Kellnerin geht.

Ich werfe ihm einen fragenden Blick zu.

„Es ist für die Tochter meines Chefs. Sie werden heute Abend hier sein. Welche Frau, die auf ihr Gewicht achtet, würde nicht die geringen Kalorien zu schätzen wissen?", höhnt er mit einem schelmischen Grinsen.

„Hab ich da etwa einen Schwarm auf dieses Mädchen bemerkt?" Meine Augenbrauen heben sich überrascht und er rutscht auf seinem Stuhl herum.

„Mm, gefährlich. Die Tochter meines Chefs. Sie wird zweifellos an jemanden verheiratet werden, jetzt, wo sie von einer dieser überteuerten Modehochschulen absolviert hat. Das Mädchen ist ein absoluter Hingucker und wird nie arbeiten müssen", entgegnet er und zuckt mit den Schultern. Als würde er sagen, sie habe ihre Zeit mit dem Collegebesuch verschwendet.

„Es ist die neue Welt. Selbst ein eingesperrter Vogel will Freiheit. Ich denke, es ist eine Errungenschaft, und es lässt sie sich mit ihren Altersgenossen, die nicht in der Unterwelt sind, einfügen. Was erwartest du, worüber sie reden soll, wenn sie nichts mit den anderen Frauen in ihrem sozialen Kreis gemeinsam hat? Sie sind mit Milliardären verheiratet, besuchen Wohltätigkeitsveranstaltungen und gründen sogar ihre eigenen Unternehmen. Bekleidungs- und Kosmetiklinien bringen das meiste Geld ein."

"Einleuchtend", gibt er mit einem Nicken zu, meine Ansicht anerkennend.

Die Kellnerin ist spärlich in Netzstrümpfen und Unterwäsche gekleidet, wie eine Edelprostituierte, passend zum Namen des Clubs. Ich bezahle nicht für Sex, aber ich habe Männer mit ihren Mätressen gesehen und es gibt eine große Ähnlichkeit zwischen den Kellnerinnen und Prostituierten. Ich nehme an, das ist der Sinn der Kleidung.

Da ich weiß, dass dieser Club vom Mob besitzt wird, müssen dort hinten Zimmer für sexuelles Vergnügen und Gott weiß was noch sein. Wir nutzen unsere Londoner Clubs oft, um Drogen zu transportieren und Geld zu waschen. Es ist die perfekte Umgebung, um Drogen unter dem Deckmantel der Unterhaltung zu verkaufen, und es gibt große Menschenmengen voller Millionäre und Milliardäre, denen es egal ist, was sie ausgeben, um ihrem langweiligen Leben zu entfliehen. Ich arbeite gerne für meine Familie und versuche nicht, diejenigen zu beeindrucken, denen alles in den Schoß gefallen ist.

Während ich die Bar absuche, kehren meine Augen zu den beiden atemberaubenden Mädchen zurück. Eine hat blondes Haar und flirtet mit dem Barkeeper. Die andere wartet geduldig und beobachtet dabei die Tanzfläche. Etwas an ihr, das über ihre offensichtliche Schönheit hinausgeht, fängt meine Aufmerksamkeit ein. Sie ist wie eine Society-Lady gekleidet, aber ich glaube nicht, dass sie zu dieser Gruppe gehört.

Ein Mann nähert sich von ihrer linken Seite. Er ist eindeutig nicht in ihrer Liga, macht aber einfach weiter. Er nimmt Kontakt auf und ich sehe seine Lippen sich bewegen. Er lässt sich nicht abschrecken, obwohl sie es vermeidet, ihn anzusehen. Die Blondine ist sich nicht bewusst, dass dieser zwielichtige Kerl ihre Freundin anbaggert und fährt fort, Kirschen von einem Zahnstocher aufreizend zu knabbern.

Inzwischen hat der Kerl, der ihre Freundin beobachtet, eine Drohgebärde. Seine Füße sind fest auf dem Boden neben ihr geplant und er atmet tief ein, denn das ist die einzige Möglichkeit, wie er seine Brust aufplustern kann. Es ist wie in der Paarungszeit, Wobei er seine Dominanz zur Schau stellt, um ihr zu imponieren. Meine Instinkte sagen mir jedoch, dass er nicht da ist, um zu beeindrucken. Er ist hier, um zu nehmen. Er trägt protzige goldene Ringe an seiner rechten Hand und ich stelle mir vor, dass er nach viel zu viel Parfum riecht. Bis jetzt hat sie ihn vermieden, aber das kann sie nicht länger. Wie erwartet, greift er nach ihrem Handgelenk. Ich springe von meinem Stuhl auf, bringe unseren Tisch fast zum Umkippen und jogge durch den Club, um zu ihr zu kommen.

"Was zur Hölle?" Sagt Kirill, als er blind einen Schritt hinter mir folgt.

Ich erreiche die Bar und klemme meine rechte Hand um den Arm des Russen. "Lass los oder stirb."

"Verpiss dich, Junge", sagt er.

Jetzt, wo ich näher bin, kann ich seine grau melierten Haare und den ungepflegten Bart sehen. Ich kann nicht wissen, wer er sein könnte, ohne ein Handbuch der Wichtigen Persönlichkeiten zu haben. Ich bezweifle, dass er ein Brigadier oder ein Capo ist. Mein Bauchgefühl sagt mir, dass er ein Schleimer mit zu viel Geld ist. Wenn dies ein Bratva-Club ist, ist es für die Elite. Er passt nicht zur Szenerie.

Er streckt sein Kinn heraus und trifft meinen Blick, seine Augen wie Billardkugeln. "Haben Sie ein Problem?"

"Ja, das habe ich, "sage ich, ohne zu blinzeln. Wer zuerst wegschaut, gibt die Niederlage zu. Dieselbe Regel gilt für Hunde. Dieser streunende Hund muss angeleint werden, und ich bin derjenige, der es tut.

"Bitte", fleht die Frau den Mann an, sie gehen zu lassen.

Als er nicht tut, was die Dame verlangt, ziehe ich ein Messer aus meiner hinteren Tasche.

"Sie hat höflich gefragt. Jetzt machen wir es auf meine Weise", sage ich in einer tiefen, ruhigen Stimme, bevor ich das Messer in den Rücken seiner Hand steche, die er unachtsam auf die Theke gelegt hat.

Jetzt steckt ein Messer im Rücken seiner Hand. Er schreit vor Schmerz, während ich mein Messer mit einer kleinen Serviette, die auf der Bar liegt, säubere. Er lässt ihren Arm los und ich ziehe sie zu mir, während sie von dem Barhocker rutscht und in meine Arme schlüpft.

Sofort sind wir von Männern in Anzügen und Clubmitgliedern umgeben.

Kirill nimmt seinen Platz neben mir ein und schafft Abstand zwischen mir und dem Schläger. Ich beobachte, wie sich andere Männer in unsere Richtung bewegen. Ich bin mir nicht sicher, ob sie mit uns oder gegen uns sind.

"Was soll das bedeuten?" fordert der Chef der Sicherheit, als drei weitere Sicherheitsleute hinter ihm auftauchen. Wir sind in der Unterzahl.

"Sie gehört mir", sage ich ohne zu zögern. Ich spüre, wie sich der Körper des Mädchens bei der Angabe versteift. "Sie ist nicht auf dem Markt. Er hat den Hinweis nicht verstanden."

Etwas an dieser schönen Fremden lässt mich sie schützen und besitzen wollen.

„Abtreten." Kirill gibt den Befehl und der Mann, der die Sicherheit des Clubs kontrolliert, nickt einmal in unsere Richtung, bevor er sich umdreht und auf Russisch seinen Handlangern befiehlt, den Mann hinauszubegleiten. Er wird zum nächsten Ausgang geführt und die angespannte Situation geht vorbei.

„Danke, das hätten Sie nicht tun müssen", kommt die süßeste Stimme, die ich je gehört habe, und sie richtet sich an mich. „Ich hätte ihn vertrieben", meint sie mit einer Stimme, die eher dazu geeignet ist, weinende Babys zu beruhigen, als Raubtiere zu verscheuchen.

Ich bin beeindruckt von ihrem Mut, und die Tatsache, dass sie mich nicht fürchtet, ist ein Pluspunkt.

Unholde wie der Kerl, den ich gerade abgezogen habe, streunen nachts auf den Straßen herum und verprügeln Männer, die der Bratva Geld schulden. Mit verprügeln meine ich, dass sie Rippen und Nasen brechen. Es ist nur der erste Schritt des Prozesses, jemanden ins Krankenhaus zu bringen für Monate oder Schlimmeres.

"Stimmt, als ob du ein Gegner für einen hundertzehn Kilo schweren Russen wärst." Dies ist meine trottelige Erwiderung.

Ich bin fasziniert von ihren blass-blau-grauen Augen und dem Ausmaß an Verletzlichkeit in ihnen. Ich bin so groß, dass sie den Hals strecken muss, um meinen Blick zu treffen.

"Oh, mein Gott, Papa wird nicht glücklich sein, wenn ich darin verwickelt bin", murmelt ihre blonde Freundin und steht neben Kirill. "Was zum Teufel wollte er?" fragt sie ihre Freundin.

"Ich weiß es nicht. Er hat meinen Arm gepackt", antwortet sie.

"Es wurde kein Schuss abgefeuert. Es ist keine große Sache", informiert sie Kirill. "Ich bin sicher, er war betrunken."

"Vermutlich", erklärt die Frau, die ich als Alena vermute. Die Blonde nimmt die Hand ihrer Freundin in ihre. "Geht es dir gut, Izzy?" Sie schaut ihrer Freundin ins Gesicht, um sicherzugehen, dass sie nicht geschockt ist. Widerstrebend lasse ich meinen festen Griff auf ihren Körper nach, der immer noch an den meinen gepresst ist.

Izzys knackiger, kurviger Hintern streift meinen Schwanz und macht ihn hart. Ich entspanne meinen Griff an ihr, weil ich nicht möchte, dass sie durch meine Erektion, die in ihren Rücken pikt, abgewendet wird. Es gibt gesellschaftliche Regeln zu beachten, und sich mit einer harten Erektion vorzustellen, war nicht so, wie ich es mir vorgestellt hatte. Das ist der einzige Grund, warum ich Izzy erlaube, sich zu bewegen.

"Ja, danke. Aber was zum Teufel?" ich bin so nah, dass ich das Zittern spüre, das durch ihren Körper läuft. "Niemand hat jemals so etwas in den vielen Clubs gemacht, in denen wir im Laufe der Jahre waren", antwortet sie.

Jetzt wird mir bewusst, dass sie nicht in der Mafia-Welt ist. Sonst wäre sie gegen ein einfaches Erstechen immun. "Er ist ein Fremder und dachte, er... er besitzt mich."

Ich sende Kirill einen fragenden Blick.

"Dies ist Izzy." Er anerkennt Izzy. "Und das ist Alena, die Tochter von Michail Pasnov", erklärt er mit einem schelmischen Grinsen.

Ich nehme korrekt an, dass das die Mädchen sind, mit denen wir heute Abend zusammen sein sollten.

Also ist Alena die Tochter seines Chefs, und ihr Vater hat Gewicht. Kein Zweifel, dass die Männer heute Abend wegen ihrer Anwesenheit nachgaben. Sie hat ein direktes Ohr zur Spitze der Bratva, und ihr Vater würde ihre Köpfe auf einem Teller wie eine Ziege beim orthodoxen Osterabendessen servieren.

"Ich bin Izzy", wendet sich die geschmeidige Frau in einem schönen cremeweißen Kleid an mich und reicht mir höflich die Hand.

Ich nehme ihre zierliche Hand und ignoriere das Kribbeln in meinem Unterleib. "Dmitry."

"Danke nochmals. Ich will keinen Ärger", murmelt sie. Ich lehne mich zu ihr vor, um ihre Worte zu hören, da die Musik lauter wird und es schwer zu hören ist.

Izzy ist erfrischend. Russische Frauen haben eine Härte an sich. Sie tun das, was in ihrem besten Interesse ist, um zu überleben, was sie wütend, elend und alles andere als loyal macht.

Frauen, die mich kennen, wollen immer mehr, was vielleicht der Grund ist, warum ich seit dem Tod meiner Freundin nie in jemanden investiert habe. Wenn ich mit einer Frau zusammen bin, ist es nur für einen Fick. Ich habe in letzter Zeit bemerkt, dass ich mich nach diesen Begegnungen leer fühle und oft dabei gesehen werde, wie ich die Clubs früh verlasse und nach Hause gehe, anstatt mich mit zufälligen Fremden zu vergnügen.

Außerdem werde ich nicht bemitleidet für die Narben, die ich mit Tattoos bedeckt habe. Messerkämpfe hinterlassen immer eine Spur. Ich komme gut mit ihnen zurecht und sie sind leichter zu tragen als Waffen, aber jeder Profi hat ab und zu einen schlechten Tag.

„Gehen wir zu unserem Tisch." Kirill bietet eine Hand an, deutet den Damen an, zuerst zu gehen, und wir folgen ganz nah, um sie zu führen.

Jeder in der Bar kehrt zu seinem Getränk zurück und alles wird vergessen.

Wir setzen uns um den Tisch und natürlich setzt sich Izzy neben mich. Ich fange an zu vermuten, dass Kirill als Heiratsvermittler spielt und ich neige meinen Kopf zurück, um ihn zu beobachten. Jemand in meiner Familie hat ihm wahrscheinlich erzählt, dass ich in letzter Zeit nicht ich selbst gewesen bin. Ich gebe zu, dass ich nicht viel Zeit hatte, wie gewohnt mit meinen Brüdern abzuhängen, und jetzt, wo Nikolay verheiratet ist, sehe ich weniger von ihm.

Kirill tut so, als ob nichts vor sich geht. Aber, mein Interesse ist geweckt. Warum Izzy? Warum sie, von all den Leuten die hier heute Abend sind? Sie fügt sich ein wie eine Einheimische, das bedeutet, sie ist keine gezielte Touristin, noch passt sie zu einer von uns.

Und der Mann, der ihren Arm ergriffen hat? Wurde er hierher geschickt, um eine Ablenkung zu schaffen, damit jemand Alena packen konnte? Ich beobachte Kirill und frage mich, ob er Alena unter dem Vorwand eines Doppeldates beschützt. Ich habe gehört, dass sie eine Meinung hat und ihr Vater lässt sie immer beobachten. Ich weiß auch, wie sehr Töchter es hassen, Sicherheitsleute um sich herum zu haben.

Kirill füllt den Mädchen Champagner nach und füllt unsere Schnapsgläser mit Wodka. Alena ist nicht länger besorgt wegen des Vorfalls, und sie plaudert mit Kirill, als ob nie etwas passiert wäre.

Der Club füllt sich, aber ich habe nur Augen für Izzy. Ich bemerkte sie, sobald sie in Sicht kam. Izzy und Alena heben ihre Gläser.

„Ein Toast auf die neuen Absolventen, Prost", sagt Kirill, als wir die Gläser anstimmern.

„Danke für das, was du getan hast", sagt Izzy, als sie an ihrem Getränk nippt.

„Kein Problem. Ich bin sicher, er hat Ärger gesucht", sage ich, und weiß, dass es eine Lüge ist. Männer bemühen sich nicht, die russische Mafia zu verärgern.

Ich bin überzeugt, der Schläger wollte etwas. Es hätte mehr Fragen gegeben, wenn er in der inneren Bratva gewesen wäre. Er ist ein Einzelgänger, und er versuchte, Izzy einzuschüchtern. Was wollte er? Das führt zu mehr Fragen. Etwas passt nicht zusammen, stört mich, denn ich mag Details.

Es würde mich nicht überraschen, einen unzufriedenen Angestellten einen Zug auf Alena machen zu sehen, wegen dem, wer ihr Vater ist. Allerdings bin ich mir nicht sicher, ob jemand sie erkennt, da dies ein neuer Club ist und Mafia-Männer ihre Familien aus dem Rampenlicht der Bratva halten. Sie machen gesellschaftliche Veranstaltungen und Wohltätigkeitsaktionen. Der Mann heute Abend machte einen gewagten Zug. Oder einen verzweifelten. Ich bin mir nicht sicher, welcher. Wenn jemand Alena so gepackt hätte, würde ihr Vater ihn vor dem Morgen tot sehen.

Wir hören Musik und trinken unsere Getränke aus. Kirill schenkt den Mädchen mehr Champagner in die Gläser und wir beide kippen einen weiteren Schnaps Wodka. Ich trinke nie viel, wenn ich in einer neuen Umgebung bin. Ich bin immer im Dienst. Es ist mir in Fleisch und Blut übergegangen.

Ich überprüfe die Ausgänge und die Gruppe, die den Aufruhr verursacht hat, ist weg, aber die Türsteher sprechen in ihre Mikros, die unter ihren Hemden geklemmt sind. Das Kabel zwischen Ohr und Brust ist das deutliche Zeichen für Sicherheit. Ich bin sicher, der Vorfall wurde notiert.

„Was machen Sie jetzt, wo Sie mit der Schule fertig sind?" Kirill drückt auf den Punkt und ich spüre, dass zwischen ihm und Alena vielleicht eine Chemie besteht.

Sein Flirten verrät ihn. Er wird es nicht riskieren, Alena zu verführen, ohne den Segen ihres Vaters. Nein, für ihn müsste er sie formell umwerben. Wenn Alena sich entscheidet, liegt es an ihr. Aber ein Mann in seiner Position sollte sich auf die richtigen Kanäle verlassen, es sei denn, er will am Ende mit dem Gesicht nach unten in einem Kanal landen - und von denen gibt es hier genug.

Schlau, Kirill, beschäftige die Mädchen, während ich die Stimmung im Raum ausloten. Ich dachte, das wäre ein einfacher Job, ein Mini-Urlaub. Jetzt bin ich verwickelt in alles, was in seiner Bratwa passiert, und es geht um mehr als nur das fehlende Geld. Was übersehe ich?

Kirill führt das Gespräch. Izzy scheint noch in Gedanken beim vorherigen Ereignis zu sein, während sie die Hälfte ihres Getränks auf einmal leert, ihre Hände in ihren Schoß legt und mit der Spitze ihres Kleides spielt.

Ich fühle mich relativ warm, kann aber meine Jacke wegen der darunter geklemmten Waffe nicht ausziehen. Nachdem sie noch einmal an ihrem Getränk genippt hat, wird Izzy in ihrem Stuhl unruhig und beschließt es komplett auszutrinken.

„Du bist nervös, oder?" Meine Stimme ist leise, meine Lippen gefährlich nah am Ohr, an dem ich gerne knabbern würde.

Sie ist Vanille und Gewürz, eine tödliche Kombination aus subtiler Sexualität, und mein Schwanz drückt wieder gegen den Reißverschluss meiner Jeans. Zweimal in fünf Minuten, was um alles in der Welt ist nur falsch mit mir?

„Bist du mit Kirill hier?" Schlaues Mädchen, sie möchte meine Verbindung wissen.

„Wir sind Freunde. Ich komme aus Europa. Bin nur für eine Woche oder so hier. Und du?"

„Ich bin Alenas Mitbewohnerin. Wir haben gerade unser Studium abgeschlossen."

„Was wollte der Russe von dir?"

„Er fragte nach meinem Namen, und ich befahl ihm, mich in Ruhe zu lassen. Ich glaube, er hat mein Tattoo gesehen und mich am Arm gepackt."

„Welches Tattoo?"

Sie zieht den Ärmel an ihrem rechten Arm ein paar Zentimeter hoch, um ein kompliziertes Tattoo eines Blauvogels freizulegen. Ich möchte sie berühren und ergreife die Gelegenheit. Mit meiner rechten Hand, über deren Knöchel Narben laufen und deren kleiner Finger gebrochen ist, umfasse ich ihr zartes Handgelenk. Ich betrachte das Kunstwerk und streiche leicht über die blaue Tinte. Ihre Berührung bringt meine Hoden zum Hartwerden, und mein Schwanz drückt gegen den Reißverschluss meiner Hose. Ich bin mir sicher, dass ich jetzt einen Reißverschlussabdruck habe.

Ein Vogel ist ein Symbol, das einem gewöhnlichen Zivilisten nichts bedeutet. Sie gehört jemandem an oder ist die Frau von jemandem.

„Wer bist du?" Ich bin fasziniert von ihr. Wer hat jemanden vor Alenas Nase versteckt?

„Ich sagte dir schon, Izzy, Izzy Lucci."

Ihr Nachname ist italienisch. Sie sollte in diesem Teil der Stadt sicher sein. Zuletzt hörte ich, dass die Russen daran arbeiteten, eine Allianz mit den Italienern zu bilden. Ich schiebe meine Finger unter ihr Kinn und neige ihren Kopf zurück, und unsere Augen treffen sich. „Warum dieses Tattoo?"

„Es ist für meine Mutter. Sie hatte eins mit einem Käfig und sagte mir immer, ich solle frei sein. Ich habe es zum Gedenken an sie stechen lassen. Ich vermisse sie."

„Ist sie gestorben?" Ich will nicht so direkt sein, aber es ist notwendig.

„Ja." Eine dunkle Wolke zieht über ihr engelhaftes Gesicht. „Es war ein Autounfall vor vielen Jahren."

„War sie in der Bratwa, bei den Italienern, involviert?"

„Nein, sie hätte so etwas nie getan. Sie war süß und bodenständig. Wir haben in Connecticut gelebt."

mm. Ich möchte nicht drängen und sie misstrauisch machen. Heute Abend soll nur Spaß gemacht werden.

Ich lehne mich vor, fülle die Flöten nach und gieße mir und Kirill einen weiteren Schnaps ein. Ich nippe an meinem Wodka, um einen klaren Kopf zu behalten. Als ich meine Aufmerksamkeit wieder Izzy zuwende, lässt der verwirrte Ausdruck auf ihrem Gesicht mich glauben, dass sie die Wahrheit sagt. Ich bin abgestumpft. Vielleicht ist ihr Tattoo ein Zufall.

„Lass uns tanzen." Es ist ein Befehl, keine Einladung. Ich muss von diesem Tisch weg und meinen Kopf klären. Ich hasse Tanzen, was zeigt, wie wolkig mein Kopf gerade ist.

Izzy rutscht von ihrem Stuhl und steht neben dem Tisch, wartet auf mich. Ohne mich kommt sie auch nicht weiter. Kirill wirft einen Blick in meine Richtung, erfreut darüber, dass wir uns gut verstehen, bevor er seine Aufmerksamkeit wieder Alena zuwendet. Sie scheinen ein tiefgründiges Gespräch zu führen, wenn man bedenkt, dass sie ihren Vater gemeinsam haben. Ich bin nicht überrascht. Männer, die in der Rangordnung aufsteigen, sind eine Macht, mit der man rechnen muss, und Kirill scheint auf dem Weg zu sein. Vielleicht heiratet er Alena, was sie zu einem einflussreichen Paar in inneren Zirkel machen würde.

Ich nehme Izzys Hand und sie zieht sie nicht zurück. Stattdessen hält sie meine, während sich meine Hand um ihre schließt. Wir schlängeln uns durch die Menge, um die Tanzfläche eine Ebene tiefer zu erreichen. Ich werfe einen Blick nach oben. Kirill sitzt immer noch mit Alena. Techno-Musik ist neu, aber der Beat ist solide und leicht zu folgen. Ich schaue hinunter und betrachte ihr Gesicht. Sie lächelt mich an, und ich bewege meine Füße. Dies macht sie glücklich, da sie das Lächeln erwidert, mit den Hüften wackelt und zeitgleich mit den anderen auf der Tanzfläche die Arme in die Luft wirft. Sie kennt alle aktuellen Tanzschritte in New York City. Ich habe das Gefühl, diese Leckerbissen werden mich auf Trab halten. Ich bin nicht hierher gekommen, um eine Romanze zu beginnen. Eine internationale Beziehung steht ganz hinten auf meiner Liste. Das ist eine Komplikation, die ich nicht brauche oder will. Abgesehen davon wäre sie als meine Frau ohne mich nie sicher. Das bedeutet, wir müssten ständig zusammen sein, was die Wahl eines Heimatlandes erfordern würde.

Da sie zusammen mit Alena ihren Abschluss gemacht hat, ist

ihre Ausbildung für eine Durchschnittsperson zu teuer, um sie nicht gewinnbringend zu nutzen. Das ist eine weitere Komplikation, denn meine Frau wird nicht arbeiten. Es reflektiert sich auf mich und meine Macht. Wenn ich es nicht schaffe, meine Frau zu unterstützen, kann ich auch die Soldaten nicht unterstützen und das würde mich schwach aussehen lassen.

Warum zum Teufel denke ich überhaupt darüber nach? Ich finde mich von dieser Frau mit dem Vogeltattoo fasziniert. Ich muss sie verführen und sie aus meinem System bekommen. So einfach ist das. Bars sind berüchtigt für One-Night-Stands, und doch verliere ich mich in der Musik und der Art, wie sich ihr Körper bewegt. Sie weiß, wie sie ihre Hüften schwingen kann und sie schwenkt sie in einem anzüglichen Kreis. Der nächste Zug bringt sie direkt vor mich. Ihr fester Hintern reibt an meinem Schritt. Und er regt sich.

Verdammt.

Ich lege meine Hände auf ihre Hüften und sie wackelt sie im Takt der Musik. Heilige Mutter Gottes. Ich drehe sie um und senke meinem Kopf in ihren Nacken, vergrabe mein Gesicht in ihren Haaren, während meine warmen Lippen ihr Ohr knabbern.

„Wir müssen gehen", sage ich. „Jetzt."

Es ist kein Vorschlag. Ich bin so erregt, dass ich explodieren könnte, wenn ihr knackiger Hintern das nächste Mal meinen Schwanz streift. So erregt war ich noch nie. Es ist, als würde ich einen Kontakt-Rausch erleben, ohne Drogen genommen zu haben. Ich muss dringend hier raus und sie vögeln.

Ich ergreife ihre Hand und führe sie zur Seitenpforte, die Kirill und ich früher benutzt haben. Ich rufe ein Uber. Und Kirill. "Alena wird Deine Handtasche nach Hause bringen," teile ich Izzy mit, während wir am Strassenrand stehen.

Meine Lippen sind auf ihren. Ihre Lippen sind weich und nachgiebig unter den meinen. Ich drücke fester, will jeden Zentimeter von ihr verschlingen. Ihre Arme gleiten um meinen Hals, und meine Hände ziehen ihren Körper fest an meinen.

Das Auto hält vor. Ich öffne die Tür. Sie rutscht zuerst hinein.

Ich schaue einmal kurz in der Gegend herum. Nichts sieht verdächtig aus, also glaube ich nicht, dass wir verfolgt werden. Ich muss immer arbeiten und entscheide, dass ich heute Abend mal entspannen muss.

Ich freue mich darauf, Izzy zu vögeln. Aus irgendeinem Grund will ich, dass sie mich nie vergisst.

Ich sage dem Uber-Fahrer, er soll uns zu einer Kreuzung ein paar Blocks von der Wohnung entfernt bringen, um sicher zu gehen. Wir steigen aus, und ich lege meinen Arm um sie während wir gehen. Mir fällt auf, dass ihre weiche Haut von Gänsehaut bedeckt ist. Die Nachtluft ist nach meinem Empfinden warm. Sie ist entweder ein wenig kalt oder nervös. Ich ziehe sie enger an mich, während wir gehen und führe uns in das gesicherte Gebäude ohne sichtbaren Pförtner. Ich hoffe, Kirill kontrolliert die Überwachungskameras draußen und in der Lobby. Ich will nicht auf Video zu sehen sein, wenn ich es verhindern kann.

Wir nehmen den privaten Aufzug, und ich drücke den Knopf. Sobald sich die Türen schließen, drehe ich mich um und überrasche sie. Ich drücke sie mit einer Hand an der Kehle gegen die Metallwand. Sie ist unter meiner Kontrolle. Ihre leicht geschwollenen Lippen sind geteilt, als ob sie nach mehr verlangt. Eine Hand streicht durch ihr Gesicht, während die andere sie still hält. Ich neige meinen Kopf. Meine Lippen bedecken ihre. Ich küsse sie zunächst sanft. Ich knabbere und necke sie, reize sie. Mein Schwanz ist prall, und ihre Hände gleiten um meinen Hals. Sie schlingt ein Bein um meine Hüfte und zieht mich zu sich. Sie will das genauso wie ich. Sie kann nicht wissen, dass ich dabei bin, die Erinnerung an jeden Mann, mit dem sie je zusammen war, auszulöschen. Ich habe vor, sie bis an den Rand der Frustration zu treiben und sie um mehr betteln zu lassen. Wenn ich mit ihr fertig bin, wird sie meinen Namen schreien, während sie auf meinem Schwanz kommt.

# KAPITEL 6, IZZY

Wenn Dmitry mit Kirill abhängt, muss er jemand Wichtiges sein. Ich war noch nie mit einem Mafioso zusammen. Ich hatte immer Angst, zu nahe zu kommen und in eine Welt hineingezogen zu werden, in der ich ihre kriminellen Wege ablehne. Ich mache mir Sorgen, mich selbst zu verlieren, wenn ich wie sie werde.

Heute Nacht ist ihre Welt in meine eingedrungen. Ich bin nicht immun gegen Gefahr, aber diese Woche war intensiv. Zwischen dem Stalker und dem Messer fühle ich, als würde mein Leben in die falsche Richtung rasen. Geht meine Freundschaft mit Alena mit Fesseln einher, die mich für immer an die Mafia-Welt binden werden?

Ich habe keine Ahnung. Alles, was ich weiß, ist, dass Dmitry's dunkle Augen mich sehen. Wie wusste er, dass dieser Mann mich packen würde? Hat er mich beobachtet? Wie konnte er das mit einem Messer machen und nicht verhaftet werden? Ich weiß, heute Nacht ist das erste Mal, dass ich mich seit dem Stalker sicher fühle.

Sein Englisch ist gut, aber ich habe merkte was sich anhört wie ein russischer Akzent. Ich schmelze in seinen Armen, und er kann mich ewig küssen ohne zu atmen. Die Tatsache, dass er ein Messer in die Hand eines Mannes stechen kann, ohne zu blinzeln, gibt mir

Grund zum Nachdenken. Ich habe gesehen, wie brutal die Russen aufgrund ihres Rufs sein können. Heute Nacht habe ich aus erster Hand gesehen, wie brutal sie sein können. Die Gewalt war sofort da und ließ mein Herz einen Schlag aussetzen. Dieser Mann weiß, wie man einen Raum kontrolliert, und er hat es getan, um mich zu schützen.

„Du bist wunderschön", murmelt er. Seine Hände sind alles andere als grausam, als er sie über meine Arme gleiten lässt und meine Brüste streichelt, dabei die Brustwarzen durch meinen dünnen BH reibt. Ich will ihn daran erinnern, dass wir in der Öffentlichkeit sind, aber die Worte sterben auf meiner Zunge, weil er sie in seinen Mund saugt. Ich kann ihm nicht widerstehen, als er meinen Körper in ein Fieber versetzt, das ich noch nie gekannt habe. Oh mein Gott, ich bin dabei, wenn das bedeutet, ein böses Mädchen zu sein. Der Aufzug macht ein Ding, und das Timing ist perfekt. Ich brauche Luft. Er gibt meiner unteren Lippe einen letzten Biss, bevor er aus dem Aufzug steigt und meine Hand nimmt, während ich ihm folge.

Der holzige Duft seines Parfüms und teuren Wodkas weht über mich hinweg. Ich atme ihn ein, und seine Berührung macht meine Höschen nass. Wie lange ist das her? Zu lange. Das wird sich jetzt ändern. Ich habe genug vom Zuschauen, während andere den ganzen Spaß haben. Ich werde heute Nacht ein böses Mädchen sein und auf der wilden Seite leben. Was ist schon dabei, ein einmaliges Abenteuer zu haben? Ich will diese Nacht mit diesem Mann auskosten, der bewiesen hat, dass er ein kurzes Zündschnur hat und unbarmherzig sein kann, wenn seine Forderungen nicht erfüllt werden. Noch nie hat ein Mann mich verteidigt. Es war aufregend, ermächtigend und … anregend. Vielleicht haben Frauen, die mit gefährlichen Männern zusammen sind, wirklich mehr Spaß.

Er führt mich in ein großes Apartment, und die Küchenlichter gehen durch einen Sensor an. Die Tür schließt sich automatisch hinter uns wie in einem Hotelzimmer. Ich habe weder mein Handy noch meinen Ausweis dabei. Ich bin unvorsichtig. Ich bin mit einem Fremden alleine, und mein Herz rast wie ein Formel-Eins-

Motor. Dmitry leert seine Taschen auf die Theke und drängt mich gegen die nächste Wand. Er schlüpft aus seinen Schuhen, zieht meine stilettos aus und streichelt jeden Fuß, nachdem er den Schuh weggeworfen hat. Wer hätte gedacht, dass das erotische Schauer meinen Rücken hochschicken würde?

Er findet den Reißverschluss an der Rückseite meines Kleides und ich höre, wie er es öffnet. Ich stöhne gegen seinen starken Unterkiefer, bevor er einen Pfad von Küssen über meinen Hals zu meinen vollen Brüsten hinterlässt. Er öffnet meinen Spitzen-BH und legt meine Brüste frei, die sich in der kühlen Luft zusammen-ziehen, als bettelten sie darum, gestreichelt zu werden. Ich sehne mich nach seiner Berührung. Sie verwandelt meinen Kopf in ein weiches Wattebausch.

Er packt rücksichtslos eine meiner Brüste. Ich keuche. Ich bin keinen harten Sex gewohnt, aber Hitze durchströmt mein Höschen. Ich will mehr. Ich lege meine Arme um seinen Hals und ziehe ihn näher an mich heran. Mit einem nackten Bein um seine Hüfte, öffne ich seine Hose, schiebe meine Hand in seine Unterhose und ergreife seinen stahlharten Penis. Als seine Lippen meine Brust-warzen begehren, ergießt sich Feuchtigkeit zwischen meinen Schenkeln und ich sinke weich gegen die Wand.

Er fängt mich auf, indem er mich in seine Arme nimmt. Ich lehne meinen Kopf gegen seine breite Brust, während er mich so leicht wie eine Feder in ein Schlafzimmer trägt. Mit einer Hand schlägt er die Decke zurück und legt mich auf das Bett, meine Beine baumeln über die Seite.

Er streift seine Unterhose ab und öffnet sein Hemd, lässt es lautlos auf den Teppichboden fallen. Im sanften Schein einer Nachttischlampe wandern meine Augen von seinen düsteren dunklen Augen zu seiner breiten, mit Tattoos bedeckten Brust. Seine Muskeln spielen. Ich höre, wie meine Höschen zerrissen werden, nachdem er einen Finger darunter geschoben hat, sodass ich bloßgestellt bin, körperlich und emotional.

Er zieht mich quer über das Bett zu sich heran. Als meine Vagina in einer Linie mit seinem Penis liegt, kniet er sich hin. Mit den Händen unter meinen Pobacken winkelt er mich zu sich herauf. Ich spreize meine Beine und er verschlingt mich. Mit einem Rucken meines Rückens greife ich in die Laken und ball sie zu Fäusten, während die Lust meinen Kopf schwirren lässt. Seine Fingerspitzen drücken so hart in meine Schenkel, dass es schmerzt. Die blauen Flecken werden mich daran erinnern, dass das hier kein Traum war.

Er murmelt etwas auf Russisch und fährt mit der Zunge um meine inneren Lippen, bevor er sich auf meine Klitoris konzentriert. Er bringt mich fast zum Höhepunkt, dann zieht er sich zurück. Ich möchte ihm eine Ohrfeige geben. Wie kann er es wagen, mich so im Stich zu lassen?

„Fick mich", flehe ich, als ich vor Lust zucke, die in jeder Faser meines Wesens lodert.

„Noch nicht, dorogoy", sagt er, während er mit seiner Zunge meine Oberschenkel hinauffährt und aufsteht.

Er reibt die Spitze seines erigierten Schwanzes an meiner Vagina, massiert meine Schamlippen und meine Klitoris. Ich hole tief Luft und beiße in meine Faust, um nicht zu schreien. Meine andere Hand greift in seine Brusthaare, ermutigt ihn, mich zu ficken.

Er beugt sich vor und küsst sanft meine Wange, dann meine Lippen. Ich greife in sein dichtes Haar. Unsere Blicke treffen sich.

"Ich werde dich hart ficken", flüstert er. Er greift nach einem Kondom auf dem Nachttisch, reißt es mit den Zähnen auf und streift es über. Er beugt sich ein wenig vor und stößt seinen erwartungsvollen Penis in meine Vagina. Ich wimmere. Er ist groß, und ich bin klein. Seine Augen blitzen schelmisch auf. „Du bist so eng. Das könnte wehtun."

Ich greife nach seinen Schultern, um mich abzustützen, als er in mich eindringt und ich seine Ausdehnung mit einem Stöhnen spüre. Es tut weh, aber es ist das unglaublichste Gefühl der Welt.

Er wirkt nicht wie ein Mann, der auf sanfte Gefühle steht, doch er fragt: „Ist alles in Ordnung, Izzy?"

„Ja, ja", versichere ich ihm mit sanfter Stimme.

„Fein", sagt er, bevor er in mir ein- und ausgleitet, mich höher und höher hebt, bis mein Orgasmus mich zerbricht.

Ich schreie in die Dunkelheit, während ich seine Schultern ergreife. Er stößt noch ein paar Mal zu, bevor er einen langen Seufzer von sich gibt, ein letztes Mal zuckt und mich dann an seine Brust zieht und mich sanft in seinen Armen hält. Ich bin in der Luft aufgehängt, halte mich an seinen prallen Bizeps fest. Die gut ausgeprägten Trapezmuskeln seines Rückens stützen mich.

„Und jetzt, wie fühlst du dich?"

„Wunderbar", flüstere ich. Mein Mund ist ausgetrocknet vom Schreien und Stöhnen, während ich während meines letzten Höhepunktes an seinem Rücken gekratzt habe.

„Gut." Er rollt sich neben mich. „Brauchst du irgendetwas, mein kleiner Vogel?"

„Wasser, bitte."

Er verlässt das Zimmer lautlos. Ich höre Wasser aus dem Küchenhahn laufen. Er kommt zurück und reicht mir das gefüllte Glas. Ich trinke es in großen Schlucken, dann wische ich die Tröpfchen von meiner Lippe.

Ich stelle das Glas auf den Nachttisch und er zieht mich zurück ins Bett und deckt mich zu.

„Schlaf jetzt."

„Du hast mich kleinen Vogel genannt. Was bedeutet das?"

„Morgen werde ich dir mehr erklären. Jetzt müssen wir schlafen, denn ich werde dich in ein paar Stunden für Runde zwei wecken."

„Oh", erwidere ich. Jetzt werde ich nicht schlafen können. Verdammt, dieser Mann ist ein Biest.

Ich habe auch Fragen an ihn. Ich fühlte die Narben auf seiner Brust und ich konnte erkennen, dass ein Bein eine Verletzung erlitten hatte, die es leicht deformiert zurückließ. Ich frage mich, ob er gefoltert wurde.

Irgendwann in der Nacht werde ich von einer Hand wach, die meinen Arm entlang fährt, meinen Körper streichelt. Sofort bin ich erregt. Ich drehe mich um und Dmitrys Gesicht schwebt über meinem. Er rollt sich auf mich und sein gehüllter, harter Schwanz dringt mit einem Stoß in mich ein und schleudert meinen Körper zurück. Ich keuche. Meine Hände klammern sich an seine Bizeps, meine Zehen krümmen sich. Ich hätte wahrscheinlich auch ohne ihn kommen können, aber als er wieder in mich eindringt, bin ich froh, dass ich gewartet habe.

Meine Augen flattern auf, als das Sonnenlicht zwischen den Lamellen der Jalousien hindurchschaut. Dmitry ist mit einer Tasse heißem Kaffee neben mir. Ich setze mich auf und nehme sie ihm ab. Der Geruch allein reicht aus, um mich zu beleben. Er hat mir Kaffee ans Bett gebracht. Wird dieser Mann mich immer überraschen? Oder will er mich nur beeindrucken?

„Guten Morgen." Er geht in Richtung des offenen Badezimmers und stellt die Dusche an. „Ich wollte dich nicht wecken. Du warst sehr müde."

„Das hätte ich nicht gedacht." Ich trinke den Kaffee und versuche dabei nicht zu ersticken, während ich seine große Statur betrachte. Meine Augen ruhen auf einer Narbe an seiner Seite, die aussieht wie ein Einschussloch und dem Schnitt von dem Messer, mit dem es entfernt wurde.

„Sind das alles Narben von der Arbeit?"

Diese Frage muss er von jeder Frau gestellt bekommen, mit der er zusammen war.

„Ja, einige auf meiner Brust waren Unfälle während des Trainings. Andere stammen von Messerkämpfen, in denen ich nicht gut genug war." Er bewegt sich methodisch durch den Raum und zieht Kleidung zum Anziehen heraus. „Duschen oder weitere Fragen?" Er schenkt mir einen Blick, den ich aber nicht lesen kann. Es ist, als würde er wieder arbeiten und alles, was gestern Nacht passiert ist, ist verschwunden.

Also, das ist also das Zusammensein mit diesen Kerlen. Kein Wunder, dass Alena keine Verbindungen zu diesen Männern geknüpft hat. Sie sind unerreichbar. Es ist, als ob ein Vorhang für den Sex herunterkommt, und dann wechselt er zurück zu seiner kurzen und distanzierten Art. Er macht auf mich keinen vertrauensvollen Eindruck, vor allem, wenn er mich über meine Vergangenheit ausfragt. Ich bin froh, dass er dem Mann im Club nicht mehr angetan hat. Nachdem ich gesehen hatte, wozu er fähig war, habe ich angenommen, dass er das schon früher getan hat. Wie viele hat er getötet? Ich mache mir nicht vor, zu wissen, wie sein Leben in der Bratva aufgewachsen war. Ich bin mir nicht sicher, ob ich diese Seite von ihm sehen möchte. Es macht mir Angst, dass sein Leben so viel Dunkelheit beinhaltet.

"Dusche." Ich nehme die Brotkrumen, die er mir gibt. Er ist besitzergreifend und beschützend zu mir. Ich werde ihn im Laufe der Zeit herausfinden. Wenn ich in seiner Welt überleben will, darf ich mich nicht von seiner veränderten Haltung verletzen lassen. Die meisten Männer hätten nach einem One-Night-Stand schon vor Tagesanbruch das Weite gesucht. Dmitry hat mir das Frühstück gemacht.

Wir duschen, beide in unseren Welten verloren, und er reicht mir ein Handtuch, als er aussteigt. Ich trockne mich ab und habe nur das schicke Kleid für den Walk of Shame nach Hause. Ich hoffe, Alena ist in der Wohnung, wenn ich ankomme, damit sie mich hereinlassen kann. Was ist nur in mich gefahren letzte Nacht?

Ah, die Chemie zwischen uns war dichter als der Smog in Peking. Ich hoffe, Dmitry ist nicht so tödlich.

"Warum das lange Gesicht?", fragt er, während er seine Jeans anzieht.

"Ich habe nur die Kleidung von gestern Nacht. Ich kann nicht glauben, dass ich nicht einmal für meine Handtasche zurückgekehrt bin."

"Nichts Schlimmes ist passiert. Hier", sagt er, während er sein Hemd aufhebt und es mir an den Kopf wirft. "Trag das. Ich schaue mal, was wir zum Essen haben und fahre dich danach nach Hause. Dort kannst du dann dein Kleid anziehen."

Ich fange das Hemd auf, und es ist riesig im Vergleich zu meinem zierlichen Körper. Er zieht ein weißes T-Shirt über seinen Kopf und schlüpft in seine Jeans, bevor er in die Küche geht, und ich bleibe zurück und knöpfe tonnenweise teure Knöpfe zu. Ich schnuppere an diesem Hemd. Es riecht nach ihm, kombiniert mit dem verweilenden Duft seines Parfüms.

"Gefällt dir der Geruch?", fragt er, während er mich vom Türrahmen aus beobachtet.

Erwischt. Verdammt.

„Mm. Was gibt's zum Frühstück?"

„Das wollte ich dich gerade fragen. Ich kann Eier und Toast machen."

„Perfekt", antworte ich und tue so, als wäre ich nicht beeindruckt, dass er einen Herd benutzen kann.

## KAPITEL 7, IZZY

Dmitry bereitet mir einen weiteren Kaffee zu und gibt Godiva Schokoladenlikör hinzu. Der Kaffee wird per Knopfdruck zubereitet. Es würde mich nicht wundern, hier einen italienischen Barista anzutreffen, aber Dmitry ist schließlich Russe. Was trinken sie, wenn sie keinen Wodka trinken?

„Trinkt man in Russland mehr Tee als Kaffee?", frage ich.

„In etwa gleich. Warum?"

„Nur so aus Neugier", antworte ich. Ich sitze auf einem Hocker und obwohl er eine Rückenlehne hat, lehne ich mich lieber mit den Ellbogen auf die Theke. Mein Kinn ruht in meinen Handflächen und ich betrachte ihn mit meinen Augen.

„Noch weitere Fragen?" Er dreht sich um und schlägt Eier in eine heiße Pfanne, während Toast aus dem Toaster springt. Er bestreicht den Toast schnell mit Butter und wendet die Eier wie ein Schnellkoch.

„Nein."

„Na dann, guten Appetit", sagt er und schiebt den Teller mit Essen unter meine Nase. Ich richte mich auf und nehme meine Ellbogen von der Theke.

Er bleibt stehen, hält seinen Teller in einer Hand und reicht mir mit der anderen eine Gabel.

„Danke." Ich fange an zu essen. Ich habe einen Bärenhunger. Ich habe die Paninis im Club aufgegessen.

„Ich habe Fragen", sagt er. Sein leichter Akzent ist verführerisch. Mir gefällt, wie die Worte mich umgeben und mich fühlen lassen, als wären wir mehr als Bekannte. Er hat eine selbstbewusste Ausstrahlung, die mich schwach werden lässt.

„Was?" Ich löffle Eier in meinen Mund. Die Würzung ist perfekt und ich erhasche einen Blick auf die Gewürzflaschen, die er benutzt hat. Knoblauch und Steakgewürz? Ich hätte nie daran gedacht, das auf Eier zu tun.

„Ich verstehe nicht, warum du dieses Tattoo hast", sagt er.

„Ich habe es dir gesagt, es ist für meine Mama. Es erinnert mich an sie. Sie hatte ein Vogel- und Käfig-Tattoo auf ihrem Handgelenk. Ich meine, es ist ein hübscher Vogel, er ist blau. Außerdem hat heutzutage jeder Tattoos."

„Ich frage, weil das Tattoo mit dem Vogel im Käfig symbolisch für Frauen in der Mafia steht. Unsere Frauen gehören uns und wir halten sie in Käfigen, um sie zu schützen. Ihr Tattoo deutet darauf hin, dass sie ihren Käfig verlassen hat." Seine Augen sind so kalt und hart wie schwarzes Eis. Verdammt, es sieht aus, als wäre er bereit, mir an die Gurgel zu gehen. Männer.

Ich bin verwirrt. Meine Mutter hat mir nie die Bedeutung ihres Tattoos erklärt.

„Sie war der Typ, der nichts mit Kriminellen zu tun hatte. Sie war sanftmütig, zurückhaltend und mied Aufmerksamkeit. Sie kaufte ihre Sachen in Secondhand-Läden, weil wir nicht viel hatten, also opferte sie für mich. Es ist ziemlich beschissen, dass ich nicht mit beiden Eltern aufgewachsen bin. Ich hätte gerne Geschwister, eine Familie. Ich sehne mich danach, das Gefühl zu haben, dazuzugehören", füge ich hinzu, für den Fall, dass er den Punkt verpasst hat, dass meine Mutter anders war als die Frauen, die er in der Mafia kennt.

Bevor meine Mutter bei dem Autounfall ums Leben kam, war sie mit einem langjährigen Freund zusammen und hatte vor zu heiraten. Es ist schade, weil ich ihn mochte und ihn gerne Vater genannt hätte. Er war ein erfolgreicher Investor an der Wall Street. Er mochte alle modernen irischen Bands und sang mir alte irische Lieder vor, die sein Großvater ihm beigebracht hatte. Meine Mutter lachte über sein Singen, aber ich weiß, dass es ihr gefiel.

Ich zucke mit den Schultern. „Nun, ich mag meinen Vogel. Muss es mehr dazu geben?"

Er sieht von seinem Essen auf, schluckt und sagt: „Ja." Seine Augen brennen sich wie heiße Eisen in meine. Er steht da, während er von einem Teller isst, der auf seiner Hand balanciert.

„Was hat dich denn so aus der Fassung gebracht?", frage ich.

„Ich verstehe diesen Ausdruck nicht."

"Boxershorts", erkläre ich. "In deinem Po steckend."

Er verschluckt sich an seinem Essen. Nach einem Hustenanfall spricht er. "Ihr Amerikaner. Immer so lustig, was?" Er isst seinen Teller leer und stellt ihn in ein Waschbecken, das aussieht, als ob es noch nie benutzt worden ist.

"Nun, du hast auch Tattoos."

"Ja, um Narben zu verdecken und von einer verrückten Reise nach Miami mit zu viel Alkohol. Aber du würdest so etwas nicht tun. Du magst Ordnung. Alles, was du tust, ist geplant."

Seine Augen sind wieder auf mir, und mein Kinn klappt herunter. Verdammt, er hat mich eingeschätzt. Er ist wahrscheinlich ein Auftragskiller.

Verdammt.

Ich räuspere mich. "Jetzt spielst du den Psychologen?"

"Ich nenne es, wie ich es sehe, und ich irre selten. Du hast ziemlich robuste Fingerkuppen, was bedeutet, dass deine Kunst mehr Handarbeit als feine Arbeit ist. Von einem Pinsel kriegt man wohl kaum solch starke Finger. Alena malt, und ihre sind immer noch sehr...." Er spielt jetzt mit mir. "Weiblich."

Seine Augen erinnern mich an dunkle Todesbecken. Sie sind so schwarz, so tief, und ich kann nichts in ihnen lesen. Ich frage mich, ob er überhaupt etwas fühlt. Er könnte ein Psychopath sein, soweit ich weiß.

"Ach, jetzt bin ich also eine Höhlenbewohnerin? Typisch für

einen Russen. Ihr seid es gewohnt, dass Frauen die ganze Schwerarbeit erledigen." Ich beende den letzten Bissen meines Essens, der mir die Kehle hinunterrutscht. Er überrascht mich, indem er mit seinen katzenartigen Reflexen mein Handgelenk ergreift.

Heilige Scheiße. Ich springe so schnell von meinem Stuhl auf, dass er nach hinten fliegt und kracht, als er auf den Marmorboden trifft. Ich kann mich nicht bewegen. Ich ziehe meinen Arm, aber er bewegt sich schnell um das Ende der Insel herum. Mein Handgelenk fängt an wehzutun.

"Wo liegt das Problem?", verspottet er mich mit seinem sarkastischen Tonfall.

"Was willst du?"

"Die Wahrheit."

"Ich habe dir die Wahrheit gesagt. Glaube, was du willst, aber ich gehöre nicht zu deiner Sorte. Ich bin Alenas beste Freundin. Ich habe Immunität."

"Niemand hat Immunität. Wenn du uns verrätst, uns anlügst, werden wir dich genauso töten, wie wir einen Fisch fürs Abendessen ausnehmen würden."

Oh, verdammt. Wo ist Alena? Ich bin bei einem Verrückten.

"Lass los!" schreie ich.

"Dieser Bastard in der Bar hat dir einen blauen Fleck auf den Arm gemacht." Er zeichnet die Markierung sanft mit seinem Finger nach. Ich bemerke zum ersten Mal seinen krummen kleinen Finger. Er sieht aus wie eine alte Verletzung, die falsch verheilt ist. Er ist voller Kampfnarben und hat wahrscheinlich zu jeder eine Geschichte. "Ich hätte ihn töten sollen", murmelt er. "Ich werde seinen Kopf dafür fordern."

"Kopf?" Mir wird schwindlig. "Nein, bitte. Ich bin sicher, er war betrunken. Ich kann nicht für den Tod eines anderen verantwortlich gemacht werden. Davon habe ich genug."

"Erklär das." Er lässt mich endlich los. Ich seufze erleichtert und reibe mein Handgelenk.

Dmitry kann ein beängstigender Typ sein. Seine Stimmungsschwankungen und gespaltene Persönlichkeit lassen meinen Kopf schwirren. Ich tue mich schwer zu bestimmen, welche der beiden der echte Dmitry ist.

"Du hast ernsthafte Vertrauensprobleme", schnaufe ich, entschlossen, ihm nicht die Oberhand zu lassen.

"Du auch. Ich glaube nicht, dass du jemals so gekommen bist wie gestern Abend."

"Das liegt nicht an dir zu entscheiden. Ich hatte anständige Liebhaber." Ich stehe mit hoch erhobenem Kinn und herausgestreckter Brust da. Verdammt. Ich bin immer noch in seinem Hemd, und es ist schwierig, einen ernsten Punkt zu machen, wenn ich keine Unterwäsche trage.

Seine Augen treffen auf meine, und wir liefern uns ein Starren. Es ist wie ein Kinderspiel zu sehen, wer zuerst blinzelt. Ich gewinne solche Spiele nie. Außerdem trocknet die Winterluft meine Augen die Hälfte der Zeit aus.

Ich blinzele zuerst.

"Du hast Geheimnisse." Er geht in die Küche, spült das Geschirr und die Pfanne von Hand ab und stellt sie dann zum Trocknen in das Waschbecken. "Welche sind das?"

"Nun, wenn Sie es unbedingt wissen müssen. Ich glaube, jemand verfolgt Alena."

"Was?" Er dreht das Wasser ab und mustert mein Gesicht. "Wie kann das sein? Ihr Vater wäre sofort zur Stelle. Ich bin sicher, sie hat Wächter, die sie nicht kennt und die ihr folgen."

"Ich bin nicht so sicher. Sie ist sehr entschlossen in dem, was sie tut. Ich nehme an, sie könnten gut darin sein, sich einzumischen. Vielleicht denkt sie nicht so viel darüber nach."

"Mm, das ist seltsam. Ich würde nie jemanden, den ich liebe, ungeschützt lassen, und trotzdem passieren Unfälle." Er wirkt abwesend. Ich bin mir sicher, dass in diesem Blick mehr steckt, als er preisgibt.

"Nein." Ich schlage meine Hand auf die Arbeitsplatte. "Du hörst nicht zu. Jemand hat mir gefolgt, aber ich denke, sie wollen Alena. Ich bin nichts Besonderes. Warum sollte sich jemand für mich interessieren?"

Er trocknet seine Hände und stellt sich vor mich hin. Seine Finger sind auf meinen Hüften, und meine Muschi zittert vor Vorfreude. Wir haben letzte Nacht drei Mal miteinander geschlafen, und ich will immer noch mehr.

"Warum sollte jemand hinter Alena her sein?" Sein warmer Atem streift mein Gesicht, aber seine Augen sind auf meine fixiert.

"Ich weiß es nicht. Ich habe keine Fragen gestellt, aber jemand ist mir neulich zu unserem Italienischen Lebensmittelladen in der Ecke gefolgt. Wenn ich mein Handy hätte, würde ich dir das Bild zeigen. Ich tat so, als würde ich ein Video für die Sozialen Medien machen, aber er versteckte sein Gesicht in seiner Kapuzenjacke. Großer Kerl."

"Der selbe von gestern Abend?"

"Ich weiß es nicht. Ich habe die beiden Ereignisse nie miteinander in Verbindung gebracht."

"Vielleicht solltest du das." Sein arroganter Ton gibt mir eine kalte Dusche.

"Du tust so, als wäre das meine Schuld!" Ich bin so frustriert, dass ich ihm auf die Brust schlage. Er hält es aus und rührt sich nicht. Ich könnte genauso gut gegen eine Eichentür schlagen. "Ich bin nicht verbunden. Ich gehöre nicht zu Alenas innerem Kreis. Ich bin ihr Freund und würde nie etwas, was sie sagt, jemand anderem erzählen. Ich weiß, wenn ich das täte, wäre ich tot, also sag mir!" Ich hebe meine Stimme, um meinen Punkt zu verdeutlichen.

Er fängt schnell meine Fäuste auf, hält sie sanft an seinem Mund, und ich hasse ihn dafür, dass er meinen Ärger so schnell besänftigt. Es ist, als wäre ich mit Feenstaub bestäubt worden.

Die Stille im Raum ist beunruhigend.

"Du hast zugelassen, dass ich dich schlage," flüstere ich und hebe meinen Kopf, um seinen Blick zu treffen.

"Das habe ich." Sein dunkler Blick ist ruhig und weich. Er gewährt mir einen kleinen Einblick in seine sanftere Seite, und ich bin sprachlos. "Ich war schon einmal hilflos. Ich habe viele Leute verloren, aber zwei insbesondere. Meine Welt ist gefährlich. Und ich mag keine Italiener, und du bist Sizilianerin. Bist du sicher, dass du nicht mit der Cosa Nostra verbunden bist?"

"Warum denkst du das?"

"Du bist jemand, mein kleiner Vogel. Die Frage ist nur, wer?"

Seine Augen durchsuchen die meinen. Ich kann meine Verletzlichkeit nicht verbergen. Mein Herz sehnt sich danach, seinen Schmerz zu kennen und zu verstehen. "Wer bist du eigentlich?"

"Mein Nachname ist Volkov. Wir kontrollieren die Mafia in Teilen Russlands und London. Mein Bruder Nikolay hat kürzlich die Rolle des Don übernommen, nachdem mein Vater in Volgrad ermordet wurde. Es war ein Autounfall, der wie ein Unfall aussehen sollte. So werden diese Dinge in der Regel erledigt, damit sie nicht wie Auftragsmorde aussehen." Er küsst meine Knöchel und lässt meine Hände los, bevor er sich von mir entfernt.

"Machen sie das auch hier?"

"Das kann überall passieren. Es ist eine Möglichkeit, Feinde zu eliminieren, ohne einen Krieg zwischen Familien zu beginnen. Kein Beweis, keine Schuld. Warum?"

Er lässt mich los und geht zu einem großen Fenster, vertieft in Gedanken. Er erweckt den Eindruck eines Mannes, der weiß, was er will, bevor er danach greift. Er hat ein Leben gelebt und ist noch nicht einmal dreißig Jahre alt, wenn man sein Alter an seinem Körperbau einschätzen würde. Ich gehe davon aus, dass er schlimme Dinge wie Gewalt und Tod erlebt hat. Aber ich kenne auch den Tod.

„Warum hast du mich gestern Abend aufgegabelt?"

„Du wolltest mit mir schlafen, genauso wie ich mit dir schlafen wollte."

Ich hoffe, er hat mein scharfes Einatmen nicht gehört. Seine Worte stachen. Ich muss mich daran erinnern, dass er höher als ein Soldat steht, und er ist mit Sicherheit ein gemachter Mann. Niemand ersticht eine Person so schnell und ist bereit, weiter zu gehen, ohne Übung und Mumm.

Er ist ehrlich, brutal ehrlich. Ich weiß nicht, ob es besser ist, dass er jetzt meine Gefühle verletzt oder mich später unter einem enormen Herzschmerz leiden lässt. Ich muss mich von diesem Mann fernhalten. Er ist gefährlich, und es geht nicht nur um das physische Problem.

Er dreht sich um. Sein Gesicht ist starr. Ich nehme seine dunklen Augen in mir auf, und so helfe Gott, ich möchte meine Hände durch sein dichtes Haar ziehen.

„Ich muss dich nach Hause bringen. Ich bin sicher, du hast Dinge zu erledigen", sagt er kalt. „Zieh dich an. Ich gebe dir meine Jacke, um sie über das Hemd zu ziehen. Ich fahre dich nach Hause."

Mit diesen Worten beginnt mein Gang der Scham.

„Hast du Alena eine SMS geschickt, um ihr zu sagen, dass es mir gut geht? Ist sie zu Hause?"

„Sie weiß, dass es dir gut geht. Ich sage Kirill, dass wir jetzt gehen. Er wird es ihr sagen."

„Gut", antworte ich, sage mir selbst, dass es mir egal sein sollte. Er ist nur ein weiterer Mann, der mit mir geschlafen hat und mich dann verlassen hat. Ich bin eine Masochistin, immer den falschen Kerl wählend.

Es ist das Beste, und ich bereite mich auf die Flut von Fragen vor, mit denen Alena mich bombardieren wird, sobald ich sie sehe.

Wie versprochen, verlassen wir wenige Minuten später das Gebäude. Ich trage sein Hemd, das an mir wirkt, als wäre es deutlich zu groß, ein Höschen und High-Heels. Ich könnte das Aushängeschild für eine Backgroundsängerin in einem Musikvideo der achtziger Jahre sein. Er hält eine Anzugjacke für mich bereit, während ich meine Arme hineinschlüpfe. Heute setze ich ziemlich ein modisches Statement, und ich kann nicht umhin, über die Ironie der Sache zu schmunzeln.

„Hat dich etwas amüsiert?", fragt er, während er die Tür öffnet und in beide Richtungen den Flur entlangsieht.

„Ich liebe dieses modische Statement", antworte ich mit einem Schmerzenslächeln.

„Ah, die Modedesignerin. Ja. Es tut mir leid, dass ich keinen Kleiderschrank für dich hab, um dir etwas Schickeres aussuchen zu können."

Er ist so verdammt ernst. Wie, wirklich? Er ist hierhergeflogen. Ich wohne hier.

„Kein Problem. Ich brauche nicht viel", erwidere ich und stapfe an ihm vorbei.

Er nimmt die Führung und nutzt einen privaten Aufzug, um in die Tiefgarage zu gelangen.

„Wow, jemand hat seine Vorteile."

Das schelmische Lächeln, das er mir schenkt, lässt mich den Boden mit ihm aufwischen wollen. „Es ist nicht meine Wohnung, aber Mitgliedschaft hat ihre Privilegien."

Ich höre ein Piepen und Scheinwerfer blinken vor uns auf. Ich habe dieses Auto schon einmal gesehen, aber ich kann nicht verstehen, warum irgendjemand in einem Lamborghini herumfahren möchte. Ich bin überrascht als er die Tür für mich öffnet und sie sich wie eine normale Autotür öffnet.

„Muss ein neues Modell sein", bemerke ich. Ich klemme mein gefaltetes Kleid unter meinen Arm und nutze meine andere Hand, um das Gleichgewicht zu halten, während ich einsteige.

Dmitry streckt seine Hand aus, um zu helfen. Ich ignoriere sein Hilfsangebot und steige ohne Unterstützung ein. Er schließt die Tür, setzt sich auf die Fahrerseite, startet den Motor, gibt ihm einen Schubs, und fährt wie ein professioneller Fahrer rückwärts. Wir sind nicht weit von Alenas Wohnung entfernt und werden eingelassen, als wir uns der Tür nähern. Ich öffne sie und gehe hinein. Jetzt sind wir auf meinem Terrain. Ich weiß, er wird verstehen, wenn ich nicht zwei Schritte hinter ihm herlaufe wie ein brav gehorchendes Mädchen das tut, was man ihr sagt.

# KAPITEL 8, DMITRY

Ich habe nie verstanden, warum amerikanische Frauen so sehr dagegen sind, einen Schritt hinter ihren Männern zu gehen. Für sie muss anscheinend alles gleich sein. Ich bin unsicher, wie Izzys Mutter sie dazu erzogen hat, unabhängig und vital zu sein. Vielleicht war es ein Affront gegen ihren alten Herrn, wer auch immer das war. Was ist mehr, wer war Izzys Mutter? Was war ihre Geschichte? Sie ist nicht hier, um es uns zu erzählen, also habe ich alle Hände voll zu tun. Ich dachte, Kirill würde helfen, die Lücken zu füllen. Aber Alena hat eine Geschichte mit der Familie und hat mir Puzzleteile gegeben.

Ich fühle mich dazu gedrängt, Izzy wieder zu verführen und sage mir selbst, dass es nur die Faszination ihres Tattoos ist. Tattoos sind persönlich, manche bedeutsamer als andere. Ihr Mutter's Tattoo war ihr wichtig, sonst hätte sie es nie auf ihre Haut gebracht. Ich kann nicht abschütteln, dass mein Bauchgefühl mir sagt, sie hat das Tattoo als Erinnerung an das erhalten, was sie zurückgelassen hat. Ich kann die Verbindung nicht feststellen, aber ihre Mutter kannte unsere Welt. Ich bin mir sicher. Sie könnte eine Blutsverwandte jeder Familie sein, aber mein Geld liegt auf den Sizilianern. Wurde sie aus einer unerlaubten Verbindung geboren, oder ist sie jemandes Kronjuwel?

Der Teil über den Stalker war eine Überraschung und gab mir einen Grund zur Sorge. Wir alle sind irgendwann ein Ziel, und Alena macht da keine Ausnahme. Ich habe Kirill eine SMS geschickt, dass sie in Gefahr sein könnte und sich mit mehr Wachen bedeckt halten muss. Sie hat immer in einem Elfenbeinturm gelebt. Selbst wenn sie dachte, sie wäre frei, war es eine Illusion.

Die Tür zur Wohnung öffnet sich und Alena begrüßt uns, während sie und Izzy sich herzlich umarmen.

"Oh mein Gott," quietscht Alena. Sie ist nicht jemand, der seine Gefühle versteckt. "Ihr habt uns gestern Nacht im Stich gelassen." Sie gibt mir einen Blick, der sagt Ich hoffe, du hast sie hart rangenommen, du Hengst.

"Also, ihr hattet eine gute Zeit?" Kirill fragt, während er von dem Sofa im Wohnzimmer aufsteht.

"Ja, ja." Ich spiele es herunter. Warum macht jeder einen so großen Wirbel um letzte Nacht? Es war einmal und fertig.

"Nun, ich zum Beispiel," sagt Alena und legt eine Hand auf ihre Brust. "Hatte fast einen Herzinfarkt, als du dein Messer in die Hand dieses massigen Albaners, oder war er aus Russland? Ich konnte es bei dem schwachen Licht nicht sagen. Aber verdammt, das war etwas, was man nicht jeden Tag sieht." Alena spricht weiter über den Abend der Messerstecherei, während sie uns einen Mimosa anbietet.

"Mir geht's gut, zu viel Champagner gestern Nacht." Izzy winkt ihr ab und geht den Flur hinunter, vermutlich zu ihrem Schlafzimmer.

Ich liebe sie in meinem Hemd und den Absatzschuhen. Es ist verdammt sexy, und mein Schwanz regt sich, als ich ihre wohlgeformten Beine sich weiter entfernen sehe. Eine Welle des Bedauerns flutet meine Brust. Ich will nicht, dass sie so weit weg ist. Wir sind in einem Radius von etwa 450 Metern voneinander entfernt, und das ist mir nicht nahe genug. Sie gehört mir. Ich habe sie letzte Nacht markiert, als ich den Fremden erstochen habe. Sie gehörte mir, als ich meinen Schwanz in sie senkte. Ich sehne mich danach, ganz in ihr zu sein, ohne ein Kondom zwischen uns. Ich will ihre glatten Wände um meinen Schwanz spüren.

Als hätte ich gewünscht, dass sie erscheint, kehrt sie zurück, gekleidet in einem leichten Pullover und engen Jeans, die ihre Kurven genau an den richtigen Stellen betonen und ihren Po unwiderstehlich machen. Ich würde liebend gerne diese Hose herunterziehen und in sie eindringen. Bei diesem Gedanken erregt er sich. Verdammte Scheiße. Ich muss weniger an Izzy und mehr an meine Arbeit denken. Ich habe eine Aufgabe zu erfüllen, und jetzt scheint es, dass es andere Probleme in der Bratva gibt. Ich muss mit Kirill sprechen und einige Antworten bekommen.

Izzy gibt mir meine Jacke zurück, und ich lege sie auf die Rückseite des Sofas.

„Mein Hemd?" Ich hebe eine Augenbraue, während ich sie frage.

Sie zuckt nur mit den Schultern. „Kann ich dir eine Flasche Sprudelwasser bringen?"

„Klar."

Sie verschwindet, und Alena ist ihr dicht auf den Fersen, zweifellos um sie nach Details über unsere Nacht auszufragen, die wir mit dem Kopfbrett gegen die Wand knallend verbracht haben. Frauen tun das in Russland und London auch. Es ist wie eine verdammte Universalsprache, Frauen, die ihre Zungen wackeln lassen. Heute begrüße ich es, weil es mir ermöglicht, meinen Freund zu fragen, was in der Stadt vor sich geht und vor allem in der Bratva.

Ich will nicht, dass die Mädchen mich hören, also setze ich mich zu Kirill auf das Sofa und halte meine Stimme leise.

„Wo hast du letzte Nacht geschlafen, hier oder zu Hause?" frage ich aus Neugier.

"Ich bin bei einem Freund in der Nähe abgestürzt. Was ist los?"

Er schlägt mir auf die Schulter, und es berührt mich nicht einmal - Amerikaner und ihre Freundlichkeit. Ich bin nicht der Typ für Händchenhalten oder liebevolles Klopfen wie dieses. Mir fällt auf, dass ich meine Hände in zwölf Stunden mehr auf Izzy hatte, als ich sie in zwölf Monaten auf irgendjemand anderen gehabt habe. Was bedeutet das?

„Hat Alena etwas davon gesagt, dass sie diese Woche verfolgt wurde?"

„Nein, aber ich habe bemerkt, dass ihr Vater mehr Männer hat, die auf sie aufpassen. Warum?"

„ich bin mir nicht sicher, ob sie auf sie aus sind." Ich bin zu groß für Alenas modernen Geschmack an Möbeln und sitze mit den Ellenbogen auf meinen Knien. Ich fühle mich, als wäre ich in einem Kinder-Spielhaus.

„Warum?"

„Später," murmele ich, als ich Alenas Absätze über den Fliesenboden in der Küche klappern höre. Als sie zu uns stoßen, kann ich nicht umhin, die leichte Röte in Izzys Wangen zu bemerken.

Mm. Sie muss Einzelheiten ausgetauscht haben. Ich lehne mich zurück, mit einem Bein über dem anderen gekreuzt. Ich lehne einen Arm auf die Rückseite des Sofas, um sie zu beobachten. Ich hätte sie nicht als Klatschmaul betrachtet, aber nichts an ihr ergibt einen Sinn. Es ist, als wäre ihre Geschichte hergestellt, aber zu welchem Zweck?

„Also, wir hatten eine tolle Zeit," beginnt Alena und schenkt uns ein authentisches Lächeln. An den dunklen Augenringen unter ihren Augen würde ich vermuten, dass sie bis zur Schließung des Clubs ausgeblieben ist. „Kirill kennt eine Menge beliebter Tänze, und ich muss sagen, wir haben Eindruck gemacht." Sie kuschelt sich in einen klar durchsichtigen, eleganten Stuhl, der so bequem aussieht wie ein Nagelbett. Aber was weiß ich schon?

Männer wie ich kennen Mode nur in Bezug auf maßgeschneiderte Anzüge, Lederschuhe und Schweizer Uhren, die protzen, wer an der Spitze der Nahrungskette steht. Alena trägt Leggings und eine rote Bluse. Die oberen drei Knöpfe ihrer Bluse sind offen und zeigen mehr Ausschnitt, als ihr Vater erlauben würde.

„Es ist leicht mit dir," antwortet Kirill. Seine Stimme ist leicht und klingt glücklich. „Alle hatten ihre Augen auf dich." Er flirtet.

„Außerdem lässt du mich gut aussehen." Er legt es ziemlich dick auf, also versucht er immer noch, sie ins Bett zu bekommen.

Sie errötet. "Das ist Quatsch, und du weißt das."

Das ist Teil von Alenas Charme. Sie weiß, dass sie fantastisch aussieht, ist aber dennoch bescheiden. Ich beschließe hier und jetzt, dass ich sie mag. Wie Izzy dazu passt, bin ich mir nicht ganz sicher.

Izzy reicht mir eine Flasche Zitronen-Sprudelwasser. Unsere Finger berühren sich, und sie zuckt zusammen, als die statische Elektrizität zwischen uns knistert. Ohne einen weiteren Schock drehe ich den Metallverschluss ab und trinke die Hälfte des Wassers. Es wird heiß hier drinnen. Normalerweise würde ich in einer solchen Situation die Einsamkeit suchen und gehen. Der einzige Grund zu bleiben, ist, weitere Antworten von Kirill zu erhalten und sicherzustellen, dass unser Kokain-Deal wie geplant voranschreitet.

Ich stehe auf, was man als Zeichen zum Gehen deuten könnte.

Alle hören auf zu sprechen und schauen mich an, als wäre ich ein Stimmungstöter.

"Ich muss gehen. Ich habe Arbeit zu erledigen", erkläre ich und schaue Kirill an.

"Ja, das haben wir", sagt er und steht widerwillig auf.

"Aber es ist Sonntag", protestiert Alena.

Ist sie verärgert, dass wir so bald gehen? Ich überlege, ob vier zu viel sind, wenn sie Kirill für sich will.

Izzy mischt sich ein: "Auch ich habe Arbeit zu erledigen. Ich muss nach einer Stelle suchen. Außerdem ist heute mein Tag, um einen Cappuccino zu holen und Modemagazine zu studieren."

Alena schmollt und lässt ihre aufgespritzten Lippen noch prominenter wirken. Was ist nur mit den Frauen von heute los? Ich liebe es, dass Izzy natürlich ist und nicht mit künstlichen Mitteln konkurrieren muss.

Wir verabschieden uns und ich nicke Izzy zu. Kein Grund, ihr falsche Hoffnungen zu machen. Sie ist eine Närrin, wenn sie denkt, es sei mehr als ein Flirt gewesen. Das wird nicht wieder passieren. Ich kann es nicht ertragen, einen weiteren Frauenschicksal auf meinen Händen zu haben. Andererseits, was ist, wenn jemand sie stalkt? Habe ich nicht die Pflicht, sie zu beschützen?

Mein erster Gedanke ist, dass es nicht mein Bratwa-Problem ist. Aber ich belüge mich selbst. Vielleicht habe ich eine schwarze Seele, die in die Hölle kommt, aber Frauen sollten nicht für unsere Sünden zahlen. Liebe ist der Anfang vom Ende, weil sie uns aufsaugt und unsere Seelen zerstört, wenn sie vorbei ist.

Wir gehen zum Aufzug und aus Gewohnheit schaue ich in den Innenhof unter uns wegen Sicherheitsbedenken. Zu meiner Überraschung sehe ich zwei Männer, die nicht hierher gehören. Sie stehen am Randstein und rauchen, aber sie wirken fehl am Platz. Dies ist nicht die Art von Nachbarschaft, in der Männer, die so aussehen als würden sie nachts arbeiten, leben oder besuchen würden.

Während wir im Aufzug fahren, bitte ich Kirill zu erklären, was bei seiner Bratwa los ist.

"Die Italiener haben uns in letzter Zeit ziemlich genervt, und wir sind alle nervös wegen des aktuellen Kokain-Deals. Wir brauchen sie, um es aus dem Hafen zu schmuggeln und sicherzustellen, dass es nach London kommt, wo deine Bruders Männer es ausladen und verteilen werden. Aber natürlich wollen sie einen größeren Anteil als ursprünglich vereinbart. Es ist ein Macht-kampf, ein gefährlicher. Die Verbindungen meiner Mutter haben im Laufe der Jahre nachgelassen. Die Iren haben ihre Muskeln spielen lassen, um uns zu ärgern. Ich erhalte selektive Informatio-nen, aber ich wäre nicht überrascht, wenn sie von dem gemun-kelten Bündnis wissen." Er zuckt mit den Schultern. "Du weißt, wie es ist. Jeder will uns ärgern. Die Albaner sind ein Schmerz im Hintern. Sie denken, sie wären Konkurrenten, aber wir werden ihnen keinen Millimeter zugestehen. Ich höre nur Bruchstücke von Mikhail. Er ist ein guter Boss, aber mit jemandem zusammenzuar-beiten, der den Don berät, ist stressig. Du weißt, wie das ist."

"Ja, nur bin ich Familie und Teil des inneren Kreises." Ich lache, als sich die Aufzugtüren öffnen. "Weißt du, sollen wir die Kamera-aufnahmen von der Bar letzte Nacht ziehen und herausfinden, wer dieser Mann war? Was, wenn jemand hinter Izzy oder Alena her ist? Wir haben die Pflicht, sicherzustellen, dass sie sicher sind." Wir verlassen das Gebäude, und die Männer auf der Straße zünden eine weitere Zigarette an. "Sind die Männer am Straßenrand bei dir?" Ich frage, während ich den Kopf senke, damit Kirills Blick zur Straße nicht offensichtlich ist.

Er schaut dorthin, wo ich nicke. "Die gehören nicht zu mir. Meine Jungs wissen, wie sie sich vor Alena verstecken können. Sie wird sauer, wenn sie weiß, dass ihr Vater sie beobachten lässt."

Der Alarm meines Lambos geht los. Wir nehmen uns Zeit, um zu dem auf der Straße geparkten Auto zu gehen, um sicherzustellen, dass es sich nicht um eine Falle handelt. Das Auto gehört Alenas Vater, ein Vorteil, der zu Kirills Wohnung gehört. Ihr Vater parkt es dort, um die Lagerkosten zu sparen.

Ich gehe um das Auto herum und suche nach etwas Verdächtigem. Ich wette jemand hat es angefasst, um mich zu ärgern. Das Stadtleben fühlt sich eher an wie ein urbaner Dschungel zwischen den Autoalarmen, den Sirenen der Polizei und dem Heulen der Krankenwagen. Es ist ein ständiger Lärm, der mich mein Zuhause in Russland vermissen lässt.

Kirill sieht sich nach seinen Männern um.

"Verdammt." Er nimmt sein Telefon und ruft Tito an, um zu sehen, wo alle sind. Sie antworten, dass sie von Alenas Detail abgelenkt wurden. "Was zum Teufel geht hier vor, Tito? Ich will, dass du jetzt Männer hierher holst. Ich gehe nicht, bevor jemand auftaucht. Besser noch, finde heraus, wer das entschieden hat, denn ihr Vater wird wütend sein, und es wird die Hölle zu bezahlen geben." Kirill ist wütend. "Ich brauche eine Zigarette. Das ist noch nie passiert."

Er zieht eine Schachtel Zigaretten aus seiner Lederjacke und steckt sich eine in den Mund. Er bietet mir eine an, und ich lehne ab. Es ist eine Gewohnheit, die ich vor langer Zeit aufgegeben habe, und ich bin nur versucht, wenn ich bei anderen Rauchern bin. Außerdem möchte ich lieber den Süßgeschmack von Izzys Muschi als den eines Aschenbechers kosten.

"Und jetzt?"

Er zündet seine Zigarette an, bläst den Rauch aus, und wir stellen uns Auge in Auge gegenüber. "Wir wurden irgendwie enttarnt. Das ist meine Einschätzung. Und du?"

"Gleiches. Was wäre das Motiv?"

"Keine Ahnung. Es ist das erste Mal, dass ich von der Situation erfahre. Wir wissen, dass Izzy diese Woche gefolgt wurde. Alena hat es mir erzählt, also haben wir die Sicherheit erhöht. Sie ist Mikhail's Tochter, aber der Don hat Kinder, die auf seinem Anwesen auf Long Island leben. Es ist abseits der ausgetretenen Pfade, aber sie sind wahrscheinlicher Kidnapping-Ziele, um Informationen über den schwer fassbaren Don zu erhalten. Was würde irgendjemand mit Alena oder Izzy wollen?" Er nickt in Richtung des Apartmentgebäudes.

"Keine Ahnung, aber wir müssen arbeiten, und wir können nicht gehen, bis jemand bei ihnen ist. Vertraust du den Männern, die auftauchen werden?"

Nach dem Rauchen lässt Kirill die Kippe auf den Boden fallen und tritt sie mit seinem Schuh aus. "Wahrscheinlich nicht. Es tut mir leid, ich hatte keine Ahnung, dass Scheiße brodelte, bevor du eingetroffen bist. Aber ich bin froh, dass du hier bist. Du hast die Nahrungskette hinaufgearbeitet und bist gewandter im politischen Spiel."

"Nun—"

"Oh, ja. Was zum Teufel ist gestern Nacht passiert?" Kirill belebt in Erwartung der Details.

"Das ist tabu."

Sein Gesicht fällt in Enttäuschung, und ich kann nicht anders, als mich schlecht für ihn zu fühlen. "In Ordnung. Sie ist verdammt toll, aber ich kann mich nicht ablenken lassen."

„Ach, ich kenne dich. Nur Arbeit und kein Vergnügen machen dich die meiste Zeit zur verdammt langweiligen Gesellschaft."

Ich trete gegen die Unkräuter, die durch den gesprungenen Gehweg wachsen. Ich gebe vor, meine Militärstiefel anzuschauen und werfe einen verstohlenen Blick auf die Männer am Straßenrand.

Kirill schüttelt leicht den Kopf. „Sie spielen es locker. Ich glaube nicht, dass wir die Mädchen alleine lassen können. Alena muss zu ihrem Vater gehen, bis wir das geklärt haben. Ich bezweifle, dass Izzy irgendwohin gehen kann."

„Sie ist ziemlich allein", stimme ich zu. „Wusstest du von dem Tattoo an ihrem Handgelenk?"

„Ich habe es gesehen, als ich die Wohnung besucht habe, einmal als es nicht bedeckt war. Ich war nur ein paar Mal dort." Er fügt den letzten Teil hinzu, um mir zu zeigen, dass er Alena nicht flachlegt.

„Ist sie ehrlich?"

„Sicher, ich habe sie nie beim Lügen erwischt. Warum?"

„Etwas ist seltsam. Ich glaube nicht an ihre unschuldige Art. Wir müssen die Kontrolle über die Situation bekommen – das fehlende Geld und die Männer, die den Mädchen folgen. Es fällt mir schwer, Fremden zu vertrauen, du weißt, wie ich bin."

„Ich weiß. Ich glaube, Izzy ist ehrlich." Er läuft den Gehweg auf und ab. „Vielleicht können wir die Mädchen im Brownstone von Mikhail unterbringen. Sie werden darüber nicht erfreut sein."

„Sicherheit geht vor Glück", antworte ich barsch.

„Hm, ich dachte, du hast gesagt, es sei nur eine kurze Affäre. Du verhältst dich eher wie ein Löwe, der seine Partnerin schützt." Ein Grinsen breitet sich auf seinem Gesicht aus.

„Ich verliebe mich nicht in Frauen. Das weißt du."

„Ja, sorry übrigens."

Ich nicke.

„Hol die Mädchen ab. Wir können sie nicht als leichte Beute sitzen lassen. Du brauchst Informationen von Izzy, also fährst du sie. Ich bringe Alena zu ihrem Vater und treffe euch beide in der Wohnung. Zieht euch nur ordentlich an." Ich übersehe das Grinsen auf seinem Gesicht.

„Es wird bald Mittag sein, also machen wir eins?" Ich antworte und übergehe seine Anspielung. Er glaubt nicht, dass ich die Finger von Izzy lassen kann.

Ich mag Präzision. Ich mag Ordnung. Ich führe es darauf

zurück, dass ich ein guter Soldat bin. Im College haben wir gelernt, Befehle zu befolgen. Im Laufe der Jahre hat uns unsere Lebenserfahrung zusammengebracht und wir blieben Freunde.

„Gut." Er sagt, als wir lässig zu den Mädchen zurückkehren. Dieses Mal nehmen wir einen Hintereingang, damit wir nicht so auffallen. Izzy lässt uns ein.

„Was ist los?" fragt sie an der Tür.

Ich schiebe mich an ihr vorbei, Kirill dicht hinter mir. Wer hätte gedacht, dass wir so schnell zurück sein würden?

„Du hattest recht. Jemand verfolgt euch", sage ich sofort zur Sache kommend. Ich bin in meinem Element, ermittle die Risiken und berechne, was ich tun muss, um sie vor den Schlägern unten zu schützen.

Alena wirkt unheimlich ruhig. Sie muss an das Prozedere gewöhnt sein. Sie fragt nur: „Wie lange werde ich bei Papa bleiben?"

„Ein paar Tage, vielleicht."

„Kommt Izzy auch?"

„Ich brauche sie jetzt bei mir", falle ich ein. „Aber danach ja, wenn das in Ordnung ist."

„Auf jeden Fall. Ich packe meine Sachen. Ich bin gleich wieder da."

Kirill folgt ihr und ich folge Izzy.

Sie blickt über die Schulter und starrt mich an. „Was? Habe ich jetzt einen Spürhund an mir hängen?"

"Du wirst Befehlen folgen und mir nicht auf die Nerven gehen", teile ich ihr in einem Tonfall mit, der darauf hindeutet, dass sie mir das besser nicht streitig macht. Ich schaue mich in ihrem Raum um und sehe eine Schneiderpuppe, die einen unglaublich eleganten Herrenanzug trägt. Was Michelangelo mit einem Pinsel kann, kann sie mit Stoff und einer Nadel. Ich frage mich, wohin dieses Talent und diese Kreativität sie führen werden. In einer Ecke ihres winzigen Zimmers steht ein rollender Kleiderständer voller Tanzkleider und Kostüme für Schauspieler.

"Du musst eine kleine Tasche für einen Tag oder so packen und ich werde mehr Informationen von dir benötigen."

"Was zum Beispiel?" Sie wühlt in ihrer Kommode herum und ich bemerke das Shirt, das ich ihr zum Nachhausefahren gegeben habe, liegt auf ihrem Bett.

Sie schnappt sich mein Shirt und stopft es zusammen mit Jeans, Shirts, intimen Unterwäschen und einem bereits mit Toilettenartikeln gepackten Ziplock-Beutel in ihre Sporttasche. Vielleicht bekomme ich mein Shirt irgendwann zurück.

"Hast du das vorausgesehen?" frage ich und versuche, objektiv und professionell zu bleiben.

"Ich habe gerne eine Tasche parat, falls wir einen kurzen Ausflug zu Alenas Haus für die Ferien machen oder ich zu meiner Tante gehe." Sie zuckt mit den Schultern und schließt die Tasche. "Es ist effizient."

"Die Tasche ist eine großartige Tarnung."

"Was meinst du damit?"

"Es befinden sich Männer unten, die nicht zur Bratwa gehören."

Sie dreht mir ihr Gesicht zu, sie ist bleich geworden und ihre Augen sind so kalt wie eine Winternacht. Ich erkenne Angst, wenn ich sie sehe.

"Werden wir also verfolgt?"

Ihre Augen erinnern mich an einen klaren und stillen Natursee am Fuße von Bergen. Solche Ausblicke habe ich nur auf Werbebildern des Bundesstaates Wyoming bewundert.

"Wahrscheinlich", antworte ich trocken.

Ihre blauen Augen haben einen Hauch von Grau. Sie sind ebenso geheimnisvoll, wie sie selbst. Instinktiv weiß ich, dass ich sie nicht so schnell vergessen werde. Ich erinnere mich daran, wie ich ihr schlafendes Gesicht ansah, als die Sonne den Morgenhimmel erwärmte. Ich wollte sie an mich ziehen, aber das war zu persönlich. Nach diesem Einsatz gehe ich nach Hause und so weit es mich betrifft, kann es nicht schnell genug gehen.

# KAPITEL 9, DMITRY

 $\mathcal{W}$ ir sind gerade dabei Greenwich zu verlassen, als Izzys Magen knurrt.

„Du hast Hunger?"

„Ja, ich verhungere."

Es amüsiert mich, dass sie nach dem Frühstück, das ich ihr zubereitet habe, Hunger hat, aber es verbrennt viele Kalorien, mit mir im Bett mitzuhalten. Wir waren beide gestern Abend verschwitzt und atemlos. Sex ist Sex. Es geht nur um die Befriedigung unserer Bedürfnisse, nichts weiter.

Ich weiß nicht, wie Liebe sich anfühlt, ich habe nur die Beziehung meiner Eltern als Vorbild. Sie haben sich gut behandelt. Sie hatten ihre Höhen und Tiefen, das ist sicher, aber sie haben sich nicht betrogen, was man von anderen verheirateten Paaren nicht behaupten kann. Eine Frau in der Mafia kann nicht betrügen, aber außerhalb der Mafia ist dies üblicher.

Izzy gibt mir eine Adresse und ich spreche in mein Handy, um Anweisungen zu bekommen. Moderne Technologie ist gruselig.

Ich habe gehört, dass Amerikaner eine vereinfachte Kopie von militärtechnischen Geräten bekommen, wenn die Regierung etwas Besseres zum Ersetzen hat. Das macht Sinn.

Das Lustige an Amerika ist, dass ihre politischen Kontroversen

Überhand nehmen, und doch ist die Jagd auf organisierte Kriminelle nicht ihre oberste Priorität. So profitieren wir von der Situation und schleusen tonnenweise Drogen und Waffen genau unter ihren Nasen durch.

„Das Lotus ist Dein Thai-Restaurant?", frage ich mit einer Stimme, die an Unglauben grenzt.

"Was? Das Essen ist fantastisch", sagt sie.

„Es ist ein unauffälliger Name."

„Nun, es ist das beste thailändische Essen, das es gibt, du wirst schon sehen."

„Ist das eine Herausforderung?"

„Ja, tatsächlich garantiere ich dir das."

„Womit?" Mein Grinsen übernimmt, während mein Selbstvertrauen niemals wankt.

„Ähm, vielleicht sollten wir einfach nur essen?" Sie wirft mir einen seitlichen Blick zu, neugierig, ob ich ihre Anfrage akzeptieren werde.

„Ich würde sagen, du schuldest mir eine Gefälligkeit, wenn es nicht das beste Essen aller Zeiten ist."

"Bedeutet deine Gefälligkeit, dass ich nackt sein soll?"

„Vielleicht", antworte ich mit einem schelmischen Grinsen. Normalerweise bin ich nicht so gesprächig. Obwohl sie Jeans und kniehohe Stiefel trägt, erinnere ich mich an jede Kontur ihres Körpers, als wäre es eine Straßenkarte zum Himmel.

„Ich bleibe bei meiner Behauptung: Solltest du wider Erwarten gewinnen, was möchtest du?"

„Einen Blowjob, weil ich möchte, dass deine vollen Lippen spüren, wie verdammt groß mein Schwanz ist."

Zum Glück fahre ich. Andernfalls hätte sie das Fahrzeug aus der Spur gelenkt, als ihr Kinn auf ihre Knie fiel.

Endlich tritt ein leerer, aber trotzig wirkender Ausdruck zu tage. „Du machst Witze."

„Ich mache keine Witze, wenn es um meinen Schwanz geht. Außerdem stehst du unter unserem Schutz, aber wenn du mich hintergehst, wirst du zur Rechenschaft gezogen."

„Gut", schnauft sie. "Wenn ich gewinne, werde ich deine Handgelenke ans Kopfende binden und dich stundenlang quälen." Sie verschränkt die Arme in Zufriedenheit, und ich verberge meine Freude, dass ihre Strafe zu meinen geheimen Vergnügen gehört. Normalerweise bin ich derjenige, der bindet.

Verdammt, wenn sie meinen Schwanz nicht dauerhaft hart hält. Es macht mich nervös. Wir steigen aus dem Auto und ich halte inne, um meinen geilen Schwanz zu richten und meinen Anzug aus dem Rücksitz zu ziehen, nachdem ich meine Pistole in den Gürtelclip und das Messer in meinen Stiefel geschoben habe. Ich hoffe inständig, dass sie dadurch von der Beule in meiner Hose abgelenkt ist. Ich drehe mich um, um zum Restaurant zu gehen, und halte die Tür für sie auf. Der Duft von frisch gekochtem Essen trifft meine Nase und ich weiß, dass sie diese Wette gewonnen hat.

Verdammt. Mein Plan war es, sie ohne weitere Verpflichtungen gehen zu lassen. Ich sollte mich um Dimitrys Probleme kümmern und nicht den Verstand verlieren über die wunderschöne Frau an meiner Seite mit ihrer engen, köstlichen Muschi.

Izzy bestellt für uns, ich bezahle und wir suchen uns einen Tisch.

„Wie gut kennst du Kirill?" frage ich, neugierig darauf, wie nah Izzy den Mitgliedern der Bratva steht.

„Gar nicht gut. Ich habe ihn schon einige Male gesehen, aber wir hängen nicht rum. Gestern war vielleicht das zweite Mal, dass ich ihn in der Wohnung gesehen habe. Warum?"

„Kein Grund."

„Wenn du fragst, hast du einen Grund."

Ich lehne mich im Stuhl zurück und beobachte sie schweigend. Sie ist zu klug, um getäuscht zu werden.

„Stimmt. Weißt du, was in seinem Geschäft vor sich geht?"

„Sehr wenig. Obwohl Alena sagt, dass sie wahrscheinlich bald verheiratet sein wird. Ich meine, das ist so barbarisch, findest du nicht?"

„So funktioniert unsere Welt. Die Frauen der mächtigen Männer machen mächtige Allianzen zu Verhandlungschips. Du würdest es nicht verstehen. Wir sind aus verschiedenen Welten. Alena weiß, wie es funktioniert und kämpft nicht dagegen."

„Vielleicht sollte sie das. Ich kann mir nicht vorstellen, mich um einen Hochschulabschluss zu bemühen und ihn dann nicht zu nutzen."

„Ha, die meisten Frauen gehen zur Universität, um einen Ehemann zu finden und brechen ab, sobald sie einen finden. Jede Frau will etwas von einem Mann."

„Das ist nicht wahr. Ich nicht." Sie tut so, als hätte ich sie beleidigt.

„Sagt die Frau, die mich fesseln will."

„Du hast damit angefangen."

„Redest du immer so viel?"

„Wahrscheinlich. Warum?"

Ich werde gerettet, als unsere Bestellnummer aufgerufen wird. Ich springe auf, um unser Essen zu holen. Sie macht mich nervös, weil sie anscheinend mehr versteht, als ich ihr zugestand. Ich stelle das Essen auf den Tisch und hole dann unsere kühle Flasche Sake und zwei Tassen.

Izzy nimmt das Essen vom Tablett und stellt die Mahlzeiten auf den Tisch. Ich setze mich wieder hin, beschäftige mich mit dem Sake und schaue dabei durch die Fenster nach draußen. Es ist eine Angewohnheit von mir, Ausschau nach Ärger zu halten. Das ist ein Grund, warum ich so lange gelebt habe – ich bin wachsam. Idioten sind so vorhersehbar. Die Männer von draußen aus ihrem Apartmentgebäude sitzen in einem Auto auf der anderen Straßenseite.

Wir fangen an zu essen. Ich habe Pad Thai Nudeln mit Huhn und sie sind köstlich. Russisches Essen ist im internationalen Vergleich eher fade. Es ist ruhig und ich stelle fest, dass Essen Izzy vom Reden abhält. Wir nippen am Sake und essen schweigend.

Ich beende mein Essen und lege meine Stäbchen weg.

„Ich brauche, dass du deine Handtasche unter den Tisch schiebst."

„Was? Das mache ich nicht. Bist du verrückt?"

Meine Augen bohren sich in ihre. „Ich habe dir einen Befehl

gegeben und du musst ihn ausführen. Jetzt. Ohne eine Szene zu machen."

„Was, wenn—"

„Jetzt, Izzy, keine Spielchen. Und wenn du es nicht tust, werde ich dich in zwei Sekunden über diesen Tisch beugen und du wirst nicht glücklich darüber sein, was ich in der Öffentlichkeit bereit bin zu tun."

Ihre Augen weiten sich so sehr wie ihre Beine, als ich sie mit meiner Zunge befriedigte. Ohne ein weiteres Wort schiebt sie ihre Handtasche unter den Tisch.

„Braves Mädchen. War das nicht einfach? " sage ich mit einem Grinsen.

Sie leert den Rest des Sake, kreuzt die Arme vor der Brust und schmollt. Ich widerstehe dem Drang, sie auf meinen Schoß zu ziehen und sie meinen harten Schwanz unter ihrem Hintern spüren zu lassen.

Stattdessen taste ich in ihrer Handtasche herum, um nicht auffällig zu sein.

"Ah. Da ist es, ein Ortungsgerät." Ich ziehe einen winzigen Tracker heraus und werfe ihn in die leere Sake-Flasche. „Es war in der Auskleidung am Boden deiner Handtasche versteckt. Sag mir, warum dich jemand verfolgt. Arbeitest du für die Sizilianer?"

Ich blicke sie misstrauisch an. Könnte sie eine Spionin sein? Sie und Alena sind schon seit einigen Jahren am College. Es wäre die perfekte Tarnung, so zu tun, als bräuchte sie Alena, um Zugang zu deren engstem Kreis zu bekommen.

"Was? Bist du verrückt? Alenas Vater würde mich umbringen. Ich wohne bei ihr für einen lächerlichen Mietpreis. Sie hat zwei Regeln: Ich darf keine Männer einladen und ich darf niemandem erzählen, bei wem ich wohne. Es dient ihrem Schutz und ich habe die Regeln noch nie gebrochen."

So sehr ich auch ein misstrauischer Kerl bin, ich glaube ihr. Also, was übersehe ich?

"Schau mich an, wenn ich spreche", sage ich zu ihr. Sie öffnet den Mund, um etwas zu sagen.

"Ich habe keine Zeit zum Erklären. Bitte tu einfach, was ich sage, bis wir hier raus sind. Verstehst du das?"

"Naaa gut," zischt sie. Ich nehme an, dass in ihrem intelligenten Kopf eine Million Fragen herumschwirren.

"Schau mich weiterhin an und lach, als hätte ich dir einen Witz erzählt."

Sie kichert und bedeckt ihren Mund, als würde sie zu viel lachen. Sieht ganz so aus, als könnte sie auch schauspielern. Ich bin echt am Ars.. Sie spielt mir bald Ringe um die Ohren.

"Die Männer aus dem Apartmenthaus sind auf der anderen Straßenseite. Du stehst dann auf und tust so, als würdest du zur Toilette gehen, die sich am Ende des Flures befindet. Bitte gehe durch die Küche, raus durch die Hintertür und warte auf mich in der Gasse. Kriegst du das hin?"

"Ja." Es ist offensichtlich, dass sie Angst hat und das ist gerechtfertigt.

"Okay, ich gebe dir deine Tasche unter dem Tisch zurück. Nimm sie und dann steh auf und geh."

Sie tut, wie ihr aufgetragen wurde und ich folge ihr, sobald sie aus meinem Blickfeld ist.

In der Gasse ergreife ich ihre Hand und ziehe sie an Müllcontainern mit dem Geruch von verrottenden Lebensmitteln vorbei. Zwei große Männer versperren uns den Weg, als wir um die Ecke biegen, um zum Auto zurückzukehren. Die Schlägertypen. Schei... Sie sind klüger als ich dachte. Sicher hat der kaputte Peilsender sie auf uns aufmerksam gemacht. Mist.

Einer hat seine Hand in seiner Jackentasche, ganz offensichtlich verbirgt er eine auf mich gerichtete Waffe. "Wir nehmen das Mädchen."

"Ich glaube, da liegt ein Missverständnis vor", halte ich dagegen.

"Schnapp sie dir", befiehlt er dem großen Mann an seiner Seite.

Es überrascht mich, einen irischen Akzent zu hören. Wie kommen Irische auf russischem Revier vorbei, ohne von den Bratva-Soldaten bemerkt zu werden, die Alena schützen?

Izzy wirft mir einen kurzen Blick zu, und ich erkenne die Panik in ihren Augen.

"Was soll ich tun?"

"Geh brav mit dem Mann mit und wir lassen deinen Freund am Leben", stipuliert der klobige Mann mit der Waffe.

Mit seiner Waffe deutet er an, dass sie zu seinem Partner gehen soll. Als sie einen Schritt macht, stolpert sie über eine Riss in dem Pflaster und stürzt nach vorne. Der Mann, der auf sie gewartet hat, ergreift die Chance und greift nach ihren Armen während sie fällt, was mir genug Zeit gibt, meine Waffe zu ziehen. Ich schieße den ersten Mann in die Brust, aber nicht bevor er einen Schuss abgibt. Ich höre das Zischen und eine bekannte brennende Empfindung trifft meinen linken Arm. Der überlebende Mann zieht Izzy an seine Brust, als hinge sein Leben davon ab.

Und das tut es.

"Du hast einen Fehler gemacht." Er zieht ein Messer aus einer Seitentasche seines Mantels und hält es an ihre Kehle. "Wirf deine Waffe. Jetzt!"

Seine kleinen, rattenhaften Augen zucken nervös hin und her. Er muss abhauen, aber er hat seinen Partner verloren. Die Schüsse werden sicherlich Aufmerksamkeit erregen. Jeden Moment werden wir entdeckt.

"Lass sie los und ich lasse dich los. Dann können wir beide einen weiteren Tag erleben", rufe ich.

"Ohne sie kann ich nicht zurückkehren", beginnt er zurückzu-weichen. Aber ich weiß, dass er zu seinem Auto muss also schieße ich auf sein Knie. Er schreit vor Schmerz und sein Taschenmesser entgleitet seiner Hand, während er zu Boden fällt und sein Bein festhält. Izzy versucht zu rennen, aber seine Hand erwischt ihren Knöchel.

Sie schreit und versucht zu treten. Sie nutzt ihr freies Bein als Hebel, aber ihre Anstrengungen sind nutzlos. Die großen Hände des Mannes und sein fester Griff sind für sie keine Partie. Ich trete ihm ins Gesicht und Blut spritzt überall hin. Er lässt ihr Bein los, um seine gebrochene Nase zu schützen und Izzy bewegt sich rückwärts, Schritt für Schritt. Ich beginne, dem Mann in den Bauch und die Rippen zu treten. Er stöhnt. Es ist kein sauberer Schlag, aber ich will meine Waffe nicht noch einmal abfeuern. Er zieht mich zu Boden und ich erwische ihn in einem Würgegriff und lösche sein Leben aus. Alles geschieht schnell und leise.

"Geh auf den Bürgersteig und überquere die Straße, schau nicht zurück", rufe ich und schaue mich nach Kameras um. Glücklicherweise sehe ich keine.

Ich benutze mein Hemd, um meine Fingerabdrücke von der Pistole zu wischen und gehe auf den toten Mann zu, wobei ich meine Pistole schnell in seine leblose Hand lege. Ich nehme seine Pistole, wische sie ab bevor ich sie in meinen versteckten Halfter stecke. "Ich komme nach dir", rufe ich Izzy zu, in der Hoffnung, dass sie ihren Schock überwindet und tut, was ich sage.

Ich suche schnell nach Zeugen. Durch ein glückliches Zufall ist niemand in der Nähe und vor allem filmt niemand dies mit seinem Handy. Ich laufe zu einem Baum, reiße grüne Blätter ab und benutze sie, um Blutspritzer von meinen Stiefeln zu wischen. Die ganze Zeit behalte ich Izzy im Auge. Sie überquert die Straße. Ich halte den Atem an. Wie tief reicht diese Verschwörung, um sie zu erwischen? Wie lange läuft das schon so und wie weit werden sie gehen, um sie zu bekommen? Streich das. Ich weiß, was sie bereit sind zu tun. Diese Männer haben Verzweiflung in ihren Augen. Sie könnten bei den Iren verschuldet sein und einen Auftrag für sie erledigen, ohne das entsprechende Können zu haben.

Ich laufe los, um Izzy einzuholen. Obwohl mein Arm schmerzt wie die Hölle und mein verletztes Bein protestiert, entfernen wir uns schnell vom Tatort.

Ich schreibe Kirill mit meinem Wegwerfhandy an, dass er uns abholen soll. Die Polizei wird bald hier sein und es ist erst Mittag. Wir müssen zurück in die Eigentumswohnung, um Kirill zu treffen, und jetzt, nehme ich an, wird auch Alena da sein.

"Was war das? Wer waren diese Kerle? Du hast jemanden getötet! Was sollen wir jetzt tun? Ich kann nicht ins Gefängnis", weint sie, dann schluchzt sie. Tränen, so groß wie Kieselsteine, fließen über ihre hohen Wangenknochen. "Ich kann nichts sehen", murmelt sie und schluchzt noch mehr, während sie ihre Hand über ihr Gesicht streicht. Wie man eine Bankkarte durchzieht, die nicht funktioniert, wiederholt sie die Bewegung ständig.

Ich weiß aus eigener Erfahrung, wenn man das erste Mal ein Leben nimmt, dass jede Emotion durch den Körper fließt, wenn man einen Tod miterlebt, der gewalttätig und persönlich ist. Man müsste schon ein Soziopath sein, um nichts zu fühlen. Andererseits ist es bekannt, dass Mafiagruppen einige davon haben.

Ich lege meinen Arm um ihre Schultern, um sie zu beruhigen, und wir gehen eine Seitenstraße hinunter, um auf Kirill zu warten. Er musste umdrehen, um uns zu holen. Ich könnte ein Uber rufen, aber der Fahrer wäre ein möglicher Zeuge und ein loses Ende. Ich will kein unschuldiges Leben nehmen.

Jemand wird den Lambo aus der Parkgarage holen müssen, zumal er einem der Top-Leute der Bratva gehört. Die Einzelheiten dazu überlasse ich Kirill. Ich bin froh, dass diese Entscheidungen nicht mir obliegen, denn Alenas Vater, Mikhail, wäre verärgert. Ich will keinen Ärger zwischen ihrer Bratva und unserer.

Während wir weiter in eine Seitenstraße gehen, rattert Izzy schockiert vor sich hin. Sie hält an, als sie bemerkt, dass ich seit drei Blocks kein Wort gesagt habe.

Es muss schwer für sie sein, mich anzusehen, nachdem ich zwei Männer getötet habe.

Sie dreht sich zu mir um und sieht zum ersten Mal den blutigen Ärmel meiner Jacke. "Oh mein Gott, er hat auf dich geschossen!"

Sie schreit auf und schiebt meine zerrissene Jacke von der Wunde weg, betrachtet das rote, klaffende Loch in meinem Arm.

Ich bin es gewohnt, verletzt zu sein. Ich bin es nicht gewohnt, die Qual in Izzys Augen zu sehen. Eine Schwere lastet auf meiner Brust wie ein Betonblock. Ich verliere mich in ihr, in ihrem Wesen, in ihrer Art sich zu bewegen, zu viel zu reden, in der Art und Weise, wie Sex mehr ist als nur ficken. Ich würde sterben, wenn ihr jemand weh tun würde.

Ihr Körper und ihr Geist gehören mir. Sie hat keine Ahnung,

wie tief sie in meiner Welt verstrickt ist. Alles, was ich weiß, ist, dass sie diese nie verlassen wird. Sie ist die Luft, die ich atme. Sie ist das Licht in meiner Dunkelheit.

"Du gehörst mir, und wer dich anrührt, stirbt." Unsere Blicke treffen sich und selbst mit einer Schusswunde, will ich ihre üppigen Lippen küssen und ihre enge Muschi ficken, bis sie um mehr bettelt.

# KAPITEL 10, IZZY

as der Stadt an Bäumen fehlt, macht sie mehr als wett durch Autos. Sie rasen an einem vorbei, weit über die Geschwindigkeitsbegrenzung hinaus und ignorieren rote Ampeln. Man spielt mit dem eigenen Leben, wenn man sich hier hinter das Steuer eines Autos setzt.

"Wir hätten die U-Bahn nehmen sollen. Sie ist schneller", kommentiere ich, während ich auf seinen blutenden Arm schaue und mir wünsche, ich könnte ihm helfen.

Er ist hart im Nehmen. Ich bin sicher, er hat Schlimmeres erlebt. Er würde behaupten, ich übertreibe, wenn ich zu sehr um ihn traure oder mich zu sehr sorge.

"Und wo genau sollen wir hin?" fragt er, in seinen dunklen Augen spiegelt sich die Stärke und Entschlossenheit eines abgehärteten Soldaten wider. "Ich kann nicht mit einem klaffenden Loch herumlaufen und wie ein Stier in der Arena eine Blutspur hinterlassen", sagt Dmitry mit wachsender Frustration. Er ist mürrisch. Man könnte argumentieren, dass er angesichts des klaffenden Lochs in seinem Arm einen Grund dazu hat.

Es heißt, man brauche zwei Jahre, um seinen Partner zu durchschauen, doch mit Dmitry sind es weniger als zwei Tage. Er äußert sich nie und spricht nur, wenn er wirklich etwas zu sagen hat. Er muss clever sein, wenn er sein ganzes Leben lang in der Bratwa war, denn dort überlebt man nicht lange, wenn man seine Arbeit nicht gut macht.

Immerhin hat all diese Aufregung meine Gedanken von dem Pochen zwischen meinen Schenkeln abgelenkt. Ich sehne mich danach, dass er mich wieder fickt. Er ist so groß. Ich dachte, er würde meine Muschi zerspalten.

Als er mich von hinten nahm, war er bis zum Anschlag in mir, buchstäblich. Er hat mich so hart gestoßen, dass seine Eier an meinem Fleisch klatschten. Er war grob, und mir gefiel es. Das Vergnügen war gemischt mit Schmerz aufgrund seiner Größe und der Tiefe seiner Stöße, aber es brachte mich in eine andere Welt, von der ich nicht wusste, dass sie existiert. Als er mir befahl zu kommen, schrie ich wie am Spieß. Noch nie hatte ein Mann mir befohlen zu kommen, aber mir gefiel, wie es eine zusätzliche Spannung hinzufügte.

"Ich bin zu jung fürs Gefängnis. Ich würde es dort nie überleben." Ich mache mir laut Sorgen, als hätte ich selber den Abzug betätigt.

"Sie wollten dir wehtun, und die Welt ist besser ohne sie. Vergiss das nicht!"

Dmitry hat sie für mich erledigt. Sicher, sie zielten mit einer Waffe auf ihn, aber er hat sein Leben für meines riskiert. Ich frage mich, ob das etwas ist, was ich auf die Liste meiner Anforderungen setzen muss, wenn ein Mann mit mir ausgehen will. Jetzt bin ich dramatisch. Ich schiebe meinen sarkastischen Humor auf den Schock, Zeugin einer solchen Gewalttat geworden zu sein.

Ich bin nicht traurig, dass sie tot sind, und sie haben bekommen, was sie verdient haben. Vielleicht ist Selbstjustiz doch nicht so verkehrt. Wie konnten sie es wagen, eine unschuldige Frau von der Straße zu entführen? Und doch weiß ich, dass so etwas ständig mit unglücklichen Ergebnissen passiert. Was wäre geschehen, wenn Dmitry nicht bei mir gewesen wäre?

"Ich glaube, es ist klar, dass ich das Ziel bin, nicht Alena", sage ich, während ich meine Gedanken preisgebe und seine miese Stimmung ignoriere.

Wäre er heute nicht bei mir gewesen, wäre ich vielleicht nicht mehr hier, um über unsere Situation zu klagen.

"Keiner von beiden sah aus wie der Kerl, der mich neulich verfolgt hat oder der Mann in der Bar."

Dmitry ist still, und ich warte darauf, dass er etwas sagt. Wenn ich zu viel rede, dann spricht er definitiv zu wenig. Jeder hat Geheimnisse, aber das geht ein bisschen zu weit, vor allem, weil ich Teil von allem bin, was gerade passiert ist.

"Also, immer noch keine Idee, wer dich will?" fragt er.

Ich schüttele den Kopf und starre ihn leeren Blickes an.

Dmitry steht auf, als er sieht, wie Kirills Auto um die Ecke rast und er richtet sofort seinen Rücken auf. Ich kann sehen, wie er vor Schmerz zusammenzuckt, als er seinen Arm bewegt.

"Wo lässt du das behandeln?"

"Wir werden sehen."

"Genau, Herr Hart im Nehmen," murmele ich, als Kirill anhält.

Wir steigen in sein Auto, als hätten wir gerade eine Bank ausgeraubt. Alena rutscht zur Seite, um mir hinten Platz zu machen.

"Gut," sagt er, als er auf dem Vordersitz Platz nimmt und einmal zu Kirill nickt, was ich als Höflichkeitsdank annehme.

"Geht es Dir gut?" fragt Alena. "Wir wollten gerade auf die Autobahn fahren. Gut, dass du uns noch erwischt hast."

"Ja, aber Dmitry braucht ein Krankenhaus."

Kirill schüttelt den Kopf. "Geht nicht, Prinzessin. Schusswunden erfordern zu viel Papierkram, und die Polizei mischt sich ein. Siehst du keine John Wick Filme?"

"Oh, richtig. Aber wir müssen etwas unternehmen. Du bist ein Problemlöser oder so."

"Ich kümmere mich darum. Wir haben einen Arzt auf Abruf. Und übrigens, das sollte ein Urlaub für Dmitry sein. Was zum Teufel ist passiert?" fragt Kirill scharf.

Ich kann Kirills Stimme kaum hören, hinten ist es laut. Der Auspuff klingt wie ein Düsentriebwerk im Leerlauf. Wenn er aufs

Gaspedal tritt, um zu beschleunigen, klingt es wie ein Düsentrieb-werk beim Start. Männer lieben wohl ihre Muscle Cars.

Kirill checkt seine Spiegel.

"Folgt uns jemand?"

"Im Moment nicht," sagt Dmitry und wirft einen Blick auf mich im Rücksitz, dann aus dem hinteren Fenster. Ich nehme an, er sucht nach Verfolgern. "Was verschweigst du uns, Izzy? Du bist das Ziel. Was macht dich so besonders?" Sein Blick ist wieder auf mir.

Scheiße.

"Ich habe keine Ahnung," murmele ich.

"Izzy, wir müssen wissen, wer hinter dir her ist. Das sind gefährliche Männer." Alenas Augen flehen mich an.

"Hör zu, du kennst meine Geschichte. Ich habe ein Tattoo, das du für das Logo der Mafia hältst. Ich habe es in einem kleinen Laden in Connecticut stechen lassen. Ich erinnere mich nicht, dass es dort Warnhinweise bezüglich Vogel-Tattoos gab," schnappe ich sarkastisch.

Die Männer sprechen miteinander auf Russisch. Dmitry bringt Kirill auf den neuesten Stand. Unterdessen fragt mich Alena, was gerade passiert ist.

"Es war beängstigend. Ich meine, ich hatte ein Messer an der Kehle, aber ich wusste, dass Dmitry sie mich nicht mitnehmen lassen würde. Ich wusste nicht, wie es ausgehen würde. Es passierte so schnell. Ich fühle mich sicher bei ihm."

"Du hättest unmöglich wissen können, was passiert. Es ging sicher schnell vonstatten," fügt Alena hinzu, was mich fragen lässt, ob sie jemals in einer ähnlichen Situation war.

"Der Mann hatte einen irischen Akzent. Ich glaube, er ist anders als der Mann an der Bar." Ich wende mich Alena zu und sehe die aufrichtige Sorge in ihrem Gesicht. Das ist das erste Mal.

"Wer würde mich entführen wollen? Ich habe keine Familie und auch sicherlich kein Geld. Aber ich erinnere mich, dass meine Tante Emma versucht hat, mich davon abzuhalten, nach New York City zu ziehen. Sie sagte, meine Mutter machte ihr das Verspre-chen, dass ich nie alleine in der Stadt sein würde."

"Echt? Scheiße. Das hast du mir nie erzählt."

"Ich habe es bis jetzt nicht für wichtig gehalten. Ich dachte, es war nur ein Bluff, um mich bei ihr zu behalten."

"Aber du bist schon seit Jahren hier. Was hat sich geändert?" fragt Alena, während sie meine Augen absucht. Ich zucke mit den Schultern, bevor ich aus dem Fenster blicke und versuche, weitere Hinweise zu finden, aber ich finde nichts.

„Was meinst du, Izzy?" Dmitry muss ein bionisches Gehör haben. Mir war nicht bewusst, dass er uns zuhört.

„Ich weiß nicht. Ich glaube, ich hätte nicht nach New York City ziehen sollen. Mir wurde nicht gesagt, warum. Ich dachte, es ist lächerlich."

„Nein, du wolltest hier zur Schule gehen", sagt Alena. „Und daran ist nichts auszusetzen. Könnte es eine Warnung gewesen sein?"

„Eine Warnung wofür?" Ich zucke mit den Schultern. „Ich weiß nicht mehr als Sie. Wir sind seit Jahren Mitbewohner. Wir wissen alles übereinander. Das Problem ist, dass nicht viel über die Familie meiner Mutter oder meines Vaters bekannt ist."

„Wir sind hier", verkündet Kirill und lächelt in den Rückspiegel.

Ich schaue aus dem Fenster. „Wir sind an einem Tierkrankenhaus", murmele ich. Dann kichere ich zum ersten Mal seit dem Schusswechsel. Heilige Scheiße, es ist wie im Film.

„Wir müssen hier bleiben und warten. Ist alles in Ordnung?" Alena legt ihre Hand auf mein Bein, und ich lasse sie mein Gesicht sehen, damit sie sich keine Sorgen um mich macht. Ich schüttle den Kopf, um die Verwirrung zu vertreiben.

„Ja, mein Magen fühlt sich an, als müsste er geschmolzene Lava wie ein Vulkan ausspucken, aber abgesehen davon glaube ich, wird es mir gut gehen."

Wir sehen zu, wie die Männer durch die Hintertür eintreten, vor der wir geparkt sind.

„Warum gehen wir nicht rein?" Ich möchte für Dmitry da sein.

„Je weniger wir gesehen werden, desto besser." Sie wendet sich an mich. „Ich habe das Gefühl, du hast irgendeine Verbindung zur

Mafia. Niemand wird dich verfolgen, einen Peilsender in deine Handtasche stecken und dann versuchen, dich zu greifen, es sei denn, sie wollen etwas. Und sie wollen es unbedingt."

„Hm. Nun, es tut mir leid, es dir sagen zu müssen, aber ich habe keine Erklärungen mehr. Ich habe keine Ahnung, warum sie hinter mir her sind. Ich dachte, sie sind hinter dir her. Du bist in der Bratva. Dein Vater ist hochrangig. Und wie bin ich in all dem der Bösewicht geworden?" Meine Stimme wird lauter, als ich mich verteidige. Hat jeder vergessen, dass ich das Opfer in dieser Geschichte bin? Ich und Dmitry? „Es ist furchtbar, dass er angeschossen wurde."

„Er ist es gewohnt. Sie alle wissen, worauf sie sich eingelassen haben. Der einzige Weg aus der Mafia führt in einen Sarg. Das weiß jeder", sagt sie, klingt dabei genervt.

„Hör zu, es war ein langer Tag. Ich möchte nicht, dass das unsere Beziehung belastet. Du bist meine beste Freundin und meine einzige Familie."

„Ich weiß. Ich bin nur gestresst. Das einzige, was bei der Bratva vor sich geht, ist eine mögliche Allianz mit den Italienern, und es ist kompliziert, weil unser Mafiakönig, Alexsei Sidovo, keine leiblichen Kinder hat, um eine Blutsallianz durch Heirat mit den Italienern zu schmieden."

„Er hat keine Kinder?" Wie kam es dazu?

„Er adoptierte zwei Kinder mit seiner Frau, die weder seine Blutsverwandten noch in Russland geboren sind. Die Russen und die Italiener sind sehr machiavellistisch, wenn es um solche Dinge geht. Es wird gemunkelt, dass Alexseis Sohn aufgrund dessen niemals als Don die Nachfolge antreten kann. Und auch für eine arrangierte Heirat ist er nicht viel wert", fügt sie hinzu, was mich fragen lässt, was sonst noch mit ihm nicht stimmt.

„Und ich dachte, ich lebe in einer patriarchalischen Welt. Ich fühle mit den Kindern, die in deine Welt hineingeboren werden."

Sie zieht die Augenbrauen hoch, als wolle sie sagen: Wirklich?

„Et tu, Brute?" erwidert sie, aber sie lächelt. Ich atme erleichtert aus. Wir sind immer noch beste Freundinnen. Bei ihrer flapsigen Bemerkung entspanne ich mich.

„Also wirst du wahrscheinlich nicht Alexseis Sohn heiraten, oder?"

„Wer weiß? Vielleicht bin ich das Bauernopfer. Er ist jung. Es wäre vielleicht nicht die schlechteste Lösung."

Die Jungs kommen heraus und steigen ins Auto.

Ich möchte Dmitry fragen, wie es ihm geht, entscheide mich aber, still zu bleiben.

„Was passiert mit der Allianz, Kirill? Ich weiß du musst etwas wissen," fragt Alena, wobei sie mir die Pflicht abnimmt, alle Fragen zu stellen.

„Nicht viel. Warum?"

„Es ist nur ein Schuss ins Blaue, aber irgendwas hat sich irgendwo auf irgendeiner Ebene verändert, damit Izzy in ihrer Situation ist—die Tätowierung an ihren Handgelenken, die irische Mafia hinter ihr her. Und der Kerl an der Bar hat nach diesem Arm gegriffen, als suchte er die Tätowierung. Ich meine, es ist eine Marke. Er muss gewusst haben, wonach er sucht."

„Ja, Dmitry hat es erwähnt. Ich dachte, es wäre nichts. Aber die Tatsache, dass sie schon einige Jahre hier ist, ohne Zwischenfälle, macht dies mehr als nur einen Zufall. Es ist besonders seltsam, da all dieser Scheiß zwischen den Mafiafamilien hochgespielt wird." Kirill fährt das Auto rückwärts und fährt in den Verkehr ein, beachtet alle Geschwindigkeitsbegrenzungen und Verkehrszeichen. Er rollt nicht einmal an einem lästigen Stoppschild vorbei.

„Genau? Ich meine, wie kann das nur ein Zufall sein?" Alena lehnt sich zurück in ihren Sitz, und ich bin sicher, wir alle fragen uns, was uns entgeht.

„Wir fahren zurück zu Dmitry's. Wir müssen Dinge recherchieren." Kirill wechselt die Fahrspur und schaut weiterhin in seine Spiegel, während wir durch den Verkehr düsen.

„Was denkst du, Dmitry?" ich frage, verzweifelt zu erfahren, ob ich am Ende der Woche noch am Leben sein werde.

„Wir werden es herausfinden. Aber du bleibst bei mir und

verlässt meine Wohnung nicht." Er dreht den Kopf. Unsere Blicke treffen sich. „Ich mache keine Witze. Du verlässt meine Seite und das nächste Mal hast du vielleicht nicht so viel Glück."

Mein harter Blick weicht wie Gelato an einem Sommertag. Ich bekomme den Eindruck, dass dies in absehbarer Zukunft noch nicht vorbei ist. In was hat meine Mutter mich da hineingebracht? Es ist die einzige plausible Verbindung. Ich bin sicher, jeder im Auto denkt dasselbe.

„In Ordnung." Meine Stimme ist ein Flüstern und damit verspreche ich, seinen Forderungen nachzukommen. Ich finde meine neue Welt gefährlich wie die Hölle und seltsam aufregend. Oder ist es der grüblerische Mann im Vordersitz, der nur lächelt, wenn er bei mir ist?

Als wir die Parkgarage am Kondominium-Gebäude erreichen, öffne ich meinen Sicherheitsgurt. Kirill geht zum Kofferraum und holt eine schwarze Reisetasche heraus. Dmitry und Kirill überprüfen optisch die Autos, die in der übergroßen Garage unter den Kondominien geparkt sind. Zufrieden, dass wir nicht verfolgt wurden, sagen sie uns aus dem Fahrzeug auszusteigen, und wir folgen ihnen ins Gebäude.

Die Sicherheit hier ist streng, da wir nacheinander durch die Türen gehen und ich das Klicken höre, wie es hinter uns abschließt. Wir steigen unmittelbar vor uns in den Aufzug, und Dmitry benutzt seine Karte, um ihn in Gang zu setzen. Keiner von uns spricht. Die Spannung in der Stahlbox ist so dick, dass mein Körper mit einem dumpfen, schmerzhaften Ache gefühlt wird.

Als wir aus dem Aufzug aussteigen, befinden wir uns in einem hell erleuchteten Flur. Ich gehe neben Alena und denke, es wäre cool, wenn wir auf einem Doppeldate wären, anstatt vor Leuten zu fliehen, die versuchen, mich zu entführen oder zu töten.

„Machen Sie es sich zu Hause bequem", sagt Dmitry, als wir ein modernes Kondominium in Schwarz und Weiß betreten. Ich habe ihm nie viel Aufmerksamkeit geschenkt, da Dmitry beim letzten Mal, als ich hier war, meine volle Aufmerksamkeit hatte. Es ist möbliert und steril aussehend. „Es gibt einen Fernseher im Wohnzimmer. Kirill und ich werden am Tisch arbeiten."

Er geht in die Küche und nimmt eine Pille aus einer Plastikflasche. Es muss ein Antibiotikum oder eine Schmerztablette sein, die ihm der Arzt in der Tierklinik gegeben hat.

Kirill zieht zwei Laptops aus seiner Tasche und stellt sie auf den Esstisch. Er geht in die Küche und holt eine Flasche Wodka, die ich noch nie in einem Ladenregal gesehen habe. Er holt zwei gekühlte Shotgläser aus dem Gefrierschrank, stellt sie auf den Tisch und füllt sie zur Hälfte mit Wodka.

„Was sollen wir machen?" Flüstere ich Alena zu.

Sie zuckt mit den Schultern. „Ich denke, wir sollen uns selbst unterhalten."

Ich gehe in die Küche, um eine gekühlte Wasserflasche aus dem Kühlschrank zu holen. Als ich am Tisch vorbeigehe, höre ich Dmitrys Aussage: „Sie ist nur bei mir sicher. Mein Name ist allen Dons und führenden Mafiabossen bekannt. Ich kann sie schützen. Außerdem könnte Ihre Organisation ein Leck haben."

Kirill scheint dies zu bedenken, während sie beide den Alkohol wie nichts zurückwerfen.

Leck? Was? Ich teile das, was ich gehört habe, mit Alena, als ich mich neben ihr auf das Ledersofa fallen lasse. Sie nimmt nachdenklich meine Hände in Ihre.

„Es mag seltsam scheinen, aber Dmitry kommt aus einer riesigen russischen Familie in Europa. Wenn er sagt, dass er dich beschützen kann, dann kann er das. Sie besitzen die höchstbewertete Hotelkette in Europa. Gerüchten zufolge planen sie, ihr Geschäft auszuweiten. Sein Name ist in den richtigen Kreisen gut bekannt. Den Kreisen, die Gesetze regieren und Amtsträger wählen, wenn Sie wissen, was ich meine." Sie holt Luft. „Ich weiß nichts von einem Leck und will auch nichts davon wissen. Wir sind alle sicherer, wenn wir nicht die täglichen Abläufe der Mafia kennen."

„Ja, ich verstehe."

„Lassen wir uns davon ablenken. Wir haben keine Jobs, zu

denen wir gehen müssen und ich bin sicher, mein Vater hat das Gebäude umzingelt. Du brauchst einen Moment, um das heute zu verarbeiten. Vertrau mir dies. Ich habe schon genug Männer gehört, die durch Waterboarding getauft wurden, und sagen wir einfach, wir wollen keine Wellen schlagen."

Ich habe gesehen, was eine einzige Waffe anrichten kann und die Tatsache, dass es mehrere Männer braucht, um Alena zu schützen, beruhigt mich keineswegs. Der Einzige, auf den ich mich verlassen kann, um mich sicher zu fühlen, ist Dmitry. Er spricht vielleicht nicht viel, aber er ist ein Mann, der schnell denkt und präzise handelt. Außerdem spricht er die Sprache der kriminellen Unterwelt, und ich meine damit nicht Russisch.

Ich bezweifle, dass dieses steril wirkende Condo Dmitry gehört. Er kommt mir nicht wie ein Mann vor, dem es wichtig ist, wo er lebt. Der Mangel an gemütlichen Wohnelementen lässt mich glauben, dass dieser Ort ein geheimer Unterschlupf oder kurzfristiges Absteigequartier ist.

Heute Morgen habe ich nichts davon bemerkt, weil ich zu sehr auf Dmitry's durchtrainierten Bauch und die Kratzer fixiert war, die ich auf seinem Rücken hinterlassen habe. Das bringt mich zum Lächeln. Es ist, als ob ich ihn auch markiert hätte.

„Ich bin froh, dass du hier bist", sage ich zu Alena, ohne zu wissen, was ich ohne sie tun würde.

„Geht mir auch so." Sie lehnt sich zu mir und umarmt mich, bevor sie aufsteht, um die Fernbedienung zu suchen. Ich hebe die Wasserflasche zu meinen ausgetrockneten Lippen, und während ich Wasser trinke, zittert meine Hand. Ich hoffe, es bleibt bei diesem einen Mal. Ich bin immer noch erschüttert von den Ereignissen des heutigen Tages und frage mich, wann das Leben wieder normal wird.

Ich kehre aus meinen Gedanken zurück, als Dmitry mich an den Tisch zurückruft. Er stellt eine Million Fragen: Wo ich geboren wurde, der Name meiner Tante, ihre Adresse und die Namen meiner Eltern. Ich kenne den Namen meines Vaters nicht und erkläre, dass er auch gestorben ist. Als ich ihm sage, dass ich keine anderen Verwandten habe, lässt er den Kopf in seine Hände sinken, als wäre ich die größte Belastung in seinem Leben.

„Was ist?" Ich schnappe gereizt, aus Angst vor dem Schlimmsten, wie, wenn er mich fallen lässt, habe ich niemanden, an den ich mich zum Schutz wenden kann.

„Du bringst mich um." Er sieht zu Kirill. „Nicht wahr?" Dmitry lehnt sich in seinem Stuhl zurück und lächelt wie ein Hund, der heimlich ein T-Bone Steak von der Theke stibitzt.

„Ich verstehe schon, ich tue es wirklich." Er nickt und grinst mit seinen Zähnen. „Sie ist schon eine Persönlichkeit", sagt er zu Dmitry.

Dann wendet Dmitry sich mir zu und gibt mir einen Blick. Und mit "Blick" meine ich, er schaut mir wirklich tief in die Augen, als wären sie eine Kristallkugel, die ihm sagt, was er wissen muss. „Es ist zu bequem", sagt er, bevor er sich in seinem Stuhl aufrichtet.

Kirill steht auf und beginnt, auf und ab zu gehen. „Du bist wie ein Geschenk, das mit der weltweit größten Schleife verpackt ist; jemand ist bereit, alles zu tun, um dich zu bekommen. Aber warum?" Er breitet seine Arme aus, als würde er das Rote Meer teilen.

„Ihr seid alle so verdammte Dramaqueens!" Ich spotte.

„Vielleicht, aber niemand jagt uns mit solchem Eifer. Nun, vielleicht ein paar Mädchen im Club, aber…" Er zuckt mit den Schultern. „Das passiert jeden Tag."

Ist Kirill so berühmt? Er trägt teure Turnschuhe und fährt ein schickes Auto. Vielleicht gehört ihm dieser Ort und er hat ordentlich Geld. Ich kann verstehen, warum Frauen das attraktiv finden würden. Er ist nicht mein Typ, aber er ist nicht schlecht anzusehen. Ich habe gesehen, wie er im Club mit einem Geldbündel gewedelt hat, und die goldene Kette um seinen Hals ist ein bisschen strange, aber nicht ungewöhnlich. Ich nehme an, das S steht für seinen Nachnamen – das ist ziemlich einfallslos, wenn ihr mich fragt.

„Also, wenn ich deine Analogie richtig verstehe, für wen bin ich dann ein Geschenk?" Ich lache halb. „Ich habe noch nie ein großes Weihnachtsfest oder eine Geburtstagsparty gehabt. Meine Mutter hat sich durchs Leben geschlagen, indem sie in einem Diner gearbeitet hat."

„Und du sagst, sie wurde bei einem Autounfall hier in New York getötet?" Dmitry fragt mich mit seinen prüfenden Blicken. „Das ist doch recht praktisch, findest du nicht?"

Glaubt er immer noch, ich lüge? Was zum Teufel?

„Es passiert eben." Kaum verlassen die Worte meinen Mund, setzten sich die Einzelheiten zusammen, wie das Muster eines Kleides. Jedes Stoffstück wird zugeschnitten, festgesteckt und dann zu einem Kleid zusammengenäht. Es ist dasselbe wie ein Rätsel zu lösen. Details summieren sich zu Bildern, und die Fakten erzählen ein Stück der Geschichte, bis eine vollständige Geschichte entsteht.

Und mehr Teile fügen sich für mich zusammen. Da ist diese kryptische Angst und das Versprechen, nie nach New York City zu ziehen. Dazu kommt der unerwartete Tod meiner Mutter in der Stadt - obwohl wir niemals in die Stadt gegangen sind.

„Warte, war ihr Unfall ein Mordanschlag?" Ich wende mich an Dmitry.

„Jetzt benutzt du deinen Verstand." Dmitry belohnt mich mit einem zufriedenen Lächeln. Mir ist aufgefallen, dass er selten lächelt. Ich ziehe einen Stuhl neben ihn. Alena gesellt sich zu uns und setzt sich neben Kirill, sie nimmt den vierten Stuhl am Tisch ein.

„Wir überprüfen ihren Namen in unserer Datenbank, und es gibt eine Maria Lucci, die angeblich dreiundfünfzig Jahre alt sein soll. Das kann nicht sein", sagt Dmitry.

„Ist sie nicht. Ich meine, sie wäre jetzt dreiundvierzig. Sie hatte mich mit zwanzig. Sie war jung. Sie sagte, ihre Familie hätte sie verstoßen, und ich ging davon aus, dass es daran lag, dass sie schwanger und unverheiratet war. Sie trug nie einen Ehering oder erwähnte, verheiratet zu sein. Es musste jemanden in ihrem Leben gegeben haben, um schwanger zu werden. Wenn es regnete, bekam sie einen wehmütigen Blick, wenn wir im Fernsehen Liebesgeschichten sahen. Sie verbrauchte eine ganze Schachtel Taschentücher. Sie hatte einen irischen Freund, der an der Wall Street arbeitete, bevor sie starb."

„Du hast keine Ahnung, wer dein Vater ist?" Dmitry wird noch attraktiver, wenn er die Stirn runzelt.

Zweifelt er an mir? Ich bin beleidigt, dass er denkt, ich würde lügen. Er muss nicht viel rauskommen, wenn er mich in Frage stellt, weil ich keinen Grund zum Lügen habe. Ich bin eine Außenseiterin. Dmitry ist ein Mann, der die Sicherheit seiner Familie schätzt und Veränderungen ablehnt. Mir ist klar, dass ich keine Chance habe, einen Einsiedler wie ihn in einen domestizierten Schoßhund zu verwandeln.

„Mein Vater ist gestorben, bevor ich geboren wurde..." Ich antworte, und gleichzeitig läuft ein Schauer über meinen Rücken. Unmöglich! Könnte sein Tod geplant gewesen sein? „War es auch ein Mordanschlag?" Eine Welle der Übelkeit trifft mich, und ich halte meine Hand vor den Mund, für den Fall, dass mir übel wird.

„Weiß nicht. Wir haben keinen Namen für deinen Vater. Es ist keiner auf deiner Geburtsurkunde eingetragen." Wenn Dmitry bemerkt, dass ich grün werde, deutet er es nicht an. Stattdessen verlagert er sein Gewicht auf dem Stuhl, als ob sein Bein oder sein verletzter Arm ihn schmerzt.

„Mutter sagte, er sei weg, und ich würde ihren Nachnamen annehmen."

„Getarnt in aller Öffentlichkeit, deine Mutter war schlau." Dmitry schüttet mehr Wodka in ihre Schnapsgläser, und die beiden klopfen auf den Tisch, sagen etwas auf Russisch und trinken.

„Also, wer bin ich?"

„Wir haben keine Ahnung, aber du musst Teil einer Mafia-Familie sein. Ich meine, wir gehen jetzt zwanzig-drei Jahre zurück, richtig?" stellt Kirill fest. Ich gehe davon aus, dass Alenas Vater, Mikhail, ihn wegen seiner analytischen Fähigkeiten bei sich behält.

„Ja", antworte ich. Er ist klug, rückwärts zu arbeiten, um das herauszufinden, besonders wenn wir so wenig Anhaltspunkte haben.

„Warte, du hast einen Iren erwähnt. Erinnerst du dich an seinen

Namen? Ein Wall Street-Kerl? Das klingt so verdächtig wie eine Dose Sardinen." Dmitrij lehnt sich zu mir herüber und ich kann die Süße des hochwertigen Wodkas riechen, die sich mit den holzigen Noten seines Duftwassers vermischt.

„Er war ein gewöhnlicher Ire, James Murphy." Ich schaue mich um, als würde ich das Offensichtliche aussprechen. „Komm schon, heißen sie nicht alle Murphy?"

Ich blicke Alena an und ihr Gesicht verfällt. „Das ist doch nicht dein Ernst."

„Ja, ich meine, es könnte ein Zufall sein. Die Iren in New York sind die Murphys", sagt Kirill. „Es ist üblich. Aber irgendwie glaube ich nicht, dass es in diesem Fall so ist." Er legt einen Finger an sein Kinn und sagt: „Lass mich mal nachdenken."

„Früher war der Don Alexseis Vater", sagt Alena. „Wir waren im Krieg mit den Italienern und beide Seiten erlitten viele Verluste. Molotowcocktails wurden vor den Häusern der Menschen gezündet und die Gemeinden riefen nach besserem Polizeischutz. Die Vorfälle schadeten den Geschäften und dann kamen die Bundesagenten, um unsere Schwäche auszunutzen.

„Das stimmt", sagt Kirill. Die Glühbirne über seinem Kopf leuchtet auf. „Sie suchten jemanden von unten an der Rebe, um ihn umzudrehen. Sie wollten wahrscheinlich jemanden, der deine Organisation ausspioniert, redet oder vielleicht beides. RICO war damals groß. Es ist immer noch groß und so zerschlagen sie die Führung, indem sie den Don ins Gefängnis stecken. Im Sinne der Selbstbehauptung wurde ein temporärer Waffenstillstand erreicht. Und meine Mutter, eine Moretti, war die Tochter eines Capos und heiratete meinen russischen Vater. Der Moretti-Don ist genauso. Er hat Kinder. Tatsächlich hat er einen Sohn, der ihn ablösen soll."

„Richtig. Alexsei, seine Brigadiers und Berater halten sich zurück. Das ist so für die oberste Schicht der Bratva", sagt Dmitry.

Kirill nickt. „Ich habe den Mann noch nicht einmal getroffen."

Dmitrij beginnt auf seinem Laptop zu tippen. „Ich will wissen, wer damals Kinder hatte. Ich werde die Geburtenbücher durchsuchen." Als ich sehe, wie schnell seine Finger fliegen, bin ich beeindruckt. Er und Kirill sind technisch versiert. Ich habe noch nie jemanden gesehen, der so schnell zwischen zehn Bildschirmen wechselt.

Ich sitze da und beobachte Dmitrij mit Faszination. Er ist bei diesem Cyber-Kram genauso gut wie ich mit Nadel und Faden. Als ich durch die Schiebetüren auf den kleinen Balkon hinaus blicke, bemerke ich, dass es spät wird und die Sonne hinter den monolithischen Gebäuden untergeht und lange Schatten wirft.

„Ist der Vorfall mit den Männern in der Gasse vorbei oder werden Polizisten durch die Tür platzen?", frage ich mich, wie wir ohne Konsequenzen davonkommen konnten.

Die Jungs tippen weiter auf ihren Tastaturen.

„Es wurde geregelt", murmelt Kirill, ohne aufzublicken. Wir schweigen, jeder in seinen Gedanken verloren, bis Alenas Magen knurrt.

„Naja, ich habe den ganzen Tag noch nichts gegessen und Mimosas sind kein Essen." Alena steht auf und geht in die Küche, öffnet die Schränke. „Mensch, Kirill. Hast du Anteile an einer Dosenfabrik? Nach der Menge an Konserven zu urteilen, bin ich mir sicher, dass du eine Pandemie überstehen würdest."

„Oh, das Zeug ist für Notfälle. Warum entscheidet ihr nicht, was wir zum Abendessen wollen? Es wird spät, und ich denke, wir sollten hier bleiben. Ich werde meinen Mann, Anton, es holen lassen, aber ich rufe die Bestellung durch. Benutzt eure Handys nicht."

„Da du von Telefonen sprichst, ich muss sie überprüfen", sagt Dmitrij.

Ich öffne den Mund, um zu protestieren, aber sein "lege dich nicht mit mir an" Blick bringt mich zum Schweigen. Alena und ich holen unsere Handtaschen und bringen sie zurück zum Tisch. Ich reiche Dmitry mein Telefon, und dabei streifen meine Finger seine. Wie schon einmal spüre ich einen Blitz durchzucken und Gänsehaut breitet sich auf meinen Armen aus.

Dmitry nimmt die Hüllen von unseren Telefonen ab und Kirill

führt ein Gerät darüber. Noch eine Premiere in diesem unwirklichen Tag.

„Saubere Geräte."

Wir bekommen unsere Telefone zurück.

Alena nutzt ihr Handy, um lokale Restaurants zu suchen. Ich setze mich neben Dmitry und starre auf sein Profil. Er ist die intensivste Person, die ich je getroffen habe und die einzige, auf die ich zählen kann, um mich vor der Dunkelheit zu retten, die droht, mich wie Treibsand zu verschlucken. Er ist auch die einzige Person, der ich in den Abgrund folgen würde, wenn er mir verspricht, dass ich sicher bin. Ich weiß, dass er nicht sicher ist. Er hat einen Mann in die Hand gestochen, einen anderen erschossen und einen dritten erwürgt. Wen hat er noch getötet?

„Ich denke, ihr geht das Ganze falsch an", sage ich selbstbewusst, obwohl ich normalerweise nicht gerne im Mittelpunkt stehe. Diese Kerle können einschüchternd sein, angesichts der Menge an Testosteron zwischen ihnen. Und groß sind sie auch. Wären sie noch größer, würde ich sie verdächtigen, Steroide zu nehmen.

Dmitry sieht mich an und hebt eine Augenbraue. Er verschränkt seine Arme und lehnt sich zurück gegen den Holz-Esszimmerstuhl. Seine Ruhe macht mich nervös und mein Knie zappelt unter dem Tisch. Er wartet wie eine Statue darauf, dass ich spreche. Seine dunklen Augen fixieren die meinen. Erfahrungsgemäß weiß ich, dass meine Augen sich nun dunkel färben, wie ein Sturm auf dem Ozean. Meine Augen werden immer dunkelblau, wenn ich aufgeregt bin, besonders wenn es sexuell ist.

„Was meinst du?" Seine warme Stimme beruhigt mich wie ein Hypnotiseur und ich finde mich in seinen rauchigen Augen wieder.

Auch bekleidet ist Dmitry das Sinnbild eines perfekten Mannes. Nackt ist er sogar noch perfekter, aber das liegt daran, dass er mich wie eine pubertierende Teenagerin fühlen lässt. Ich sollte vor ihm davonlaufen. Ich stecke über den Kopf in Schwierigkeiten, habe keinerlei Straßenerfahrung und keine kriminelle Vergangenheit. Und was Sex betrifft, war vor ihm nichts bemerkenswert.

Dmitry ist sowohl ein feuchter Traum als auch ein versierter

Geschäftsmann, egal ob er im Schlafzimmer oder im Konferenzraum ist. Dieser Mann ist auf dem Schachbrett des Lebens, immer zwei Züge voraus gegenüber seinen Gegnern. Ich hoffe, er hat eine unschlagbare Erfolgsbilanz, denn jemand will mich. Tatsächlich könnten es sogar mehrere sein. Was hat meine Mutter getan? Hat sie mich angelogen? Und wenn ja, war es zum meinem Schutz?

## KAPITEL 12, DMITRY

"Warum nicht in Betracht ziehen, wer am meisten davon profitieren würde, wenn das Bündnis zwischen Russland und Italien nicht zustande kommt? Wenn sich die Geschichte wiederholt, werden Russen und Italiener aufeinander losgehen. Wer würde davon profitieren?" fragt Izzy, lehnt ihren Ellbogen auf den Tisch und blickt Kirill an.

Sie hätte heute getötet werden können, und das macht mir eine Heidenangst.

"Alle anderen Mafia Familien würden profitieren, wenn die Russen gegen die Italiener Krieg führen würden."

Verdammt, mein Arm brennt und ich habe es satt zu sitzen.

"Richtig. Denn unser Kampf würde zu viele Ressourcen in Anspruch nehmen," sagt Kirill. "Die anderen würden das ausnutzen."

"Warum kommen Sie und die Italiener nicht miteinander aus?" Izzy wirft Kirill einen fragenden Blick zu.

Die Neugier ist der Katze zum Verhängnis geworden. Vielleicht testet sie die Theorie, im Glauben, dass sie neun Leben haben. Es ist ein lustiges amerikanisches Sprichwort, aber nichtsdestoweniger, alle scheinen es zu lieben.

In der Vergangenheit waren Frauen und Kinder bei Racheakten

zwischen Rivalen tabu, aber das ist kein Kodex mehr, der befolgt wird. Wenn jemand meiner Familie schaden will, kann er das. Darum beschränken wir die Namen der Mafia-Oberhäupter auf unsere zwei Top-Männer. Es mag Gerüchte geben, aber unsere Namen werden die Soldaten nie aus dem Mund eines Brigadiers hören. Es ist eine Sicherheitsstufe, die wir aufrechterhalten, um uns selbst zu schützen.

Kirill denkt, es wäre eine gute Idee, wenn ich zum Schutz von Izzy heiraten würde. Mein Name ist allen europäischen Rivalen und den Dons in den Staaten bekannt, mit vielen von ihnen machen wir Geschäfte, um den Warenfluss aufrechtzuerhalten. Wir haben uns im Laufe der Jahre ausgeweitet und manchmal schließen wir andere Mafias in unsere Geschäfte ein.

Ich konnte den Italienern nie vertrauen, nachdem das mit Polina passiert war. Alles begann in einer Bar, wo ein Italiener Scheiße über sie redete. Die Dinge eskalierten, und Polina wollte gehen. Wir gingen raus, und der Idiot folgte uns, zückte ein Springmesser. Dann ging es los, und er landete am falschen Ende eines Messers – meinem Messer. Ich wusste nicht, dass sein Landsmann Polina von hinten angeschlichen kam und ihr zur Vergeltung die Kehle durchschnitt. Als ich sie auf dem Boden liegen sah, konnte ich ihr nicht helfen. Die Polizei war auf dem Weg, und ich musste sie dort liegen lassen, blutend. Ich möchte nie wieder eine Frau auf diese Weise verlieren.

Ich tat, was ich für das Beste für die Volkov Familie hielt, und tötete den Mann, der ihr Leben genommen hatte. Eine Botschaft musste gesendet werden, und seit diesem Tag meide ich Orte, die wir nicht besitzen. Wir überleben, indem wir niemandem vertrauen, das heißt, jeder ist ein Außenseiter, Nicht-Mafia-Mitglieder, besonders die Italiener, so weit ich das beurteilen kann. Ich weiß nicht, warum ich Izzy letzte Nacht haben musste. Sie ist so verdammt perfekt, dass ich mich nicht zurückhalten konnte. Es ist lange her, dass ich mit jemandem geschlafen habe. Ich würde sagen gefickt, aber mit Izzy ist es etwas Besonderes.

Ich bin mir nicht sicher, warum ich von ihr so fasziniert bin.

Irgendwie erfüllt sie alle Kriterien. Ich liebe es, sie anzusehen, wenn sie schläft und tanzt, unbeeindruckt von jedem anderen im Raum. Sogar jetzt will ich ihre wunderschönen Lippen ficken und sie mein Sperma schlucken lassen.

Wir verließen den Club in dem Glauben, wir gingen nur nach Hause, um zu ficken. Doch sobald wir im Bett waren, nahm ich mir Zeit für sie, streichelte ihren Körper und küsste ihre weichen Brüste. Unter der leichten Berührung meiner Hand verhärteten sich ihre Brustwarzen. Es war äußerst erregend, ihre aufsteigende Lust zu beobachten. Sie rief Gefühle in mir hervor, die ich noch nie gekannt hatte. Ich bin zu besitzergreifend, als dass sie jemals mit jemand anderem wäre. Mein Schwanz markierte sie. Das ist nicht anders, als wenn ich ihren Arm gebrandmarkt hätte.

"Die Iren waren schon immer ein Ärgernis, aber die Albaner, das sind wirklich gnadenlose Kerle." Kirill lehnt sich zurück und steht auf. "Die Albaner verkaufen heute mehr Drogen als je zuvor. Früher hielten sie sich hauptsächlich an Waffen und Menschenhandel. Die Landschaft ändert sich ständig," sagt er und beginnt zu gehen, wahrscheinlich um seine Beine zu strecken. Wir sitzen schon seit über einer Stunde.

Meine Gedanken kehren zu Izzy zurück und ich werde erst aufhören, dem Mysterium um sie nachzudenken, wenn ich endlich wieder in ihr bin. Selbst jetzt macht sie mich hart. Ich versuche die Erinnerung an ihr Stöhnen unter mir gestern Nacht abzuschütteln, um mich auf das zu konzentrieren, was Kirill über Santino Moretti sagt.

Ich habe von Santino gehört. Er wurde auf Sizilien geboren und zog als Kind in die Staaten. Die Tradition, Frauen als weniger als Menschen zu behandeln, setzt sich im Land der Möglichkeiten fort. Sizilianische Frauen sollen kochen, putzen und Kinder bekommen, und nicht ihre Meinung abgeben. Sie werden von ihren Männern herumgeschubst und ihnen wird gesagt, sie sollen hinter ihm herlaufen, nicht neben ihm.

Kirill zuckt mit den Schultern, als wäre es unwichtig, aber Stolz und Ungeduld können zum Untergang einer Organisation führen.

"Wie ist der italienische Don jetzt so?" frage ich neugierig und erwarte eine Antwort von Kirill, doch Alena meldet sich zuerst.

"Ich habe ihn seit Jahren nicht gesehen. Ich höre, er sei gemein und jemand, den man nicht zum Ehemann seiner Tochter haben möchte. Eine gute Sache ist, dass er zu alt wird, um Frauen so zu behandeln, wie er es früher getan hat." Alena trägt zur Unterhaltung bei und ich habe das Gefühl, dass sie mehr weiß, als sie vorgibt.

"Weißt du das sicher?" frage ich, um herauszufinden, ob es sich um ein Gerücht handelt.

"Es wurde gemunkelt - aber es klang glaubwürdig. Frauen reden, wenn wir uns bei Wohltätigkeitsveranstaltungen, Hochzeiten und Beerdigungen treffen. Mafia-Ehefrauen werden kurz gehalten, daher freuen sie sich über jede Gelegenheit, aus dem Haus zu kommen. Ich kann das alles nicht leiden, aber Papa zwingt mich dazu." Sie wirft Kirill einen Blick zu, als bräuchte sie seine Erlaubnis zu sprechen. Prüft sie seine Stimmung?

"Warum hast du Izzy gesagt, sie solle ihr Tattoo verstecken?" Ich frage Alena, weil ich vermute, dass sie wusste, dass es Mafia-bezogen war.

Sie zuckt mit den Schultern. "Ich war mir nicht sicher, ob es ein Zufall war oder nicht. Ich meine, ich vertraue Izzy. Sie ist meine beste Freundin. Du weißt, wie schwierig es für mich ist, eine Freundin zu haben und ein normales Leben zu führen, oder?" Unsere Blicke treffen sich und ich verstehe. Als begehrtes Gut ist ihr Leben bereits geplant. Sie wird mit einem Brigadier oder, wie manche sagen, mit einem Capo verheiratet sein.

Ich bin ganz anders aufgewachsen, mit einer liebevollen Mutter und einem Vater, der uns in jungen Jahren auf die Straße werfen musste, damit wir in der dunklen Welt leben konnten, die mein Großvater und mein Vater nach dem Zusammenbruch des sowjetischen Systems aufgebaut haben. Wir haben das Chaos ausgenutzt und genug Geld gemacht, um alles zu kaufen, außer unsere Freiheit.

Ein Gedanke trifft mich wie ein Blitz. Vielleicht hat Izzys

Mutter ein Leben voller Luxus aufgegeben, damit sie und Izzy frei sein könnten. War ihre Mutter in einen goldenen Käfig gesperrt? Und wenn ja, hat sie einen Weg hinaus gefunden?

Wenn ich versuchen würde, zu verschwinden, würde ich meinen Namen ändern, an einen unauffälligen Ort ziehen und eine reguläre Arbeit aufnehmen. Sie musste jemanden kennen, der ihren Namen und ihr Geburtsdatum ändern konnte. Das kostet Geld.

Ich wäre besser darin, meine Spuren zu verwischen als Maria, aber ich bin ja auch ein Profi. Jemand hat sie in einen Käfig gesperrt, und sie ist entkommen. Dieser Jemand muss in New York gelebt haben, deshalb wurde Izzy gesagt, sie solle nicht hierher ziehen. Es würde ihre Anonymität gefährden. Diese Person muss vernetzt und mächtig sein, wenn ihre Mutter so besorgt war. Bis jetzt sind alle meine Gedanken nur Vermutungen, aber ich habe ein Gefühl dafür, da ich in dieser Welt, nicht in Izzys, stecke.

Eine weitere Frage ist, war Marias Autounfall ein Unfall? Vielleicht war Maria ein Mädchen aus der Nachbarschaft, das schwanger wurde und abgekauft wurde. Die Santinos gibt es schon ewig. Es gibt keine Grenzen dafür, was jemand mit Milliarden von Dollar tun würde, um Probleme verschwinden zu lassen. Sie könnte aus New York vertrieben worden sein. Vielleicht hat sie ihren strengen Vater bloßgestellt? Es ist für mich offensichtlich, dass Izzy sizilianisches Blut hat.

Meine Gedanken werden durch Izzys tiefen Seufzer unterbrochen. Sie legt die Arme auf den Tisch und lehnt sich vor, vergräbt den Kopf in den Ellbogen.

Sie ist das nicht gewöhnt, und der heutige Tag war überwältigend, um es gelinde auszudrücken. Vorsichtig lege ich meine Hand auf ihren Rücken, etwas, was ich sonst nie tue. Ich kann dem Drang nicht widerstehen, ihre seidig schwarzen Haare zu berühren, und ich bin versucht, meine Finger durch sie zu fahren, wie ich es gestern Nacht getan habe. Ich unterdrücke den Drang, daran zu ziehen, wie ich es getan habe, als ich so heftig gekommen bin. Ich habe mich am Kopfende festgehalten, während ich sie voll mit meinem Sperma gepumpt habe. Ich möchte, dass sie wieder unter mir liegt, während mein harter Schwanz ihre enge Muschi stößt.

"Du bist erschöpft, Izzy," murmele ich.

Aus dem Augenwinkel sehe ich, wie das Gesicht von Kirill sich verändert, als er die Situation erfasst. Er sollte nicht überrascht sein, dass ich mich für die wunderschöne Italienerin interessiert habe, mit der er mich zusammengebracht hat. Ich freue mich nicht auf seine Kommentare beim nächsten Gespräch. In unserer Welt geht es nur um Wut, Hass und Gewalt. Alles dazwischen ist unwichtig. Vertrauen und Liebe sind nur wenigen vorbehalten.

"Ich denke, du brauchst eine Pause. Es war ein langer Tag."

"Ja,", sagt Kirill und schließt seinen Laptop. Er blickt zu Alena. "Ich muss dich zu deinem Vater bringen."

"Sicher," antwortet sie mit einem sympathischen Blick in Izzys Richtung. "Bleib in Kontakt und lass mich wissen, wie es dir geht. Ich bin sicher, dass Dmitry alles tun wird, um dich sicher zu halten."

Wir stehen alle auf und die Mädchen treffen sich auf halbem Weg um den Tisch und umarmen sich.

"Danke für alles," sagt Izzy, während Alena ihre Handtasche von der Theke nimmt. Izzy räumt die Tischdecke von unseren Schnapsgläsern und dem Wodka.

"Heilige Scheiße, Dmitry, wie sollen wir damit umgehen?", flüstert Kirill, während ich sie zur Tür begleite.

"Ich rufe Nikolay an. Es gibt nur eine Möglichkeit, sie zu schützen, und sie wird es nicht mögen."

"Hört sich gut an. Ich lasse Anton heute Nacht unten. Er kann dir Essen holen, alles, was du brauchst."

„Vielen Dank euch beiden. Bitte erwähnt diese Informationen gegenüber niemandem. Wir wissen nicht, wem wir vertrauen können." Ich blicke Kirill an. „Wir müssen herausfinden, wie Izzy hier verwickelt ist. Bis wir das tun, ist sie nicht sicher. Alena, halte dich an die Anweisungen. Vielleicht machen sie Jagd auf dich, um an sie heranzukommen", sage ich.

Alena nickt. Sie ist nicht mehr dasselbe Partygirl, das ich letzte

Nacht kennengelernt habe - diejenige, die nicht zusammengezuckt ist, als ich einen Schläger in die Hand gestochen habe. Heute ist sie ruhig und nachdenklich. Ihre Freundin ist in Gefahr, und sie kann nicht viel tun, um zu helfen. Ich weiß, wie sie sich fühlt. Ich bin nicht emotional, doch Izzy berührt den Teil meines Herzens, der einen Lichtstrahl birgt.

„Später", sagt Kirill, als er die Tür öffnet, den Flur überprüft und Alena sagt, dass es sicher ist zu gehen.

Ich nicke. Manchmal sagen keine Worte Bände.

Als die Tür ins Schloss fällt, verriegle ich die zahlreichen Schlösser. Dann wende ich mich an Izzy und lege meine Hand auf ihren Rücken. Sie ist so zierlich. Es überrascht mich, dass ich ihr gestern Nacht keine Blutergüsse am Hals zugefügt habe.

„Ich werde dir helfen", murmle ich leise, während ich sie in die Wohnung und in mein Schlafzimmer führe.

Gestern Nacht waren wir zwei Fremde, die zusammen Sex hatten. War es nur die rohe Chemie zwischen uns, die uns zusammenbrachte, oder wollte keiner von uns allein sein?

Izzy setzt sich auf das Bett.

Ich ziehe schnell meine schmutzigen Stiefel aus und lasse sie zurück. Ich bezweifle, dass sie sie wieder sehen will. Ich ziehe meine Pistole heraus und lege sie auf meinen Nachttisch.

„Wir müssen morgen Kleidung besorgen. Ich möchte nicht, dass du zu deiner Wohnung zurückkehrst."

„Ähm, das wird ein Problem. Gibt es eine Möglichkeit, dass jemand sie holen kann?"

„Das ist zu riskant. Sie gehen einkaufen. Machen Sie sich keine Sorgen über die Kosten." Ich gehe auf ihre Seite des Bettes und ziehe die Bettdecke zurück. Sie beugt sich vor, um ihre Stiefel auszuziehen.

Ich fühle mich gezwungen, mich um sie zu kümmern.

„Das mache ich."

„Ich kann das", widerspricht sie.

„Ich passe heute Nacht auf dich auf."

Ich übernehme und schnüre ihre Stiefel auf, ziehe sie von ihren zarten Füßen und stelle sie zur Seite.

„Du solltest dein Hemd wechseln", murmelt sie.

„Mm, wahrscheinlich", antworte ich.

„Ich helfe dir."

„Nein, mir geht es gut", sage ich und hebe meine Arme, um das Oberteil meines Langarm-Henleys zu greifen und unterdrücke ein Zucken. Es klebt an dem Verband, den der Arzt verwendet hat, um meine Stiche zu bedecken.

„Lass mich dir helfen, wirklich." Sie seufzt und steht auf. Sie ist stur und ich weiß, dass sie nicht ruhen wird, bis ich ihre Hilfe annehme. Sie löst mein Hemd vorsichtig vom Verband. „Ich habe nie ein Update zu deiner Schussverletzung bekommen."

„Es ist ausgegangen, kein großer Schaden."

„Der Verband ist voller Blut. Sie wollen keine Infektion." Sie untersucht den Verband, als ob sie eine Krankenschwester wäre. „Ich kümmere mich darum."

Warum stimme ich zu? Ich bin in Russland aufgewachsen. Wir hatten nicht einmal Verbände. Wenn du nicht hast, was du brauchst, kommst du klar. Wenn du Hilfe brauchst und niemand sonst da ist, lernst du, es selbst zu tun.

„Ich ziehe daran", warnt sie. Ihre schläfrigen Augen treffen für eine Sekunde die meinen und wir beide schauen auf den Verband.

„Zieh nicht daran", sage ich, während ich versuche zu helfen.

Sie fummelt an der klebrigen Seite des weißen Verbands, bis mein Hemd sich löst. Ich ziehe das Hemd schnell über den Kopf und schmeiße es auf den Boden. Ich werde es später holen.

"Es ist in Ordnung", versichere ich ihr. "Ich werde im Badezimmer etwas finden. Ich bin sicher, dass irgendwo etwas herumliegt. Ich habe Schlimmeres überstanden." Ich drehe mich zu meiner Schulter um, und wir sind so nah, dass ich ihre entzückenden Lippen küssen könnte. Ich möchte es, aber es ist spät. "Du. Leg dich hin."

Sie hört endlich zu und klettert ins Bett. Während sie ihren müden Kopf auf das Kissen legt, bemerke ich dunkle Ringe unter ihren schönen Augen.

"Ich werde später Essen bringen lassen. Schlaf ein bisschen. Hier bist du sicher." Ich sage mir, dass die Güte in ihren Augen nicht für mich bestimmt ist. Es gibt keine Möglichkeit, dass sie sich um mich kümmert. Ich bin unliebbar, grausam und brutal. Sie hat das aus erster Hand erlebt.

Was schwer zu widerstehen ist, ist mein Körper. Was mir an Charme fehlt, gleiche ich mehr als aus mit einem Körperbau, den viele Männer beneiden. Obwohl mein verletztes Bein schmerzt, arbeite ich durch den Schmerz und hebe Gewichte. Ich muss stark bleiben, und ich habe meine Oberschenkel so aufgebaut, dass sie beim Gehen aneinander reiben und meinen Gang verändern.

Izzy schließt ihre Augen und schläft innerhalb von Minuten ein.

Ich gehe ins Badezimmer, hebe mein zerrissenes und blutgetränktes Hemd vom Boden auf und werfe es in den bewegungsaktivierten Mülleimer. Ich schalte die Dusche ein und steige ein um nach Seife zu suchen, sobald das Wasser heiß genug ist. Ich finde eine Pappschachtel auf der steht, natürliche Seife aus Ziegenmilch und leicht duftend. Ich rieche daran und finde es erfrischend. Was werden die Amerikaner als nächstes einfallen lassen?

Es schäumt gut und hinterlässt keine Rückstände, nur einen sauberen, minzigen Duft. Ich tue mein Bestes, um meine Nähte trocken zu halten und tupfe den Bereich trocken, bevor ich den Rest meines Körpers abtrockne.

Ich ziehe Jeans und ein Rundhals-T-Shirt aus dehnbarem Material an, das ich angenehm finde und merke dass ich das Abendessen planen muss. Kirill sagte, ich könne Anton vertrauen, um Besorgungen zu machen, und gab mir seine Nummer. Ich beobachte das leichte Auf und Ab ihrer Brust. Izzy schläft. Ich könnte die ganze Nacht hier stehen und sie beobachten, aber wir brauchen Essen.

Ich rufe Anton hoch. Ich traue einem Mann nicht, bis ich ihm in die Augen gesehen habe. Als er ankommt, fällt mir zuerst seine zurückweichende Haarlinie auf. Er kommt mir zu jung vor, um seine Haare zu verlieren, aber sonst unauffällig. Unauffälligkeit ist in allen Bereichen krimineller Tätigkeiten von großer Bedeutung. Er hält meinem intensiven Blick stand und weicht meinem genauen Blick nicht aus. Er hat meinen ersten Test bestanden.

Während ich ihm sage, was wir brauchen, steht er still, er erinnert mich mehr an einen Soldaten als an einen Straßenkriminellen. Ich meine das als Kompliment. Fidgeting bedeutet, dass du nervös bist, und wenn du nervös bist, macht es mich nervös, dich in meinem Team zu haben. Ich sage ihm, er soll Steaks und jede Menge Beilagen holen, genug auch für ihn. Es wird eine lange Nacht. Er geht und ich gehe zurück zum Schlafzimmer, um nach Izzy zu sehen.

Sie stöhnt, als sie sich in ihrem Schlaf wälzt. Es sind nicht die angenehmen Geräusche, die ich lieber hören würde. Ich gehe ins Badezimmer, um ein Licht anzuschalten, damit sie sieht, wo sie ist, wenn sie aufwacht.

Ich vertraue niemandem außer meiner Familie, und selbst da, je weiter ich mich von meiner Familie entferne, desto skeptischer werde ich. Izzy passt auch nicht in das Gefüge meines Lebens. Wenn ich eine Zweckehe arrangiere, wird sie gezwungen, mir treu zu sein, und sie wird unter den Schutz meiner Familie fallen. Sind wir verheiratet, kann sie nicht gegen mich aussagen und niemand kann sie benutzen, um an mich heranzukommen. Ich weiß, wie sehr es auf dem Gewissen lasten kann, einen Mord bezeugt zu haben. Izzy hat die Qual der Folter nicht erlebt, und ich möchte nicht, dass sie es je tut. Eine Ehe sichert ihr nicht nur Schutz, sondern verschafft uns auch Zeit, herauszufinden, wer ihr nachstellt.

Kirills Familie hat einen gewissen Einfluss, aber er kann ihr nicht den gleichen Schutz bieten wie die Volkovs. Ich bezweifle, dass er der Richtige für sie ist, seine Vorlieben tendieren zu auffälligeren Frauen und nur eine echte Russin würde ihn zufriedenstellen, denn er ist ein echter Firmenmann. Er hat Pläne, in der Organisation aufzusteigen.

Das bringt mich zu einer anderen Regel, die ich ungern breche: außerhalb der Bratva heiraten. Wie wird das innerhalb meiner

Familie und meiner Machtstellung ausgehen? Ich werde es nicht dulden, dass jemand meine Loyalität in Frage stellt. Izzy wäre das Ziel des Unmuts der italienischen und russischen Familien. Beide würden sich fragen, wo ihre Loyalität liegt, und das zu Recht. Wäre sie Russin, würde sie unsere Kultur kennen, denn die kann man nur erlernen, wenn man in meiner Heimat lebt.

Mein Bauchgefühl sagt mir, dass sie die Tochter oder Enkelin von jemandem ist. Ich habe es nur noch nicht herausgefunden. Ich muss Nikolay anrufen. Es ist spät in London, aber das kann nicht bis morgen warten.

Er nimmt sein Telefon ab und erwähnt, dass er gerade ins Bett geht.

„Ich habe eine Situation. Da ist ein Mädchen ...“

„Nein, nicht du. Du bist der Letzte, der sich wegen eines Stücks Hintern verrückt macht.“ Seine raue Stimme lässt mich vermuten, dass ich ihn und Anya gestört habe. Die beiden vögeln die ganze Zeit.

„Ich weiß. Und ja, sie ist ein fantastischer Fick, aber ich glaube allmählich, dass jemand einen Mordauftrag auf sie hat. Entweder ein Mordauftrag oder jemand will sie für etwas Großes.“

„Russisches Mädchen?“ fragt er, klingt dabei interessiert.

„Nein.“

Seine Stimme fällt, „Oh.“

Wir diskutieren die Situation und werfen mögliche Szenarien in den Raum. Ich finde alle bis auf eines inakzeptabel.

„Du darfst fortfahren, aber sei dir bewusst, dass du eine emotionale Entscheidung triffst. Der Dmitry, den ich kenne, hat früher nie Fragen gestellt und hätte sich nie verheiratet. Nur damit du weißt, ich bin selbst ein verliebter Mann, also verstehe ich.“

„Mach dir keine Sorgen. Es geht nicht um Liebe. Ich möchte nicht, dass die Situation sich gegen mich wendet. Du kennst meine Regeln.“

„Ja, ich verstehe. Es ist aber ein Kompromiss, oder?“

„Ich treffe meine Entscheidung aufgrund der Umstände“,

antworte ich. Bin ich etwa hörig geworden? Nach einer Nacht? Auf keinen Fall.

„Ich verstehe. Nun, du wirst bald dreißig. Es ist an der Zeit, dass du dich niederlässt. Ich habe gehört, die Italiener versuchen, mehr Geld für den Kokain-Deal zu bekommen."

„Ich habe es gehört."

„Naja, stelle sicher, dass der Deal zustande kommt, oder du und Kirill habt einen weiteren Job."

„Hier schwer zu machen, ohne einen Krieg zu beginnen. Einer braut sich gerade zusammen."

„Das habe ich befürchtet. Zu viele Hände sind in diesem Deal und doch, es war einer, den wir annehmen mussten. Es ist wie mit zu vielen Frauen in der Küche. Sie alle glauben, sie wären die beste Köchin und wüssten alles übers Kochen. So ist es auch mit Mafiaklans."

„Was bleibt ihnen denn noch zum Streiten übrig? Die Geliebten sind versteckt, und sie können den Frust der leeren Betten nicht an jemand anderem auslassen. Es ist ja nicht so, dass sie nicht wüssten, wo ihre Männer Samstagnacht sind."

„Das stimmt," lacht Nikolay.

Wir unterhalten uns, und ich frage, wie es Roman in Russland geht, und er sagt überraschend gut. Ich sage Gute Nacht und lege auf. Als ich höre, dass Anton klingelt, um hochzukommen, schaue ich auf den Monitor und sehe, dass er die Hände voll hat.

Er kommt an, kurz nachdem ich ihn hereingelassen habe. Ich öffne die Tür, und der Geruch von gutem Essen lässt sofort meinen Mund wässern. Er erzählt mir, dass er die saftigen Steaks von einem Ort hat, den er kennt und dass er mich mit Beilagen eingedeckt hat. Es ist genug da für Izzy, um etwas zu finden, das ihr schmeckt. Ich bezahle ihn großzügig und danke ihm. Er dankt mir in unserer Sprache und kehrt pflichtbewusst zu seinem Posten zurück, bis er weitere Anweisungen erhält.

Ich hole gerade das Essen aus der Tasche, als ich durch die Wohnung einen markerschütternden Schrei hallen höre. Mein Herz rutscht schneller in die Hose als das Essen aus meinen

Händen. Izzy! Ich will gerade meine gestohlene 9mm Smith und Wesson ziehen und verdammt, ich habe sie nicht bei mir. Vorsichtig nähere ich mich dem Raum und sehe, dass Izzy sicher im Bett liegt. In der Dunkelheit suche ich nach einem Eindringling, was ich weiß, dass ohne einen Balkon unmöglich ist. Trotzdem hält es mich nicht davon ab, meine Waffe zu nehmen, während ich Izzy mit einem Finger auf meinen Lippen zu Schweigen auffordere.

Nachdem ich den Schrank und das Badezimmer überprüft und für sicher befunden habe, kehre ich an ihre Seite zurück und finde sie zitternd vor. Ich setze mich an den Rand des Bettes und lege meine Arme um sie.

„Ich hatte einen Albtraum," versichert sie mir mit einer Stimme, die kaum über einem Flüstern liegt.

„Das ist normal. Sie werden schließlich verschwinden."

Sie kuschelt sich in meine muskulöse Brust. Ich ziehe sie ganz nah zu mir und murmele an die Spitze ihres Kopfes, „Alles wird in Ordnung sein, ich verspreche es dir." Warum bin ich so beschützend ihr gegenüber? Sie ist eine Fremde, und doch will ich alles über sie wissen. Während ich in der Vergangenheit nie so sehr für eine Frau gefühlt habe.

# KAPITEL 13, IZZY

„**W**as meinst du, ich darf nicht gehen? Ich muss arbeiten. Wie soll das unter Hausarrest gehen?“

„Es ist nicht der Art Hausarrest, wie du denkst. Das ist zu deinem Schutz,“ versucht Dmitry zu erklären.

„Ich bin nicht Alena. Ich weiß, dass sie mehr Freiheit hat als die meisten Mädchen in deiner Bratva-Familie, aber ich will keinen Teil davon haben.“

„Mm, das werden wir noch sehen. Du musst verstehen, dass du jetzt mir gehörst.“

„Das klingt schrecklich. Du kannst mich nicht einfach nehmen. Ich bin kein Stück Eigentum, das man beanspruchen oder handeln kann,“ protestiere ich.

„So ist es erst einmal jetzt. Besser du hast ein Leben zu leben als niemanden, der dich bei deiner Beerdigung betrauert.“

Ich verziehe das Gesicht, bevor ich erklärende, „Das ist schrecklich!“

„Vergessen wir nicht, dass ich mein Leben für dich riskiert habe.“

„Das würdest du für jede unschuldige Frau tun...“ aber meine Stimme wird schwach. Es ist kein Geheimnis, dass Dmitry mit einem der rücksichtslosesten Verbrechersyndikate in New York

City verbunden ist. Er ist alles andere als ein Engel. Er mag fordernd und aufregend im Bett sein, aber er ist gefährlich und sollte wahrscheinlich im Gefängnis sein. Er ist kein gewöhnlicher böser Junge.

„Weißt du, was ich denke?" sagt er mit einem Grinsen. „Du hast Vaterprobleme."

Ich würde dieses blöde Grinsen gerne von seinem verführerisch attraktiven Gesicht wischen. Etwas sagt mir, dass er versucht sein würde, mich zurückzuschlagen, also ballte ich meine Fäuste und kontrollierte meine Impulse.

„Was ist, wenn du eines Tages aufwachst und entdeckst, dass dein ganzes Leben auf Lügen basiert? Ich habe niemanden, der mir die Wahrheit erzählt, es sei denn, wir finden einen lebenden Verwandten. Selbst wenn ich adoptiert wäre, müsste ich irgendwo Verwandte haben."

Aber wo sind sie? Höchstwahrscheinlich in New York City, einfach wegen der Anweisung, nicht hierher zu kommen. Mom musste vor irgendetwas Angst haben.

„Ich könnte einen DNA-Test machen. Es würden Unmengen von Menschen auftauchen." Ich freue mich auf die Möglichkeit, die brennenden Fragen in mir mit Technologie zu beantworten.

„Es ist zu spät, unsere Feinde wissen mehr als wir und sie wollen dich. Wenn sie dich zuerst finden, bezweifle ich, dass du überleben würdest. Diese Männer werden dich nicht in ein schickes Hotel oder Condo bringen." Er macht eine weite Geste mit seinem Arm, um unsere komfortablen Umgebung zu zeigen. „Sie sind Killer, die sich nebenbei mit Menschenhandel beschäftigen," sagt Dmitry mit einem unheimlichen Ton, der mir einen Schauder über den Rücken jagt. „Lass uns essen. Du wirst etwas finden, das dir gefällt." Einfach so, wechselt er das Thema.

Die Atmosphäre ändert sich, als unser hitziger Austausch endet, und er führt mich in den Speisesaal.

Ich könnte genauso gut eine Gefangene sein, gefangen hier mit einem Mann, der mich mit einem sanften Blick, einer Berührung, einem Wort ruinieren kann.

Resigniert zu meinem Schicksal sitze ich an einem Tisch, der mit genug Essen vollgestopft ist, um uns für eine Woche zu ernähren. Dmitry reicht mir einen Teller und ich lade ihn mit einem Porterhouse-Steak, doppelt gebackener Kartoffel und Rahmspinat. Hungernd schneide ich zuerst in das Steak. Als ich den ersten Bissen in den Mund nehme, läuft etwas von dem Steaksaft meinen Kinn hinunter. Um mich nicht vor Dmitry zu blamieren, greife ich schnell nach einer Serviette und wische es weg. Wer hätte gedacht, dass Mord und Chaos den Appetit anregen können? Vielleicht ist das der Grund, warum Männer wie Dmitry tun, was sie tun; die Aufregung und Anregung kann süchtig machen.

Ich kaue und beobachte, wie Dmitry langsam und bedächtig isst. Vielleicht hatte ich erwartet, dass er mit seinen Händen isst. Seine Waffe liegt neben seinem unbenutzten Besteck auf dem Tisch. Stattdessen sind seine Manieren einwandfrei und ich frage mich, wie er ins organisierte Verbrechen geraten ist. Alena wirkt normal genug, aber sie zieht nachts nicht ziellos herum und spielt Metzgerin.

Aber nein, sie ist das Gegenteil. Ihre Drogen der Wahl: attraktive Männer und die angesagtesten Designerkleidung und -schuhe. Sie hat mir von einem geheimen Ort erzählt, an dem sie und ihre reichen Freunde ihre Auswahl an der Ware treffen können, bevor sie der Öffentlichkeit zugänglich gemacht wird.

„Warum bist du so darauf bedacht, mich zu beschützen? Ich bedeute dir nichts", frage ich, um den Nebel der Verwirrung zwischen uns zu klären. Der ganze Tag hat mein Leben auf den Kopf gestellt.

„Du weißt nicht, wie man in meiner Welt überlebt. Ich weiß, was es braucht, um zu überleben. Mit der Zeit wirst du es auch wissen." Seine Stimme ist leise, bewusst kontrolliert und ich kann seine Emotionen nicht lesen. „Um nicht erkannt zu werden, halte ich eine sichtbare Persona für die Öffentlichkeit aufrecht. Ich nutze diese Persona, um frei Geschäfte abzuwickeln. Aber unsere unterrangigen Soldaten kennen nicht einmal meinen Namen." Er kaut fertig, legt sein Messer ab und wirft mir einen sanften Blick zu, der mein Gesicht und das Bereich zwischen meinen Beinen erwärmt. Verdammt noch mal.

„Du bist erst dreiundzwanzig. Was weißt du vom Leben? Von Liebe, von Verlust? Klar, ohne deine Eltern hattest du es schwer. Einen Liebhaber zu verlieren, tut genauso weh. Warst du jemals in einen Mann verliebt?"

„Das geht dich nichts an." Ich schiebe mir eine Gabel Kartoffelpüree in den Mund, um mir Zeit zu verschaffen, bevor er mich mit weiteren Fragen bombardiert.

„Schon gut, ich kenne die Antwort bereits." Seine scherzhafte Antwort zeigt mir, dass er nie eine Frage stellt, es sei denn, er kennt die Antwort schon.

„Ich kann dir sagen, dass die Führer der Mafiafamilien meinen Namen kennen und wenn ich auftauche, wird Respekt gezollt. Wir sind die Volkovs aus Russland. Mein Bruder Nikolay steht an der Spitze." Er steht auf, kommt mit zwei kleinen Schnapsgläsern zurück und gießt aus derselben Wodkaflasche, die er mit Kirill geteilt hat. Er nippt an dem süßen Wodka und ich stelle mein leeres Glas vor ihn.

Er hebt in Überraschung eine Augenbraue, gießt jedoch ohne ein Wort Wodka in mein Glas.

Der Duft ist tief und reich, im Gegensatz zu kommerziellem Wodka. Ich trinke einen Schluck, er ist sanft wie ein Likör und mein Verstand schmilzt, als er meine Ängste wegspült.

„Gefällt dir?"

„Ja, es ist mild."

„Gut, denn ich muss dich zu meiner machen. So würde niemand es wagen, Hand an dich zu legen."

Hatte ich irgendein Portal ins Mittelalter durchschritten?

„Waaaaas?" Ich kann mich kaum beherrschen. „Meine? Was zum Teufel soll das heißen?"

„Wir heiraten. Es wird eine Vernunftehe. Ich habe es mit Nikolay besprochen. Kirill hält das für eine gute Idee."

„Und was ist mit mir? Habe ich kein Mitspracherecht?"

Er trinkt seinen Wodka aus. „Nein. Du hast kein Mitspracherecht", sagt er ohne Zögern oder Interesse.

Ich kippe den Rest meines Wodkas hinter. „Mehr Wodka, bitte."

„Du kannst Wein haben, an den Wodka bist du noch nicht gewöhnt." Er steht auf und geht in die Küche. Ich höre Schränke auf- und zugehen, bevor er mit zwei Weingläsern und einer offenen Flasche Rotwein zurückkommt.

„Genieße einen fünfhundert Dollar teuren Rotwein", sagt er, während er einschenkt.

„Fünf was?" Ich verschlucke mich fast an meinem Spinat. Ich schlucke und hebe das Glas, um den Duft zu erschnuppern. Ich mag jung sein, aber ich habe ein paar Dinge von Alena gelernt.

"Steh auf." Er hat eine Art und Weise, das zu verlangen, was er will, und es ist beunruhigend. Und dennoch tue ich, was er sagt.

Ich stehe auf und verenge meine Augen auf ihn. Der Soundtrack zu Spiel mir das Lied vom Tod spielt in meinem Kopf, weil er auf dünnem Eis steht.

"Entspann dich, Usha Uoya. Ich werde dir nicht wehtun. Du bist die einzige Frau, die mich lebendig fühlen lässt. Ich liebe es, mit dir zu schlafen, und ich werde es tun, bis zum Ende der Zeit." Er hebt sein Glas. "Ich will deine üppigen Lippen um meinen Schwanz, und ich will deine Süße kosten, wann immer ich will."

Ich bin so nah an ihm, dass ich die Hitze, die von seiner breiten Brust ausgeht, spüren kann. Der Alkohol und seine Worte erwärmen mich. Was würde er mir antun, wenn ich ihm missfallen würde?

Mein rationaler Verstand sammelt sich in einer Pfütze zwischen meinen Beinen. Er streicht sanft mit seiner Hand die Seite meines Gesichts entlang. Seine Berührung ist so leicht wie eine Wolke, die an einem Sommertag über den Himmel weht. Ich schaudere.

"Was willst du?" frage ich mit einem Wimmern. Sein minziger Duft erfüllt meine Nase.

"Dich," knurrt er. "Wir werden heiraten. Du wirst sicher sein. Du kannst ein Leben haben, ein neues Leben."

"Eins in einem vergoldeten Käfig..." murmle ich.

Ich möchte mehr fordern, aber ich bezweifle, dass er mehr geben kann. Er kann nicht wie ein gewöhnlicher Mensch über eine Heiratsvereinbarung sprechen. Er ist ein Biest. Alles ist ein Ultimatum. Tu so, als ob du mit mir zusammen bist, oder du stirbst, ist nicht das, was ich akzeptabel nenne. Ich möchte geliebt werden und ich bin mir nicht sicher, ob er jemanden lieben kann. Ich gehöre ihm.

"Ihr Amerikaner seid so dramatisch. Es ist ein Tauschgeschäft, ein fairer Tausch." Er erhebt sein Glas, um einen Toast nachzuahmen und nimmt einen Schluck.

Ich trinke den tiefroten Wein, gefüllt mit Körper und Geschmack, das perfekte Ende zu einem exquisiten Mahl. Als ich hochblicke, sehe ich das Feuer in seinen Augen. Ich trinke wieder.

Er nimmt das Glas von mir und stellt es neben seins auf den Tisch.

"Es muss atmen. Wir haben Zeit." Seine Stimme ist heiser. Er küsst meinen Hals. Ist das der Grund, warum Alkohol Flüssiger Mut genannt wird? Denn ich werde eine Menge davon brauchen, um die nächsten Tage zu überstehen. Vielleicht kann ich etwas Zeit kaufen, um Dinge herauszufinden.

Er knöpft meine Jeans auf und lässt seine Finger über meine straffen Bauchmuskeln gleiten. Ich kann mein Stöhnen nicht unterdrücken, als seine Finger in meine cremige Nässe eindringen. Meine Pussy verrät mich, als er sanft meine rosa Falten massiert. Sein Mund nimmt eine Brustwarze zwischen seine Lippen und verhärtet sich sofort unter Druck. Ich hätte lieber seine Hände darauf, sie fest greifend und roh reibend.

"Du willst mich auch. Ich will, dass du jeden Tag für mich tropfst."

Seine Lippen sind rau, als sie die meinen bedecken. Es ist, als würde ich einen Dämon in ihm füttern, der nicht gesättigt werden kann. Ich möchte kalt und gleichgültig bleiben, um seine Kontrolle über mich zu vereiteln, aber mein Entschluss hält nicht an. Ich unterwerfe mich ihm und hasse mich selbst für meine Schwäche.

Er ist der virilste Mann, den ich je gekannt habe, und ich knicke unter seinen warmen Lippen ein, als seine Zunge meinen Mund erkundet. Ich küsse ihn zurück; unsere Zungen kämpfen um die Kontrolle. Es manifestiert den unausgesprochenen Willenskampf, den keiner von uns verlieren will.

Er zieht meine Jeans aus, und ich erinnere mich an die letzte Nacht und wie wir perfekt zusammenpassten, obwohl er einen Pornostars-großen Schwanz hat. Ich streiche mit meiner Hand über die Beule in seinen engen Jeans und schiebe meine Hand unter seine Hoden, wo ich ihn sanft durch den Denimstoff massiere.

"Machst du das weiter, dann nehme ich dich hier und jetzt."

"Nimm mich." Ich bin mir nicht sicher, was stärker ist, mein Wunsch, ihn herauszufordern, oder sein Schwanz in mir zu spüren.

Er murmelt etwas auf Russisch, bevor er mich auf die Arbeitsplatte hebt und meinen Slip abreißt. Mein Po schlägt auf den kalten Granit und ohne Vorwarnung schiebt er seine Finger in mich. Ich keuche. Verdammt, das fühlt sich gut an. Er bewegt seine Finger und berührt meine Lustpunkte. Ich neige mein Becken, um mehr Reibung zu bekommen. Ich bin kurz davor, zu kommen, als er sie herauszieht. Als ich die Augen öffne, zieht er sein Hemd aus und nimmt dann auch meines ab und wirft sie auf den Boden.

"Spreiz deine Beine."

Ich bewege meine Beine so weit sie gehen und lege meine Hände auf die harte Oberfläche hinter mir, um mich abzustützen. Er legt einen Arm um meine Taille und zieht mich zum Rand der Arbeitsplatte. Seine Finger dringen tiefer in mich ein als zuvor und als er sie herauszieht, treffen unsere Blicke sich, während er sie in den Mund nimmt.

"Ich könnte dich tagelang genießen", murmelt er, während er seine Finger mit einem lüsternen Blick leckt.

Dann kniet er sich hin, vergräbt seinen Kopf zwischen meinen Beinen und beginnt zu saugen. Er ist ein durstiger Mann mit einer begabten Zunge. Er leckt meine äußeren Schamlippen langsam und absichtlich, so wie er sein Steak isst. Ich ball meine Fäuste und stecke eine in den Mund, um nicht zu stöhnen. Das Vergnügen hält mich im Vorfeld, und ich sehne mich nach der Erleichterung, die ich begehre.

Er arbeitet sich an meinem Körper hoch, küsst und knabbert an mir. Ich klammere mich an den Rand der Arbeitsplatte, nicht wissend, was er als nächstes mit mir anstellen wird, während er sich an meinem Körper hocharbeitet. Er küsst mich sanft auf den Lippen. Sein Atem ist warm, wie eine tropische Brise.

Mein BH fällt mit einem Fingerschnipsen von ihm ab, und meine wohlproportionierten Brüste fallen in seine Hände. Er beugt sich vor, hält meine Brüste mit einer Hand und seine Lippen ziehen eine Brustwarze in seinen Mund. Ich höre seinen Reißverschluss und nehme anhand seiner Bewegung an, dass seine Jeans ausgezogen sind.

Ich beuge mich nach hinten. Ich brauche ihn. Ich will, dass er mich mit seinem riesigen Schwanz ausfüllt.

Seine andere Hand ist an meinem festen Po, zieht mich in sein Becken. Mein Kopf kippt zurück, ihn auffordernd, den Druck fortzusetzen. Er spielt mit meinen Brustwarzen, die sich unter seiner Berührung verhärten. Ich drücke meine Brüste in seine fähigen Hände. Hände, die nicht nur töten können, sondern die auch wissen, wie man Vergnügen bereitet.

Er knabbert an meiner Brustwarze und ein Schmerz durchzuckt meinen Körper. Meine Nervenenden reagieren, als hätten sie einen elektrischen Schlag erhalten. Er treibt mich mit Verlangen in den Wahnsinn.

"Ich habe keine Kondome mehr", murmelt er.

"Ich nehme die Pille."

Die Worte verlassen meinen Mund, kaum dass er meine Brust fest drückt, und ich lehne mich hinein, drücke noch fester.

Ich welke unter ihm. Das in mir wütende Feuer ist entfacht. Jetzt brauche ich ihn, um das Heilmittel zu liefern, um es auszulöschen, bevor ich verbrenne.

Sein veneöser Schwanz liegt zwischen meinen Beinen, die Spitze an meiner Öffnung. Ich möchte ihn anschreien, weil er meine Befriedigung verzögert.

„Ich möchte dich ganz spüren", gibt er zu. „Und ich werde dich hart nehmen. Du wirst nie einen anderen Mann ansehen."

Und mit diesen Worten dringt er in mich ein, mein Inneres macht Platz für ihn. Er erfüllt mich. Meine Muskeln spannen sich um ihn. Er ist so groß, dass ich schlucken muss, als er Stellen in mir berührt, die noch kein Mann vor ihm berührt hat. Ich stütze mich mit den Armen ab, während er sich zurückzieht, um sich auf einen weiteren langen Stoß vorzubereiten, den er absichtlich verzögert.

„Nimm mich", flehe ich, atemlos und schwindelig vor Verlangen. Alles, was ich will, ist dass er mich hart nimmt. Ich muss ihn in mir spüren und wissen, dass er sich nur mir verschrieben hat.

Er dringt wieder in mich ein und mein Kopf ruckt unter der Wucht.

Meine Nässe spritzt auf seinen Kopf. Er stöhnt. Während ich ihn mit meinem Orgasmus übergieße, steigern sich meine sexuellen Gelüste auf ein Allzeithoch.

Sein riesiger Schwanz reibt meine Klitoris. Ich packe seine Oberarme, grabe meine Nägel in sein Fleisch, während mich die Lust überrollt. Er dringt tiefer in mich ein. Ich befürchte, er wird mich halbieren. Und als ich denke, ich kann nicht mehr Freude ertragen, hält er mein Hinterteil mit zwei Händen fest, und mit einem letzten Stoß zerberste ich wie eine Million Sterne.

Er stöhnt und zittert gegen mich, seine Finger graben sich in mein Hinterteil. Er stöhnt wieder, und ich frage mich, ob er zweimal gekommen ist. Seine Hände entspannen sich, wenn sein Körper befriedigt ist, aber er hält mich immer noch.

Ich bin verloren. Ich bin süchtig nach ihm, nach seinem Schwanz, danach, dass er die Kontrolle übernimmt.

„Zeit für ein Bad", sagt er mit rauer Stimme.

Ich weiß, es ist besser, nicht zu widersprechen. Mit seinem noch in mir verbliebenen Schwanz trägt er mich in sein Schlafzimmer. Ich klammere mich an seine Schultern und lasse zu, dass er mich trägt, weil meine Beine schwach sind. Meine Arme sind aufgebraucht. Ich hätte nie gedacht, dass ich nach dem Sex so erschöpft sein könnte. Wir durchqueren das Schlafzimmer und betreten ein geräumiges Badezimmer mit einem Whirlpool. Er setzt mich ab, und ich rutsche von seinem Schwanz. Wow, er ist immer noch hart.

Scheiß auf mich und alles Heilige.

Während er das Wasser einlässt, setze ich mich auf den Stuhl am Schminktisch. Er schaltet die Düsen ein und das Wasser wirbelt. Zufrieden, dass die Temperatur perfekt ist, lässt er mich endlich in das warme Blasenbad einsteigen.

Er gesellt sich zu mir und bringt ein Waschlappen und Seife mit, um meinen Rücken sanft zu waschen. Ich binde meine Haare zu einem provisorischen Knoten zusammen, um sie nicht nass zu bekommen.

Er küsst meinen Hals und flüstert: „Du gehörst mir."

# KAPITEL 14, IZZY

Dmitry seift die Seife auf und reibt sie über meine Brüste, als ob wir Liebe machen und kein Bad nehmen würden. Meine Brustwarzen reagieren und ich bin über meine Begierde nach ihm schon wieder perplex.

Er nimmt sich Zeit, meine Füße zu waschen; eigenartigerweise ist das sinnlich. Seine Hand gleitet zwischen meine Beine, drückt seine Finger flach gegen mein Dreieck und bewegt sich langsam hoch zu meinem Körper. Dieses Mal umfasst er meine Brüste und massiert sie sanft. Ich lehne mich an seine Brust, während Verlangen die Nervenenden entzündet. Ich spreize meine Beine ohne seine Aufforderung, will mehr von ihm. Seine Aufmerksamkeit ist intime und aufregend. Er taucht den Waschlappen ins Wasser und reinigt mich, indem er warmes Wasser über meinen Rücken tropfen lässt. Subtile Erregung habe ich noch nie erfahren. Ich will ihn so sehr, doch ich weigere mich zu betteln.

Ich kann nicht anders, als sein vernarbtes Bein zu bemerken. Ich bin neugierig darauf.

"Was ist mit deinem Bein passiert? Tut es weh?"

"Ja, wenn ich die Muskeln zu sehr beanspruche. Stört es dich, es anzusehen?"

"Nein. Was ist passiert?"

"Es gab einen Anschlag auf mein Leben während eines Territorialstreits. Mein Auto wurde absichtlich gerammt und überschlug sich, bevor es in Flammen aufging. Ich konnte mich nicht befreien, weil der Sicherheitsgurt klemmte, und musste mein Messer finden, um mich zu befreien. Mein Bein bekam das Schlimmste ab, als es Feuer fing, bevor ich herauskommen konnte. Der Schmerz war schlimm, aber die Genesung war quälend."

"Wow, und du hast einen Bruder?"

"Zwei. Nikolay und mein jüngerer Bruder, Roman."

"Ihr klingt eng verbunden."

"Das müssen wir auch sein. Unser Vater wurde vor kurzem getötet. Nikolay hat die Verantwortung übernommen. Wir alle wurden darauf vorbereitet, das Geschäft zu leiten. Wir haben alle unterschiedliche Fähigkeiten."

"Wie sieht es mit deinen aus?" frage ich, obwohl ich die Antwort wahrscheinlich schon kenne... Menschen töten.

"Kirill und ich waren während unseres Studiums in Princeton Teilzeit-Handlanger. Da haben wir uns kennengelernt."

"Wow, Princeton ist eine Schule für Kinder aus dem organisierten Verbrechen?"

"Es ist eine gute Schule und sie kostet Geld. Wir haben nicht den gleichen Ruhm wie die italo-amerikanischen Paten in New York, die ihren extravaganten Lebensstil zur Schau stellen. Wir repräsentieren ein legitimes Geschäft, Einfuhr und Ausfuhr, hauptsächlich Alkohol."

"Und irgendwie schaffst du es, Drogen und Waffen einzubauen?"

"Ja."

"Ich werde nicht mit dir nach Russland gehen. Du kannst mich zur Heirat zwingen, aber mich nicht zwingen, dort zu leben."

Er schweigt.

"Eins nach dem anderen. Zuerst heiraten wir. Dann müssen wir deine Familie finden, bevor jemand anderes dich findet."

Sein Atem ist warm an meinem Hals und er küsst meine Schulter. Seine Zunge bewegt sich über meine feuchte Haut und Gänsehaut bedeckt meine Arme.

Ich muss mich ablenken. Wenn er weiß, dass ich liebe, was er mit mir macht, werde ich jede Verhandlungsmacht mit ihm für irgendwas verlieren. Es steht zu viel auf dem Spiel. Ich will New York nicht verlassen. Ich weigere mich, von einem Mann abhängig zu sein. Denken, denken, denken.

Familie. Was, wenn ich Geschwister habe? Ich freue mich auf den Gedanken, eine Familie für Geburtstage und Feiertage zu haben. Ich frage mich, wer sie sind und ob ich sie mögen werde.

"Du bist still." Seine tiefe Stimme lässt meine Brustwarzen hart werden.

Was ist es an der Tiefe einer Männerstimme, die ich so attraktiv finde? Vielleicht habe ich doch Vaterkomplexe. Ich stelle ihn mir in einem Ledersessel lümmelnd vor, eine Zigarre rauchend und bernsteinfarbenen Whisky aus einem Glastumbler trinkend.

"Ich frage mich nach meiner Familie. Werde ich mich einfügen? Werde ich Tanten und Onkel finden? Was, wenn sie mich nicht mögen?"

„Dann ist es ihr Verlust. Aber du wirst immer eine Familie in mir haben."

„Aber deine Familie wird mich nicht akzeptieren. Alenas Familie ist eng verbunden und ihre Heirat wird mit einem Russen stattfinden, unabhängig davon, wie sie darüber denkt."

„Es könnte einige Zeit dauern, aber die Familie steht an erster Stelle. Du wirst es sehen."

Ich lasse mich auf seiner Brust entspannen: das Essen, der Wodka, das warme Bad beruhigen mich.

„Wir haben noch Wein zu trinken," murmle ich.

„Lass mich dir helfen auszusteigen." Er steht auf, Wassertropfen rinnen über die Tattoos auf seiner durchtrainierten, athletischen Figur, einem beeindruckenden Beispiel eines Mannes.

„Was bedeuten die Tattoos? Das in Spanisch geschriebene kann ich lesen, aber das andere nicht."

„In meiner Sprache bedeutet es, Schönheit ist brutal." Er trocknet sein Brust ab und wendet sich seinen Beinen zu.

„Was bedeutet das?"

„Dinge im Leben, die schön sind, können verloren gehen. Die Brutalität des Lebens kann uns alles nehmen, was wir schön finden und uns rauben, was wir am meisten wollen."

„Was willst du am meisten?" Ich steige aus dem Wasser und stehe nackt vor ihm.

„Dich mein zu nennen." Und mit diesen Worten zerfallen meine Mauern.

Mit einem weichen Handtuch tupft er mein feuchtes Gesicht, dann meinen Hals und nimmt sich Zeit für meine Arme und Beine. Bis er meine Brust berührt, atme ich schwer. Das Handtuch streift meine Brustwarzen, sie verhärten sich.

„Siehst du, du willst mich. Deinen Körper kannst du nicht täuschen. In deiner Nähe zu sein, hat denselben Effekt auf mich."

Keine Worte sind nötig, sein Schwanz ist hart und aufgerichtet und seine Spitze stößt in meinen Bauchnabel. Sein Schwanz ist erhaben. Ich hatte noch nie einen Mann, der so groß war.

Ich will ihn. Ich brauche ihn. Ich habe keine Ahnung, in was ich mich da hineinbegebe und der Gedanke, mit ihm zusammen zu sein, macht mir Angst. Es ist zu spät und zu gefährlich, um nach Connecticut zurückzukehren. Meine einzige Möglichkeit ist, bei Dmitry zu bleiben. Er wird jeden erledigen, der es auf mich abgesehen hat. Mit ihm an meiner Seite kann ich dies lebend überstehen.

„Knien."

Verdammt, er ist hart im Nehmen. Aber ich tue, wie er sagt und knie auf dem Badteppich vor ihm. Ist das der Preis, den ich zahlen muss, um zu leben?

„Lutsch meinen Schwanz."

Meine Hand passt nicht einmal um seinen neun Zoll dicken Schwanz und ich mache mir Sorgen, wie ich all das in meinen kleinen Mund stecken kann. Ich folge den prallen Adern mit meiner Zunge, sauge die perlige Vorflüssigkeit von der Spitze und schlucke diese Feuchtigkeit, als wäre es Nektar der Götter. Er schmeckt nicht bitter. Ich genieße es, ihn zu lecken. Er hat den schönsten Schwanz mit einer leichten Krümmung. Ich umschließe die Spitze mit meinem Mund, gehe etwa fünf Zentimeter runter und ziehe mich dann zurück. Ich lege meine Lippen auf seine geschwollene Spitze und reize ihn.

Er zieht den Kamm aus meinem unordentlichen Dutt und meine Haare fallen über meine Schultern, während ich seinen Schwanz meine vollständige Aufmerksamkeit schenke.

Ich gehe fickenderweise noch ein Stück weiter hoch an seinem Schaft und ziehe mich zurück, um ihn zu ärgern. Er zieht an meinen Haaren, hält meinen Kopf fest und macht es mir unmöglich, noch einmal mit ihm zu spielen.

Er liebt Kontrolle.

„Fick meinen Schwanz, Usha Uoya." Seine Worte meinen Geschäft. Ich kann auf Russisch nicht mehr sagen als bitte und danke. „Ich will, dass du mich lutscht, als hinge dein Leben davon ab."

Fick mich. Meine Muschi tropft vor Vorfreude.

Ich öffne meinen Mund, um seinen Umfang aufzunehmen und stecke ihn so weit wie möglich hinein, ohne zu würgen.

Er stöhnt vor Vergnügen und zieht an meinen Haaren, bis sie angespannt sind. Es tut weh und ich kann meinen Kopf nicht nach hinten neigen, ohne mehr Schmerzen zu spüren.

Ich flirre mit meiner Zunge über seine Spitze und spüre, wie sein Körper sich anspannt. Ich bewege meine Lippen auf und ab seinem Schaft und wirbel meine Zunge um ihn herum. Mit beiden Händen in meinen Haaren stößt sein Becken vor und zurück, während er die Kontrolle übernimmt und meinen Mund fickt.

Ich spanne meinen Griff an und versuche, Daumen und Zeigefinger zusammenzudrücken, aber er ist zu dick. Ich behalte einen festen Griff an seinem Schwanz, bis er abrupt herauszieht.

„Schlafzimmer. Jetzt."

Ich spüre die Geschmeidigkeit zwischen meinen Beinen, während ich zum Bett gehe, und er klatscht auf meinen Hintern, was mich überrascht. Als ich das Fußende des massiven Bettes erreiche, befiehlt er: "Beug dich vor."

Seine Hand ist auf meinem Rücken, zwischen meinen Schultern, und stellt sicher, dass ich gehorche. Ich drücke mein Gesicht in die Bettdecke und drehe meinen Kopf zur Seite, ohne zu wissen, was als Nächstes kommt.

"Ich ficke dich hart, sehr hart", sagt er, sein Schwanz an meinem Eingang.

Er schiebt die Spitze durch meine weiche Öffnung und stöhnt vor Vergnügen, bevor er meine Muschi verwüstet. Sein fordernder Schwanz sollte als tödliche Waffe registriert werden, denn ich bin mir sicher, dass er mein Ende sein wird.

Ich klammere mich an die Bettdecke, während Wellen von Vergnügen und Schmerz über mich hinwegfahren und alle anderen Gedanken aus meinem Kopf verdrängen. Er stößt tiefer. Ich möchte vor Schmerzen schreien, aber die Lust baut sich in mir auf und ich habe das Gefühl, dass ich explodieren werde. Ich heiße seinen dicken Schwanz willkommen und genieße das Geräusch seiner Eier, die meine Pobacken klatschten, während sein Griff auf meinen Hüften sich verengt.

Sein Schwanz reibt über meine Klitoris, bringt sie zum Schwellen, bis sie gleich platzen wird. Ich strecke mich, um ihm mehr Zugang zu geben, und er durchdringt meine Liebeshöhle, findet Teile meiner Anatomie, von denen ich nicht wusste, dass sie existieren. Ich spanne mich bei jedem Stoß an und spüre, wie er schneller wird, wenn sich meine Wände um ihn herum verengen. Lust durchströmt mich.

Atemlos keuche ich nach Luft. Mein Mund ist trocken vom vielen Keuchen. Die Geschwindigkeit, mit der er in mich stößt, erschüttert meinen Körper. Er ist ein großer Mann und er packt einen kräftigen Stoß. Wie ein Presslufthammer hämmert er meine Muschi, sodass sie sich um ihn herum zusammenzieht und zuckt. Fick mich und alles, was heilig ist.

Ich stöhne, unfähig, die seltsamen, kehligen Geräusche zu unterdrücken, die meiner Kehle entweichen. Ich möchte mich umdrehen, um ihm zuzusehen, wie er mich verdammt noch mal verrückt macht, aber er hält mich fest, so dass ich mich nicht bewegen kann.

Meine Klitoris schwillt und reift, während er lange Stöße macht, jeder intensiver als der vorherige. Seine Hände bewegen sich von meinen Hüften zum oberen Teil meiner Schultern, um mich festzuhalten, während er mich härter fickt, seinen harten Schwanz gegen meine Wände stößt und meine Klitoris wie ein Samtrosenblatt zerreißt.

Ich schreie, als ich komme. Es ist der intensivste Orgasmus, den ich je hatte. Mein Körper zittert und bebt, bis ich in süße Vergessenheit falle. Mit einem letzten Stoß greift er meine Schultern fest genug, um Blutergüsse zu hinterlassen, und ein tiefes Knurren entweicht seiner Kehle, als er kommt und tief in mir ergießt.

Sein Atem geht stoßweise, während er meinen Hals küsst und etwas auf Russisch murrt. Wir beide brechen zusammen und liegen eine Minute zusammen, bevor er aus mir herausgleitet und mich auf das Bett hebt.

Er liegt neben mir, mit seiner Hand zwischen meinen Beinen, während sein Sperma aus mir herausträpfelt.

„Vergiss nie, wem du gehörst. Du bist nur mein."

Völlig zufrieden und erschöpft gleite ich in einen tiefen Schlaf.

* * *

SPÄTER WACHE ich auf und stelle fest, dass ich allein bin. Ich stehe auf und schnappe mir sein Hemd vom Boden, ziehe es an, knöpfe einen Knopf zu und gehe Dmitry suchen. Ich finde ihn, wie er in einem überfüllten Sessel im Wohnzimmer sitzt, ein Glas Wein in der Hand. Er ist nachdenklich, während ich ihn beim Schlürfen beobachte.

Seine zurückhaltende Energie passt zur Stimmung der klassischen Musik, die leise im Hintergrund spielt. Ich würden nicht den Unterschied zwischen Beethoven und Brahms kennen, aber es klingt schön.

"Ich dachte, du würdest vielleicht die Nacht durchschlafen." Er steht im Loungewear-Kleidung da. "Möchtest du Wein?"

"Ja, bitte."

"Setz dich", sagt er und zeigt auf die Couch.

Ich setze mich auf das Ende, das seinem Sessel am nächsten ist.

Das Geräusch, das der Wein beim Eingießen macht, passt zur entspannten Stimmung im Raum. Er kommt prompt zurück und reicht mir ein volles Glas. Ich starre aus dem Fenster, während er an seinen Platz zurückkehrt. Der Mond wirft einen unheimlichen Schein über die Stadt und lässt mich frösteln.

Ich nehme einen Schluck von dem roten Elixier und stelle fest, dass er recht hatte, es atmen zu lassen. Es schmeckt jetzt anders, kräftiger. Die Noten sind robuster und trockener. Es hinterlässt einen dicken Belag auf meiner Zunge. Ich reibe meine Lippen zusammen, genieße die Noten von Süßholz und Kirsche gemischt mit Sangiovese-Trauben.

"Wenn du weiter so deine Lippen leckst, gebe ich dir etwas anderes zum Lecken", droht er, während er sich in den Sessel lehnt und mich studiert.

"Mmm, ich lecke alles, was du willst, solange es so gut schmeckt wie dieser Wein."

"Ich kenne mich mit gutem Wein, Spirituosen und Frauen aus." Als er sein Glas hebt, um zu trinken, wölben sich seine Bizeps unter dem dünnen Stoff seines eng anliegenden Langarmshirts. Ich habe das Gefühl, dass er das Shirt genau aus diesem Grund gekauft hat. Er weiß, dass er gut aussieht, und das Shirt verbirgt nichts.

Ich werde rot. Seine Augen huschen über mich, und ich weiß, dass er bereit ist, mich wieder zu ficken. Der Mann ist unersättlich.

"Warum hast du einen Pass, den du nie benutzt hast?"

Mist. Wenn er mich schließlich in ein anderes Land entführt, kann ich es nicht als Rechtfertigung zur Verzögerung nutzen.

"Ich meine es ernst, ich werde nicht nach Russland gehen." Ich versuche zu argumentieren, aber ich bin zu entspannt und merke, dass ich noch nie so Zen gefühlt habe. Sicher Endorphine.

"Das ist keine Antwort."

"Nun, du bist schlau. Du findest es heraus." Ich trinke mehr Wein.

"Geld."

Ich nicke und ziehe meine Beine unter mich.

Er nickt und setzt sich aufrecht hin, bevor er sich über seine langen Beine lehnt.

"Was wolltest du beruflich machen?"

"Ich dachte an Broadway-Shows, Modemagazine, alles nur um meine Studienkredite abzuzahlen."

"Gut." Er lehnt sich zurück, zufrieden mit meiner Antwort. "Deine Bildung wird nützlich sein."

"Was meinst du?"

"Wir werden eine riesige Hochzeit in London haben. Du musst meine Familie treffen, um es offiziell zu machen. Dann lassen wir die Klatschspalten für uns arbeiten, Orte wie Page Six."

"Sieh mal, wir haben uns hier versteckt, und es ist nichts Schlimmes passiert", sage ich, als gäbe es nichts zu befürchten.

"Lass dich nicht von der Ruhe täuschen. So fühlt sich jeder vor dem Sturm."

"Großartig, jetzt bist du also Dichter."

"Nein." Er zieht sich in seine Gedanken zurück und gerade als ich mich frage, ob er abschalten wird, bricht er die Stille. "Alena wird dir helfen, eine neue Garderobe auszusuchen."

"Ich kann nicht wie sie aussehen", protestiere ich.

„Ich will nicht, dass du es tust. Du bist wunderschön und perfekt, so wie du bist. Ich will keine Ehefrau, die versucht, jemand anderes zu sein. Glanz und Glamour kann ich kaufen. Nur eine Frau, die sowohl innerlich als auch äußerlich schön ist, kann... du sein."

Ich lache spöttisch.

"Was? Ist das lustig?"

"Ja, wenn man bedenkt, dass wir hier sind, weil wir nicht wissen, wer ich bin. Wie weißt du, dass ich eine gute Person bin?"

Ein kurzes Lächeln huscht über seine schönen Lippen. "Ich verstehe deinen Punkt." Er schwenkt die rote Flüssigkeit in seinem

Glas. "Während ich morgen Früh mit Kirill arbeite, wirst du mit Alena einkaufen gehen, um passende Kleidung zu besorgen. Sie weiß, was du brauchst. Zwei von Kirills besten Wächtern werden dich überall begleiten. Kein Weglaufen, kein Unsinn. Ist das klar?"

"Ja." Ich stimme zu, weil er deutlich macht, dass es Konsequenzen geben wird, wenn ich nicht gehorche.

Mein Herz macht einen Sprung bei der Idee des Einkaufens, fällt dann aber bei dem Gedanken an eine Hochzeit. Hochzeitszeremonien handeln von der Braut und dem Bräutigam, umgeben von Familie und Freunden. Es ist ein freudiges Ereignis, aber ich bin nicht in freudiger Stimmung. Ich bin nicht verliebt, genauso wenig wie Dmitry. Außerdem werde ich gestalkt und zwei Männer sind wegen mir gestorben.

"Wir brauchen eine Heiratslizenz. Wir werden eine schnelle Hochzeit im Rathaus machen und dann nach London fliegen für die große offizielle Hochzeit."

"Warte! So bald?"

"Hast du einen Todeswunsch?" Seine dunklen Augen hinterfragen meinen Verstand.

"Nun..." Wenn er es so formuliert, habe ich keine Wahl.

"Das glaube ich nicht, meine liebe Isabella."

Verdammt, er hat recht. Es gibt eine grundlegende menschliche Bedingung namens Überleben und im Moment ist es heiraten, mit dieser grübelnden Bestie, die vorgibt, mein menschlicher Schild zu sein, die einzige Möglichkeit zu überleben.

# KAPITEL 15, IZZY

Ich trinke meinen Wein aus, gähne und halte höflich die Hand vor meinen Mund. Die Ereignisse des Tages holen mich wieder ein.

„Geh ins Bett. Ich habe Arbeit zu tun.“

Ich hebe meine Augenbrauen und schaue ihn fragend an. „Welche Arbeit?“

„Stell keine Fragen, von denen du weißt, dass ich sie nicht beantworten kann“, schnauzt er und starrt mich eiskalt an.

„Gut. Ich bin müde.“ Ich hätte ihm gute Nacht gesagt, aber er war so unhöflich, dass ich beschloss, ihn zu ignorieren.

Ich gehe direkt in sein Zimmer und schlüpfe ins Bett. Die weichen Bettlaken hüllen mich ein, und ich schlafe ein, ohne mir zum ersten Mal seit langem Sorgen zu machen.

Irgendwann in der Nacht wache ich auf und spüre seine Arme um mich herum und schlafe wieder ein.

Am Morgen finde ich mich alleine in dem riesigen Bett und schaue mich im Zimmer um, frage mich ob er gegangen ist. Er ist so geheimnisvoll. Ich entspanne mich, als ich Kaffeebohnen mahlen höre, und weiß, dass er in der Küche ist. Ich folge meiner Nase zum Duft des brühenden Kaffees, in der Hoffnung auf meine Koffeindosis früher als später.

Dmitry dreht sich um, als er meine Füße auf dem Fliesenboden hört.

„Du bist wach." Er sieht beeindruckend aus in dunkelblauen Anzughosen, die seinen Hintern perfekt betonen. Er trägt ein weiteres weißes Hemd, was mich fragen lässt, ob er sie in irgendeiner anderen Farbe hat. Sein Anzugjackett hängt auf dem Rücken eines Stuhls.

Vielleicht lag ich falsch und er lebt hier. Es gibt keine gerahmten persönlichen Fotos, also ist es schwierig zu sagen, wem der Ort gehört.

„Ja, gesund und munter", gurre ich.

Er gibt mir ein spöttisches Grinsen und wendet sich wieder der industriellen Kaffeemaschine zu. In weniger als einer Minute geht er auf mich zu und hält einen Cappuccino mit einer großen Portion Schlagsahne darauf. Mein Mund wässert, als er die Tasse mit der cremigen Süßigkeit vor mir absetzt.

Ich fange an zu keuchen. Dieser Mann ist wie ein Computer, der meinen Algorithmus herausgefunden hat. Wie sonst wüsste er von meiner Fantasie? Alles, was ich jetzt noch brauche, ist ein Stapel Modezeitschriften, um meinen Traum zu erfüllen.

Er dreht sich zu mir um, nachdem er etwas gegriffen hat, und legt einen Stapel neben meine Tasse. Ich weiß nicht einmal, wo man diese Zeitschriften kaufen kann. Wie hat er das geschafft?

Ich tauche meinen Finger in die fluffige weiße Sahne und lecke ihn ab. Das ist hausgemachte Schlagsahne. Die Textur und der Geschmack sind reich und cremig, nicht künstlich wie das kommerzielle Zeug aus der Dose.

„Ich wette, diese Tasse enthält genügend Kalorien, um als Dessert zu gelten", überlege ich.

„Sehr witzig", antwortet er und versucht, nicht zu lächeln. „Ich konnte einige Sachen von Alena bekommen, damit du dich umziehen kannst. Dein Kleid hängt im Schrank. Die anderen Sachen sind dort, wo du sie normalerweise finden würdest."

„Hast du Elfen?", ärgere ich ihn.

Sein Gesicht wird ernst, sein süßes Lächeln - weg. „Nein, ich habe Soldaten, die tun, was ich ihnen sage. Du solltest lernen, das Gleiche zu tun."

Na gut, dann. Ich beuge mich über mein Getränk und umarme es mit meinen Händen.

„Nicht krumm sitzen. Die Volkovs sitzen nicht krumm, und du wirst in der Öffentlichkeit die passende Kleidung tragen müssen, da du eine neue Position zu besetzen hast."

Er spricht, als wäre ich eine Angestellte, und dies ist mein erster Arbeitstag.

„Wart mal, hast du auch einen Job für mich gesorgt?", necke ich ihn. Dieser Mann kann alles mit einem Fingerschnippen besorgen. Vielleicht haben das auch die Elfen erledigt.

„Sei nicht so flapsig. Nur weil du noch am Leben bist, bedeutet das noch lange nicht, dass du in Sicherheit bist. Jeder wird sich neu formieren für einen weiteren Versuch, dich zu töten."

Damit war meine morgendliche Hochstimmung dahin. Ich hoffe, ich werde nie so von der Arbeit und was auch immer er tut, verzehrt, dass ich meinen Sinn für Humor verliere.

Er geht weg und ruft, ohne sich umzudrehen, „Und wisch diesen Schmollmund von deinen hübschen kleinen Lippen, bevor ich sie küsse."

Ich schrecke hoch in meinem Stuhl. Die vertraute Feuchtigkeit zwischen meinen Beinen wird immer schwerer zu ignorieren. Was noch besorgniserregender ist, wie ich sie mit ihm verbinde. Kein anderer Mann hat es geschafft, mich so zu fühlen, wie er es tut.

Verdammt.

Ich inhaliere praktisch meinen Cappuccino und kehre in das Schlafzimmer zurück. Ich spähe in den Schrank, um mein rosa Paisley-Kleid zu finden. Ich habe es für mein Abschlussprojekt entworfen und hergestellt. Es ist praktisch und kann je nach Anlass auf- oder abgewertet werden. Hmm... vielleicht haben Dmitry und ich mehr gemeinsam, als ich dachte. Er hat einen ausgezeichneten Geschmack in Sachen Kleidung und er ist penibel gepflegt.

Er ist praktisch. Ich bin die arme Version von ihm. Ich finde Schuhe auf einem Regal, die zu dem magenta-rosa in meinem Kleid passen. Sie haben rote Sohlen! Ernsthaft? Gibt es irgendetwas, das ihm vorenthalten ist? Diese Schuhe sind himmlisch! Sie kosten leicht eine Monatsmiete in der Stadt!

Ich öffne die eingebauten, mit Zedernholz ausgekleideten Schubladen und finde BHs und Unterwäsche. Alles ist in meiner Größe, also ist er sehr aufmerksam. Nein, sage ich mir, er hat all deine Kleidung überprüft. Naja, nicht er, sondern seine Männer. Ugh.

Während ich mein Kleid anziehe, frage ich mich, woran er gestern Nacht gearbeitet hat. Aus den Spannungen zwischen Kirill und Dmitry kann ich erkennen, dass die beiden dick befreundet sind und schon lange zusammenarbeiten. Ich kann nicht herausfinden, warum Dmitry zu Besuch ist und warum er mir hilft. Es ist nicht gerade Touristensaison, in der man erwarten würde, dass Besucher in die Stadt fliegen.

Dmitry betritt den Raum und zieht an seinem passenden Anzugjackett. „Bist du bereit zu gehen?" Seine Augen gleiten über mich wie ein Minensuchgerät.

Ich trage eine leichte getönte Creme auf mein Gesicht auf und staube den Bronzer ab. Ein Schwung rosa Lippenstift ist die Farbe einer überreifen Wassermelone, was verdeutlicht, dass ich mit meinem Make-up fertig bin, wie immer.

„Fast. Danke für die Schuhe."

„Wie ich sagte, du hast einen Standard zu halten." Seine kalte Tonlage überrascht mich.

Es sieht so aus, als wäre ich sein Sexspielzeug, eine Hure bei Nacht und ein Armutszeugnis am Tag.

Welche Rolle werde ich spielen, sobald wir verheiratet sind?

„Ich glaube, wir müssen über diese Heiratssache sprechen. Wir brauchen Regeln."

„Regeln? Interessant. Ich nehme keine Befehle von Frauen entgegen."

„Keine Befehle, es ist ein Gespräch, falls wir in dieser Scheinehe feststecken bleiben. Du hast nie erwähnt, ob ich zu meinem Leben zurückkehren kann, wenn dieses Fiasko endet."

Als ich einen Fuß in einen Schuh schiebe, halte ich mich am Türrahmen fest. Das Innere davon ist weich wie Butter.

„Ich werde darüber nachdenken. Aber ich habe nie etwas von Schein gesagt."

Ich beuge mich hinunter, um den zweiten Schuh zu heben, und schiebe ihn auf meinen anderen Fuß. Ich richte mich auf und glätte mein Kleid, wissend, dass seine Augen auf mich gerichtet sind.

„Du bist wunderschön," sagt er mit einer Weichheit in seiner Stimme. Ich kann es nicht über mich bringen, ihm in die Augen zu sehen.

Mit drei großen Schritten steht er vor mir, nahe genug, um seinen Moschusduft und die Noten von süßem Tabak zu riechen. Als ich mich weigere hinaufzuschauen, legt er zwei Finger unter mein Kinn und kippt meinen Kopf nach hinten. Ich weigere mich, seinen Blick zu erwidern und schließe meine Augen. Ich kann ihm nicht gegenübertreten. Ich kann nicht verwundbar sein. Ich kann das Risiko nicht eingehen, wieder verlassen zu werden. Wenn ich mich in ihn verliebe, wird es mich zerstören.

"Ich sage keine Worte, die ich nicht meine." Sein tiefer, überlegter Ton vermittelt die Ernsthaftigkeit seiner Worte.

Mein Atem stockt in meiner Kehle. Ich bin nervös. Mein Magen dreht sich. Ich fühle mich bloßgestellt, weil er meinen Körper besser kennt als ich und meine Gedanken wie ein Football-Spielzugbuch liest. Ich hatte noch nie eine langfristige Beziehung. Wir steuern auf eine potentielle lebenslange Bindung zu, und ich kenne ihn kaum. Er war aufmerksam genug, um mir einen Cappuccino zu machen und ihn mir im Bett zu servieren. Das macht mir Angst und beeindruckt mich zugleich. Wie weiß er, dass ich Cappuccino liebe? Sein Auge für Details würde ihn zu einem hervorragenden Detektiv machen.

"Ich weiß." Ich öffne meine Augen und schaue ihn an. Ich finde seine sind warm, sanft und sogar freundlich. Ich kann nicht verwundbar sein. "Können wir jetzt gehen?" Ich wechsle das Thema, denn wenn ich auf seinen Worten herumdenke, stelle ich mich nur auf eine Enttäuschung ein.

Er wendet sich abrupt ab. Ich folge ihm, meine Absätze klacken auf den Fliesen.

An der Tür sorgt er dafür, dass der Weg frei ist, bevor wir den Gang betreten. Im Aufzug ist die aufgezwungene Nähe erdrückend. Ich fühle mich eingeschlossen und mein Herz rast.

Er wendet sich mir zu. "Ich liebe das Design deines Kleides. Du bist sehr talentiert."

"Danke", antworte ich, unsicher, wie er Dinge weiß, die er nicht wissen sollte. Weiß er, wer meine Mutter ist? Würde er diese Information vor mir verbergen, wenn er es wüsste? Hat er eine Hintergedanken, warum er so schnell heiraten will? Verabredete Ehen passieren immer noch, besonders in der Mafia-Welt. Frauen werden als Besitz behandelt, je nach Bedarf benutzt und wie eine alte Arzneimittelflasche entsorgt. Zwei Pillen nach Bedarf einnehmen und die Flasche nach dem Verfallsdatum entsorgen.

"Woran denkst du? Du bist zu still." Seine tiefe Stimme verlangt eine Antwort.

"Wie wusstest du, dass ich einen Pass habe?"

"Ich bin ein hervorragender Hacker. Das ist einer der Gründe, warum ich nach dem Unfall mit meinem Bein begonnen habe, für meinen Bruder im Sicherheitsbereich zu arbeiten. Ich überwache die Bücher und wasche Gelder. Außerdem kann jeder tun, was ich getan habe. Wenige können tun, was ich jetzt mache."

"Und was genau ist das?"

"Fürs Erste, die Lieben sicherhalten und Diebe verfolgen."

Der Aufzug klingelt und die Türen öffnen sich. Dmitry geht zuerst heraus.

Geliebte. Er muss wissen, was Liebe ist. Ich bin mir nicht sicher, ob ich das tue. Meine Mutter liebte mich und sie ist weg. Papa ist weg. Ich kann Alena nicht verlieren. Alles, was mir mein ganzes Leben erzählt wurde, scheint eine kolossale Lüge zu sein. Ich muss die Wahrheit wissen. Wenn ich die Familie meiner Mutter oder meines Vaters finde, wird das vielleicht die Leere füllen, mit der ich täglich lebe.

Ich möchte Tante Emma Fragen stellen, aber Dmitry sagte, es

könnte gefährlich sein. Wem kann ich vertrauen? Der Person, die mich großzog oder meinem blitzneuen Verlobten?

Wir kommen unten an, und ein schwarzer Escalade hält vor. Dmitry öffnet die Tür für mich. Ich steige ein, und er setzt sich neben mich. Er sagt unserem Fahrer, Anton, dass er uns zu einem Ort in der Broome Street bringen soll.

„Alena wird dort sein, um dich zu ihrem geheimen Ort zu bringen." Er gibt mir eine schwarze Kreditkarte. „Gib Geld aus. Ich weiß, das ist nicht deine Art Geld aus dem Fenster zu werfen, aber ich möchte, dass du alles kaufst, was dir gefällt und ein paar spaßige Dinge, die auch mir Freude machen werden. Bleibt zusammen."

„Verstanden."

„Gib mir dein Handy." Ich nehme es aus meiner Handtasche und reiche es ihm. Unsere Finger berühren sich und irgendwie will ich nicht, dass er geht. Fühle ich mich nur sicher bei ihm oder steckt mehr dahinter?

Das ist albern. Es ist, als wäre ich ein Teenager mit ihrem ersten Schwarm.

„Soll ich dir meine Nummer schicken?"

„Brauchst du nicht, habe sie bereits", antwortet er und gibt mir mein Handy zurück. „Ruf mich an, wenn du etwas brauchst."

„Okay."

Das Auto hält an und ich sehe Alena mit zwei riesigen Männern, die dunkle Sonnenbrillen tragen und in schwarze Anzüge gekleidet sind, ganz klar Bodyguards.

Dmitry steigt aus und nimmt meine Hand, um mir zu helfen. Diese Absätze sind riskant. Ein falscher Schritt und es könnte hässlich werden. Als wir den Bordstein erreichen, bedecken seine Lippen meine in einem tiefen Kuss, der meine Scham prickeln lässt. Dann ist er weg und lässt mich mehr wollen.

Verdammt er.

Ich beschließe, sexy Kleidung zu kaufen, die ihm gefallen und ihn verrückt machen wird. Er hat eine gewisse Nervenkitzel verdient.

„Izzy." Alena quietscht und schlingt ihre Arme um mich, als wäre ich tagelang verschwunden gewesen. Ich schlinge meine Arme um sie.

„Es tut mir leid, dass ich dir letzte Nacht nicht zurückgeschrieben habe. Dmitry hat mich beschäftigt, wenn du verstehst, was ich meine."

Sie hängt ihren Arm in meinen. Wir gehen, flankiert von den beiden Männern. Ich bemerke, dass sie Ohrenstücke tragen wie Regierungsagenten.

„Mann, er ist anstrengend. Also, jetzt siehst du, wie mein Leben wirklich ist. Wir haben zwei Bodyguards und wir können einkaufen, was immer du magst. Wir sind nicht hier, um uns um Preise zu sorgen und wir hören nicht auf, bis du unter der Last der Einkaufstaschen begraben bist. Du brauchst eine Menge Zeug, wie elegante Cocktailkleider, Partykleider und formelle Kleider. Ich könnte ewig weitersprechen, also lass uns loslegen."

Alena ist im Shopping-Fieber. Sie trägt einen schwarzen Hosenanzug mit goldenen Knöpfen am Oberteil. Es muss aus feiner Wolle bestehen, die Textur wirkt dick und weich. Ihr Trenchcoat ist offen, passt aber zu ihrem Outfit. Sie könnte als moderne Vampirjägerin durchgehen, so selbstbewusst tritt sie auf. Ich wünschte, ich hätte so viel Selbstvertrauen.

„Dmitry hat darum gebeten, dass ich etwas für ihn kaufe."

„Das hat er sicherlich", spottet sie. „Also, erzähl mir, wie er so ist. Er ist so mysteriös."

„Ja, das ist er. Weißt du, warum er hier ist?", frage ich, während wir um die Ecke biegen und eine mir unbekannte Straße hinuntergehen.

„Er arbeitet an etwas mit Kirill. Es ist besser, keine Fragen zu stellen."

„Verstehe. Glaubst du, dass ich mit den Morettis verwandt bin?"

„Vielleicht. Wenn ja, ist es besser, dass deine Mutter diesen verrückten Vater von ihr verlassen hat."

„So schlimm?"

„Wirklich schlecht. Das Schlimmste. Ich habe gehört, dass eine seiner Töchter unter mysteriösen Umständen gestorben ist und es nicht einmal eine Beerdigung gab. Niemand sprach darüber oder stellte Fragen. Ich war noch ein Kind und es war das erste Mal, dass ich von jemandem gehört habe, der gestorben ist. Ich kenne keine der Morettis. In der Tat habe ich sie bis jetzt fast vergessen. Sie hatten schon immer schlechtes Blut mit den Russen. Sie tolerieren sich nur wegen lukrativen Geschäften."

Ein Schauer läuft mir über den Rücken bei dem Gedanken an häusliche Gewalt. Wurde die Tochter ermordet? Wurde es vertuscht? Bin ich zu sorglos mit Dmitry?

„Ich bin sicher, dass es Dinge gibt, die es nie in die Zeitungen schaffen. Die Morettis klingen nach schlechten Nachrichten."

"Ja. Aber heute ist unser Tag, wir sind hier, um Spaß zu haben, also gehen wir hier rein." Sie stoppt vor einem Geschäft, das ich noch nie gesehen habe.

Der Wächter lässt uns warten, während er eine Sicherheitsüberprüfung des Gebäudes durchführt. Ich werfe einen Blick auf Alena, die völlig unbeeindruckt scheint. Der Mann kommt eine Minute später zurück, und sie führen uns hinein.

Das Geschäft befindet sich in einem alten, renovierten Brownstone. Natürliches Licht von den Fenstern erhellt das ursprüngliche Mauerwerk, und die eklektischen Kupfer- und Porzellangloben verleihen ihm eine nette Note.

"Ich wusste nie, dass dies hier war", sage ich und schaue mich bei den Kleiderständern um.

„Ja, also diese Stadt funktioniert nicht, wenn wir nicht unseren Anteil bekommen. Etwas davon geben wir zurück, indem wir neue Modedesigner sponsern. Deshalb wollte ich, dass du mit mir in die Bar gehst und Kontakte knüpfst."

"Heilige Scheiße. Ich bin so dumm. Du hättest mir all das vorher sagen sollen."

"Du willst alles alleine machen, du bist so unabhängig, aber Freunde und Ehemänner helfen einander. Das erleichtert die Last, weißt du?" Sie lächelt, während wir den nächsten Ständer stürmen.

Ich blättere durch die Kleider und fahre mit den Fingern über die seidigen Stoffe, alles bekannte Designer und Teile, die noch nicht in den Boutiquen sind. Wir bekommen den ersten Zugriff. Als ich das Preisschild überprüfe, schrecke ich vor den Kosten zurück.

„Mach dir keine Sorgen um das Geld." Alena schlägt spielerisch meine Hand vom Etikett.

"Ich kann nicht anders."

„Hier." Sie händigt mir einen Haufen Kleider an Bügeln aus. „Die sind für abendliche Veranstaltungen und Dinner."

Ich schaue mir die bestickten Cocktailkleider an und frage mich, ob wir im Ritz Carlton speisen werden.

"Oh, du brauchst auch einige Anzüge. Die sind hinten. Die Unterwäsche ist im oberen Stockwerk." Sie zwinkert mir zu, und ich frage mich, ob sie und Kirill schon zusammen sind.

"Also, du und Kirill?" Ich frage, während wir uns zu einer Umkleidekabine groß genug für eine Couch begeben.

"Nur Freunde. Er sieht mich gern."

# KAPITEL 16, IZZY

„Ich glaube, er schwärmt für dich. Glaubst du, dass du mit ihm verheiratet werden wirst?"

„Nein, mein Ehemann wird wahrscheinlich ein Capo sein. Ich weiß nicht. Aufgrund des Stalkers, von dem wir glauben, dass er dir nachstellt, kann ich nicht niesen, ohne dass es jeder hört. Ich habe überall, wo ich hingehe, Bodyguards."

„Es tut mir leid."

Sie wirft mir einen Blick zu, der mir sagt, dass dies nichts Neues ist.

„Mach dir keine Sorgen. Ich mache mir Sorgen um dich."

„Hast du schon gehört, dass ich Dmitry heiraten soll?"

„Das ist wirklich die beste Lösung."

„Ist es das?"

„Natürlich. Sobald du eine Volkov bist, bist du unantastbar."

Das ist ironisch, wenn man bedenkt, dass Dmitry nichts anderes will, als mich zu berühren und zu begehren.

„Warum ist das so? Es ist so archaisch."

„Es ist eine Männerwelt, und sie haben, wenn du weißt, was ich meine, die Muskelkraft."

Hm.

„Sprichst du von Testosteron, Fäusten, Messern und Pistolen?"

„Genau. Du musst aufpassen, ihn nicht eifersüchtig zu machen. Diese Männer sind besitzergreifend. Wenn du auch nur einen anderen Mann etwas zu lange ansiehst, wird es ein Problem geben."

„Das ist lächerlich."

„Nein, diese Männer sind territorial und —"

„Ich bin sein Eigentum."

„Ja."

Alena lässt sich auf das Sofa plumpsen, während ich das erste Kleid anziehe. Es ist aus Krepp und fällt wunderschön über meine kurvigen Hüften, betont meine Taille und meine Brüste. Es ist erstaunlich, wie gut ein gut geschnittenes Kleid sitzt.

„Das bist du. Ich liebe es." Sie klatscht vor Vergnügen in die Hände. „Nächstes!"

Ich schlüpfe aus dem Kleid und durchstöbere ihre Auswahl, um festzustellen, dass sie einen ausgezeichneten Geschmack hat.

Eine freundliche Verkäuferin hilft dabei, verschiedene Größen zu finden, und schließlich haben wir genügend Anzüge, Hemden und Kleider. Wir lassen den Haufen Kleidung bei ihr und gehen zur Unterwäsche.

Diese Abteilung hat alles und noch mehr. Ich möchte Dmitry überraschen und nehme einen durchsichtigen Slip aus Netzstoff. Meine Brustwarzen werden durch das Material zu sehen sein. Ich halte ein Stück mit Lederriemen in der Hand und frage mich, wie man es trägt.

„Oh, das ist toll. Man steigt hinein. Ich zeige es dir."

Zurück in die Anprobe gehen wir. Dmitry wird es gefallen, dass es keinen Schritt hat, und mir gefällt, wie die Riemen meine Brüste in Position halten und sie noch größer wirken lassen.

„Ist das zu viel? Ich meine, sende ich die richtige Botschaft?"

„Es sagt 'Nimm mich'. Ist das nicht der Grund, warum du mit Dmitry den Club verlassen hast? Er wird sich auf eurer Hochzeitsreise sicherlich freuen."

„Im Club wollte ich nur Sex. Es war so lange her, und unsere Körper haben diese unglaubliche Chemie. Es war zu laut dort drinnen für Worte."

„Natürlich, natürlich, er ist heiß, das müssen wir zugeben. Er hat durchdringende Augen und eine grüblerische Art. Es gibt etwas Attraktives am starken, stillen Typen. Ich bin überrascht, dass er noch nicht mit dem Don zu Abend gegessen hat."

„Das machen sie?"

„Sicher, alles wird unter der Hand gehalten. Sein Bruder ist in Russland und London verantwortlich. Sie sind größer als wir."

Jetzt weiß ich, warum ich mit Dmitry und niemand anderem zusammengebracht wurde.

„Wenn ich erst einmal verheiratet bin, wie erfahren alle von meinem Schutz?" frage ich.

„Es werden Ankündigungen in den Zeitungen und in den sozialen Medien gemacht. Das Wort auf der Straße wird von den obersten Männern weitergegeben und sickert nach unten. Glaub mir. Niemand will die Volkovs verärgern." Sie zuckt mit den Schultern und probiert ein Outfit aus schwarzem Leder mit silbernen Nieten und einem dazu passenden Kragen an. Wer hätte gedacht, dass Strass noch im Trend liegt?

„Das ist heiß", bemerke ich.

„Danke. Oh, wir müssen dir auch Schuhe und Mäntel besorgen. Es ist Ende der Saison. Ich kenne einen Laden, der sie reduziert hat."

Ich kaufe hüftfreie Unterwäsche und einen passenden BH. Ich suche mir einen Leder-BH und einen Tanga aus, der so dünn wie eine Schleuder ist. Das sollte ihn glücklich machen. Die ganze Zeit, während ich durch spitzenbesetzte Unterwäsche wühle, frage ich mich – kaufe ich das für mich oder um das unaufhörliche Liebesspiel am Leben zu erhalten?

# KAPITEL 17, IZZY

Alenas Leibwächter begleiten uns zu einer wartenden schwarzen SUV mit verdunkelten getönten Fenstern. Vom Kaufrausch high, klettern wir kichernd wie Schulmädchen hinein, während die Männer unsere Einkaufstaschen in den Kofferraum hieven und unsere Kleider sicher in Kleidersäcken auf die Haken hinter uns hängen.

„Wir könnten ein weiteres Fahrzeug brauchen", necke ich, während wir uns anschnallen.

„Stimmt, oder?" Sie kichert.

„Ich will gar nicht darüber nachdenken, wie viel wir ausgegeben haben."

„Tu es nicht. Wie man so schön sagt, man muss sich herausputzen, um zu beeindrucken", weist sie hin, während das Fahrzeug in den Verkehr einbiegt und sich durch die überfüllten Straßen der Stadt schlängelt. Ich besitze nicht einmal ein Auto, Parkplätze sind rar, und die Kosten für die Überquerung einer Brücke sind Wucher.

Mein Handy macht sich bemerkbar, eine Nachricht ist eingegangen.

Dmitry: Wie läuft dein Tag?

Ich: Gut. Und deiner?

Dmitry: Gut. Wir gehen heute Abend nur wir zwei essen. Um acht Uhr. Sei bereit.

Ich: Alles klar.

„Lass mich raten, das ist der schneidige Russe. Ich habe gehört, dass er mit seiner Persönlichkeit so kaltblütig ist wie ein sibirischer Winter, aber ich stelle mir vor, dass er im Bett heiss wie ein Backofen ist", neckt Alena.

„Hm. Nun, er ist so heiß wie Hades im Schlafzimmer. Und er hat den längsten Schwanz, den ich je gesehen habe. Nicht dass ich mit vielen Männern zusammen gewesen wäre, aber ich habe Sex/Life im Fernsehen gestreamt. Er ist so, also wirklich so groß."

Alenas Kiefer klappen mit einem Anflug von Neid in ihren Augen herunter.

„Ich bekomme heute eine Bildung. Heilige Scheiße. Erzähl mir mehr."

„Er ist sehr... fordernd."

„Ihr seid heiß aufeinander." Sie reibt ihre Handflächen aneinander, aufgeregt für mich.

„Wohl kaum. Wir sind praktisch Fremde. Außerdem ist es eine Zwangsheirat und ich habe kein Interesse daran, nach Russland zu gehen."

„Es ist irgendwie aufregend, oder? Der schneidige Fremde mit dem großen Schwanz, der weiß, wie man ihn einsetzt."

„Ja und nein. Ich mag, dass er sehr aufmerksam mit Menschen umgeht. Aber er macht mir Angst, weil ich glaube, er kennt mich besser als ich mich selbst."

„Ich hoffe einfach, dass derjenige, mit dem ich zwangsverheiratet werde, nett ist", sagt sie.

„Angesichts dessen, was ich über die Morettis gehört habe, stelle ich mir vor, dass die Männer diese gemeinen Scheisse mit nach Hause bringen, oder?"

„Ich weiß nicht, was zuerst kommt. Werden sie gewalttätig oder werden sie gewalttätig? Viele Mafia-Gruppen haben als Straßengangs angefangen. Wenn die Gangs Allianzen mit anderen Familien schließen, werden sie zu einer Mafia. Durch Zusammenhalt und

Organisation machen sie mehr Geld. Dann kam RICO, und sie diversifizierten in Geldwäsche und Anlagen."

„Ja, Immobilien, Briefkastenfirmen und legitime Geschäfte."

Ich schaue aus dem Fenster, und das Schicksal der Obdachlosen auf der Straße bleibt nicht unbemerkt. Ich könnte dort draußen sein. Vielleicht war meine Mutter irgendwann obdachlos. Ich weiß vielleicht nie, was sie als alleinerziehende Mutter durchgemacht hat. Sie war wahrscheinlich allein und hatte Angst, mich alleine zu erziehen.

Wir waren sehr eng und unternahmen einfache Dinge zum Spaß. Ich frage mich, was ihr in New York zugestoßen ist. War ihr Tod ein Unfall oder Absicht? Ich werde es vielleicht nie erfahren. Jahre sind vergangen, und die Technologie und Forensik waren damals primitiv im Vergleich zu heute.

Das Fahrzeug hält abrupt an, und ein Wachmann öffnet die Tür und signalisiert, dass es sicher ist, auszusteigen. Der andere Wachmann öffnet die Tür zu einem nahe gelegenen Geschäft, und wir machen uns auf den Weg hinein. Dieses ist auf Außenbekleidung spezialisiert, daher ist die Auswahl eines Trenchcoats und das Kaufen von Schuhen für jeden Anlass ein Kinderspiel. Meine Schwachstelle ist meine Liebe zu Stiefeln. Ich nehme ein paar Paare für mich mit, fühle mich dann aber schuldig wegen der zusätzlichen Kosten.

„Mach keinen Unsinn. Er will, dass du schöne Dinge hast", sagt Alena, während wir auschecken.

„Übrigens, ich versuche Dmitry dazu zu bringen, einen mündlichen Vertrag abzuschließen. Weißt du, ich denke, wir brauchen Grenzen und müssen unsere Erwartungen besprechen."

„Wenn er das tut, bist du im Vorteil. Arrangierte Ehen dienen den Allianzen oder dem Friedenkauf. Und selbst diese werden per Handschlag besiegelt. Je weniger Dokumente, die alle belasten könnten, desto besser. Du wirst keine Verträge finden. Alles hängt von einer Person's Wort ab."

„Ich habe noch nie daran gedacht."

Wir hinterlassen überall digitale Fußspuren. Verdammt, wahrscheinlich ist ein Trackingchip in meiner Unterwäsche. Wie sollte ich das wissen?

Wir steigen wieder ins Fahrzeug und fahren zu einem späten Mittagessen in einem Ort, den Alena vorschlägt. Sobald wir eintreten, sehe ich, dass es hochklassig ist, also bin ich froh, angemessen gekleidet zu sein. Auf den Tischen liegen weiße gestärkte Tischtücher und es gibt eine gemütliche Bar mit dunklem Holz, die aussieht, als ob sie schon seit hundert Jahren hier ist.

Wir bitten den Kellner um Wasser mit Gurken und als er uns die Speisekarten gibt, bemerke ich, dass keine Preise angegeben sind. Nun, das Essen kann nicht kostenlos sein, also muss dies eine dieser Orte sein, an denen ich mir bis heute nicht leisten konnte, zu essen. Ich bestelle einen Hähnchensalat, weil ich weiß, dass ich später noch mit Dmitry essen werde.

„Wie läuft es mit deinen Eltern?"

„Nicht zu schlecht. Ich könnte auf ihre Streitigkeiten verzichten, und ich hasse es, nicht kommen und gehen zu können, wie ich es gewohnt war."

„Selbst wenn du dachtest, dass du es warst, warst du es wirklich? Ich finde es schwer zu glauben, dass dein Vater nicht immer ein Auge auf dich hat."

„Ich bin sicher, dass er es hat. Es ist eine Lüge, die ich mir selbst erzähle, um zu versuchen zu vergessen, dass ich in die Familie hineingeboren wurde," sagt sie, lehnt sich zu mir hinüber, ihre Stimme gerade über einem Flüstern, falls jemand zuhört.

„Ich will die Staaten nicht verlassen. Dmitry sagt, wir müssen nach London gehen und dort heiraten, um es offiziell zu machen." Ich mache Luftzitate mit meinen Fingern und rolle mit den Augen, wenn ich das Wort offiziell sage. „Ich habe nie davon geträumt, dass meine erste Reise ins Ausland wegen meiner ungewollten Hochzeit sein würde."

„So ist es eben." Sie grinst bei ihrer Star Wars Anspielung. „Ich hoffe, ich kann mitkommen. Wer plant das?"

„Ich habe keine Ahnung, aber Dmitry hat zwei Brüder und ich glaube, der Älteste ist verheiratet."

„Hm, also, ich bin sicher, sie wissen, was sie tun. Mir wurde gesagt, dass sie zahlreiche Unternehmen besitzen, darunter auch Luxushotels. Vielleicht wirst du in einem davon leben, wie Eloise im Plaza. Nein, warte! Ich kann dich nicht im Ausland leben lassen." Sie streckt die Hand über den Tisch und umklammert meine, drückt sie zärtlich.

„Siehst du, deshalb müssen wir jetzt Dinge klären. Sobald der Ring an meinem Finger ist, habe ich keine Verhandlungsmacht mehr," füge ich hinzu.

„Guter Punkt."

Unsere Salate kommen an und wir fangen an zu essen, schweigend kauen wir, da wir beide hungrig sind.

„Diese Einkäufe regen meinen Appetit an", kommentiere ich, während ich das Hühnchen auf meinem Teller aufspieße. Sie hätten mir mehr Fleisch für das, was sie berechnen, geben können.

„Das kannst du laut sagen. Warte, bis du an den langweiligen Veranstaltungen teilnimmst." Sie gibt mir ein Grinsen. „Elend liebt Gesellschaft. Oh!" ruft sie aus. „Die Met Gala steht vor der Tür. Es ist eine riesige Wohltätigkeitsveranstaltung und es gibt einen roten Teppich. Ich frage mich, ob Dmitry dich mitnehmen wird."

Mein Gesicht wird blass. Ich lehne mich über den Tisch. „Okay, die Bösen wollen mich tot. Warum sollte ich auf einem roten Teppich auftauchen?"

"Es ist sehr öffentlich. Es ist genau die Aussage, die du senden musst."

"Die, die besagt, dass ich unantastbar bin?"

"Genau. Siehst du, du kommst klar. Ich war noch nie auf einem roten Teppich. Du solltest es tun. Es wäre so aufregend denselben Teppich zu betreten wie die Berühmtheiten."

"Sie tragen unglaubliche Kleider", überlege ich.

Alena weiß, dass ich alle Preisverleihungen im Fernsehen verfolge, um zu sehen, was sie tragen. Ich skizziere Designs in meinem Notizbuch und kritzele Notizen, die nur ich lesen kann, wegen meiner schrecklichen Handschrift. Ich denke immer an neue Designs und würde verzweifelt gerne Modedesignerin werden. Ich erzähle niemandem davon, weil ich mich wegen meines Diploms ohne Job wie eine Versagerin fühle. Die stagnierende Wirtschaft verschlimmert meine Aussichten mit jedem Tag, der vergeht, ohne eine Antwort auf meine zahlreichen Bewerbungen zu erhalten.

"Darfst du in deine Wohnung zurückkehren?" frage ich.

"Nein, du?"

"Tabu. Dmitry hat allerdings dieses Kleid rausbekommen." Ich blicke hinunter und stelle fest, dass es eines der wenigen Dinge ist, die ich besitze. Ich habe nicht viel, aber was ich habe, gehört mir. "Aber ich brauche immer noch mein Skizzenbuch und meine Antibabypillen."

"Das sollte kein Problem sein. Die Pillen sollten Priorität haben, es sei denn, er will dich schwanger machen. Kirill sagte, er habe noch nie eine ernsthafte feste Freundin gehabt, also ist die Tatsache, dass er dich eingeschlossen hat, bemerkenswert."

Ich überlege mir das. Der Sex ist großartig, aber wir sind keineswegs Seelenverwandte. Ich glaube nicht, dass Dmitry Liebe empfinden kann. Begierde, ja. Liebe, nein.

Alena besteht darauf, das Mittagessen zu bezahlen. Wir steigen wieder in den SUV. Als Anton vor dem Condo anhält, steigt Alena aus, um sich von mir zu verabschieden. Eine tiefe Stimme hinter mir sagt: "Ich kümmere mich jetzt um sie."

Dmitry.

Woher wusste er, dass ich hier bin?

"Hallo, Alena. Wie geht es dir?"

"Gut, danke." Sie antwortet so, als hätte sie erwartet, ihn hier zu sehen.

Ich umarme Alena. Wir versprechen uns, uns bald wiederzusehen. Über ihre Schulter sehe ich zwei verdächtige Männer an der gegenüberliegenden Straßenecke. Seit dem Schießvorfall versuche ich, mich mehr auf meine Umgebung zu konzentrieren.

"Und sei besser darin, eine Nachricht zu beantworten", ruft sie, als sie in den SUV steigt.

"Dmitry, sind das deine Männer dort drüben?"

"Nein", antwortet er, sein Ton ist scharf und genervt, während er seinen Arm schützend um meine Taille legt.

Ich weiß nicht, wo sie herkamen und habe keine verdächtigen Autos auf der Straße gesehen. Anton sammelt meine Beute und wir folgen ihm zum privaten Aufzug.

Als wir im Condo sind, ziehe ich meine Schuhe aus und gehe ins Schlafzimmer, um mich umzuziehen. Dmitry steht vor dem Schrank, in dem ich mich anziehe.

"Wie war dein Tag?"

"Gut. Und deiner?"

"Interessant. Dieser Ort ist Kirills Unterschlupf. Niemand weiß davon, also warum steht jemand gegenüber auf der Straße und beobachtet dieses Gebäude?"

Ich lehne mich gegen den Türrahmen des Schrankes und sehe ihn an. Verdammt, er sieht gut aus in allem, was er trägt, und ich schwöre, er lässt sich seine Anzüge und Hemden von Hand machen.

"Und?" frage ich, nicht folgend, welchen Punkt er versucht zu machen.

"Ich benutze einen Laptop der Sidovo Bratva. Kirill hat ihn für mich besorgt, damit ich ihre Unterlagen einsehen kann für ein Problem, bei dem ich ihm helfe."

"Eine große Sache, oder?" Ich spüre das Maß an Sorge und Dringlichkeit.

"Ja, und ich habe das Problem gestern Nacht gefunden. Jetzt weiß jemand von uns, von dir und wo wir sind."

"Scheiße." Es fühlt sich so an, als würde die Luft meine Lungen ersticken statt sie zu nähren.

„Ja." Sein Gesicht ist konzentriert und berechnend. „Ich werde einen Weg finden, sie abzulenken, aber genau deshalb sollten wir im MET sein. Du brauchst ein Kleid. Dieses ist—"

Ich unterbreche ihn. „Ich weiß, was es ist." Mein Herz springt hoch bei dem Gedanken ein einzigartiges Kleid zu tragen. Aber woher bekommen die Stars ihre Kleider für solch eine Veranstaltung?

„Gut. Wir haben nicht viel Zeit zur Vorbereitung." Er geht zu seinem Nachttisch, auf dem seine Pistole liegt, und nimmt eine dunkelgraue Ringbox.

Nervös warte ich auf seine Rückkehr.

„Das ist dein Ring. Zieh ihn niemals ab. Sollte dir etwas passieren, ist ein Tracking-Chip darin."

Die Vorstellung entführt zu werden, ist mir übel. Er sagte, vor dem Sturm sei es immer still. Ich sah die Männer draußen. Das ist keine Übung.

„Ich habe jetzt meinen eigenen Laptop, den man nicht hacken kann, und dein Chip sendet ein Signal zu meinem Handy und meiner Uhr. Ziehe diesen Ring niemals ab."

Ich bemerke, dass er tatsächlich eine neue Uhr trägt. Wow, er nimmt das wirklich ernst.

Er öffnet eine Box mit den Initialen HW und zieht etwas heraus, was wie ein Dreikarat-Diamant aussieht.

„Teil des Pakets", sagt er und schiebt ihn an meinen Ringfinger.

Tränen steigen in meine Augen. Ich blinke sie zurück. So habe ich mir meine Verlobung nicht vorgestellt. Ich verdiene Liebe, und das hier ist kein Liebesmatch. Ich will einen Mann, den ich liebe, ein Haus mit einem weißen Lattenzaun und wundervolle Babys, die ich von ganzem Herzen lieben kann. Ich will das gesamte Paket.

Seine Hände sind sanft, als er meine Finger an seine Lippen führt und den Ring küsst. „Ich verspreche, dein Leben vor meines zu stellen." Er lässt meine Hand fallen. Und ohne ein weiteres Wort dreht er sich um und geht.

Allein und geschockt hebe ich meine Hand zum späten Nachmittagslicht. Der Ring fühlt sich schwer an. Die Fassung ist aus Platin. Er ist exquisit, mit Saphir-Baguettes zu beiden Seiten des eckig geschliffenen Diamanten. Dmitry trifft wieder ins Schwarze, er weiß, was mir gefällt. Der Ring könnte nicht mehr meinem Geschmack entsprechen, wenn ich ihn selbst gezeichnet hätte.

Die Initialen HW stehen wahrscheinlich für Harry Winston. Ich kann mir nicht vorstellen, was dieser Ring gekostet hat. Eine Träne fällt aus jedem Auge, und ich wische sie mit der Rückseite meiner

Hand weg. Ich nehme an, das bedeutet, dass es keine weiteren Verhandlungen geben wird. Alena hat gesagt, Männer bestimmen das Tempo und führen, genau wie auf der Tanzfläche.

Ich raffe mich zusammen und suche nach Dmitry. Ich folge den Fernsehgeräuschen und finde ihn, wie er mit nachdenklichem Blick und einem Glas Scotch in der Hand die Nachrichten schaut.

Ich stoppe und erstarre, als ich den Sprecher einen bekannten Namen sagen höre.

„James Murphy, das ist der James Murphy, mit dem meine Mutter ausgegangen ist." Ich starre auf das Bild im Flachbildfernseher. „James ist älter geworden, aber er ist es", sage ich und werfe Dmitry einen besorgten Blick zu.

Bei diesen Worten verhärtet sich Dmityrs Gesicht. „Er wird wegen Betrugs im Zusammenhang mit einem Pyramidenschema gesucht, und das FBI möchte ihn befragen und möglicherweise verhaften. Das Problem ist, er ist verschwunden. Was hältst du vor mir geheim?" Er verringert die Distanz zwischen uns und packt meinen Arm. Unter zusammengezogenen Augenbrauen sind seine Augen dunkler als eine mondlose Nacht.

„Nichts", beharre ich. „Ich kenne nur seinen Namen, das habe ich dir gesagt. Er hat mir als Kind lustige irische Lieder vorgesungen. Nach dem Tod meiner Mutter war er nicht mehr da. Er ist nicht mal zur Beerdigung gekommen." Ich ziehe meinen Arm weg und er lässt los, ohne es zu bemerken.

„Verdammt. Die Männer in der Gasse waren auch Iren." Seine dunkle Stimmung hellt sich auf, als er seine Wut wieder auf die Bösewichte anstatt auf mich lenkt.

„Was bedeutet das?"

„Die Iren wollen dich. Das steht fest." Er leert sein Glas mit dem Scotch und stellt es auf den Couchtisch.

Er bemerkt, dass ich zittere und zieht mich in seine starken Arme. Ich lege meinen Kopf an seine Brust.

„Was habe ich getan? Ich sollte nicht in New York City sein. Ich verstehe nicht, warum das passiert."

„Ich werde es herausfinden. Bis dahin fordere ich mehr Männer an. Ich werde auf dem Laptop, den mir Kirill gegeben hat, Tickets nach Vegas buchen. Jetzt, wo wir wissen, dass dieser Computer kompromittiert ist, kann ich ihn benutzen, um unsere Gegner glauben zu lassen, dass wir nach Vegas gehen.

„Ich habe noch nicht herausgefunden, wie die Sidovo Bratva und der Murphy Clan verbunden sind. Es ist möglich, dass sie beide von deiner Existenz wissen. Ich bin hier, um das fehlende Geld für Kirill zu finden. Das Geld wird unterschlagen und es ist schlimmer als Kirill dachte. Tito, der Mann, der seine Geldwäsche und IT macht, deckt den Verlust mit falschen Gebühren. Er hat den Laptop für mich zusammengestellt und ihn so leistungsfähig gemacht, dass ich in andere Systeme hacken kann. So habe ich gemerkt, dass meine Schritte verfolgt werden. Es wird nicht lange dauern, bis Tito weiß, dass ich ihm auf der Spur bin. Ich muss herausfinden, wer seine Komplizen sind."

Ich lasse mich erschöpft auf die Couch fallen. Dmitry war sehr beschäftigt und hat in nur einem Tag so viel herausgefunden.

„Die MET Gala ist morgen Abend. Ich bekomme morgen früh ein Kleid geliefert. Heute Abend gehen wir in ein bekanntes Restaurant zum Abendessen, damit du so tun kannst, als wärst du die glückliche Braut in spe. Wir müssen unsere Verlobung feiern und das Wort wird sich herumsprechen. Morgen, auf dem roten Teppich, werden Bilder international verbreitet. Dann fliegen wir nach London. Dort wird es sicherer für uns sein."

Er küsst die Oberseite meines Kopfes.

„Lebt James noch?"

„Wenn er es tut, wird er es nicht mehr lange sein. Wenn er für die Murphys gearbeitet hat, ist er ein Verwandter und er hat seine Familie bestohlen. Die Strafe dafür ist der Tod."

„Nein!", rufe ich in gedämpftem Protest.

Wie konnte der nette Mann, den ich als Kind kannte, so ein Schicksal ereilen? Wusste Mama, dass er verbandelt war? Sie musste es gewusst haben. Sie hat so lange gewartet, um irgendeinen Mann um uns herum zu haben. Ich bin sicher, sie hat ihn überprüft. Ich weine um meine Mutter, um James und um mich. Es gibt überwältigende Beweise dafür, dass ich bei niemandem außer meinem Verlobten und Alena sicher bin.

„Ist es sicher, bei Kirill zu sein?"

„Das glaube ich, aber ich gehe mit dir kein Risiko ein." Seine Arme ziehen mich enger an seine massige Brust. „Weine nicht. Dein wunderschönes Gesicht wird geschwollen sein. Es wird uns gut gehen. Nimm ein Bad. Ich muss noch einige Anrufe tätigen. Du musst dich vor dem Abendessen ausruhen."

Ich bin nicht gut darin, Befehle entgegenzunehmen, aber ich bin zu erschöpft und ängstlich, um zu klagen, also mache ich, was er sagt. Das warme Bad lindert die Spannung in meinem Körper. Meine Gedanken sind eine andere Sache. Ich mache mir Sorgen um James, oder besser gesagt, Jimmy. Natürlich könnte er von den Seinen gestohlen haben, aber vielleicht gibt es einen Grund dafür. Ich würde ihn gerne finden und ihn fragen, ob er weiß, wer ich wirklich bin.

Das Badewasser wird kalt, also steige ich aus und trockne mich ab. Mit dem großen Handtuch um mich gewickelt, gehe ich in den Schrank, wo ich meine Handtasche abgelegt habe. Ich finde mein Handy und schreibe Alena eine Nachricht, sie soll Dinge über mich für sich behalten. Ich zweifle daran, dass Kirill ein Problem ist, aber ich gehe kein Risiko ein. Ich ziehe eines von Dmitrys Hemden an und schlüpfe zwischen die kühlen Laken. Ich schließe meine Augen, aber der Schlaf entzieht sich mir. Meine Gedanken kreisen, ich mache mir Sorgen um das, was aus James wird und ob er die Iren auf mich angesetzt hat.

Ich dusche und ziehe mich um, während Izzy schläft, ihr schwarzes Haar bildet einen dunklen Heiligenschein um ihr friedliches Gesicht. Ich bin ein Arschloch, weil ich sie in meine Welt gezwungen habe, aber es gibt keinen anderen Weg, sie sicher zu halten. Ich kann nicht jeden Soldaten besiegen. Zwei Mafiafamilien suchen nach ihr, und ich habe keinen Heimvorteil. Wäre ich nicht da gewesen, wäre sie verschwunden, und ich möchte nicht abschätzen, ob sie noch am Leben wäre, wenn das der Fall wäre.

Ich nehme an, die Iren wollen sie wegen ihrer Verbindung zu James Murphy. Ich kann nicht herausfinden, wie Tito in das verschwundene Geld verwickelt ist. Beobachtet er mich, um die Geldspur zu verfolgen, die zu ihm führt, oder sammelt er Informationen über meinen oder Kirills Aufenthaltsort und vielleicht geht es ja um Izzy?

Liebe ist brutal. Sie kann nett sein, aber nicht in unserer Welt. Wir leben nach unseren Kodizes, Kodize, die es schwierig machen, sich in der Welt außerhalb von uns zurechtzufinden. Unsere Gesellschaft verehrt Geld, genau wie Milliardäre, die von ihrem Vermögen leben. Um erfolgreich zu sein, beugen wir einige Regeln und setzen andere durch. Die Allgemeinheit hat keine Ahnung, wie dies geschieht und was wir nachts tun. Wir haben alle Blut an unseren Händen und zu viele Geheimnisse zu erzählen.

Izzy ist das Licht in meiner Welt, ein Leuchtfeuer der Hoffnung auf eine hellere Zukunft statt auf einen sicheren Tod. Mein Schwanz verhärtet sich beim Anblick von ihr. Ihre Stimme, voller Süße und Unschuld, nimmt mir die Luft. Sie ist berauschend. Sie ist unabhängig. Ich fürchte, sie wird immer versuchen, mich zu verlassen. Ich zweifle nicht daran, dass ich die Dunkelheit bin, vor der ihre Mutter sie schützen wollte. Egal wie sehr ihr Leben in Gefahr ist, ich bin ein egoistischer Mann, der sich ein Unschuldiges nimmt. Aber ich bekomme, was ich will. Ich wäre nicht da, wo ich heute bin, wenn das nicht der Fall wäre. Wir lernen früh im Leben, uns zu nehmen, was wir wollen.

Ich sehe sie an, und sie rührt sich, bevor ihre schläfrigen Augen aufblinken und meinen Blick treffen.

„Abendessen?"

"Ja. Ich warte im Wohnzimmer auf dich." Mein Schwanz zuckt. Ich brauche Abstand von ihr, oder ich werde sie wieder ficken.

Ich wühle in der Getränkebar, ziehe einen Top-Shelf-Whisky heraus und gieße ihn in ein bereitstehendes Tumbler-Glas. Mit dem Drink in der Hand gehe ich zum großen Panoramafenster und starre auf die Skyline hinaus.

Mein Bruder simst und erfährt, dass die Iren ein Ärgernis sind.

Typisch, antwortet er.

Wir hatten vor einem Jahr in London Ärger mit den Iren. Es wurde ruhig, aber jetzt machen sie Probleme in den Staaten. Fick mich.

Der Termin für die Hochzeit steht fest und Anya möchte Izzys Vorlieben für Blumen und Farben kennen.

Ich antworte per SMS: Ich schicke es, sobald ich es habe.

Mein Bruder macht einen Witz über mein neues Interesse und rät mir, den Familienjet zu nutzen, um sicher nach Hause zu kommen. Ich danke ihm und melde mich ab.

Ich nippe an meinem Getränk und lasse mich in einen Stuhl fallen, der sich zum Fenster hin drehen lässt. Wie wird mein Leben in London mit Izzy aussehen? Es gibt viele Frauen in unserem Kreis, mit denen ich geschlafen habe. Es könnte für Izzy peinlich sein, alte Eroberungen zu treffen.

Ich rühre die Flüssigkeit in meinem Glas und drifte ab. Jetzt verstehe ich, wie Männer, die sich verlieben, schwach werden. Wir tun alles für die Frau, die wir lieben. In gewisser Weise ist es eine Schwäche, aber meine eigenen zu beschützen, war nie eine Frage, und ich muss für Izzy aufstehen.

Ich spüre ihre Anwesenheit und drehe mich um, um sie vor mir stehen zu sehen, wunderschön in einem eleganten Kleid. Die Hälfte ihrer Haare ist zu einem Knoten gebunden. Die andere Hälfte fällt über ihre Schultern. Ihre Lippen sind rot und der Rest ihres Make-ups sieht sehr natürlich aus.

„Na?" Sie dreht sich mit einer Handtasche in der Hand, um ihr Kleid zu präsentieren, aber das ist das Letzte, was mir im Kopf herumgeht.

„Du trägst es gut, Isabella."

Ihre Augen weichen meinen aus, was bedeutet, dass sie es nicht gewohnt ist, Komplimente zu hören. Ich habe noch mehr auf Lager, also sollte sie sich besser daran gewöhnen.

„Zeit fürs Abendessen", antworte ich und stelle mein Glas hin. Sie dreht sich zur Tür und ich lege meinen Arm durch ihren. Wir fahren stillschweigend im Aufzug und finden Anton, der draußen in einem Range Rover wartet.

* * *

DIE FAHRT IST RUHIG, während Izzy die Lichter der Stadt betrachtet. Anton hält vor Maesto's an, um uns abzusetzen. Besitzergreifend lege ich meinen Arm um ihre Taille und führe sie ins Restaurant. Wir werden sofort platziert. Ich bestelle eine Flasche Rotwein, von der ich weiß, dass sie ihr gefallen wird.

Als ich den Ring an ihren schlanken Finger sehe, finde ich Trost in der Tatsache, dass sie mir gehört. Mir gehört, um sie zu lieben und sie zu behalten.

„Ich wollte dich schon lange etwas fragen."

„Alles."

Sie lehnt sich zu mir hin und senkt ihre Stimme. „Könntest du mein schwarzes Skizzenbuch in Alena's Wohnung holen und meine Antibabypillen mitbringen?"

Interessant... meine Frau möchte weiterarbeiten und keine Familie haben.

„Ich sehe, was ich tun kann", antworte ich, wissend, dass einer dieser beiden Gegenstände es nie zur Wohnung schaffen wird.

„Großartig." Sie glättet ihr Kleid auf den Seiten und legt eine Hand auf den Fuß ihres Wasserglases. Sie ist erleichtert, und ich frage mich, wie lange sie darüber nachgedacht hat.

Unser Kellner kommt mit einer Flasche, entkorkt sie und gießt eine Kostprobe ein. Ich halte es unter meine Nase. Die kräftigen Noten umhüllen mich. Ich hebe meine Augen über das Glas und bin überrascht, Izzy dabei zu entdecken, wie sie mich beobachtet. Ich unterdrücke ein Lächeln, aber ich bewundere ihre Schönheit. Ich glaube, meine Liebste mag mich.

Ich probiere den Wein, nicke dem Kellner zu, und er beendet das Einschenken, dann stellt er die Flasche auf den Tisch. Ich bestelle eine Vorspeise von Austern Rockefeller und frage mich, ob Izzy sie schon einmal probiert hat.

„Meine Mutter und Schwägerin planen unsere Hochzeit. Du wirst sie beide mögen. Wir werden in zwei Wochen heiraten."

„So früh schon?" Sie betrachtete ihren Wein, bis ihre Augen wieder zu mir zurückkehrten. Ihre zarte Hand umfasst den Stil des Weinglases.

„Hast du eine alternative Idee, die dich sicher hält?" Sie ist nicht außer Gefahr, und sie muss verdammtnochmal verstehen, dass sie mir gehört und dass ich die Entscheidungen treffe.

Sie nimmt ihr Glas und starrt in das Meer der liquifizierten Trauben, schüttelt den Kopf. „Nein. Das habe ich wohl nicht."

„Lasst uns auf eine angenehme Zukunft zusammen anstoßen."

Unsere Gläser berühren sich, und ich sehe mich danach, sie während unserer nächsten intimen Zweisamkeit fest im Arm zu halten. Ich kriege nicht genug von ihr. Gott helfe dem Mann, der versucht, sie mir wegzunehmen.

„Prost", murmelt sie, und wir beide trinken.

Sie stellt ihr Glas ab und sieht sich die Reflexionen des Kerzenlichts an, das auf ihrem neuen Ring tanzt.

„Gefällt dir der Ring?"

„Oh, er ist mehr als ausreichend."

Ausreichend? Was ist das? Männer wie ich geben sich nicht mit ausreichend zufrieden. Wir brauchen Eroberungen und Siege. Meine Augen verengen sich, während ich versuche, ihre Stimmung zu entschlüsseln.

„Ich kann dir alles geben, was dein Herz begehrt." Ich biete an, ihr zu geben, was sie möchte. Ich möchte sie mit Edelsteinen und Diamanten überhäufen. Sie soll alles haben, was sie in ihrem vergoldeten Käfig glücklich macht.

„Oh, nein. Der Ring ist wunderschön", antwortet sie und ihre Stimme wird dramatischer, sie bestätigt mir, dass sie ihn liebt. Nervös fummelt sie an dem Ring herum, während sie spricht.

„Wollen sie mich wirklich?"

„Wir haben das schon durchgekaut. Du hast sie an der Straßenecke gesehen. Brauchst du weitere Beweise?"

„Nein, ich verstehe schon. Es ist einfach so... unwirklich."

Ich verstehe, dass sie ihr ganzes Leben in dem Glauben verbracht hat, dass sie weniger ist als alle anderen. Wenig wusste sie, dass sie die Prinzessin jemandes war und sich direkt vor aller Augen verbarg. Weiß sie mehr, als sie mir sagt? Das ist eine Frage, die ich mir jeden Tag stelle. Es liegt nicht in meiner Natur, zu vertrauen. Aber wenn ich anfangen sollte zu vertrauen, dann logischerweise mit meiner Frau.

„Ich habe bemerkt, dass du ein dezentes Parfüm trägst." Ich wechsle das Thema.

Demütig senkt sie ihren Kopf. „Ich liebe Flieder, weil sie blau sind und meine Sinne nicht überwältigen."

„Was noch?" Ich frage weiter.

„Rosen, auf jeden Fall." Sie kichert. Ihr nervöses Lachen verrät mir, dass sie nicht viele Blumensträuße erhalten hat. Das werde ich ändern müssen.

Die Austern kommen an, und Izzy legt ihr Serviette anmutig auf ihren Schoß.

„Hast du schon mal solche gegessen?"

„Nein, ich habe sie nur gesehen."

Stimmt, das Geld bleibt ihr Hindernis, und es macht mich unendlich glücklich, dass ich sie mit allem beschenken kann, was ihr Herz begehrt.

Ich nehme eine Schale und lasse die Auster in meinen Mund gleiten. Sie schaut zu, nimmt dann eine und lässt sie sich vorsichtig in den Mund gleiten.

„Und?"

Sie schluckt. „Sehr gut."

„Nun, es gibt noch mehr", ermutige ich sie, und sie hebt eine weitere zu ihren vollen Lippen und öffnet ihren Mund. Genau der Mund, den ich wieder ficken möchte.

Der Kellner kommt vorbei, und Izzy studiert die Speisekarte, bevor sie ein Porterhouse und Beilagen bestellt. Ich grinse. Mein kleines Vögelchen mag eine gute Mahlzeit.

Das Gespräch ist angenehm, während sie mich über England und meine Familie ausfragt. Unser Essen kommt an und sie wartet, bis ich mein Besteck hebe, bevor sie in ihr Steak schneidet. Wir unterhalten uns locker und sie scheint sich bei mir wohl zu fühlen.

Das Abendessen ist vorbei und sie kann die Menge an Essen auf ihrem Teller nicht beenden. Ich wette, der Koch hat unsere Teller vollgeladen, weil er wusste, dass ich da bin. Unsere Familie besitzt mehrere Unternehmen, und alles, was Geld einbringt, um es zu waschen, ist eine Gewinnstrategie. Restaurants machen ständig pleite, aber wir pumpen Geld in unsere. Und dieses gehört uns, genau wie viele andere.

Ich bestelle Champagner und bringe einen Toast aus, als er ankommt.

„Ich werde noch betrunken von all dem Alkohol", warnt sie. Ich glaube, mein kleiner Blaumeise hat eine gute Zeit.

„Bezweifle ich. Du wirkst nicht wie jemand, der jemals in der Öffentlichkeit die Kontrolle verliert." Ich kann mir ein Grinsen nicht verkneifen, wenn ich daran denke, wie sehr sie sich für mich im Schlafzimmer gehen lässt. Allein der Gedanke, sie würde nach mir schreien, um sie zu ficken, macht meinen Schwanz hart.

Männer, die in Begleitung ihrer Frauen sind, werden zu Tischen eskortiert, aber sie können nicht an unserem vorbei gehen, ohne einen Blick auf Izzy zu werfen. Es ärgert mich, dass sie so schamlos sind und sie mit ihren unverschämten Augen begaffen - Männer wie ich, die gewohnt sind, zu bekommen, was sie wollen. Ich unterdrücke ein territoriales Knurren. Ich richte meine Aufmerksamkeit wieder auf Izzy. Ich glaube wirklich, meine Prinzessin amüsiert sich. Sie wickelt eine Haarsträhne um ihren Finger, und Gott, ich will sie gleich auf dem Tisch ficken. Sie hat keine Ahnung, wie verführerisch sie ist, ohne es überhaupt zu versuchen.

Ein New York-style Cheesecake mit frischen Beeren wird serviert, ohne dass wir danach gefragt haben. Sie kann ihn nicht aufessen und weigert sich entschieden, ihn mit nach Hause zu nehmen. Ich bekomme keine Rechnung, aber ich lasse hunderte von Dollar auf dem Tisch liegen, um unseren Kellner zu bedienen.

Ich bin leicht angetrunken, als Anton uns zurück zur Wohnung fährt. Die Wachen warten bereits auf uns, um uns zu informieren, dass das Gebäude gesichert ist. In unserem privaten Aufzug steht Izzy mit dem Rücken zur Wand, und ich stelle mich dicht genug zu ihr, um ihren Hals zu kuscheln, den sanften Duft von Flieder und Vanille einatmend.

Mein Schwanz ist hart. Ich will sie. Ich greife ihre Handgelenke, und ihre Clutch fällt zu Boden. Sie stößt einen überraschten Laut aus, und meine Lippen bedecken ihre. Ich halte ihre Arme über ihrem Kopf, mein Becken presst sie gegen die Wand. Ich schiebe meine Zunge in ihren Mund und schmecke die Himbeere vom Cheesecake.

Ich werde sie verschlingen. Meine freie Hand gleitet über ihren Körper, über ihre Hüften, Hüften, die sich weiten werden, wenn sie meinen Sohn zur Welt bringt. Ich umfasse ihren Arsch, halte sie unbeweglich. Sie hat keinen Ausweg, als mein Schwanz sich in ihren Unterleib drückt.

Ich bin betrunken vor Begehren. Sie fühlt die zwischen uns herrschende Hitze, krallt sich in meinen Nacken und reibt ihr Becken an meinem.

Ein rauer Stöhnen entweicht meiner Kehle. Verdammt. Wenn der Aufzug nicht geklingelt hätte, hätte ich sie entkleidet und in mein Bett getragen. Mein Atem ist zerfahren, als ich ihre Handtasche aufhebe und wir uns küssend und fummelnd wie junge Liebespaare den Gang entlang den Weg zu meiner Wohnung bahnen. Ich stecke meine Karte in das Schloss, ziehe sie hinein und lasse die Tür hinter uns schließen und verriegeln.

Die Halogen-Spots in der Küche weisen uns den Weg ins Schlafzimmer. Sie öffnet meinen Gürtel und meinen Reißverschluss. Ich trete aus meinen Schuhen und ziehe meine Boxershorts aus, während ich meinen Blazer hinter mir lasse und ihren Hals küsse. Meine Hosen fallen zur Seite, während ich ihr nachjage. Sie dreht sich um. Ich öffne den Reißverschluss ihres Kleides und küsse ihren samtweichen Hals. Der Stoff gleitet von ihren zarten Schultern und fällt zu Boden. Ich bin schockiert, als ich meine zukünftige Frau erblicke, spärlich bekleidet in einem ouvert Slip und einem dazu passenden Spitzen-BH.

Mein Schwanz zuckt und schwillt noch mehr an, während ich mit meinen Händen über ihre Brust streife, im Wissen, dass der dünne Stoff das einzige ist, was mich von ihren vollen, prallen Brüsten trennt. Ich umfasse eine Brust, drücke fest zu, um ihr mein Verlangen zu zeigen. Ich schiebe einen Träger von ihrer Schulter und schiebe den Stoff beiseite, um ihre Brust freizulegen. Ich verschließe meine Lippen um ihr hartes Nippel, zupfe daran mit meiner Zunge. Ihr Rücken wölbt sich leicht, und ich lasse meine andere Hand über ihren gespitzen Po gleiten, greife ihren festen Arsch und drücke fest zu. Ich lasse ein Stöhnen aus, das eher wie ein Knurren klingt.

Ich schiebe meine Finger in das warme Nest zwischen ihren Beinen. Sie ist feucht für mich, was meinen Schwanz pulsieren lässt. Wir haben uns zum Bett vorgearbeitet. Ich setze einen Fuß auf die Matratze, greife meinen Schwanz und reibe die Spitze um ihre samtige Öffnung. Ich drücke die Spitze durch ihre Falten hindurch, wohlwissend, dass mein Vorsaft sie schwängern könnte. Der Gedanke, sie zu schwängern, macht mich härter als ich es für möglich hielt. Was könnte es Besseres geben, um sie an mich zu binden, wenn die Bedrohung vorbei ist?

Ich knabbere an ihrer Brustwarze und sie japst auf. Meine Lippen wandern zu ihrem Hals.

Sie zieht sich zurück. „Wie wäre es mit einem Kondom?" schlägt sie vor.

Ich lasse ein tiefes Lachen los. "Willst du, dass ich aufhöre, Izzy? Ich weiß, dass du mich genauso willst wie ich dich willst. Du kannst es nicht leugnen." Ich lasse meinen Schwanz los und streichle ihre Pussy, wage einen Finger über ihre Klitoris und spüre, wie sie vor Vorfreude hart wird.

Ich umfasse ihre Nässe und streiche mit meinen Fingern an ihren Lippen entlang, glitschig von ihrem klaren, süßen Saft.

Sie stöhnt und wölbt ihren Rücken, um mir ihre Pussy anzubieten. Mein Finger rutscht in sie hinein, und ich fingere sie, so dass sie stöhnt und sich windet, bevor sie auf dem Bett zusammenbricht.

Ich lege mich über sie und ziehe ihre Arme über ihren Kopf. Ihre Knie sind zusammen, während sie unter mir windet, ihr Körper zuckt vor Verlangen.

„Ahh", keucht sie, ihr Kopf rollt langsam von einer Seite zur anderen.

„Sag mir, was du willst. Ich werde dich niemals gegen deinen Willen nehmen. Sag es aber, denn ich muss in dich eindringen."

„Mm." Sie spreizt ihre Beine, ihre Hüften heben sich von der Matratze ab.

„Benutze Worte, Izzy."

Ich setze meine angeschwollene Spitze in ihre Pussy. Ihre Nässe umhüllt mich. Verdammt, ich bin kurz davor, sie zu nehmen, ungeachtet dessen, was ich versprochen habe.

"Izzy." Ich kann kaum noch sprechen, halte es nicht mehr viel länger aus.

„Fick mich", fleht sie endlich.

Ich stoße meinen Schwanz so hart in sie hinein, dass ihr Kopf fast an das Kopfteil knallt. „Oh", keucht sie, als ich sie mit meinem Umfang ausfülle. Ihre Wände sind warm und einladend. Ich stöhne, während ich mich in ihr verliere.

Ich necke sie, halte sie anfangs an ihren Armen fest, während sie unter mir windet, ihr Drängen wird durch das Greifen meiner Schwänze durch ihre Wände offensichtlich. Ich senke meinen Mund zu ihren Brüsten und zupfe an ihrer Brustwarze, sodass sie vor Vergnügen stöhnt. Sie ist reif für mich, doch ich hinauszögere ihre Befriedigung. Ich lasse ihre Hände los und sie krallt sie sofort in meinen Rücken, ihre Nägel kratzen mich, als wäre ich ein Kratzbaum. Verdammt, das ist heiß.

Ich greife mir eine Handvoll Haare und schiebe die andere Hand unter ihren straffen Arsch, um sie für meinen nächsten Stoß zu positionieren.

Sie stöhnt leise. Ihre Augen sind geschlossen und ihr Hals ist frei. Ich sauge daran und hinterlasse eine Bissmarke. Sie hebt ihre Hüften, um einen besseren Winkel zu ergattern, während wir uns gegenseitig vor Begehren und Lust erfüllen. Ich spüre, wie ihre Klitoris schneller reagiert und ziehe mich raus, gleite zu ihrer rasierten Pussy hinunter. Sie spreizt ihre Beine weit, und ich darf sie als Nachtisch genießen. Ich beiße in ihre geschwollene Klitoris und ihr Körper steht kurz davor, zu verkrampfen. Ich lecke von ihrem inneren Oberschenkel hoch und lasse nichts aus außer ihrer Klitoris, um sie zu necken.

Sie greift sich eine Handvoll meiner Haare und zieht mich hoch.

„Fick mich. Ich kann es nicht mehr ertragen", stöhnt sie.

Ich nehme meine frühere Position wieder ein und stoße hart in sie hinein. Ihre Lustschreie hallen von den Wänden des Zimmers wider. Ihre Augen schließen sich und ihr Körper durchzuckt es vor euphorischer Ekstase. Ich stoße immer und immer wieder zu, bis sie sich versteift und eine Welle von weiteren Orgasmen auf meinem Schwanz aufbrandet. Ich kann mich nicht mehr zurück-halten und vergrabe meinen Kopf in ihrem Nacken, stöhnend wie ein primitives Tier komme ich und vergeude mein Sperma in ihr. Mein Herz rast und mein Kopf fühlt sich an, als würde er explodieren.

Ich bin ausgepowert. Ich kann mich nicht bewegen. Ich bekomme keine Luft. Meine Beine fühlen sich an wie überkochte Spaghetti. Ich liege auf ihr, immer noch in ihrer Liebeshöhle versunken. Mit Widerwillen ziehe ich mich zurück und rolle auf ihre Seite.

Sie greift hinunter und drückt sanft meinen rutschigen Schwanz, der immer noch hart ist und mit ihrem Saft bedeckt ist.

Ich habe noch nie die Kontrolle über eine Frau verloren und ich werde verdammt sein, wenn ich damit jetzt anfangen würde. Das hält mich aber nicht davon ab, sie in meine Arme zu ziehen. Ich genieße das Gefühl ihrer festen Brüste gegen meine Brust gedrückt und mein Schwanz wird wieder hart. Wenn das so weitergeht, werde ich Schwierigkeiten haben, meine Arbeit zu erledigen.

I verlasse kurz ihre Seite, um die Tür zu überprüfen und das Küchenlicht auszuschalten. Ich kehre zurück und ziehe sie zu mir. Sie wehrt sich nicht, also ist sie entweder zu müde oder sie fühlt sich langsam wohl bei mir. Ich hoffe, es ist das Letztere von beiden.

Ich atme tief aus und drifte in den Schlaf. Meine Waffe liegt auf dem Nachttisch und ich hoffe, dass ich sie nicht noch einmal benutzen muss.

# KAPITEL 19, IZZY

*D*mitry erinnert mich daran, dass das MET Gala heute Abend stattfindet und sagt mir, dass ich mich für eine Kleideranprobe ausziehen soll. Ich befolge seine Anweisungen und warte im Schlafzimmer, bekleidet nur mit BH und Höschen. Ich höre Stimmen, und eine Stylistin bringt ein schönes rotes ärmelloses Kleid mit einem perlbesetzten Oberteil hinein. Dmitry beobachtet vom Türrahmen aus, wie sie mir hilft, in das Kleid zu steigen und den Reißverschluss hinten zu schließen. Ich schwöre, er genießt das.

Das Kleid passt perfekt um meine Brust und hat eine lange Schleppe aus samtigem Material, die sich hinter mir ausdehnt. Ein eingebautes Korsett hebt meinen Busen an, macht ihn größer und meine Taille kleiner. Ich sehe vielleicht aus wie Jessica Rabbit, aber ich fühle mich wie Cinderella auf dem Weg zum Ball.

Ich hebe meinen Blick, auf der Suche nach Dmitrys Zustimmung. Seine Arme sind verschränkt über seiner Brust, während er sich gegen den Türrahmen lehnt, seine Augen verschlingen mich geradezu. Meine Brustwarzen straffen sich unter seinem intensiven Blick.

„Du bist so schön, Izzy."

Er hat das jetzt schon zweimal gesagt. Bin ich wirklich schön? Die Tatsache, dass er es sagt, lässt mich innerlich lächeln.

„Das Kleid", sage ich, und er unterbricht mich.

„Das Kleid ist exquisit, weil du es trägst."

Dmitrys Telefon klingelt, und er verlässt den Raum. Ich kann nicht umhin, mich zu fragen, wie er so viele Leute zur Verfügung hat, um aus dem Nichts das zu produzieren, was er will. Vielleicht ist es besser, dass ich es nicht weiß.

Die Frau, die mir hilft, mich anzukleiden, ist älter. Ich frage sie nach ihrem Namen, und sie sagt mir, dass sie Vera heißt. Sie ist so direkt wie effizient. Ich bin neidisch, als sie die Namen der Designer aufzählt, mit denen sie in der Vergangenheit gearbeitet hat. Ich sage ihr, dass ich ihre Hilfe sehr schätze, besonders in letzter Minute.

Vera singt und redet mit sich selbst, während sie arbeitet. Ich stehe geduldig, warte auf ihr Urteil über meinen neuen Look.

Mir wird plötzlich bewusst, dass ich heute Abend mit Fernseh- und Filmstars auf Tuchfühlung gehen werde. Wie bin ich ins Rampenlicht geraten? Dmitry ist meine Verbindung, aber wen kennt er gut genug, um zu so einer mit Stars besetzten Veranstaltung eingeladen zu werden, die ein Jahr im Voraus geplant wurde?

Darüber hinaus frage ich mich, wie viel der Mann wert ist. Ich bin noch nie über den Namen Volkov gestolpert, und ich habe zuviel Angst, um ihn auf meinem Handy zu suchen.

Vera sagt mir, ich solle gerade stehen und dass die Menschen eine bessere Haltung haben müssen. Sie hat recht. Ich stehe größer da, und sie zieht Schuhe aus einer Tasche voller Nähutensilien. Ich schlüpfe hinein. Sie sind seltsam komfortabel für Vier-Zoll-Absätze. Sie überprüft die Länge und nickt zufrieden. Man könnte meinen, es sei maßgeschneidert, so gut passt es wie angegossen.

Vera wirbelt herum und bittet mich, meine Arme zu heben und mich zu biegen, während sie überprüft, ob alles eng anliegt. Zufrieden mit ihren Resultaten, informiert sie Dmitry, dass es perfekt ist. Er händigt ihr eine Rolle Banknoten aus, und sie eilt zur Tür hinaus.

„Das ist verrückt", erkläre ich.

Dmitrys hungrige Augen wandern über mich. Sein Gesicht verdunkelt sich, als er sich durch den Raum bewegt, um mich zu entkleiden. Ich bin aufgeregt, weil er so nah bei mir ist. Seine Hand schiebt meine Haare beiseite, um den Reißverschluss zu finden, und mein Körper prickelt.

„Ich dachte, du möchtest heute Morgen mal raus, also nehme ich dich mit zu den Channel Gardens."

„Echt? Ich bekomme einen Hallenpass?" Ich lache.

„Was ist ein Hallenpass?"

„Ach so. Gut, wenn du im Unterricht bist, brauchst du eine Erlaubnis, um auf die Toilette oder zu deinem Schließfach zu gehen. Das nennt man eine Flurpass." Er schaut mich verwirrt an. „Vergiss es. Es wäre großartig, aus dieser Eigentumswohnung herauszukommen. Ich fühle mich sicher, aber es fühlt sich immer mehr wie Einzelhaft an."

Er schaut verletzt aus, oder bilde ich mir das ein?

„Ich meine, du bist großartig, wirklich", plappere ich, während ich aus dem Kittel steige.

Er reicht mir das Kleid zum Aufhängen und verschwindet. Ich hänge das Kleid in den Schrank und lasse es auf einem Kleiderbügel schwingen, bevor ich ein T-Shirt anziehe und in meine Jeans schlüpfe. Sollte ich flache Schuhe oder Sneakers tragen, um im Garten spazieren zu gehen? Ich entscheide mich für meine neuen Sneakers, für den Fall, dass wir auf dem Gras laufen.

Ich suche nach Dmitry und finde ihn in der Küche am Telefon. Mein schwarzes Notizbuch auf der Theke fällt mir ins Auge. Seltsam. Es war heute morgen nicht da. Ich erkläre ihn zu einem Magier mit einer Vorliebe für sexuelle Tricks. Solange er nur mit mir Sex hat, bin ich einverstanden, dies mehrmals am Tag zu tun. Ich spüre eine Glätte zwischen meinen Beinen, wann immer ich in seiner Nähe bin oder an ihn denke. Alles an Dmitry erfüllt mich mit Verlangen.

Dann wird mir klar. Meine Verhütungsmittel sind nicht hier. Ich möchte ihn danach fragen, aber er ist immer noch am Telefon, spricht Russisch. Er klingt genervt, also ist vielleicht jetzt nicht der richtige Zeitpunkt, um zu fragen.

Scheiße. Ich gehe ins Schlafzimmer und rufe Alena an.

„Izzy, wie geht es dir?"

„Na ja, ich denke. Ähm, gibt es einen Grund, warum Dmitry ein Kind haben möchte?"

Sie lacht. „Wovon redest du?"

„Er hat mir meine Antibabypillen nicht gebracht, wie ich es wollte. Mich interessiert, warum er das Risiko eingehen würde, mich schwanger zu machen."

„Scheiße. Das ist berichtenswert. Normalerweise wollen Bratva-Männer nur Kinder, um die Blutlinie fortzusetzen."

„Also, ich bin eine läufige Hündin?" Ich beklage meinen schlimmsten Albtraum.

„Also, das ist eine Möglichkeit, es zu bezeichnen. Ich bezweifle allerdings stark, dass er dich als Hündin ansieht, Izzy. Ich denke, er steht auf dich, und das ist romantisch."

„Ich bin zu jung für Kinder."

Ich setze mich auf das Bett. Verdammt soll er sein, dass er mich ihn begehren lässt. Jetzt muss ich anfangen, die Beine übereinander zu schlagen.

„Jeder sagt das, und dann werden sie vierzig Jahre alt und stellen eine Leihmutter ein, um ihr Baby auszutragen."

„So lange muss ich nicht warten. Das ist keine echte Ehe, und ich werde keine Kinder mit ihm haben."

„Bratva Männer bekommen, was sie wollen. Warum glaubst du, geben sie uns alles, was wir begehren? Es ist der Kaufpreis, um mit ihnen zu sein. Wir sind gekauft und bezahlt, Izzy. Unsere Freiheit ist sehr eingeschränkt. Wenn er ein Kind will, wird er eins bekommen. Aber wow. Das habe ich nicht kommen sehen."

„Stimmt, oder?" Ich trotte vor mich hin.

Der Sex ist außergewöhnlich heiß. Vielleicht gibt das zusätzliche Risiko einer Schwangerschaft ihm ein Element der Gefahr. Oder die Tatsache, dass Dmitry Gefahr schreit, ich bin mir nicht sicher. Ich beschließe, dass ich ihn dafür zahlen lassen werde. Ideen schießen mir durch den Kopf. Ich könnte der Apotheke sagen, dass ich meine Pillen verloren habe und sie ein neues Pack schicken lassen, aber unser Standort ist ein Geheimnis. Kann ich das riskieren? Er wäre sauer, wenn ich ihm nicht gehorche.

„Was ist bei dir los? Es tut mir Leid, dass ich in letzter Zeit nicht erreichbar war. Dmitry hält mich beschäftigt."

„Ich kann es mir nur vorstellen. Ist es wirklich heiß? Ich meine, heiß genug, um die Tapete von den Schlafzimmerwänden zu dampfen? Ich stelle mir vor, mit seiner wilden Frisur und den düsteren Augen hat er einen Hauch von irgendwelcher Kink-Ebene."

„Vielleicht." Wovon redet sie? Kink? Oh, Himmel, es gibt keine Butt Plugs in meiner Zukunft. Meine Handgelenke und Arme zu fesseln war intensiv. Mich warten zu lassen, bevor er meine Lust erfüllt hat, war sehr heiß. „Ich bin so verloren. Ich kann ihm nichts abschlagen, Alena", flüstere ich ins Telefon, als mir etwas einfällt.

Liebe ich ihn? Der Gedanke, sein Baby zu haben, ist romantisch, und zwischen meinen Beinen kribbelt es bei der Vorstellung von einem Mini-Me. Wenn er durch Blut an mich gebunden sein will, muss er sich um mich kümmern.

„Wie läuft es bei dir und Kirill?" Ich beschließe, das Gespräch wieder auf sie zu lenken. Ich bin überfordert mit diesem Mann.

„Er arbeitet. Ich sitze hier, kaufe Dinge online und belaste die Kreditkarte meines Vaters."

„Eine Ahnung, wen er dich heiraten lässt?"

„Das ist noch unklar. Mir wird langweilig. Ich kann nicht an viele Orte gehen. Mein Vater muss doch verstehen, dass diese Schläger es auf dich abgesehen haben, nicht auf mich. Aber er besteht darauf, wohin ich gehe. Ich kann es kaum erwarten, dass das vorbei ist."

„Ich stelle mir vor, dass diese namenlosen, gesichtslosen Männer merken, dass ich weg bin und aufgeben, wenn wir nach London gehen. Dann wird alles wieder normal", füge ich optimistisch hinzu.

Dmitry hat mein Leben für immer verändert. Ich bezweifle,

dass jemals wieder etwas normal sein wird. Ob es notwendig ist oder nicht, ich bin bei ihm gefangen.

„Ich werde dich vermissen, wenn du dein europäisches Abenteuer machst."

„Es wird kein großer Urlaub. Ich heirate und treffe seine Familie. Was ist, wenn sie mich nicht mögen?"

„Sie werden dich mögen. Kopf hoch, Freundin. Du musst positiv bleiben. Ich bin sicher, seine Familie wird dich lieben."

Die Idee, die Ehe vorzutäuschen und seiner Familie zu lügen, gibt mir ein sinkendes Gefühl in meinem Bauch. Es ist hinterhältig, und ich schätze Ehrlichkeit über alles, was mich zu meiner Mutter bringt. War sie ehrlich zu mir und Tante Emma? Ich schiebe das beiseite, als Dmitry das Telefon auflegt und ankündigt, dass wir in ein paar Minuten gehen.

Ich habe mir nie die Zeit genommen, die Gärten zu besuchen. Es ist mehr eine Touristenattraktion, meiner Meinung nach, und deshalb wird es jetzt, da das Wetter wärmer wird, belebter.

Wie auf Kommando gähnt Alena und erklärt, dass ihre Mutter sie ruft. „Ich muss gehen", fügt sie hinzu. Ich sage Auf Wiedersehen, und wir legen auf.

Dmitry wartet auf mich in der Tür.

„Ich komme", sage ich, als ich eine Handtasche greife und Gegenstände aus dem Clutch von gestern Abend umräume, bevor ich Dmitry zum Auto folge.

Anton fährt uns zum Channel Garten und hält vor einer Tür, auf der „Nur Personal" steht. Keiner von uns arbeitet hier, und doch öffnet jemand auf der anderen Seite die Tür und lässt uns rein.

Dmitry sieht in seinen Jeans und einem geknöpften Hemd bequem aus. Hand in Hand schlendern wir langsam auf dem Gehweg entlang, genießen die blühenden Frühlingsblumen. Das Kaleidoskop der Farben ist atemberaubend, und ich bewundere den Wasserfall und wir halten unter mit Tee-Rosen bedeckten Bögen an. Ich frage mich, wie lange es dauert, bis alles wächst.

Dahinter müssen Gewächshäuser und unzählige Gärtner stecken, damit alles so perfekt ist.

"Es ist Zeit fürs Mittagessen, lasst uns einen Happen bei einem Straßenverkäufer holen, und dann gehen wir nach Hause."

"Okay." Ich folge ihm und bemerke Anton. Er und ein anderer Mann verfolgen uns, immer wachsam gegenüber den Menschen um uns herum.

"Sind wir hier sicher?"

"So sehr wie wir können. Er greift nach meiner Hand und überrascht mich, indem er sie an seine Lippen zieht und den Verlobungsring küsst.

"Heute Abend wird lustig sein. Entspann dich."

"Wie kennst du so viele Menschen, um das alles zu arrangieren?"

"Jahrelange Vorbereitung. Mein Vater war ein mächtiger Mann und reiste international. Tatsächlich haben wir ein Haus auf Long Island, aber wir nutzen es nicht, weil es zu weit weg ist. Ich wollte diese Woche in der Stadt sein."

Es ist nur eine Zugfahrt, aber ich verstehe seinen Punkt.

* * *

ZURÜCK IN DER Wohnung hat Dmitry ein Glamour-Team eingeladen. Ein Mädchen macht meine Hochsteckfrisur und eine andere schminkt mich. Als ich einen letzten Blick in den Spiegel werfe, erkenne ich mich nicht wieder. Meine Haut ist makellos. Meine Augen leuchten, das Kleid ist umwerfend und ich sehe fabelhaft aus. Ich atme tief ein, um meine Lungen mit Luft zu füllen und mich zu beruhigen. Ich gehe zum MET. Ich bin voller Aufregung, da ich nie davon geträumt hätte, dass mir das passiert, und der attraktive Russe an meiner Seite ist das Sahnehäubchen.

Dmitry erwischt mich dabei, wie ich mit meinen Haaren herumfummele und sicherstelle, dass sie nicht aus dem Dutt rutschen.

"Hör auf herumzuzappeln, Izzy, du bist wunderschön. Es ist mir egal, ob ein Haar aus der Reihe tanzt. Nichts mindert deine Schönheit."

"Ich bin nervös." Ich fummle am Stoff des Kleides herum, beschließe dann, meine neue passende Clutch von der Theke zu holen.

"Ich wäre schockiert, wenn du es nicht wärst. Nichts dabei. Wenn jemand fragt, haben wir uns durch Freunde kennengelernt, uns verliebt und beschlossen zu heiraten."

"Verstanden."

"Lass uns gehen." Er öffnet die Tür und wir fahren mit dem Aufzug zur Parkgarage, wo Anton in einer Limousine auf uns wartet.

Es gibt gekühlten Champagner, und Dmitry gießt uns ein Glas von dem sprudelnden Gesöff ein. Dies ist meine erste Fahrt in einer Limousine und ich nehme das Glas von Dmitry. Das wird ausreichen, um meine Nerven zu beruhigen. Ich hatte keine Ahnung, was ich bei meinem Abschlussball verpasst habe, bis jetzt. Es war das Gesprächsthema der Stadt, als der Star-Quarterback und seine Freundin in einer Limousine zum Ball angekommen sind. Ich bin mit einer Freundin hingegangen und für uns gab es keine Limousine.

"Du bist so schön. Alles Gute zur Verlobung", sagt er, während ich den Stiel zwischen Daumen und zwei Fingern halte.

Ich habe keine Ahnung, was ich sagen soll und nicke nur.

Wir stoßen mit den Flöten an. Ich nippe schnell an dem goldenen Alkohol. Als wir unsere Cocktails ausgetrunken haben, lege ich die Flöte ab. Ich kann nicht viel trinken, ohne dass es mir zu Kopf steigt, und beschließe, auf Nummer sicher zu gehen.

Je näher wir dem MET kommen, desto schlimmer wird der Verkehr. Irgendwann reihen wir uns in eine lange Schlange von Limousinen ein und fahren langsam weiter. Ich recke den Hals, um zu sehen, wer aus den Autos vor uns aussteigt. Einige Menschen sehen mir bekannt vor, aber die meisten nicht, weil ich mit der Schule beschäftigt war, und ich bin nicht mehr auf dem Laufenden, wer wer in Hollywood ist.

Es ist an der Zeit auszusteigen und ich habe schreckliche Angst zu stolpern. Mein Mund ist staubtrocken und mir ist übel. Dmitry spürt meine Panik und drückt meine Hand. Ich blicke hinunter und bemerke, dass er Manschettenknöpfe mit Rubinen trägt, die zu meinem roten Kleid passen. Männer mit Ohrhörern öffnen die Autotüren. Wahrscheinlich sind sie Sicherheitsleute oder Eventkoordinatoren.

Ich steige aus und habe Angst, dass der Boden sich bewegt. Dies ist surreal, während Kamera-Blitzlichter aufleuchten. Ich schaffe es aus der Limousine heraus, und Dmitry legt seinen Arm sanft um meine Taille und führt mich in das Meer von Paparazzi.

"Lächeln. Ich dachte du würdest das genießen," sagt er.

"Die Kleider, die Smokings. Oh, mein Gott."

Ich mustere den Horizont. Alleinstehende Frauen, Männer und Paare stehen herum und sprechen mit Reportern. Ich lächle. Ich muss meine fünf Sekunden Ruhm genießen. Jemand zieht Dmitry's Aufmerksamkeit auf sich. Wir posieren, indem wir unsere Füße aufeinander zu richten und dem Fotografen, der zahlreiche Bilder schießt, ein Lächeln schenken. Ich werfe einen Blick hinauf zu meinem Verlobten und sehe ihn lächeln.

Dmitry legt seine Hand in meine. Wir warten auf unseren Platz auf dem roten Teppich. Meine Handfläche ist verschwitzt, aber das scheint ihm nichts auszumachen. Er drückt sie und schenkt mir ein beruhigendes Lächeln. Ich lächle zurück. Ich schaffe das. Inspiriert von Vera's Worten, strecke ich meine Schultern und stehe größer da.

Jemand hinter mir sagt etwas, aber ich kann es aufgrund des Trubels nicht hören. Wie machen Stars das? Ich bin überwältigt von dem in der Luft schwebenden Parfüm und Aftershave. Ich werfe einen Blick über die Schulter und entdecke einen Eventkoordinator, der die Schleppe meines Kleides hinter mir ausbreitet. Eine flüchtige Brise weht herüber und ich nehme Dmitry's Duft wahr. Ihn, gemischt mit Sandelholz und Moschus. Unsere Blicke treffen sich. Seine dunklen, geheimnisvollen Augen und seine erotische Ausstrahlung faszinieren mich. Er sieht in seinem schwarzen Smoking umwerfend aus.

Er führt den Weg und ich gehe neben ihm. Wir sind als nächstes dran. Ich bete, dass ich nicht in meinen Absätzen stolpere. Als wir die Stufen erreichen, wiederholt sich das Blenden der Kamera- und Scheinwerferlichter. Ich bin geblendet. Ich blinzele und versuche nicht zu blinzeln.

"Lächeln," flüstert Dmitry, während er mit dem Kopf in meinen Nacken taucht.

Die verführerische Männlichkeit seiner Ausstrahlung überkommt mich. Er geht so intim und vertraut mit mir um. Es ist, als ob wir schon immer zusammen gewesen wären. Wir posieren noch einmal für das Kamerateam.

Mein ärmelloses Kleid bedeckt das Tattoo auf meinem Arm nicht und ich frage mich, ob das absichtlich so ist. Die Botschaft ist laut und klar: Hier bin ich. Wenn du mich suchst, wird mein zukünftiger Ehemann zehnfach für dich da sein.

Ich drehe meinen Arm unauffällig, um sicherzugehen, dass die Kameras das Bild meines Vogeltattoos einfangen. Und gerade als ich denke, dass unsere Zeit auf dem roten Teppich vorbei ist, ruft eine Frau in der Menge Dmitrys Namen.

Dmitry hält an und begrüßt die Frau. Ich frage mich, ob sie eine alte Bekannte von ihm ist. Sie fragt ihn nach dem kürzlichen Verkauf einer Hotelimmobilie an eine andere bekannte internationale Hotelkette. Er agiert souverän wie ein Milliardär und erklärt, dass der Verkauf es ihm ermöglichen wird, seine Geschäfte zu verkleinern und sich mehr auf seine Familie zu konzentrieren. Dabei bringt er meine Hand zu seinen Lippen und küsst sie.

Als die Reporterin fragt, ob er verlobt ist, antwortet er: "Ja, das bin ich. Das ist Isabella Lucci, meine zukünftige Frau." Sein strahlendes Lächeln macht die Frau froh.

"Herzlichen Glückwunsch. Wie fühlt es sich an, in die Volkov-Familie einzuheiraten?"

"Fantastisch." Ich lächle nervös und halte mich an einer Ein-Wort-Antwort fest.

Sie bewegt das Mikrofon zurück zu Dmitry und stellt eine weitere Frage. Ich kann ihre Worte nicht hören. Das Geräusch von Menschen hinter uns lässt mich vermuten, dass jemand Berühmtes aus einer Limousine aussteigt. Ich bin kurz davor, meinen Kopf zu drehen, aber Dmitry zieht mich näher zu sich. Während wir uns von den Reportern abwenden, gehen wir weiter über den roten Teppich.

„Sieh nicht hinter dich. Geh weiter voran", murmelt er. Ich gehe neben ihm, folge seiner Führung. Wir gehen den roten Teppich entlang und am Ende ziehe ich mein Handy heraus.

„Zeit für unser Foto." Gehorsam nimmt er mein Handy und hält die Kamera hoch, macht ein paar Bilder von uns.

Zufrieden, gehen wir vom Teppich weg und kehren zur wartenden Limousine zurück, während ich mich nach dem Abendessen erkundige.

„Zu gefährlich. Wir werden unterwegs Essen holen und morgen früh aufbrechen. Ich fürchte, es wird ein früher Abend für dich. Außerdem sind das Gummihuhn und ein Tropfen Erbsensuppe nicht das, was ich als Essen bezeichnen würde."

Ich nehme an, er hat das schon einmal gemacht, und ich frage mich, wen er früher datet.

# KAPITEL 20, DMITRY

Ich bin erleichtert, als wir zurück zur Wohnung gehen. Ich schicke Anton in das Restaurant von gestern Nacht und er kommt mit meinen vorbestellten Abendessen zurück. Izzy hat einen Bärenhunger und stürzt sich auf die Burger, die aus dem besten Fleisch gemacht sind, das Geld kaufen kann.

„Danke für das MET. Ist es merkwürdig, dass mir der Besuch des Gartens mehr gefallen hat?"

Ich wusste, dass mein kleiner Vogel die Schönheit der Rosen und der Frühlingsblumen im Channel Garden zu schätzen weiß.

„Nein, tatsächlich ziehe ich es auch vor." Etwas an der ruhigen Atmosphäre des Gartens inmitten einer Stadt, die vor Leben strotzt, schafft eine beruhigende Oase, wie das Auge eines Orkans. Ich habe mich nie unwohl gefühlt, als wir zusammen in Stille spazieren gingen. Es gab keinen Druck, ein Gespräch führen zu müssen. Mit Izzy kann ich ich selbst sein. Sie scheint meine nachdenkliche und launische Art zu tolerieren.

Ihr Handy piepst aufgrund einer Textnachricht.

„Das ist wahrscheinlich Alena."

Sie zieht ihr Handy aus der Tasche, um zu antworten.

„Ich sende ihr Bilder", warnt sie mich.

Ich nicke. Sie ist lebhaft und so voller Leben. Es würde mir leid tun, sie in meine Welt zu ziehen und würde es um jeden Preis vermeiden, wäre ich nicht im Club vollkommen von ihr eingenommen gewesen.

Ich greife nach einem Burger und wir reden, während wir essen. Sie ist immer noch hin und weg von den Stars, die sie glaubt gesehen zu haben. Ich habe keine Ahnung. Ich komme aus Europa und verfolge normalerweise keine Shows der Popkultur. Ich habe keine Ahnung, wer ein Rapper oder eine Schauspielerin ist. Verrückte Amerikaner mit ihren Reality-TV-Shows. Heute werden sie in Fremdsprachen synchronisiert und sind innerhalb von Tagen, nicht Monaten, auf internationalen Kanälen zu sehen.

Wir beenden das Essen der Pommes und ich finde heraus, dass wir beide sie ohne Ketchup mögen. Izzy räumt unsere Essensbehälter in die große Tasche. Es ist schön, dass sie an die Männer denkt, die hinter uns aufräumen.

Wir betreten das Apartment ohne Zwischenfälle. Izzy bittet mich um Hilfe beim Ausziehen. Mein Schwanz verhärtet sich bei dem Gedanken, sie nackt zu sehen. Man könnte meinen, sie wäre mittlerweile aus meinem System verschwunden, aber das ist nicht der Fall. Es gibt keine Möglichkeit, meinen kleinen Vogel zu vergessen. Ich bin zu ihr hingezogen, wie der Mond die Gezeiten anzieht. Ich kann es nicht erklären, aber Izzy gehört mir. Ich bin ein besessener Mann. Sie ist meine Sucht. Alles, woran ich denken kann, ist, meinen Schwanz wieder in sie zu versenken.

Ich öffne den Reißverschluss ihres Kleides und mein Schwanz schwillt an beim Geräusch des Reißverschlusses. Ich küsse eine ihrer Schultern und lasse das Kleid zu Boden fallen. Es ist ein einzigartiges Versace und kostet Tausende von Dollar, aber ich habe Wichtigeres im Kopf, als es aufzuhängen.

Ihr Handy piepst.

„Alles in Ordnung?", frage ich.

„Oh, ja, Alena wollte sicherstellen, dass wir zu Hause angekommen sind. Sie ist so eifersüchtig, dass wir dort waren. Sie hat uns in den Event-Videos gesehen und mir einige davon geschickt."

„Wir bekämpfen den Welthunger. Was gibt es da nicht zu mögen?"

„Jetzt, wo wir draußen sind und unsere Verlobung viral gegangen ist, bin ich dann sicher?", fragt Izzy und wirft ihr Handy auf das Bett. Sie dreht sich um und es kostet mich alle Willenskraft, nicht bei dem Anblick ihrer festen Brüste, die ihren BH voll ausfüllen, zu sabbern.

Ich lache. Meine Prinzessin denkt, dass soziale Medien ihre Probleme lösen werden.

„Ich bin die Lösung für deine Probleme, Izzy", knurre ich. „Niemand wird anfassen, was mir gehört, und du wurdest als meine beansprucht."

Gänsehaut schießt plötzlich auf ihren Armen hervor, während ich ihre Hand halte und in ihre Augen blicke. Sie konzentriert ihre Aufmerksamkeit auf meine Brust. Sie beginnt, die Knöpfe meines weißen Hemdes zu öffnen. Mein Schwanz sehnt sich danach, frei zu sein. Sie will mich genauso sehr wie ich sie will. Ich weiß nicht, was aufregender ist, die Tatsache, dass sie die Initiative ergreift oder dass ich weiß, ihre Muschi ist feucht für mich.

Ich schiebe eine Hand hinter ihren Kopf und ziehe Stecknadeln aus ihrer Hochsteckfrisur, sodass ihre langen Locken um ihre Schultern fallen. Mein Schwanz zuckt.

Ich reiße meinen Smoking herunter und werfe ihn neben ihr Kleid auf den Boden. Izzy greift nach meinem Schwanz, packt meinen angeschwollenen Schaft und führt ihre Hand über die Spitze und zurück. Ich stöhne. Ich bin so hart, Ich könnte Nägel in Beton schlagen. Verdammt nochmal. Ich muss sie haben. Ich denke nicht, dass ich je genug von ihr bekommen werde.

Ich packe ihre Handgelenke und verdrehe einen Arm hinter ihrem Rücken, dann befördere ich sie so zum Bett, dass sie sich bückt und ihr Gesicht auf der Matratze liegt. Ich liebe sie so, unter meiner Kontrolle, trägt nur Höschen und Absätze. Meine Hoden ziehen sich an beim Anblick ihres knackigen Arsches in der Luft. Ich möchte ihn beißen.

Ihre Atmung ist unregelmäßig, wie ein Meer der Lust.

Zufrieden mit ihrer Fügsamkeit, lasse ich ihr Handgelenk los, um ihren BH aufzuschnappen. Ich greife gierig von hinten nach ihren Brüsten und massiere sie in meinen großen Händen. Sie sind exquisit, warm und seidig im Griff. Ihre Brustwarzen versteifen sich unter meinen Fingern.

"Was möchtest du, Izzy?"

„Nur dich", murmelte sie in die Bettdecke.

Mein Herz setzt einen Schlag aus und treibt meine Begierde auf ein Allzeithoch. Ich bin kein Mann ohne Vergangenheit. Ich habe genug Drogen genommen, um zu wissen, dass sie die Einzige ist, die mich so berauschen kann.

Ich rolle ihre Brustwarzen zwischen meinen Fingern, mache sie hart, während ich ihre festen Pobacken packe und meinen Schwanz an ihrer Öffnung ausrichte. Sie wölbt ihren Rücken und sehnt sich danach, dass mein Schwanz sie ausfüllt.

Ich lege eine Hand auf die Mitte ihres Rückens. Meine Atmung ist angestrengt, während ich meine andere Hand benutze, um meinen dicken Schwanz in ihre Feuchtigkeit zu führen.

„Für mich bist du feucht. Brav, Mädchen.".

„Fick mich, Dmitry.".

Ich reibe die Spitze meines mit Vorfreude bedeckten Schwanzes in ihren angeschwollenen Schamlippen.

Ohne Vorwarnung stoße ich meinen Schwanz in ihre einladende Öffnung, woraufhin sie vor Vergnügen aufschreit. Ich bin groß. Selbst mit ihrer Feuchtigkeit bin ich sicher, dass es eine Mischung aus Vergnügen und Schmerz ist, als sie wieder aufschreit, und es ist laut genug, um unseren draußen postierten Wachmann aufmerksam zu machen.

Ich packe ihre Brüste mit beiden Händen und massiere ihre Brustwarzen zu harten Spitzen. Sie gibt kehlige Laute von sich unter mir und ich versenke meinen Schwanz erneut in sie. Meine Hoden sind hart und klatschen gegen ihren glorreichen Po.

Angestachelt durch ihre Körperreaktion, stoße ich sie wie ein vom Teufel getriebener Mann. Sie stöhnt ins Matratzentuch, ihre Hände klammern sich an die Decke, während ich mit jedem Stoß härter zustoße. Sie windet sich unter mir. Ich fühle, wie ihre Klitoris an meinem Schwanz festzieht, und Schauer über meinen Körper schickt.

Ich bin kurz davor zu kommen, halte jedoch inne. Mit einer Hand an ihrer Schulter und der anderen an ihrer Hüfte, setze ich meine kräftige Stösse fort, bis ich spüre, wie ihre Klitoris schneller wird. Sie schreit auf und spritzt ihren Liebessaft, der meinen Kopf bedeckt. Ihre Muskeln spannen sich um mich wie eine Boa Constrictor. Ihr Körper zittert mit einer weiteren Runde Orgasmen. Ich stosse ein letztes Mal zu, halte sie fest. Mit einem langen, lauten Stöhnen, spritze ich meine Ladung an ihren geschwollenen Lippen vorbei und hoffe, dass mein Samen sie schwängert.

Ich zucke ein letztes Mal zusammen, bevor ich aus ihr herausziehe. Ich gehe ins Badezimmer und nehme ein Waschtuch, das ich mit warmem Wasser benetze. Ich komme zurück und finde sie schlafend unter den Laken, aber ich ziehe sie zurück, um das Sperma von ihren Oberschenkeln zu wischen.

"Gute Nacht." Ich hauche ihr einen Kuss auf die Lippen.

"Du bleibst nicht?" Ihre verschlafene Stimme zieht mich an, aber ich habe Arbeit zu tun.

"Ich bin in ein paar Minuten zurück," lüge ich. Ich werde aufbleiben und arbeiten. Sie wird sowieso in kürzester Zeit einschlafen.

Ich schicke meinem Bruder eine SMS und erfahre, dass der Jet morgen früh hier sein wird. Ich gieße mir einen Wodka ein und benutze meinen Laptop, um Morettis Tochter, Martina, mit Izzy zu vergleichen.

Ich würde schwören, dass Izzy zu den Morettis gehört. Allerdings starb Martina vor Izzys Geburt. Sie war neunzehn Jahre alt und starb bei einem Autounfall in NYC. Es muss ein sehr schlimmer Unfall gewesen sein, denn der Sarg war geschlossen. Die Beerdigung wurde in einer katholischen Kirche in der Stadt abgehalten. Ein kurzer Nachruf erschien in der NYC Times Zeitung. Danach gab es immer Spannungen zwischen den Italienern und den Russen.

Es ist seltsam, dass die Namen nicht übereinstimmen, aber aus Erfahrung weiß ich, dass gefälschte Nachrichtenberichte gekauft werden können. Was hat Santino vor? Nach allen Berichten hat er einen Sohn, der nach seinem Tod die Geschäfte übernehmen sollte. Was ist zwischen den beiden Familien passiert, das nicht bei einem einfachen Treffen geklärt werden konnte? Als die Italiener Kirills Mutter benutzten, um die Dinge mit den Russen zu klären, gelang es nur, das Bluten zu stoppen. Die Wunde wurde nicht geheilt.

Ich frage mich, warum Alexsei nicht mehr im Rampenlicht steht. Es gibt keine Bilder von ihm im Internet, und wo er zur Schule ging, ist nicht öffentlich bekannt. Es ist sicherer, abseits des Rampenlichts zu leben, aber versucht er, unter dem Radar zu fliegen, oder ist er ein Einsiedler?

Das ist nicht ungewöhnlich. Die Bratva Männer mögen es nicht, in den Medien zu sein. Sie sind ein krasser Gegensatz zu den Sizilianern, die ihre Seite von New York City leiten und dafür bekannt sind, auffällig und laut zu sein. Man muss kein Teil des Mobs sein, um von der Gambino Mafia-Familie und dem Teflon Don zu wissen.

Wenn man sich Online-Bilder von Alexseis Frau, Llea, ansieht, ist es offensichtlich, dass sie es mit Botox und Fillern übertrieben hat, anhand ihres versteinerten Gesichts und geschwollenen Lippen. Sie hat so viele Eingriffe in ihrem Gesicht gehabt, dass sie in den Zeugenschutz gehen könnte. In Russland geboren vor fünfundfünfzig Jahren, kleidet sie sich makellos. Sie organisiert Spendenaktionen, um Geld für die innerstädtischen Jugendlichen zu sammeln. Das ist ironisch, wenn man bedenkt, dass sie teilweise der Grund ist, warum die innerstädtischen Viertel mit Drogen übersät sind.

Sicher, wenn wir die Drogen nicht liefern, wird es jemand anderes tun. Die Droge der Wahl ändert sich ständig. Vor fünfundzwanzig Jahren war Kokain groß und heute ist es Heroin. Europa macht Kokain wieder populär, aber billigere Drogen wie Meth und Fentanyl können gemacht anstatt importiert werden, um unsere Kosten niedrig zu halten.

Ich leere meine Wodka und klappe den Laptop zu, enttäuscht, dass ich keine konkrete Verbindung zwischen Izzy und der Familie Moretti herstellen konnte. Ich gebe nicht auf. Ich lege es nur auf einen anderen Tag.

Morgen wird ein langer Flug sein. Die Tatsache, dass Nikolay den Jet geschickt hat, ist eine großzügige Geste. Vielleicht freut er sich, eine Schwägerin zu bekommen.

Ich schalte die Lichter aus, überprüfe die Tür und frage Anton, ob das Gebäude sicher ist. Überzeugt, dass wir für die Nacht in Ordnung sind, rufe ich Kirill an.

Er hebt beim ersten Läuten ab. "Was ist los? Ich habe dich im Fernsehen gesehen. Das ist großartig."

"Ich hoffe, es funktioniert, vorerst. Ich muss Zeit kaufen, um das herauszufinden."

"Ich habe morgen Männer, die den Flughafen beobachten. Sie sind neu in der Organisation und niemand wird sie erkennen. Ich habe einen Kontakt, der mir eine Liste der Passagiere besorgen kann."

"Das klingt gut, aber angesichts der Leichtigkeit, eine gefälschte Identität zu bekommen, ist es besser, Leute vor Ort zu haben. Ein gefälschter Führerschein ist teuer, aber jeder, der das Geld hat, wird gerne zahlen, was immer es braucht, um keine Spur zu hinterlassen."

"Okay, halt mich auf dem Laufenden und schreib mir, wenn du zu Hause bist."

"Mach ich."

Ich lasse meine Waffe hier, und Anton wird sich darum kümmern. Der Jet wird Waffen für mich im Gepäckraum haben.

Ich krieche ins Bett neben Izzy und liege da, unfähig, meinen überaktiven Verstand zu beruhigen. Ich seufze, die Augen weit aufgerissen. Ich starre an die Decke. Ich drehe mich um, lege meinen Arm um Izzy und umfasse ihre Brust. Verdammt, ich will sie wieder nehmen. Mein Schwanz zuckt hinter ihren seidig weichen Pobacken. Ich unterdrücke den Drang, sie zu ficken, und will, dass meine Erektion nachlässt. Izzy muss hin und wieder ohne

Unterbrechung schlafen. Ich bin so am Ende. Wie kann von mir erwartet werden, dass ich jede Nacht neben ihr schlafe und sie nicht ficke? Meine blauen Bälle schmerzen und ich frage mich, ob sie wütend wäre, wenn ich sie wecken würde.

Ein guter Fick entspannt immer den Körper. Ich bin sicher, es würde mir helfen zu schlafen. Allerdings will ich nicht, dass sie denkt, ich wäre ein Neandertaler und bleibe bei meiner ursprünglichen Entscheidung, sie in Ruhe zu lassen. Ich schließe meine Augen und stelle mir mein neues Zuhause in London mit Izzy vor. Ich lächle, weil ich weiß, dass sie es lieben wird.

# KAPITEL 21, IZZY

Dmitry ist in enge Jeans und einen Pullover gekleidet, der seine breite Brust betont. Er reicht mir eine Tasse Cappuccino. Ich ziehe mich in eine sitzende Position, bevor ich die Tasse von ihm nehme.

„Danke. Wann bist du ins Bett gegangen?"

„Ein paar Stunden nach dir, warum?"

„Ohne Grund, nur neugierig."

„Hast du mich vermisst?" Er streicht mit dem Rücken seiner Finger über seinen frisch rasierten Kiefer. In seinem anzüglichen Grinsen liegt ein Hauch von Unfug.

Neckt er mich? Meine Augen haben seinen Körper noch nicht verlassen, doch ich nippe an dem warmen Getränk.

„Es ist kalt hier drinnen", sage ich, um das Thema zu wechseln und sein Ego nicht weiter zu füttern.

„Ich habe gerade die Heizung hochgedreht. Die Temperaturen sind letzte Nacht gefallen."

„Warte, es ist dunkel draußen. Wie spät ist es?" Mein Ablauf war immer gleich: Kaffee trinken, sport treiben und Unterricht besuchen. Ich schlafe nie lange aus.

„Es ist fünf Uhr morgens. Anton sorgt dafür, dass das elektronische Tor besetzt ist und niemand hereinkommt und nimmt, was mir gehört."

Ich zucke zusammen. Er spricht von mir, als wäre ich sein Besitz.

„Ich hoffe, dass wir zwei Wochen in London haben, bevor sie entdecken, dass wir das Land verlassen haben. Das ist wahrscheinlich zu optimistisch, aber ich möchte trotzdem Zeit mit dir verbringen, um vor der Hochzeit anzukommen."

„Ach, du willst, dass die Bösewichte denken, wir seien in Vegas", sage ich, um ihn wissen zu lassen, dass ich zugehört habe.

„Genau." Er grinst und das sehe ich als Sieg.

Ich kann meinen Blick nicht von ihm abwenden, als er sich gegen die Schlafzimmertür lehnt. Ich bin mir sehr bewusst, was er in seinen engen Jeans versteckt. Wie schafft er es, etwas von der Größe eines Kinderarms in seine Hose zu stopfen? Dmitry ist nicht nur gut bestückt, er weiß auch, wie er es benutzen kann und ich schmelze in seinen Händen. Kein anderer Mann hat mir je multiple Orgasmen beschert, aber das werde ich ihm nie sagen. Ein Mann mit seinem Selbstvertrauen muss nicht wissen, wie sehr ich ihn begehre.

Ich muss immer daran denken, dass er ein Mörder ist, aber um ihn zu verteidigen, seine letzten Morde waren, um mich zu retten. Glücklicherweise haben meine Albträume nicht wieder begonnen. Ich bin mir sicher, dass es hilft, Dmitry jede Nacht neben mir zu haben.

Die Art, wie er mich sicher fühlen lässt, macht unsere erzwungene Ehe erträglicher. Es ist nicht in meinem besten Interesse, es alleine zu versuchen. Ich bezweifle, dass ich jemals zu meinem normalen Leben zurückkehren werde. Ehrlich gesagt, war es nicht besonders. Ich hatte einen Hochschulabschluss, aber kein Einkommen, und ich hatte keine Möglichkeit, meine Studienkredite zurückzuzahlen.

Dmitry geht zum Schlafzimmerfenster und schaut durch die Jalousien, trennt sie nur ganz leicht. Seine Bewegungen sind langsam und bedächtig.

Er dreht sich zu mir um. „Der Flug nach Vegas geht um neun. Wir müssen bald los, damit wir nahe dieser Zeit nach London fliegen können. Unten wartet ein Konvoi von Autos, der mögliche Verfolger ablenken wird, wenn wir gehen." Er gestikuliert mit seinen Händen, während er den Raum durchquert und mir den Plan erklärt.

„Einige Fahrzeuge werden nach LaGuardia fahren. Andere nach JFK und Newark, während wir nach Teterboro, den privaten Flughafen, fahren. Sie werden nicht in der Lage sein, alle Autos zu verfolgen."

Mein Kiefer klappt herunter.

„Privatjet?" Ich quietsche. „Ein privater Flughafen?" So reisen Filmstars und Rockstars und deshalb werden sie selten auf kommerziellen Flügen gesehen.

Er lächelt über meine Albernheit, aber das ist mir egal. Er sieht umwerfend aus, wenn die Ecken seines Mundes sich heben und an seiner rechten Wange ein selten gesehenes Grübchen erscheint. Seine Zähne sind perfekt, genauso wie seine welligen, schmutzig blonden Haare. Niemand sollte um fünf Uhr morgens so gut aussehen. Der schwache Geruch von ihm, gemischt mit Minze und Moschus, wirbelt sanft in der Luft.

"Fühlst du dich wärmer?", fragt er, die Arme vor seiner Brust verschränkt.

Ich frage mich, ob er jemals in der Armee war, weil er nie schlaff dasteht, wenn er steht. Seine Füße sind immer fest auf den Boden gepflanzt und er verschränkt seine Arme abwehrend. Vielleicht war er in der russischen Armee, vielleicht auch nicht.

„Ja, danke." Ich versuche, nicht zu starren, aber das ist unmöglich. Er füllt den Raum.

Seine unverblümte Herangehensweise an unsere missliche Lage ist sehr beruhigend. Unerwartete Ereignisse bringen ihn nicht leicht aus der Fassung. Seine Vergangenheit ist unklar und er gibt nie persönliche Informationen preis.

"Kein Problem", antwortet er. "Ich schlage vor, du ziehst dich an. Wir müssen packen und innerhalb einer Stunde hier raus."

Ich werfe die Decken zurück und springe aus dem Bett. Wenn ich verweile, wird Dmitry einen Weg finden, mich vor dem Frühstück zu verführen. Er hat eine Art, es mir unmöglich zu machen, ihm zu widerstehen. Es ist nicht so, dass ich ihn nicht will. Das Problem ist, dass ich das tue. Und wenn er das je herausfindet, wird er immer das Spiel in der Hand haben.

Ich husche ins Badezimmer. Ich dusche schnell, wasche meine Haare. Ich erinnere mich, unter dem Waschbecken einen Föhn gesehen zu haben. Ich kann nicht wie Scheiße aussehen, wenn wir in London ankommen. Ich trockne meine Haare ab und nehme ein weiteres dickes Handtuch, um mich abzutrocknen.

Ich arbeite Conditioner in meine Haare ein und föhne sie aus. Ich benutze meine Finger, um es aufzulockern und frage mich, wie meine Mutter in ihren Zwanzigern aussah. Vielleicht hat mich jemand in New York City erkannt, weil ich ihr ähnlich sehe. Ich weiss, wir hatten die gleichen dicken, schwarzen Haare.

Ich gehe in den Kleiderschrank und ziehe neue Unterhosen hervor. Sie passen zum BH, den ich immer haben wollte, aber mir nie leisten konnte. Ich schlüpfe in Jeans und ein langärmliges Shirt und werfe einen übergroßen Pullover darüber. Alena half mir, diese Kleidung auszusuchen. Sie hat wirklich einen guten Geschmack, teuer, aber gut. Ich weiß nicht, was mit mir los ist. Ich bin toll darin, andere anzuziehen, nicht aber mich selbst.

Ich checke mein Aussehen im Badezimmerspiegel. Kleidung in Schichten zu tragen ist immer der richtige Weg, wenn das Wetter unstet ist. Ich trage Feuchtigkeitscreme und Foundation auf mein Gesicht auf. Ich verwende sogar Bronzer. Warum nicht das Beste verwenden, was Dmitry's Geld kaufen kann?

Zufrieden mit meinem Look, ducke ich mich zurück in den Kleiderschrank, um Socken anzuziehen und ein Paar Wildleder-Stiefeletten mit niedrigem Absatz zu greifen. Ich höre Dmitry herumhantieren und werfe einen Blick hinein, um zu sehen, wie er seinen silbernen Laptop in einen von zwei passenden Rollkoffern packt. Einer muss für mich sein.

„Wie soll ich alles in dieses kleine Ding kriegen?"

„Brauchst du nicht."

Ich erstarrte, meine Augenbrauen hochgezogen in Unglauben. „Du hast gerade all diese Sachen gekauft", argumentiere ich, weil es albern erscheint, es zurückzulassen.

„Das weiß ich. Nimm deine wichtigsten Sachen und ein paar Outfits. Mehr brauchst du nicht", antwortet er emotionslos.

„Werde ich nackt durch London laufen?"

Er stellt sein Gepäck auf den Boden. "Natürlich nicht. Es ist zu kalt. Alles ist geregelt." Er rollt sein Gepäck über die Fliesen und parkt es an der Tür. "Deine Kleidung wird verschickt."

"Was werde ich genau tragen?"

"Das Beste vom Besten." Er grinst schelmisch und wirft mir ein anzügliches Lächeln zu.

Mein Gesicht wird warm unter seinem suggestiven Blick.

"Ist das unterhaltsam für dich?" Ich stemme meine Hände in die Hüften, während ich ihm gegenüberstehe.

"Irgendwie schon." Er zuckt mit den Schultern auf dem Weg in die Küche. Ich beobachte, wie er Gläser und Seife in die Spülmaschine stellt und den Startknopf drückt. Er blickt zu mir auf, die ich im Türrahmen stehe. "Geh. Packen. Wir fahren in zwanzig Minuten los."

Scheiße.

Ich gehe zu meinem Schrank zurück und werfe einen letzten Blick auf das rote Kleid, das ich zum MET getragen habe. Es bricht mir das Herz, es auch nur für eine Woche zurückzulassen. Eines Tages möchte ich solche Kunstwerke schaffen. Sicher, es ist ein Hirngespinst. Aber ich muss auch Ziele haben. In mir drin frage ich mich, ob es ein weiterer Traum ist, der nie wahr wird. Ich streiche mit der Hand über den Stoff, erinnere mich an die Nacht und an den unglaublichen Sex, den wir hatten, sobald ich aus ihm herausgeschlüpft bin.

Dmitrys Telefon klingelt und er antwortet auf Russisch. Ich muss etwas von der Sprache lernen, um zu verstehen, was er sagt.

Ich mache mich mit dem Einpacken meiner Toilettenartikel aus dem Badezimmer beschäftigt. Ich schnappe mir mein Handy, das die ganze Nacht neben dem Bett geladen hat, und packe das Ladegerät ein. Mir fällt auf, dass ich keine Zeit hatte, mich bei Alena zu melden.

Sie wird noch nicht auf sein, aber ich schreibe ihr trotzdem eine Nachricht. Bin unterwegs nach London mit dem Milliardär.

Wenn ich darüber nachdenke, er ist wahrscheinlich Milliardär, oder seine Familie ist es.

Ich öffne mein Gepäck auf dem Bett, stecke meine Unterwäsche in eine Seitentasche und suche mir ein paar Outfits im Schrank aus, die passen. Sein Hemd habe ich immer noch und stecke es unter meine Kleidung. Er muss nicht wissen, dass ich es behalten habe. Ich werde froh sein, es an den Abenden zu haben, an denen er weg ist. Es wird mich an ihn erinnern und weitere schreckliche Alpträume verhindern. Ich nehme an, er hat Arbeit zu erledigen und wird nicht meine Babysitter spielen. Aber ich bin mir ziemlich sicher, dass er immer einen Mann dabei haben wird, der mich bewacht.

Ich stecke mein schwarzes Skizzenbuch in meine Handtasche mit der Absicht, während des langen Fluges an Entwürfen zu arbeiten. In letzter Zeit war ich zu abgelenkt, um kreativ zu sein. Ich schaue mich noch einmal im Raum um, ob ich etwas übersehen habe, und plötzlich steht Dmitry neben mir und schließt meinen Koffer.

Ich werfe einen Blick auf mein Handydisplay und bemerke die Uhrzeit. Wir haben noch zehn Minuten, bevor ich mit dem Mafia-Vollstrecker ins Unbekannte abhebe.

Ich folge Dmitry zur Tür. Er öffnet sie und Anton tritt ein.

"Hallo, Izzy", sagt Anton.

Er ist in einen schwarzen Anzug gekleidet und hat ein Mikro im Ohr. Unsere Pläne für diesen Morgen erfordern eine koordinierte Aktion, daher müssen die Fahrer miteinander kommunizieren können, um eine Verfolgung zu vermeiden.

"Hallo, Anton." Ich lächle den Mann an, der uns diese Woche sicher gehalten hat. Er ist in guter Form für sein Alter, Mitte vierzig, schätze ich. Er nimmt unser Gepäck und geht zum Aufzug.

Ich bin traurig, New York zu verlassen, aber verständlicherweise aufgeregt für mein erstes echtes Abenteuer seit ich von zu Hause weg bin.

"Du hast meinen Pass, richtig?", frage ich Dmitry.

"Natürlich", antwortet er selbstverständlich.

"Hast du dich amüsieren können? Ich meine, deine Reise ging ja hauptsächlich um deinen Freund Kirill."

„Ich habe dich getroffen, oder?", antwortet er mit einem Rätsel. Ich beobachte ihn, wie er mit seinem Handy herumspielt und stelle mir vor, er schließt einen riesigen Deal ab oder organisiert eine Drogenlieferung. Wer weiß schon? Ich folge Dmitrys Beispiel und hole meine Handtasche aus dem Schlafzimmer, prüfe noch einmal, ob mein Handy, Ladegerät und Geldbeutel drin sind.

Ich bin vorsichtig optimistisch, dass wir Spaß in London haben werden.

„Werden wir vor der Abreise etwas essen?", frage ich, während er auf seinem Handy tippt.

„Im Flugzeug gibt es Essen. Ist das in Ordnung?" Er blickt von seinem Handy auf, schickt seine Nachricht ab und steckt es dann in die Tasche seiner Jeans. Er nimmt seinen langen Mantel vom Speisesaalstuhl und dreht sich zu mir um. „Hast du einen Mantel mitgenommen? Es ist zu dieser Jahreszeit in London immer noch eisig."

„Ich habe hier keinen", antworte ich verteidigend, aber es ist nicht meine Schuld. Wie hätte ich das wissen können? Alles bewegt sich schneller als das Licht.

Unsere Blicke treffen sich und seiner wird weicher. Sein Gesicht ist lang, sogar eckig. Ich frage mich, ob er seinen Brüdern ähnelt.

„Es ist in Ordnung. Du kannst meinen benutzen. Ein Auto wird uns in Heathrow abholen. Alles ist für unsere Ankunft geplant."

„Was meinst du? Was heißt alles?" Ich suche in seinen dunkelbraunen Augen nach Antworten, aber er hält sich bedeckt. Wann wird er mir genug vertrauen, um sich mir anzuvertrauen?

„Wenn ich dir alles erzähle, wird es die Überraschung verderben. Magst du keine Überraschungen?"

„Normale Überraschungen, ja. Aber, falls du es noch nicht bemerkt hast, mein Leben hat sich in einen Action-Abenteuer-Film verwandelt", gebe ich zynisch zurück.

Er hält seinen Mantel für mich offen und ich schlüpfe in die Kaschmirwärme. Er ist nah, so nah, dass ich seine Körperwärme spüre. Verdammt noch mal. Sexappeal tropft von ihm wie ein Elixier, das Einsamkeit heilt.

Bin ich einsam? Ja. Ich habe fast ein Jahr lang keinen Sex gehabt. Das ist nicht normal. Die einzigen Männer, mit denen ich befreundet bin, sind Alenas Freunde, und das hielt nur bis zum Schulabschluss an. Die meisten von ihnen waren mit Arbeiten beschäftigt. Alle scheinen mit ihrem Leben weiterzuziehen, aber ich stecke in der Vergangenheit fest und habe keine Ahnung, was die Zukunft bringt.

Ich bin arbeitslos. Mein Leben ist eine kolossale Enttäuschung. Aufgrund von Sicherheitsbedenken kann ich nicht einmal meine Tante kontaktieren und um das Ganze abzurunden, verbirgt mein Verlobter nicht, dass er mich schwanger machen will. Ich wickel den Mantel um mich und binde den Gürtel. Er ist gemütlich und riecht nach ihm.

Dmitry bewegt sich steif zur Tür.

„Tut dir dein Bein weh?" Erst jetzt realisiere ich, dass die Kälte ihn physisch beeinflussen könnte.

„Kein Grund zur Sorge", antwortet er. Aber an seinem schmerzverzerrten Gesichtsausdruck kann ich erkennen, dass etwas wehtut.

Dmitry öffnet die Tür und ich gehe zu unserem privaten Aufzug.

In der erzwungenen Nähe des Aufzugs erinnere ich mich an das letzte Mal, als wir hier waren, und wie wir fast Sex hatten. Ich schließe meine Augen und lasse die Euphorie über mich kommen. Plötzlich sind seine Lippen auf meinen. Meine Augen bleiben geschlossen. Ich weiß, wo er ist und schlängele meine Hände um seinen Hals und durch sein Haar. Seine Finger zeichnen eine Linie zwischen meiner Wange und meinem Hals. Unsere Zungen tanzen spielerisch. Er öffnet die Vorderseite meines Mantels und drückt sein Becken gegen mich.

Er ist hart vor Verlangen. Ich greife nach unten und fasse ihn. Das weiche Stöhnen in seiner Kehle sagt mir, dass er das genießt. Unsere Münder verwöhnen sich gegenseitig und verschmieren sicherlich meinen Lippenstift. Der Aufzug klingelt, und er zieht sich zurück, als ob nichts passiert wäre, aber seine Lippenfarbe erzählt eine andere Geschichte.

Anton wartet in der Garage und ausnahmsweise wünschte ich mir, der Aufzug hätte sich festgefahren.

Ich bleibe hinter ihm. Die gemischten Signale verwirren, das eine Minute begehrt, die nächste weggehen. Er ist ein Tease.

Er wartet bei der offenen Autotür auf mich.

„Was ist los?" Fragt er. "Du warst vor einer Minute noch glücklich."

Ich ziehe meine Schultern zurück und halte meinen Kopf hoch. "Noch vor einer Sekunde dachte ich, ich würde gefickt werden."

"Geduld ist eine Tugend, sagt man." Seine Augen funkeln mit einem teuflischen Glanz. Er spielt mit mir und wir wissen es beide.

"Ich habe Angst, dass das nicht funktionieren wird", sage ich und steige in den SUV. Er rutscht neben mich und schließt die Tür.

Anton spricht in ein Mikrofon, das an seinem Kragen befestigt ist, schaltet das Fahrzeug ein und wir reihen uns in eine Kolonne identischer schwarzer SUVs ein. Das erinnert mich an einen Trauerzug und ich hoffe inständig, dass es kein schlechtes Omen ist. Ich klammere mich an meine Handtasche.

„Es wird funktionieren", murmelt Dmitry und nimmt meine Hand in seine, dann gibt er einen leichten Druck.

Es ist, als könnte er meine Gedanken lesen. Seine Präsenz beruhigt mich. Ich lehne mich entspannt gegen die Sitzlehne. Die Fahrt zum Teterboro ist so reibungslos wie möglich bei Stadtverkehr.

„Folgt uns jemand?"

„Nicht, wenn jeder seinen Job gemacht hat", antwortet er und ich bemerke ein leichtes Nicken von Anton, also nehme ich an, dass wir den riskantesten Teil des Plans überstanden haben.

"Was gibt es in London zu tun?"

Er lässt meine Hand los. Mir war nicht bewusst, dass ich seine so fest umklammert hatte.

„Ich zeige dir die Stadt, wenn ich nicht arbeite. Wenn ich arbeite, ist ein Bodyguard bei dir."

"Und was machst du den ganzen Tag?"

"Das wird noch früh genug kommen." Seine Stimme ist herablassend, als wäre ich ein neugieriges Kind.

"Läuft alles nach deiner Zeit, nicht meiner", äußere ich meinen Unmut.

"Ah ja? Nun, vielleicht gibt es ein paar Leute in New York, die dich früher statt später treffen möchten", droht er.

"Apropos, gibt es Neuigkeiten von James?" Ich frage mich, ob er Geheimnisse mit sich herumträgt. Ich frage mich, wie er und meine Mutter sich getroffen haben und ob sie wusste, dass er mit der irischen Mafia in Verbindung stand. Sie ist nie in die Stadt gegangen, also ist es möglich, dass sie die Wahrheit nie kannte.

"Kirill sucht nach ihm. Seine Leute kennen ein paar Iren. Ich bin sicher, wir werden bald etwas erfahren."

"Und damit wir uns klar sind, ich habe nicht nach tiefen Taschen gesucht, als wir uns trafen. Es sollte nur ein One-Night-Stand sein."

Seine Augen verengen sich auf mich. „Ach wirklich, das war alles?" Sein Unglaube bestätigt, dass ich bei ihm nichts vortäuschen kann.

"Nun, es scheint, dass wir auf absehbare Zeit zusammen sind. Aber die Realität ist, dass ich einen Job brauche. Ich kann nicht von dir leben. Ich möchte Kleidung entwerfen und ich denke, ich wäre darin gut. Ich könnte sogar von Zuhause aus arbeiten." Vielleicht bin ich zu weit gegangen. Hat er überhaupt ein Zuhause?

Er bleibt nachdenklich.

"Ich habe Schulden, Dmitry, viele Studiendarlehen. Du willst nicht, dass die Regierung nach mir sucht."

Er schaut aus dem Fenster und seine Stimme ist kalt, wenn er sagt: "Deine Schulden sind beglichen."

Ich bin sprachlos. Natürlich wusste er, dass ich Geld schuldete. Er wusste wahrscheinlich sogar bis auf den Cent, wieviel.

"Ich habe dich nicht darum gebeten, das zu tun", sage ich und starre aus dem Fenster, unsicher, wie ich darüber fühlen soll. Sollte ich mich ärgern, dass er so voreilig ist? Oder sollte ich froh sein, dass er meine Probleme gelöst hat?

„Du hast nicht gefragt. Aber es ist geregelt. Es geht immer um den Anschein," sagt er. „Ich kann es nicht zulassen, dass die Regierung in meine Angelegenheiten hineinschnüffelt."

Verdammt, ich hätte ihn und seine Familie unbeabsichtigt bloßstellen können, wenn ich meine Kredite nicht bedient hätte. Er hat sich um die Kredite gekümmert, um das unrechtmäßig erworbene Vermögen seiner Familie nicht auf dem Radar des Bundes zu haben. Warum bin ich enttäuscht, dass es nicht aus Ritterlichkeit war?

"Wo komme ich in all dies hinein?" Ich wende mich endlich an ihn, ohne mir Sorgen zu machen, was er in meinem Gesichtsausdruck sieht.

"Ich bin älter. Es ist an der Zeit, zu heiraten." Er wendet sich mir zu und legt seine Hand unter mein störrisches Kinn. "Du bist schöner, als du denkst. Welcher Mann würde dir nicht die Welt zu Füßen legen wollen?" Seine Worte berühren etwas in mir.

Mein Herz rast, und mein Puls beschleunigt sich. Die vertraute Glätte kehrt zwischen meine Beine zurück.

Ich bin sprachlos.

"So wie ich dachte, du magst mich, Izzy. Wenn ich meine Finger zwischen deine Beine schieben würde, würde ich dich feucht für mich finden."

Ich bin kurz davor, meinen Kopf abzuwenden, aber er gibt mir einen leichten Kuss auf die Lippen. Meine Unterlippe zittert vor Vorfreude.

Ist das Bett in dem Jet groß genug für zwei?

# KAPITEL 22, DMITRY

Anton gibt Entwarnung, als wir am Flughafen Teterboro ankommen. Vor uns fährt immer noch ein SUV, und hinter uns ist auch noch einer, um sicherzustellen, dass wir nicht verfolgt wurden. Bis jetzt scheint unser Plan, identische Autos zu verschiedenen Flughäfen zu schicken, funktioniert zu haben.

Izzy kann es nicht lassen, auf den wartenden Jet zu starren, der in der Morgensonne auf dem Rollfeld glänzt. Anton trägt unsere Koffer ins Flugzeug, während ich mit Izzy am Fuß der Treppe warte. Als Anton mir zum Abschied die Hand schüttelt, danke ich ihm dafür, dass er uns sicher gebracht hat und gebe ihm einen Bündel Geldscheine. Ich werde diese Währung nicht mehr brauchen, wenn wir in London landen.

„Schließ deinen Mund", flüstere ich Izzy zu, als sie einen Fuß auf die Stufe setzt.

„Ich kann nicht glauben, dass wir das tun."

„Gewöhn dich dran. Du wirst eine Volkov sein."

Wir erreichen die Tür des Flugzeugs, und Izzy hält so abrupt an, dass ich fast in sie hineinlaufe. So nahe zu sein, lässt meinen Körper vor Energie vibrieren. Ich kann es kaum erwarten, meine Lebenserfahrungen mit ihr zu teilen und ihr neue Dinge zu zeigen. Dieser

Wunsch, eine Frau in meine Welt einzubeziehen und sie in den Familienkreis zu bringen, ist völlig neu für mich.

„Wow! Das ist unglaublich. Ich hätte nie geträumt, dass ich in etwas wie diesem hier fliegen würde."

Ich schaue über ihre Schulter und sehe viel glänzendes Holz und vier cremefarbene Ledersitze, zwei auf jeder Seite des Ganges. Dahinter befindet sich ein Essbereich mit einem polierten Holztisch und überfüllten Sitzen. Dahinter befindet sich der Unterhaltungsbereich mit einem Sofa und einem flachen Fernseher an der Wand. Ohne hinzusehen, weiß ich, dass es ein Schlafzimmer mit einem kompletten Bad gibt. Das Beste am Privatflug ist, dass man die Toilette nicht mit Hunderten anderer Passagiere auf einem Linienflug teilen muss.

„Lass mich deinen Mantel nehmen. Du wirst ihn nicht benötigen", schlage ich vor.

„Ich fühle mich underdressed", murmelt sie, lässt aber zu, dass ich ihn von ihren zarten Schultern schiebe.

Weiß sie nicht, dass sie immer schön ist, egal was sie trägt?

„Du bist in Ordnung. Du siehst immer umwerfend aus. Fühl dich wie zu Hause. Ich werde das Essen überprüfen, das mein Bruder vorbestellt hat."

Als ich die Kühler in der Kombüse öffne, stelle ich fest, dass sie vollständig mit Meeresfrüchten und Getränken bestückt sind. Es ist ein langer Flug, also brauchen wir viel zu essen und zu trinken.

Für Milliardäre ist ein Privatflugzeug ein Zuhause fern von zu Hause. Dieses Zuhause hat Flügel. Mein Bruder mag, was unser Geld kaufen kann, und zu seinem Verdienst hat er beim Transport nicht gespart.

Izzy findet den Weg zu den Lederclubsesseln.

„Ich gehe davon aus, dass wir hier für den Start sitzen müssen", sagt sie und macht es sich bequem.

„Ja, aber du hast noch eine Minute, das Flugzeug zu erkunden, wenn du willst. Es gibt sogar ein Schlafzimmer hinten."

Ich bin in Ordnung", sagt sie und lässt ihre Handtasche auf den plüschigen Teppichboden fallen und schnallt sich an. „Ich glaube dir." Sie wirft mir einen Blick zu und zwinkert mir zu. „Dafür haben wir später genug Zeit."

Ist sie wirklich so? Ich kenne niemanden, der nicht zuerst erkunden würde.

Ich gehe an ihr vorbei und mache mich auf den Weg zum Schlafzimmer. Ich hänge den Mantel in den Schrank und überprüfe die Outfits, die bereits dort hängen. Ich öffne eine Schublade, um sicherzugehen, dass ihre Nachtwäsche und ein Wechsel Intimbekleidung hier sind, und das sind sie.

Ich schicke meinem Bruder eine SMS.

Dmitry: Alles lief nach Plan.

Nikolay: Super, bis morgen, antwortet er.

Ich kehre zurück zu Izzy und setze mich in den Clubsessel neben ihr. Für mich fühlt es sich an, als wäre ich ein Kind, das sein Leben lang darauf gewartet hat, seinen Geburtstag zu feiern. Schuldgefühle überkommen mich, als hätte ich all das nur für meinen eigenen Genuss organisiert, um ihre überraschte Miene zu sehen. Die Wahrheit ist jedoch, dass ich sichergestellt habe, dass dieser Flug perfekt für sie ist.

„Wie lange dauert es noch, bis wir abheben?" Izzy reckt den Hals, um aus dem Fenster zu sehen. Wirklich viel gibt es noch nicht zu sehen, nur ein Meer aus Beton.

„Bald. Sobald wir in der Luft sind, können wir essen. Hast du Hunger?"

„Ja, und eine Tasse Kaffee wäre toll."

„Ich habe Essen ausgesucht, das ich mit dir teilen wollte."

„Das hast du also, ja?"

„Ja, es ist ein kosmopolitisches Thema. Ich denke, es wird dir gefallen." Ich bin nonchalant. Wäre ich in London oder Russland, würde ich in meinen Lieblingsrestaurants bestellen. Ich habe Anton gesagt, dass ich wollte, dass das beste Restaurant uns heute Morgen das Essen liefert.

Sie hat noch nicht erfahren, dass ich mit Anya und Nikolay über ihre beruflichen Ambitionen gesprochen habe. Sie wollten alles über sie wissen und was sie mit ihrem Abschluss anfangen will. Sie haben einen Designer beauftragt, mein Haus für unsere Ankunft herzurichten.

„Nur damit du es weißt, meine Mutter und Anya haben bereits eine Location für die Hochzeit gebucht. Die meisten Orte sind ein Jahr im Voraus ausgebucht, daher hatten wir Glück, durch eine Stornierung noch einen Platz zu bekommen."

„Das ist nett von ihnen. Ist schon alles organisiert, oder habe ich noch Mitspracherecht?"

„Dafür ist nicht genug Zeit. Anya hat einen professionellen Hochzeitsplaner engagiert, aber ich bin sicher, du wirst trotzdem eingebunden."

„Oh." Ihr Mund formt ein süßes längliches „O" und ich möchte ihre vollen und üppigen Lippen küssen.

Ich habe Izzy nicht von dem Hintergedanken hinter der großen Hochzeit erzählt. Ich warte auf den richtigen Zeitpunkt, um ihr zu sagen, dass es eine Falle ist. Ich kann sie nicht allzu schnell mit Details überlasten und riskieren, dass sie verärgert ist und sich weigert, mich zu heiraten. Wenn sie abhaut, kann ich sie nicht beschützen. Ich kann nicht zulassen, dass eine unschuldige Frau, die nie darum gebeten hat, in die Geschehnisse verwickelt zu werden, etwas passiert. Ich bin beschützend, weil ich weiß, was Männer wie ich jemandem wie ihr antun können. Sie ist ein leichtes Ziel; ohne mein Eingreifen wäre sie bereits entführt worden. Von wem und zu welchem Zweck? Das muss ich noch herausfinden.

„Wie lange dauert der Flug?" fragt sie und überprüft die Uhrzeit auf ihrem Handy.

„Kommt darauf an, wie schnell wir fliegen und wie die Winde sind. Ich vermute, wir kommen gegen acht oder neun Uhr abends in London an. Ich habe ein Auto arrangiert, das uns am Flughafen abholt. Mein Wächter, Milan, wird uns dort treffen. Du wirst ihn mögen. Gib mir dein Handy."

Sie reicht es mir.

Ich tippe auf den Nummernblock. „Du hast jetzt Milans Nummer. Wenn du mich nicht erreichst, kannst du ihn anrufen.

Ich gebe dir auch die Nummer deines Wächters, Erik. Ich möchte nicht, dass du ohne ihn irgendwohin gehst."

Ich gebe ihr das Handy zurück. Sie nimmt es entgegen und schafft es, meinen Handkontakt zu vermeiden. Schade eigentlich, denn ich hätte nichts lieber getan, als sie zu berühren. Weiß sie, dass ich über sie grüble? Sie tüftelt an den Knöpfen auf ihrer Armlehne herum, während sie versucht herauszufinden, welcher Knopf die Rückenlehne verstellt, den Fußhocker ausfährt und die elektrischen Fensterblenden steuert.

Sie ist wie ein Kind mit neuem Spielzeug. Ich hätte sie niemals für jemanden gehalten, die etwas tun würde, was sie nicht möchte, es sei denn, ihr Leben wäre in Gefahr. Sie hat Glück, dass sie mir in den Schoß, oder eher, in mein Bett gefallen ist. Zu viele Männer da draußen würden sie nicht wie die Prinzessin behandeln, die sie ist.

Ich stelle mir vor, sie ist nervös, ihre beste Freundin und ihre einzige Heimat zu verlassen. Ich bin immer noch verwundert, warum sie sich entschieden hat, nachdem ihre Mutter es ihr verboten hatte, in der Stadt zu studieren. Sie könnte überall ihren Abschluss machen. Warum dort? Jeder weiß, dass New York, Mailand und Paris Mode-Mekkas sind, vielleicht hatte das etwas mit ihrer Entscheidung zu tun. Es war nah genug an zuhause, um sicher zu sein; wenn es nicht klappen würde, könnte sie nach Connecticut zurückkehren.

Der Kapitän kündigt an, dass wir zur Landebahn rollen werden. Ich greife nach meinem Sicherheitsgurt und schnalle ihn über meinen Schoß. Das Flugzeug stößt vorwärts wie ein Rennwagen und hoppelt über einen Rollweg, der schon zu viele Winter gesehen hat.

Wir nehmen an Geschwindigkeit zu, und Izzy hält meine Hand mit festem Griff. Ich blicke rüber und sehe, dass ihr Gesicht auffällig blass ist. Sie schaut geradeaus und murmelt: „Ich bin noch nie geflogen".

„Es wird alles gut. Wir werden bald in der Luft sein." Ich drücke ihre Hand sanft.

„Versprochen?"

„Ja, und in einer Minute können wir uns im Flugzeug bewegen, als wären wir am Boden."

Das Flugzeug hebt ab, die Fliehkräfte drücken uns in unsere Sitze. Alles glättet sich, und das einzige, was wir hören, ist das Dröhnen des Motors und das Geräusch des eingefahrenen Fahrwerks.

„Gut, denn ich muss auf Toilette."

Ich bin froh, dass sie sich mir gegenüber wohl genug fühlt, um zu viel zu teilen.

Ich drehe meinen Kopf, um mein Lächeln zu verbergen, starre aus dem Fenster und beobachte, wie die Skyline von New York kleiner und kleiner wird, während wir höher und höher durch die Wolken steigen. Als die Turbulenzen vorbei sind, kündigt der Pilot an, dass wir uns frei in der Kabine bewegen können.

„Okay, du kannst…jetzt auf die Toilette gehen." Ich lasse ihre Hand los und löse den Sicherheitsgurt, um auch aufzustehen.

„Danke", sagt sie mit einer Dringlichkeit, die fast einer Notlage gleicht. Ich unterdrücke ein Kichern und trete zur Seite, um sie vorbeizulassen.

Während sie weg ist, gehe ich in den Essbereich und decke den Tisch mit Tischwäsche, Porzellan und silbernem Besteck. In einem der Kühlschränke finde ich frische Gänseblümchen und stelle sie in die Mitte des Tisches. Ich weiß, dass sie diese lieben wird.

Ich finde auch frische Crêpes und ein Glas mit rotem Kaviar. Immer penibel auf Details achtend, richte ich die Crêpes auf einem kleinen Servierteller an. Ich werfe einen Blick in Richtung Schlafzimmer, ich weiß, ich habe nur noch wenige Sekunden. Ich stelle das Essen schnell auf den Tisch zusammen mit einem Teller frisch geschnittenem Obst, dann schnappe ich mir eine Flasche Champagner, einen Eiskübel und zwei Gläser.

Gerade als ich fertig bin, alles auf den Tisch zu stellen, sehe ich Izzy aus dem Augenwinkel und gehe ihr entgegen, bevor sie den Bereich erreicht.

„Ich habe Essen." Ich trete zurück und drehe mich zur Seite, damit sie sehen kann, dass der Tisch für zwei gedeckt ist. „Setz dich."

„Hast du das gemacht?" Sie wirft mir einen fragenden Blick zu.

„Natürlich. Ich hoffe, du hast nichts dagegen, dass wir keine Stewardess haben. Ich dachte, wir würden die Zeit nutzen, um uns kennenzulernen."

Sie neigt ihren Kopf zurück und mustert mich mit ihren Augen. Ihr Blick verweilt, und ich vergesse den Schmerz in meinem Bein. Sie ist wie eine Droge, die meine Schmerzen lindert und mir eine Zukunft zeigt, die ich mir nie vorgestellt habe.

Ich muss meine Emotionen in den Griff bekommen, bevor wir landen. Es ist nicht meine Art, so... formbar zu sein. Plötzlich erinnere ich mich an jeden Etikettetipp, den meine Mutter uns eingebläut hat und später in der Internatsschule weiter verstärkte.

„Mm", murrt sie, als sie die Flasche aufnimmt, um das Etikett zu lesen.

„Ich habe mich für Champagner statt für Cappuccino entschieden, aber ich kann auch Kaffee machen, wenn du das lieber magst." Warum plappere ich über Kaffee?

Weil ich weiß, dass sie ihn liebt.

Der Tisch ist perfekt. Ich war auf genug schicken Partys und in schicken Restaurants, um zu wissen, wie man Essen so anrichtet, dass es hübsch aussieht. Wie man so schön sagt, wir essen zuerst mit unseren Augen.

„Oh, ich habe den Perlmuttlöffel vergessen." Ich gehe zurück zur Kombüse und hole ihn aus einem Servierlöffeltablett.

Izzy sieht mich mit einem amüsierten Ausdruck an.

„Was?" frage ich, während ich die Luft anhalte. Ich bin mir nicht sicher, ob ihre gerunzelte Stirn bedeutet, dass ich etwas Gutes getan habe oder ob ich etwas in den Sand gesetzt habe. Ich balanciere auf dem Hochseil, warte auf das Urteil.

Sie kichert. „Meine Güte, du hast dir wirklich viele Gedanken gemacht," ruft sie aus, als sie in die Ledernische rutscht.

„Das habe ich," gestehe ich und atme langsam aus. Ich setze mich zu ihr in die Nische und tauche den kleinen Löffel in den Kaviar.

Ich darf niemandem verraten, wie wichtig sie mir ist. Obwohl Kirill wahrscheinlich eine Ahnung hat.

„Das sieht unglaublich aus. Ich weiß, dass das Kaviar ist, aber ich habe ihn noch nie probiert." Sie gibt der Schüssel Kaviar einen skeptischen Blick.

„Ich hoffe, es wird dir schmecken. In Russland essen wir ihn auf Crêpes," erkläre ich, während ich mit dem Löffel einen Klacks Kaviar auf den gefalteten Crêpe streiche. „Probier es." Ich lege die Delikatesse auf ihren weißen Porzellanteller.

Ich stehe auf, um die Champagnerflasche zu holen und den Draht um den Korken zu lösen.

„Ist das sicher, das auf einem Flugzeug zu tun?" Sie nimmt den Crêpe und sieht mich an.

„Nein, ich muss darauf achten, dass ich kein Fenster treffe." Ich ziehe meine Serviette vom Tisch und lege sie über den Korken.

„Was?" Ihre Panik amüsiert mich.

„Beruhige dich, ich weiß, was ich tue, und du musst lernen, mich nicht zu hinterfragen."

„So passe ich also hinein," stellt sie fest, während der Crêpe ihre üppigen Lippen passiert.

„Ja. Von den Frauen in deinem Umfeld wirst du wahrscheinlich aufgrund deiner nicht russischen Herkunft und höchstwahrscheinlich aufgrund einer interkulturellen Beziehung ausgegrenzt. Wenn du Sizilianerin bist, wird das Misstrauen und Skepsis hervorrufen." Ich öffne den Champagner, und er sprudelt in die Serviette.

„Du denkst, ich gehöre zur Moretti-Familie?" Sie nimmt einen Bissen vom Crêpe und kaut ihn mit einem zufriedenen Ausdruck auf ihrem Gesicht. Das ist gut. Unsere Speisen zu genießen, ist der erste Schritt zur Anpassung an unsere Kultur.

„Das wäre logisch, meinst du nicht?" Ich fülle ihr Champagnerglas bis die goldene Flüssigkeit einige Zentimeter vom Rand entfernt ist. Ich gieße auch für mich ein und stelle die Flasche in den Eiskübel.

„Auf was stoßen wir an?" Sie hat ihren Crêpe fertig und hält eine Erdbeere in der Hand.

„Nun, wir waren in den letzten Tagen gezwungenermaßen auf engstem Raum zusammen und haben uns nicht gegenseitig umgebracht. Das ist doch einen Anstoß wert, oder nicht?"

Sie knabbert an der Erdbeere und macht ihre Lippen rot und saftig. Ich will so sehr mit ihr schlafen, dass ich mich über den Tisch beuge und die Erdbeere mit meinen Zähnen aus ihrem Mund nehme. Ich kaue, schlucke und will mehr. Dieses Mal bedecke ich ihre küssenswerten Lippen mit meinen.

Der Geschmack von ihr gemischt mit der Süße der Frucht und meinen tobenden Hormonen führte dazu, dass wir einander verzehrten. Ist sie nur geil wegen des Privatjets, oder steht sie wirklich auf mich?

Es ist mir egal. Sie gehört mir, und sie hat keine Wahl. Niemand wird jemals wissen, wie es sich anfühlt, in ihr einzudringen. Ich werde den Gedanken an jeden Mann, der jemals mit ihr zusammen war, auslöschen.

Ihre Finger sind in meinen Haaren, und sie zieht mich näher heran.

"Lass uns den Champagner und den Kaviar nehmen und das Ganze ins Schlafzimmer verlagern", schlage ich vor.

# KAPITEL 23, IZZY

*D*mitry schnappt sich unsere Champagnerflasche und nimmt einen kräftigen Schluck, während er den Weg ins Schlafzimmer weist.

Alles, was ich höre, ist das Hämmern meines Herzens in meinen Ohren und das leise Brummen des Flugzeugs, während es seinen Weg über den Himmel nimmt. Er erreicht das Bett vor mir und reicht mir mein Getränk.

"Auf uns", sagt er mit einem frechen, tiefen Knurren.

Ich bin sprachlos. Stoße ich auf uns an? Unsere Gläser klingen, und ich nehme ein paar Schlucke. Dmitry leert sein Glas, nimmt meins und stellt die Gläser auf den Nachttisch. Er nimmt mich in seine Arme und wirft mich auf das Bett.

"Ich werde dich Zentimeter für Zentimeter einnehmen."

Seine Drohung lässt mich erschaudern. Ich hatte noch nie einen Mann, der das Schlafzimmer so beherrscht. Verdammt, ich hatte auch noch nie mehrere Orgasmen. Dmitry weckt in mir Lebensgeister. Wenn ich ein Zimmer betrete, begehrt er mich mit seinen Blicken, auch wenn ich vollständig angezogen bin.

"Ich will, dass du meinen Namen schreist." Seine Stimme wird rau an meinem Ohr, während er an meiner Ohrläppchen knabbert und zerrt.

Er zieht seine Schuhe, Socken und Jeans aus. Ich ziehe mein Oberteil aus und öffne meinen BH. Meine Brüste fallen heraus, warm und voll. Er streift seine Unterhose ab und ich kann nicht anders, als seinen riesigen, pulsierenden Schwanz anzustarren. Ich greife nach ihm, streichle seine enorme Länge, während er sich über mich beugt.

Das Geräusch seines Atems, wenn er in seiner Kehle stockt, bereitet mir Vergnügen. Er treibt mich mit seiner Lust in den Wahnsinn, aber ich beginne zu glauben, dass ich denselben Effekt auf ihn habe.

Sein Mund findet meine Brustwarze und saugt daran, während seine Hand meine Muschi mit seiner Handfläche und Fingern massiert. Ich fühle, wie die Erregung zwischen meinen Beinen hervorschießt. Meine Eierstöcke explodieren, während seine geschickte Zunge über meine harten Brustwarzen gleitet.

Meine Finger sind in seinen Haaren verstrickt. Ich sehne mich nach mehr, aber er stoppt und steht auf.

Was?

Er zieht meinen Hintern an den Rand des Bettes. "Spreiz deine Beine, Prinzessin."

Ich liebe den Klang seiner tiefen Stimme. Meine Schamlippen schwellen an, während seine Befehle wie Gewitterwolken über mich hinweg ziehen. Er hat die einzigartige Fähigkeit, Befehle zu erteilen, denen ich nur allzu gerne folge. Was soll ich sagen? Er ist ein Anführer der Männer und der Herrscher über meine Vagina.

Ich spreize meine Beine. Er kniet auf dem plüschigen, mit Teppich ausgelegten Boden und drückt meine Oberschenkel weiter auseinander. Die Aufregung seiner Berührung lässt mich das Bettlaken greifen und meine Hände in seine Dichte Haarpracht schieben.

Seine Zunge ist warm und sanft. Er kreist in meinen Schamlippen und nähert sich meiner Mitte. Seine Zunge wird fordernder, als er meine Klitoris erreicht und zwei Finger in mich einführt, während er mit der anderen Hand meinen Kitzler reizt, bis er hart wird. Er saugt daran und ich stöhne. Verdammt. Ich habe noch nie solch ein Vergnügen gekannt.

Ich hebe meine gierige Vagina, um mehr zu spüren. Er dringt tiefer ein, findet meinen G-Punkt und reibt meine Klitoris mit seinem Daumen. Ich bin so nah dran, einem Höhepunkt zu erleben, als er plötzlich aufhört. Verdammt!

Ich öffne meine Augen und er ist über mir, leckt seine Finger.

"Du schmeckst süß", murmelt er. "Dreh dich um."

Ich drehe mich auf den Bauch. Ich brauche ihn, um mich zu befriedigen und mich von diesem Schmerz zu befreien.

Er steht hinter mir, sein harter Schwanz reibt zwischen meinen Pobacken.

„Ich werde dich hart und schnell nehmen", keucht er, während er in meine Muschi eindringt. Ich knicke unter seiner Wucht und seiner Größe ein, während er gegen meine Wände drückt. Meine Liebesmuskeln umklammern seinen pulsierenden Schwanz, während Wellen der Euphorie ansteigen.

Seine Hand ist zwischen meinen Schulterblättern und drückt mich nach unten, und meine Brustwarzen finden die Reibung des Bettbezugs angenehm, während er in mich hinein und aus mir heraus stößt. Ich klammere mich an die Decke, als wäre sie meine Lebenslinie. Mein Gehirn explodiert in ein Feuerwerk und ich schreie laut genug, dass der Pilot mich hören kann, während ich auf seinem Schwanz komme.

„Das ist gut, Prinzessin. Jetzt werde ich dich mit meinem Sperma füllen." Er rammt mich, spritzt seine Ladung ab, und brüllt dann wie ein Löwe, der auf der Serengeti paart.

Er zieht sich aus und geht für eine Sekunde, bevor er mit einem warmen Lappen zurückkommt, mich abwischt und mich auf das Bett zieht. Meine Beine haben keine Kraft mehr und ich begrüße seine starken Arme, die mich heben. Er legt mich in die Mitte des Bettes und liegt neben mir, zieht mich an seine Brust. Mein Kopf ruht auf seiner Schulter, meine Wange in der Armbeuge. Ich blicke hinunter und fahre mit einem Finger über eine Narbe, folge ihrem

Pfad, während ich in Gedanken an Nichts verloren bin, gesättigt und zufrieden.

„Geht es dir gut?", fragt er.

„Mm", murmle ich. Vielleicht ist es mit ihm doch nicht so schlecht. Er ist mein Biest und ich verliebe mich in ihn.

„Was denkst du?"

Seinen Akzent hörte, erinnere ich mich daran, dass er zu seiner Familie nach Hause zurückkehrt und sie Russisch sprechen werden. Ich werde ihre Gespräche nicht verfolgen können und werde immer die Außenseiterin sein.

„Hast du schon von Kirill gehört?"

„Ich habe wahrscheinlich ein Update auf meinem Handy. Es ist jedoch im anderen Raum. Ich werde dich informieren."

„Okay." Ich bin überwältigt von meinen wachsenden Gefühlen für ihn und brauche eine Ablenkung. Ich setze mich auf. „Ich habe Hunger. Können wir das Frühstück beenden?"

Er sieht aus, als ob ihm das weh tut, was mich ehrlich verwirrt.

Die Falte auf seiner Stirn verschwindet, und er rollt aus dem Bett. „Lass uns duschen und anziehen. Für dich sind PJs und Lounge-Kleidung in den Schubladen."

„Wirklich?" Wie aufmerksam. Ich stehe auf und gehe zur Kommode. Ich nahm an, die Schubladen wären leer. Was wird er sich als nächstes einfallen lassen?

Ich öffne eine Schublade und finde mehrere Lounge-Outfits mit passenden Oberteilen und Unterteilen. Ich wähle ein Outfit in der Farbe Heidekraut und lege es auf das Bett.

Ich höre ein Geräusch, das wie leichter Sommerregen klingt und begreife, dass Dmitry die Dusche aufwärmt.

Bin ich es, oder sind wir beide zusammen, was alles im Leben erhaben macht?

Ich gehe ins Badezimmer und schlüpfe unter die Dusche zu ihm. Er seift meinen Körper ein. Wenn er das durchhält, gibt es eine zweite Runde.

Nachdem wir uns gegenseitig abgetrocknet haben, schlüpfe ich in neue Unterwäsche und das Outfit. Ich könnte mich daran gewöhnen. Ich höre Leute sich heutzutage über kommerzielle Flüge beschweren wegen der überfüllten Flugzeuge und wetterbedingten Verspätungen, die zu Stornierungen führen, ohne eine Möglichkeit, nach Hause zu kommen.

Dmitry zieht ein T-Shirt und schwarze Jogginghosen an. Wir sind beide barfuß, und er schnappt sich unsere Champagnergläser, während ich ihm zum Frühstück folge, das er zubereitet hat. Ich rutsche auf meinen Sitz und tauche ein in Bagels mit Frischkäse und geräuchertem Lachs.

Er füllt unsere Gläser nach, und ich nehme ein paar Schlucke von dem prickelnden Getränk. Ich beobachte, wie er Kaviar isst und frage mich, wie er das alles so reibungslos hinbekommen hat. Er findet sein Handy auf dem Tisch und überprüft seine Nachrichten.

Er ist still, während ich ungeduldig warte.

„Was ist los?" Ich trinke mein Champagner aus und befürchte das Schlimmste. „Bitte sag mir, dass Alena in Ordnung ist."

„Kirill sagt, dass sie in Ordnung ist. Er hat Mitglieder der russischen Mafia und die Iren am Flughafen gesehen." Er lacht. „Sie waren zunächst verwirrt, aber als sie unsere Doppelgänger das Flugzeug besteigen sahen, sind sie auch eingestiegen."

„Was? Du hast unsere Doppelgänger gefunden?" Ich erinnere mich selbst daran, meinen Mund zu schließen. Das ist ein ernsthafter Spionageakt.

„Was hast du gedacht, was ich die ganze Woche gemacht habe? Das aufzustellen hat viel Zeit in Anspruch genommen und war auch ziemlich teuer."

„Wo hast du sie gefunden?" Ich entspanne mich und sage mir, dass er weiß, was er tut.

„Durch Mundpropaganda. Viele Leute in New York nehmen Schauspielunterricht und sind bereit, einen Auftritt anzunehmen, um ihren Lebenslauf aufzubessern." Er leert sein Champagnerglas und füllt unsere Gläser zum letzten Mal auf, da die Flasche leer ist.

„Wow, ich hätte nie daran gedacht, unsere Überwachung mit Körperdoubles auszutricksen."

Er neigt den Kopf und beobachtet mich. Ich muss mit meiner frisch-gefickt-Frisur ziemlich erschrocken aussehen. Selbstbewusst schüttle ich sie mit den Fingern auf und stecke meine langen Ponysträhnen hinter mein Ohr.

„Lass das. Du bist perfekt, so wie du bist." Seine Augen konzentrieren sich auf mein Gesicht und wandern dann zu meinem Dekolleté. „Warum hast du das Gefühl, dass du immer um Aufmerksamkeit konkurrieren musst? Niemand kann dir das Wasser reichen."

„Ich bin es nicht gewohnt, Aufmerksamkeit zu bekommen.", murmele ich und starre auf meinen Teller.

„Nun, das muss sich ändern. Du wirst bald Teil einer reichen und mächtigen Familie sein, deren Mitglieder in der High Society verkehren, Galas besuchen und an Wohltätigkeitsorganisationen spenden. Wenn du an diesen Veranstaltungen teilnimmst, musst du deinen Kopf hoch und mit Selbstvertrauen tragen." Er schleudert sein Handy auf den Tisch. „Gefällt dir das Essen?"

„Oh, ja, es ist alles lecker, danke."

„Ich muss noch etwas Arbeit erledigen, bevor wir landen." Er steht auf, greift nach seinem Laptop und verschwindet ins Schlafzimmer.

Ich räume den Tisch ab und mache es mir vor dem riesigen Fernsehmonitor gemütlich. Ich wünschte, Alena wäre hier und frage mich, ob mein Handy funktioniert. Ich verbinde mich mit dem WLAN des Flugzeugs und schreibe ihr eine Nachricht, um zu sehen, wie es ihr geht.

Alena: Ich bin in Ordnung. Ich hänge einfach nur zu Hause herum und warte darauf, dass dieses Ereignis vorbei ist.

Ich: Gibt es Neuigkeiten zu deinem zukünftigen Ehemann?

Alena: Noch nicht. Die Ungewissheit bringt mich um. Oh, sorry.

Ich: Du bist so lustig. Kein Schaden angerichtet. Ich glaube, wir sind für eine Weile sicher.

Alena: Ja, Kirill hat dasselbe gesagt. Es ist verrückt, dass jemand von der russischen Mafia dich verfolgt. Ich verstehe es nicht.

Ich: Ich auch nicht. Aber ich genieße diesen Privatjet.

Alena: Das glaube ich dir. Sie schickt ein zwinkerndes Emoji. Wie geht es Dmitry?

Ich: Er scheint geil und konzentriert zu sein.

Alena: Es scheint, als würdet ihr gut miteinander auskommen.

Ich: Vielleicht. Ich behalte meine Meinung für mich. Ich habe gehört, unsere Hochzeit ist in zwei Wochen. Wirst du da sein?

Alena: Was für eine Frage. Ich sollte besser deine Trauzeugin sein. Das machen die Leute immer noch, oder?

Ich: Das spielt keine Rolle. Ich werde ein Bündel Nerven sein und kann das ohne dich nicht durchstehen, also mach was du tun musst, um dabei zu sein.

Alena: Ich werde sehen, was ich tun kann. Ich muss los, aber bleib in Kontakt.

Ich: Du auch.

Jetzt, da ich weiß, dass die schrecklichen Menschen unseren Körperdoppelgängern gefolgt sind, bestätigt es das, was Dmitry über den Stalker gesagt hat - er ist hinter mir her, nicht hinter Alena. Ich muss wohl den verdächtigen Geist meiner Mutter geerbt haben, da mein erster Instinkt ist, zu misstrauen, bevor ich vertrauen kann. Es hat ein paar Tage gedauert, aber ich beginne, Dmitry zu vertrauen und zu erkennen, dass er weiß, was er tut.

Ich schnappe mir die Hermes-Decke von der Rückseite des Sofas, ziehe meine Beine unter mich und mache es mir für einen Film bequem. Halbwegs durch den Film strecke ich mich und gähne. Die Aufregung, zusammen mit dem Essen und dem Sex, hat mich eingeholt, und ich schlafe ein, ohne mir Sorgen zu machen.

Ich erwache durch die Vibration des Flugzeugs, das in Turbulenzen gerät.

Ich setze mich auf und vergesse für einen Augenblick, wo ich bin. Ich bemerke, dass die Deckenbeleuchtung auf ein entspannendes Blau gedimmt ist. Ich schaue aus dem nächsten Fenster, und der Himmel ist dunkler geworden. Ich würde gerne wissen, wie spät es ist und zähle den fünfstündigen Zeitunterschied auf meinen Fingern. Ich schaue mich nach Dmitry um.

"Was gibt es?" Seine Stimme schwappt über mich hinweg. Ich folge der Richtung des Geräusches und finde ihn in einem der vier Clubsessel. Er hat ihn umgedreht und beobachtet mich.

Mein Gesicht ist von der Wärme des Schlafes und seinem intensiven Blick gerötet.

"Für einen Moment habe ich vergessen, wo ich bin. Gibt es irgendwelche neuen Updates?"

„Noch nicht." Sein schlechtes Bein löst sich von dem guten, und er steht auf. „Du musst Wasser trinken. Ausreichend zu trinken ist bei diesen langen Reisen wichtig."

Er hat recht. Meine Lippen sind trocken.

Er reicht mir eine Wasserflasche und sagt: „Ich habe dir das Mittagessen zubereitet."

Natürlich hat er das. Der Duft von im Ofen geröstetem Hühnchen mit Mango-Chutney ruft nach mir.

# KAPITEL 24, DMITRY

Ich befinde mich auf unbekanntem Terrain, beobachte Izzy beim Schlafen. Sie liegt zusammengerollt auf dem Sofa, und ich bringe es nicht über's Herz sie zu stören.

Die letzten Stunden verbrachte ich damit, unseren Abholtermin am Flughafen zu koordinieren und mit Nikolay, Roman und meiner Mutter bezüglich des Abendessens zu mailen und zu texten. Anya arbeitet mit der Hochzeitsplanerin zusammen, also habe ich ihr eine Liste der Blumen gemailt, die Izzy mögen wird. Ich habe auch unseren Juwelier kontaktiert und unsere Hochzeitsringe anfertigen lassen, sowie eine Perlenkette und Diamantohrringe für ihren Hochzeitstag. Mutter sagte, die Perlen seien traditionell. Izzys Hochzeitsring wird einen eingebetteten Tracking-Chip enthalten, falls sie jemals verschwinden sollte.

Ich darf sie nicht verlieren. Wir haben unsere gemeinsame Reise begonnen. Der Gedanke, dass sie mich jemals verlassen könnte, ist unnahbar.

Ich habe auch ihren Wächter, Erik, gemailt, einen Mann, dem unsere Familie seit zehn Jahren vertraut. Er übernachtet in dem alten Kutschenhaus, das der Vorbesitzer in eine riesige Wohnung und Spielzimmer umgebaut hat.

Es zahlt sich aus, Beziehungen zu haben. Ursprünglich gehörte das Anwesen einem russischen Oligarchen. Als er es auf den Markt brachte, bekam ich den ersten Anruf und machte einen virtuellen Rundgang mit der Maklerin. Sie sagte, meine zukünftige Frau würde den ganzen Stauraum lieben. Ich kaufte es ohne es jemals betreten zu haben. Jetzt passen die Arbeiter alles an meine Büroraumvorlieben an. Ich habe auch eine neue Haushälterin eingestellt, die ein Auge auf das Haus werfen und in meiner Abwesenheit da sein soll. Ich habe ihr auch Anweisungen für die Lebensmittel gegeben, die wir gerne essen.

Unterdessen hat Kirill Männer in Las Vegas, die den Schlägern folgen, die unsere Schauspieler verfolgen. Ich fühle mich selbstgefällig, wie einfach es war, sie auszutricksen. Sie arbeiten auf Anweisung von jemandem. Aber von wem? Die Mafia, genau wie das Militär, besteht nur aus Befehlsfolge.

Es ist allgemein bekannt, dass die Russen ihre Medien nutzen, um ihr Volk und ihre Feinde zu manipulieren. Ich frage mich immer mehr, ob die US-Medien auf dieselben Propaganda- und Ablenkungstaktiken zurückgreifen. Schon vor Jahrzehnten wussten wir, dass die Presse schließlich Dogmen erliegen würde. Dies bekräftigt nur meinen Verdacht bezüglich der Nachrichten über James Murphy.

Wenn Izzys Mutter ihn geliebt und ihm vertraut hätte, bezweifle ich, dass er sie verraten würde. Jedoch, wenn er ein Geheimnis kennt und gefoltert wird, könnte ich sehen, dass er dieses Geheimnis preisgibt.

Ich sitze in einem der Clubsessel, in dem ich Izzy beim Schlafen zuschauen und gleichzeitig an meinem Laptop arbeiten kann. Ich durchsuche das DarkNet nach unbezahlter Information über James Murphy. Mein Computer hat redundante Firewalls und sehr sichere Server, also ist er unauffindbar und unhackbar. Dennoch macht es mich nervös.

Soziale Medien werden zur Meinungsmache verwendet, und mein Instinkt sagt mir, dass James Murphy seiner eigenen Familie nicht stehlen würde. Vielleicht ist die Untersuchung eine Täuschung der Regierung, um Informationen über seine Familie zu extrahieren. Die Feds könnten versuchen, einen RICO-Fall aufzubauen. Aber wenn das wahr wäre, hätten wir bereits davon gehört, denn wir haben alle einen Mann im Inneren.

Hätte Izzys Mutter den Iren ihr Geheimnis anvertraut? Oder hat sie ihr Geheimnis mit ins Grab genommen? Nichts ergibt Sinn. Ich werde frustriert. Ich würde das gerne vor der Hochzeit hinter uns haben, aber der Plan, den ich mit meinen Brüdern gemacht habe, muss in die Wege geleitet werden. Ich bete, dass wir die Konsequenzen bewältigen können. Mein Bauchgefühl sagt mir, dass die Männer, die Izzy wollen, zur Hochzeit kommen werden, daher erstellen wir eine lange Liste der Verdächtigen und planen sie aufzudecken.

Hochzeit, meine Hochzeit, der ganze Begriff erscheint mir seltsam. Ich habe mich nie als verheiratet gesehen, aber ich stelle mir vor, wie sie nackt an unserem Hochzeitstag ist. Meine Männlichkeit zuckt bei dem Gedanken, sie schwanger zu machen. Ich bin ein unersättliches, gedankenloses Mistkerl, aber dennoch ein Mistkerl.

Ich brauche nur Zeit, damit Izzy sich in mich verliebt und niemals ihren Käfig verlassen möchte. Ich kann mir kein Leben mehr ohne sie vorstellen. Jenes Leben drehte sich nur um Kämpfen und Überleben. Ich diente in der Armee, kämpfte in einem Krieg und bin wie durch ein Wunder heil nach Hause gekommen, um dann fast bei einem Autounfall ums Leben zu kommen. Ab jetzt werde ich nur noch meine eigenen Kriegen kämpfen, und dieser ist für uns.

Meine Brüder stellen Notfallpläne auf und überprüfen Männer, die für die Sicherheit auf der Hochzeit sorgen sollen. Es wird ein extravagantes und sehr öffentliches Ereignis sein. Hinter den Kulissen führen wir einen riskanten Spielplan

Dieses Problem muss gelöst werden. Ich kann es nicht einfach erschießen, wie ich es mit einem Idioten tun würde, der in unserer Organisation Mist baut.

Ich beschließe, erneut Nachforschungen über Llea Sidova, die russische Patin, Alexseis Ehefrau, anzustellen. Wenn sie besorgt ist, dass ihr Sohn nach Alexseis Tod übergangen wird, wird sie alles tun, um das zu verhindern. Mit zwanzig ist ihr Sohn zu jung, um ein Don zu sein. Niemand wird ihn ernst nehmen. Außer er ist irgendwie ein unkontrollierbarer Verrückter, den alle fürchten, oder ein Genie darin, Allianzen zu schmieden, das jeder respektiert, wird er in kürzester Zeit getötet. Ich kann mir nicht vorstellen, dass seine Mutter ihn in diese Lage bringt, aber man weiß nie. Es besteht immer die Möglichkeit, dass ihr Verlangen nach Macht stärker ist als ihre Mutterinstinkte. Das ist eine Viper, der man nicht den Rücken zukehren sollte.

Ich rufe erneut ein Bild von Llea Sidova auf. Etwas Reptilienhaftes liegt in ihren Zügen. Sie wirkt auf mich brutal und manipulativ. Ich habe einige Artikel über ihr Stadtleseprogramm gelesen, und sie versteht es sehr gut, die Erzählung und die Optik zu orchestrieren. Ihre Schlagworte sind einstudiert und treffend. Alles ist einfach zu perfekt. Sie plant etwas. Ich muss sie und ihre Kinder im Auge behalten. Ihr Ehemann ist schwer zu fassen, was ein weiterer Grund ist, sie zur Hochzeit einzuladen. Kirill wird dafür sorgen, dass sie den Privatjet benutzen und Alena und ihre Eltern mitbringen.

Alena soll bei der Hochzeit Izzys Brautjungfer sein. Auch Kirill wird anwesend sein. Ich habe Nikolay gebeten, mein Trauzeuge zu sein. Roman versteht, dass es so sein muss. Wenn Nikolay etwas zustoßen sollte, müsste ich übernehmen.

Ich weiß nicht, wie man das alles alleine schafft. Wir sind zu dritt und selbst dann versuchen Partner noch, uns übers Ohr zu hauen. Man muss Eier haben, aber nicht dumm sein. Kurzfristige Gewinne können zu dauerhaften Feinden führen. So wird man in diesem Geschäft gerade durch Gier getötet.

Ich öffne ein weiteres Suchfenster und rufe die Unterlagen über Marias Tod auf. Wie schon zuvor stimmen die Daten auf den Dokumenten mit dem Tod von Morettis Tochter, Mariana, überein. Die Namen unterscheiden sich nicht so sehr.

Ich rieb mir über mein Kinn und gähnte. Meine Augen waren

schwer und mein Geist erschöpft. Ich driftete in den Schlaf, zum ersten Mal in meinem Leben zufrieden.

Ich wache auf, als die Triebwerke aufheulen. Das deutet darauf hin, dass wir uns unserem Ziel nähern und sinken. Es gibt etwas Turbulenz und Izzy regt sich.

Sie öffnet ihre Augen. Als sie mich sieht, fragt sie: "Wie spät ist es?"

"Zeit dich umzuziehen. Wir landen bald."

"Oh." Sie gähnt und schiebt die Decke von ihrem Schoß. Sie steht auf und streckt sich, bevor sie mir ins Schlafzimmer folgt.

Ich packe meinen Laptop mit dem recht sicheren Gefühl, dass ich alle im Voraus vorbereitet habe. Ich schlüpfe in einen Anzug und Anzugschuhe. Es ist Zeit, wieder die formale Version meiner selbst zu sein. Der Urlaub ist vorbei.

Izzy trägt Jeans und ein T-Shirt der Red Hot Chili Peppers, darüber ein Pullover. Ich kann mir vorstellen, wie sie bei einem Konzert dazu singt und tanzt. Das wird sie nicht mehr oft tun. Ob es ihr gefällt oder nicht, sie wird in die Oper, zum Ballett und ins Orchester gehen.

Izzy ist im Badezimmer, um alles einzupacken und kommt heraus, um ihr Haar zu bürsten.

"Hast du geschlafen?"

"Ein bisschen."

Ich bemühe mich nicht ihr zu erzählen, dass ich an Schlaflosigkeit leide. Oder vielleicht bin ich geheilt, denn wenn ich neben ihr liege, schlafe ich ganz gut.

Sie geht zurück ins Badezimmer, nimmt ihre Kulturtasche und wirft sie ins Gepäck.

"Lass nur das Gepäck auf dem Bett liegen. Es wird sich jemand darum kümmern. Ich habe uns etwas zu essen gemacht, während du im Bad warst."

Sie folgt mir zum Tisch und bedient sich an geröstetem Huhn, Brie und geschnittenen Äpfeln.

"Was ist der Plan, wenn wir gelandet sind?"

Ich mag die Art, wie sie das Wort wir verwendet.

"Nun, du wirst die Rolle meiner Verlobten übernehmen und ich werde zurück zur Arbeit gehen." Es ist besser, die anderen Details erst einmal wegzulassen.

Wir sind in der Limousine, die uns vom Flughafen abgeholt hat, und ich frage mich, ob sie gepanzert ist. Das spielt aber eigentlich keine Rolle. Was zählt, ist, dass wir auf der gegenüberliegenden Straßenseite fahren. Ich bin nervös beim Überqueren von Straßen, nachdem Dmitry mir von all den Amerikanern erzählt hat, die jährlich von Autos angefahren werden, weil sie vergessen, in beide Richtungen zu schauen, bevor sie die Straße überqueren. Gut, dass ich einen Bodyguard haben werde, der mich sicher hält, vorausgesetzt, der Verkehr gehört zu seinem Schutzbereich.

Die Luft ist kalt, bitterkalt. Ich stecke in Dmitrys Mantel, aber ich zittere noch immer. Heimlich rieche ich an den Revers und atme den vertrauten Duft meines Verlobten ein.

Ich ziehe mein Handy aus meiner Tasche und schicke Alena eine Nachricht.

Ich: Wir sind angekommen. Es ist spät. Ich bin hellwach. Was ist zuhause los?

Alena: Nichts Besonderes zu berichten. Ich habe eine Einladung zu eurer Hochzeit bekommen. Wir fliegen mit Alexsei im Jet. Seine Familie kommt auch! Kann

Ich: Wirklich? Ist diese Hochzeit so wichtig?

Sind die Volkovs so bedeutend? Laut Alena sind sie seit dem Zusammenbruch der Sowjetunion in Russland und haben in den letzten Jahren stark expandiert.

Alena: Wenn du Respekt willst, ist das eine Machtdemonstration und Einigkeit. Deshalb ist ein Mordanschlag auf einer Hochzeit so persönlich. Erinnerst du dich an Der Pate, als Sonny heiratet und dann wieder heiratet?

Ich: Oh Gott, verfluche mich nicht. Ich mache das, um am Leben zu bleiben. Ich würde lieber durchgehen.

Alena: Deine Hochzeit dient einem Zweck und sendet eine Botschaft. Aber es spricht nichts dagegen, dass du all den Glanz und Glamour genießt, Frau!

Ich: Ich vermute es. Ich schreibe dir später.

Alena: Schick mir alle Details über deinen Tag.

Dmitry schweigt, bis ich ihn anschaue. Dann wendet er sein stoisches Gesicht mir zu.

„Machst du dir Sorgen um etwas?", frage ich. Der Gedanke, dass mein großer Tag der letzte Tag von jemandem sein könnte, lastet schwer auf mir. Ich bete, dass das nicht passiert.

„Mm?" Dmitry wirkt abgelenkt. Er wendet sich mir zu, als hätte ich ihn aus einer Trance gerissen.

„Warum das lange Gesicht? Ich dachte, du freust dich, wieder zu Hause zu sein", scherze ich.

Offensichtlich liebt Dmitry seine Familie sehr. Ich bin sicher, sie haben zusammen eine Menge Scheiße durchgemacht. Und der plötzliche Tod seines Vaters lässt mich vermuten, dass das seinen Ich-will-ein-Baby-Trip vorantreibt. Er hat die Worte nicht ausgesprochen, aber warum sonst würde er mich dazu bringen, ihn anzuflehen, mich zu ficken, wohl wissend, dass ein Baby eine echte Möglichkeit ist? Ich kann ihm nicht widerstehen. Ich versuche es nicht einmal. Ich habe kein Problem damit zu betteln, denn ich bin süchtig nach seinem Körper und seinem gewaltigen Schwanz. Ich schäme mich nicht, das zuzugeben. Ich habe Bedürfnisse und bei ihm zu sein, macht das Loch in meinem Herzen weniger leer.

Ich möchte familiäre Bindungen, auch wenn sie kompliziert

sind und ich nicht verstehe, was sie sagen. Das Leben hat mich hart gemacht.

An Feiertagen war ich immer die Außenseiterin. Tante Emma ist viel älter und ist eine Witwe, die nie Kinder hatte. Sie hat mir erzählt, dass sie meiner Mutter geholfen hat und sie wie eine Tochter behandelt hat, daher war es für sie, als hätte sie eine Enkeltochter aufgezogen. Ich wünschte, ich könnte ihr eine Nachricht zukommen lassen, aber ich kann niemanden mehr sterben lassen wegen mir. Wir sind nicht sehr eng, aber sie ist die einzige Familie, die ich noch habe.

„Übrigens, wir haben eine Haushälterin", spricht Dmitry endlich.

„Eine Haushälterin?" Ich bin schockiert. „Das brauche ich nicht. Ich kann ein Haus putzen, Dmitry."

„Das weiß ich, aber Volkovs putzen keine Häuser."

„Ich bin nicht als Volkov geboren worden."

Straßenlaternen beleuchten sein Gesicht, während wir an ihnen vorbeifahren. Ich kann sehen, wie sich seine Augen verengen, seinen Missmut ausdrücken und mich zurechtweisen.

„Nein, das warst du nicht, aber durch die Verbindung bist du eine. Außerdem ist das Haus zu groß für eine Person. Wir haben auch einen Koch."

„Die meisten Paare besprechen so etwas", schnaufe ich.

„Wir sind nicht die meisten Paare", sagt er mit einem selbstgefälligen Grinsen, das die Diskussion beendet.

„Das muss ein ziemliches Haus sein."

„Ich denke, es wird dir gefallen." Er blickt wieder aus dem Fenster.

"Wie lange müssen wir noch fahren?"

"Wir sind bald da."

In wenigen Minuten haben wir die Hauptstraße verlassen und fahren auf ein Wachhaus zu. Der Fahrer lässt sein Fenster hinunter und spricht mit einem bewaffneten Wächter. Schneller als ich Sesam öffne dich sagen kann, öffnet sich das Tor wie von Geisterhand, und wir fahren durch eine Art Gelände. Es ist dunkel, aber ich kann eine massive Vier-Auto-Garage und Außengebäude ausmachen. Wir fahren um eine Biegung und ich entdecke ein in einem hellen Gelbton gestrichenes, zweistöckiges Herrenhaus im mediterranen Stil. An der Vorderseite des Hauses hängen beleuchtete Wandleuchten. Scheinwerfer im Hof leuchten auf die Wände. Die Wege sind mit Lichtern beleuchtet, die in die Pflastersteine eingelassen sind. Ein Bild davon könnte problemlos auf der Titelseite einer Designzeitschrift stehen.

Unsere Limousine kreist langsam zum hinteren Teil des Hauses und hält vor einer Doppeltür. Wenn sie offen wären, schwöre ich, wir könnten direkt hineinfahren. Diese Tür muss für Lieferungen, Fahrer und angestellte Helfer gedacht sein. Auf der umliegenden Wendefläche stehen schwarze SUVs und teure Sportwagen. Wenn die Haushälterin diesen Ferrari fährt, wechsle ich den Beruf.

Der Fahrer springt heraus und öffnet unsere Türen. Dmitry spricht auf Russisch mit ihm, während er unser Gepäck aus dem Kofferraum holt.

Ich höre, wie die Tür zum Haus aufschwingt. Ein großer Mann nähert sich.

„Ich bin Milan. Freut mich, Sie kennenzulernen", sagt er und streckt eine stark tätowierte Hand aus. Ganz in Schwarz gekleidet und aussehend wie Lurch aus der Addams Family, ist er einschüchternd. Ich kann verstehen, warum Dmitry ihn für den Schutz einsetzt.

„Izzy." Ich nehme Milans Hand und wir schütteln uns. Ich achte darauf, dass mein Händedruck fest ist. Ich sage mir, dass ich so tun muss, als ob, bis ich es schaffe, auch wenn es eine Schauspielerei ist. Ich darf keine Angst zeigen, also zwinge ich mich zu lächeln. Dmitry ist seine Priorität, aber ich brauche ihn auch auf meiner Seite. Ich bin sicher, dass es zwischen ihnen keine Geheimnisse gibt, weil sie immer zusammen sind.

„Großartig." Dmitry klatscht in die Hände, als ob das Treffen beendet wäre, und geht mit Milan an seiner Seite sprechend auf Russisch auf das Haus zu.

Ich schaue mich um, kann aber nichts in der Dunkelheit sehen.

Die kalte Luft kitzelt meine Nase. Die Männer sind weit vor mir. Ich renne, um aufzuholen.

Der erste Raum, den wir betreten, ist die Küche. Sie ist warm und geräumig und sieht nach einer kürzlichen Renovierung aus, wenn man von den Edelstahlgeräten ausgeht. Es muss ein Vermögen kosten, den riesigen Kühlschrank und die Gefriertruhe mit Strom zu versorgen. Strom ist in Europa nicht billig.

Reiche Mahagonischränke und cremefarbene Marmorarbeitsplatten geben dem Ort ein heimeliges Gefühl. Kupferboden-Töpfe und Pfannen hängen über der Marmorinsel. Ich könnte in dieser Küche leben. Allein der begehbare Vorratsschrank ist groß genug für ein Schlafsofa.

Martha Stewart würde beeindruckt sein. Ich halte sie immer noch für eine Knastvogel, aber was auch immer. Man kann nicht in New York City leben und die Ironie nicht sehen.

Milan drückt einige Tasten an der italienischen Kaffeemaschine und kocht einen Kaffee für Dmitry. Sie werden heute Abend lange über Dinge sprechen, von denen ich ausgeschlossen bin, und das ist okay. Weniger ist mehr, oder?

Dmitry legt seine Kaffeetasse ab und kommt auf mich zu.

"Zieh deinen Mantel aus. Lass mich dich zu unserem Zimmer führen, damit du dich einrichten kannst. Die Tour mache ich mit dir morgen."

"Okay." Ich gebe ihm meinen Mantel, und er gibt ihn an Milan weiter. Er nimmt meine Hand und führt mich in einen anderen Raum und hinauf einer sauberen Treppe zur zweiten Etage. Gemeinsam nehmen wir die Stufen. Die Wände sind makellos, sie wurden gerade erst gestrichen. Oben auf der Treppe folge ich ihm einen breiten Korridor entlang, mit flackernden Wandleuchten, die unseren Weg beleuchten. Die Stimmung des sanften Lichtes ist entspannend.

"Wohnt noch jemand hier?"

"Nein, Erik und Milan wohnen im Kutscherhaus auf dem Anwesen, und jemand bewacht immer das Tor. Ich habe das Haus überwacht." Er streckt die Hand aus und öffnet eine prächtige hölzerne Tür. "Hier entlang." Wir betreten einen großen Raum mit einem Kingsize-Bett, das den Raum beherrscht.

"Wow", murmle ich. Ich nehme die passende Tagesdecke und Bettdecke wahr, die zu den Vorhängen an den Fenstern passen.

"Hier entlang", fährt er fort und geht in ein weiteres Zimmer. Es handelt sich um ein großes Badezimmer mit zwei Duschköpfen und einer Sitzbank, die groß genug für vier Personen ist. Es verfügt über einen separaten Raum für die Toilette und das Bidet. Wir gehen an den nebeneinander liegenden Waschbecken vorbei und in einen Schrank, der genauso groß ist wie das Schlafzimmer. Die Wände sind mit Regalen und Schubladen ausgekleidet, zu viele um sie zu zählen.

Designeranzüge hängen an einer Garderobe mit viel Platz für weitere. Ich bin mir sicher, sie sind in meiner Größe. Meine Augen wandern von dem bodenhohen Spiegel zu dem Schuhregal und all den rotesohlen Schuhen. Er muss mich in Louboutin Schuhen mögen, wenn er sie sowohl hier als auch in New York hat. Er hat einen ausgezeichneten Geschmack und weiß, was Mode ist.

Eine Wand ist gefüllt mit Regalen voller Handtaschen in allen Farben. Ich erkenne einige der Taschen wie Prada, Gucci und Louis Vuitton. Oben, wo ich nicht hinkomme, stehen alte Hutkästen und gerahmte Schwarz-Weiß-Bilder von Audrey Hepburn.

In der Mitte des Raumes steht eine Chaiselongue neben einer marmorbedeckten Insel. Er öffnet eine der vielen Schubladen und sagt: "Das ist für Schmuck."

"Das ist nicht nötig."

"Oh, das ist es. Darauf kommen wir morgen zurück. Mein Schrank ist dort drüben." Er deutet auf die gegenüberliegende Seite und ich sehe einen weiteren Schrank ähnlich wie meinen, aber voll mit dunklen Anzügen und Herrenschuhen. Sein Geschmack ist einwandfrei. "Hast du die Kreditkarte, die ich dir gegeben habe?"

"Ja, ja, natürlich."

"Gut. Du wirst sie brauchen. Anya wird dich herumführen und dir helfen, ein Hochzeitskleid zu finden. Spare nicht bei den Kosten. Du wirst die Trendsetterin in der Stadt sein."

Ich schaue zurück auf den Weg, den wir gekommen sind.

"Ist das alles miteinander verbunden?" frage ich, überwältigt von der schieren Größe unserer Schlafzimmersuite.

"Ja. Und?" Er wartet, als ob meine Meinung wichtiger ist als all die anderen Dinge, die er erledigen muss.

"Ich liebe es." Ich halte mir den Mund zu und versuche, ein Aufschrei der Begeisterung zu unterdrücken. Das ist der feuchte Traum jeder Fashionista.

"Toll. Dann erwarte ich, dass du etwas Schlaf bekommst, denn ich bin geil und ich werde dich ficken, wenn ich zurückkomme." Seine Augen bohren sich mit einer intensiven Begierde in mich, die meine Eierstöcke vor Vorfreude zusammenziehen lässt.

"Ich werde unser Spiel intensivieren, und du wirst es lieben."

Er macht drei lange Schritte, zieht mich grob in seine Arme, verwüstet meine Lippen und lässt mich dann los.

„Das war nur ein Vorgeschmack auf das, was kommt."

Er dreht sich um zu gehen. Mit meiner wilden Fantasie und nassen Höschen will ich nicht, dass er geht.

„Warte."

Er hält an der Tür inne.

„Fick mich jetzt."

Mit hochgezogener Augenbraue sagt er, „Netter Versuch, aber ich mache die Regeln."

Er geht, sehr zu meinem Bedauern. Mein Herz rast vor Vorfreude, seinen Schwanz tief in meiner Muschi zu spüren.

Verdammt.

Ich werfe meine Handtasche auf die Kommode und beginne, die Schubladen aufzureißen und nach sexy Unterwäsche zu suchen. Ich werde es ihm zeigen.

Ich finde einen stachelbesetzten Leder-BH mit passenden Höschen. Interessant.

Ich finde auch eine gepolsterte Schlafmaske und frage mich, warum sie nicht bei den Nachthemden ist.

Ich stecke meine Haare zu einem lässigen Dutt hoch und ziehe mich aus, werfe meine Kleidung in den Wäschekorb. Im Bade-

zimmer bemerke ich einen Korb voller duftender Seifen und Bade-
bomben, die neben einer Whirlpool-Badewanne groß genug für
zwei Personen aufgestellt sind.

Der Mann hat an alles gedacht.

Fast.

Ich schnuppere an all den Seifen und wähle eine aus, die nach
Kaschmir duftet, und gehe duschen. Nach einer langen, luxuriösen
Dusche trockne ich mich ab und reibe eine Lotion über meinen
Körper. Das Anziehen des Leder-BHs ist kein Problem, aber es
dauert zwei Versuche, um die passenden Höschen richtig
anzuziehen.

Ich habe Durst und hoffe, hinunterzugehen und ohne mich zu
verirren zurückzukommen. Die Marmorböden sind kalt, also finde
ich ein Paar Hausschuhe. Ich lege einen Seidenmantel um mich und
binde den Gürtel zu.

Ich betrete den Flur und folge meinen Schritten im Korridor
und die Treppe hinunter. In der Küche finde ich ein Glas im
Schrank und fülle es mit Leitungswasser. Ich trinke es hastig und
drehe mich um, um zurückzugehen, als ich Männerstimmen höre.
Meine Neugier führt mich in ein schwach beleuchtetes Zimmer am
Ende eines langen Flurs.

Ich spähe um die Tür und sehe, dass es eine Bibliothek ist,
und das einzige Licht kommt von einem glimmenden Feuer im
Kamin. Milan und ein anderer Mann sitzen mit dem Rücken zu
mir. Dmitry sitzt auf einem schwarzen Ledersofa und blickt
zur Tür. Seine Augen treffen meine, und er ist nicht erfreut,
mich zu sehen. Er sagt etwas auf Russisch und springt vom
Sofa.

„Was machst du da?“

„Ich habe Wasser in der Küche geholt und Stimmen gehört.“
Meine Augen flehen ihn an, keine Szene zu machen.

Er packt meinen Arm grob und drückt mich gegen die Wand.

„Du gehörst mir. Niemand außer mir soll deine Nacktheit
sehen. Hast du das verstanden?“

„Ja,“ murmle ich schwach. Seine Aggressivität macht meine Knie weich. Ich bin erregt, aber auch besorgt, dass er mich vielleicht schlagen könnte. In was habe ich mich da hineingeraten?

„Jetzt sofort nach oben!" Er bellt seine Anweisung.

Ich drehe mich um zu gehen, aber er packt mich am Hals, um mich am Gehen zu hindern. Ich durchsuche sein Gesicht, um seine Stimmung zu deuten.

Er drängt sein Knie zwischen meine Beine. Sein Mund ist auf meinem. Ich schmecke den Scotch, den er getrunken hat, und rieche den Tabak einer Zigarre. Ich atme tief ein, als seine Lippen meine mit seiner Begierde zermalmen. Seine Hand bewegt sich von meinem Hals zu meiner Muschi, was mich überrascht.

Ich stöhne, lege meine Arme um seinen Hals, um nicht in Ohnmacht zu fallen.

Er massiert meinen Kitzler und ich reibe mich an seiner Hand, versuche mehr Reibung zu erzeugen, während meine Atmung rau wird.

"Du gehörst mir, mein zum Lieben, mein zum Ficken," zischt er in mein Ohr und kneift hinein.

Er schiebt den Bademantel von meinen Schultern und lässt mich entblößt zurück. Die kühle Luft trifft meine Brüste und ich begrüße sie, denn ich brenne vor Verlangen.

"Sag, dass du mir gehörst," befiehlt er.

Ich drehe meinen Kopf, zögere mit meiner Antwort.

Er stößt seine Finger in mich und ich zucke vor Vergnügen zusammen.

"Sag es, sonst schläfst du heute Nacht alleine," droht er.

Er küsst meinen Hals. Seine Lippen erreichen meine Brüste, die in einem Leder-BH eingezwängt und voll zur Schau gestellt sind. Mit seinem Daumen schiebt er das Leder zurück und reibt an meiner Brustwarze, was meine Muschi zum Überlaufen bringt.

"Und, Usha Moya, wem gehörst du?" Sein Ärger ist verflogen. Er lässt mich betteln. Ich hasse mich dafür, so schwach zu sein.

"Dir." Meine Stimme ist dünn. Meine Brust hebt und senkt sich. Ich sehne mich danach, dass er mich an den Haaren packt und mich wild nimmt.

Unsere Körper übermitteln, was wir nicht in Worte fassen.

"Das höre ich gern," sagt er und lässt mich los. "Jetzt geh nach oben."

Ich stürme die Treppe hoch, als hinge mein Leben davon ab.

Ich renne in unser Zimmer, lasse den Seidenmantel auf den Boden fallen und krieche unter die Decken. Mein Herz rast.

Ich blicke zur Tür und da ist er, beobachtet mich. Er öffnet sein Hemd, ohne den Blick von mir abzuwenden. Er geht ins Zimmer, zieht seine Schuhe aus und verschwindet im Kleiderschrank.

Er kehrt zurück, nackt und mit einer gepolsterten Augenbinde und was aussieht wie eine Seidenkrawatte in den Händen.

"Du warst eine ziemliche Ablenkung. Ich musste mir eine Ausrede einfallen lassen, um mein Meeting zu verlassen," sagt er.

Er streift einen Träger von meiner Schulter und schiebt die Dessous zur Seite, bevor er an meiner Brustwarze festsaugt, sie neckt und kneift, was Wellen der Lust durch meine Brüste jagt.

Meine Augen weiten sich.

Er beugt sich über mich und greift nach meinen Handgelenken.

"Was machst du da?" frage ich.

"Das wird dir gefallen. Entspann dich." Er fesselt meine Hände und bindet sie an das Eisengitter des Kopfteils. Er legt die Maske über meinen Kopf und bedeckt meine Augen.

Ich spüre, wie die Matratze unter seinem Gewicht nachgibt. Der beißende Geruch des Tabaks vermengt mit seinem herben Duft sagt mir, dass er in meiner Nähe ist - Vorfreude strömt durch meine Adern.

Er greift nach meiner Brust und knetet sie. Ich presse meine Beine zusammen, um mein Verlangen zu stillen, ihn zwischen meine Schenkel zu bekommen.

Seine Zunge gleitet zwischen Warze und Leder-BH und erkitzelt sie, hält so meine Warze steif.

Er verändert sein Gewicht. Ich spüre seine Lippen auf meinem Bauch und erschrecke. Er hinterlässt Küsschen auf einer Seite, dann auf der anderen.

Ich atme tief ein und unterdrücke ein Stöhnen.

Ich ziehe an den Fesseln, sehne mich danach, ihn zu berühren, aber sie geben nicht nach.

Er kichert und streicht sanft mit den Fingern über meinen Bauch und mein Bein.

Er küsst eine Brust und umfasst die andere, spielt damit, während ich mich gegen ihn presse und meine Beine benutze, um seinen harten Schaft zu reiben. Ich will ihn in mir. Dieses Spiel der Folter mit Vergnügen ist … exotisch.

Ich spüre seinen prallen Penis zwischen meinen Beinen. Ich versuche, mich an ihm zu reiben, aber er weicht aus und verhindert den Kontakt.

Er hat die Kontrolle.

Meine Gebärmutter zieht sich zusammen. Ich winden meine Hüften unter ihm, gierig darauf, dass er mich befriedigt, doch er lässt mich warten.

Ich werfe meinen Kopf von einer Seite zur anderen und beiße mir auf die Unterlippe. Dies ist eine Qual und trotzdem erfüllt es mich mit Aufregung. Ich verspüre ein Bedürfnis so urtümlich, dass ich die Fesseln zerreissen, ihn ergreifen und ihn nehmen will, bis er wund ist.

Er nimmt den BH ab und bedeckt beide Brüste mit seinen Händen.

Ich stöhne.

„Gefällt dir das?"

„Fick mich, Dmitry, oder ich schwöre …"

Sein leises Lachen ist das einzige Geräusch im Raum. Er zupft an meiner Brustwarze, bevor er beide packt, sie zwischen Daumen und Finger hart macht. Er spielt mit mir wie mit einem Musikinstrument. Ich biege meinen Rücken und hebe mein Becken von der Matratze.

„Schwörst du, Befehle zu befolgen?"

„Ja", stöhne ich. „Fick mich. Fick mich jetzt."

Mit einer Handbewegung reißt er die Lederslip, der meinen weichen Hügel bedeckt.

Er schiebt seine Finger in mich und stöhnt.

„Du bist so nass für mich", murmelt er. Sein Schwanz drückt gegen meine Oberschenkel und bringt meine Schamlippen zum Zittern. Ich atme hektisch durch meinen geöffneten Mund. Ich bin kurz davor zu explodieren.

Das sanfte Geräusch von Seide zerschneidet die Luft mit einem Schwung. Meine Hände sind frei, während der Gürtel wegfällt. Ich reiße die Augenbinde von meinen Augen und greife seine Haare, ziehe seine Lippen auf meine.

Er greift nach meinen Händen und hält sie über meinem Kopf, als er in mich eindringt. Ich breche unter dem Vergnügen zusammen. Sein Schwanz reizt meine glatten Lippen. Ich drehe und schnalle mich, ohne zu wissen, ob ich mich bewegen oder die Kontrolle ihm überlassen soll.

Er stößt tief in mich hinein, meine Klitoris verhärtet sich und mein Körper bebt, während Welle auf Welle des Vergnügens mich durchströmt. Ich surfe auf einer unglaublichen Welle, während sein Schwanz mich streichelt, bis ich erschöpft bin. Ich schreie, als ich komme.

Er lässt meine Handgelenke los und stößt noch dreimal in mich, bevor er ein lautes Stöhnen ausstößt und dann in mich ejakuliert.

Er hält mich eine Minute an sich, dann zieht er sich aus mir heraus und sinkt neben mich.

Ich kann mich nicht bewegen. Meine Arme und Beine sind bis zum Punkt der völligen Erschöpfung abgekämpft.

„Bist du jetzt glücklich?", fragt er, als er auf dem Rücken liegt und zur Decke starrt.

„Ja."

„Gut, lasst uns etwas schlafen. Der Morgen ist in ein paar Stunden da."

# KAPITEL 26, DMITRY

Ich stehe in der Morgendämmerung auf, dusche und kleide mich lässig in Jeans und Pullover. Ich achte darauf, Izzy nicht zu wecken.

Ich hinterlasse eine Notiz auf ihrem Nachtisch und gehe dann hinunter, um an meinem Laptop zu arbeiten.

Ich drehe ein paar Knöpfe an der monströsen Kaffeemaschine und warte auf das Aufheizen des Wassers. Ich setze mich auf den Barhocker an der Marmorinsel und gehe online.

Aufgrund der Zeitverschiebung ist Kirill noch nicht wach, also lese ich meine E-Mails. Es stellt sich heraus, dass die Schauspieler, die ich angestellt hatte, um uns in Vegas zu verkörpern, in einer Gasse hinter dem Hotel ermordet aufgefunden wurden.

"Verdammt!" schreie ich, meine Stimme hallt durch die leere Küche.

Ich vergrabe mein Gesicht in meinen Händen, im Wissen, dass mein Plan, uns zu retten, zwei unschuldige Menschen das Leben kostete. Ich stehe abrupt auf und stoße fast den Barhocker um. Ich habe das Bedürfnis, etwas zu zerschlagen, aber nicht diese schicke Kaffeemaschine. Ich atme tief ein und drücke den Knopf, um Kaffee in meine Tasse zu füllen. Er ist zu heiß, aber ich trinke trotzdem einen Schluck. Die Ironie, ein Stimulans zu trinken, wenn ich eigentlich runterkommen muss, ist mir nicht entgangen. Menschen umzubringen ist deprimierend, selbst für einen Mann, der viele getötet hat.

Eine Nachricht wurde gesendet.

Milan tritt in die Küche.

"Was ist los, Dmitry?"

Ich erzähle ihm, was passiert ist, und er zieht einen Barhocker heran und setzt sich neben mich.

"Das ist echt mies," antwortet er. "Was machen wir jetzt?"

Ich fahre mit meinen Fingern durch mein Haar.

"Wir machen wie geplant weiter. Wir wissen nicht, wer dahinter steckt, aber wir wissen, dass die Russen und Iren in New York sie wollen." Ich stehe auf und gehe mit verschränkten Händen hinter dem Rücken auf und ab.

"Die Köder sind tot. Aber du bist jetzt auf deinem eigenen Terrain." Er erinnert mich daran, dass ich einen taktischen Vorteil habe.

"Ja, bis sie uns finden. Ich bezweifle, dass sie es über Nacht herausfinden. Ich werde dafür sorgen, dass Kirill Alena im Auge behält. Sie ist der einfachste Weg zu Izzy."

"Stimmt." Milan nickt.

"Ich werde Kirill mit einem Wegwerfhandy anrufen, und du musst dich um die Sicherheitsdetails für die Hochzeit kümmern. Wir müssen auf alles vorbereitet sein."

"Mache ich."

Ich fange wieder an, auf und ab zu gehen. "Mir fehlt etwas Wichtiges."

"Nach allem, was du gesagt hast, deutet alles darauf hin, dass sie eine Moretti ist. Das ergibt Sinn. Moretti hat eine Tochter, die nicht erfasst ist, auch wenn sie angeblich vor Izzys Geburt gestorben ist. Es ist kein großer Sprung. Leute wurden abgefunden. Damals war es auch einfacher. Keine Kameras an Kreuzungen, die den Autounfall aufzeichnen. Keine digitalen Spuren, die man löschen muss." Er zuckt mit den Schultern.

"Stimmt. Ist seine Tochter wirklich tot? Das frage ich mich. Es ist möglich, dass ihre Mutter in ein Netz aus Lügen geraten ist. Es braucht nur eine Person, die einbricht, und das Kartenhaus fällt," sage ich und fülle meine Tasse nach.

"Und die Hochzeitspläne?"

"Laufen weiter. Izzy wird mit Anya die letzten Details abstimmen. Die Einladungen gehen morgen raus, und jeder wird wissen, wo wir am Hochzeitstag sein werden, einschließlich unserer Feinde."

"Ich weiß, dass wir die Veranstaltung im Fulham Palace mit dem Tudor-Garten am Fluss Thames abhalten. Eine Hochzeit am Morgen, eine einfache Zeremonie. Wenn alles gut läuft, nutzen wir die Terrasse für einen Champagner-Brunch."

"Das ist ein zu großer Bereich zum Absichern. Ist das sicher? Vielleicht sollten wir den Ort in letzter Minute wechseln, einen anderen Platz reservieren, vielleicht. Was ist, wenn niemand seine Absichten offenbart?"

Ich reibe die Morgens stubbel auf meinem Kinn. "Das ist eine großartige Idee. Allerdings wird an diesem Tag so viel los sein, dass es ein perfektes Setting für jemanden ist, um zu agieren. Ich sehe nicht, dass die Veranstaltung nach Plan läuft. Die größte Sorge ist, ob wir Izzy schützen können, wenn die Dinge aus dem Ruder laufen?"

"Richtig, wir haben alle Hände voll zu tun", murmelt Milan, während er sich einen Kaffee nimmt.

Erik betritt die Küche und fragt: "Wo ist die Prinzessin?"

"Sie schläft."

"Wer schläft?" Alle Blicke richten sich auf Izzy, die die Treppe hinunterkommt. Ich wende mich an Milan und lege einen Finger auf meine Lippen, um zu signalisieren, dass er über die Informationen, die wir geteilt haben, schweigen soll. Er ist schnell mit subtilen Hinweisen und Izzy kann mich das nicht sehen lassen.

"Offensichtlich nicht du." Ich drücke den Knopf, um Milch zu dämpfen, was ziemlich laut ist, und reiche ihr dann einen Cappuccino, als sie sich uns in der Küche anschließt.

"Danke."

"Kein Problem", antworte ich und setze mich beiläufig hin und schließe den Deckel meines Laptops.

"Milan." Sie bemerkt meinen Leibwächter und wendet sich an Erik. "Ich kenne dich nicht."

"Nein, Ma'am. Ich bin Erik. Ich werde Ihr Leibwächter sein."

Izzy mustert Erik. Er ist über einen Meter achtzig groß und wiegt unter neunzig Kilogramm. Sie nickt zufrieden und setzt sich auf den Barhocker neben mich.

"Was passiert heute?"

"Du wirst mit Anya, der Frau meines Bruders, einkaufen gehen. Sie kommt später heute vorbei. Du solltest dich mit dem Haus vertraut machen. Charlotte wird in ein paar Minuten hier sein."

"Wer ist Charlotte?"

"Unsere Haushälterin."

"Oh", murmelt Izzy, während sie an ihrem Getränk nippt. Sie ist in Jeans und ein Langarmhemd mit goldenen Knöpfen an der Vorderseite gekleidet. Ihre Haare hat sie zu einem unordentlichen Dutt gebunden und ich würde sie liebend gerne lösen und sie gleichzeitig aus der Fassung bringen, aber das muss warten.

Es gefällt mir, dass sie nicht darauf besteht, alles im Haus selbst zu tun. Ehrlich gesagt, ist es zu groß und wir haben zu viel zu erledigen.

"Ich muss meinen Bruder sehen. Du bleibst bei Erik." Ich gebe Izzy eine warnende Miene.

"Fein", schnaubt sie.

Ich nicke. "Braves Mädchen." Ich schaue Erik an und er steht etwas gerader. Er wurde von mir ausgebildet. Ich weiß, dass sie sicher sein wird.

"Wir sind dann los. Ich lasse euch euch einrichten." Ich küsse ihre vollen Lippen, bevor ich meinen Laptop und Mantel nehme.

Milan fährt, während ich auf dem Rücksitz des SUV sitze. Wir sind beide still, zweifellos schockiert von den Ereignissen in Vegas. Nikolay muss immer noch informiert werden.

"Was, wenn dein Plan nicht funktioniert? Hast du einen Notfallplan?"

"Nein, ich bin mir nicht sicher, ob es einen gibt. Aber dieses Haus ist in einer Tarnfirma versteckt, daher wird es schwierig zu finden sein. Hast du die Sicherheitsteams an den Perimetern doppelt überprüft?"

"Ja."

"Gut, wir werden Nikolay besuchen und dann haben wir Besorgungen für die Hochzeit zu erledigen."

Ich blicke aus dem Fenster auf die Morgensonne, die auf das tau-bedeckte Grün scheint. Das Wetter ist immer noch kalt und wird erst im Juni erwärmen. Wir können so lange nicht warten. Jeden Tag kommen diese Morde meiner Liebe näher.

Ich nenne sie meine Liebe, aber in Wahrheit ist sie meine Seele. Sie hat mich aus der Dunkelheit gerettet und ich kann es nicht zulassen, dass ihr etwas passiert. Ich habe ihr ein Versprechen gegeben und ich habe mir selbst ein Versprechen gegeben; wer sie berührt, stirbt.

"Du könntest recht haben mit Izzy. Was wäre, wenn sie Morettis Enkelin ist? Wer könnte ihr Vater sein? Wie könnte Maria eine Affäre vor ihrem Vater geheim halten?"

„Mädchen finden einen Weg, genau wie Jungen, die rummachen wollen. Lass einen Freund für dich decken, und du bleibst unter dem Radar von Daddy?" Er zuckt mit den Schultern.

„Ich verstehe was du meinst. Wir brauchen Fotoalben von ihrer Highschool-Klasse, und sehen, ob wir etwas über ihre Berufslaufbahn herausfinden können."

„Das ist eine ganze Weile her, Chef."

„Wenn du einen Baum schüttelst, fällt etwas herunter. Bitte behalte Alexseis Frau auf der Hochzeit im Auge. Ich traue ihr nicht. Er hält sich versteckt, und ich denke, sie ist die Macht hinter dem Thron. Er ist russisch-amerikanisch. Ihre Familie stammt aus dem alten Adel und ihre Eltern waren beim KGB. Sie sind sehr gerissen."

„Nicht schlauer als die aktuelle Organisation", sinniert er.

„Trotzdem, lass sie während der Hochzeit beschatten."

„Gut, wird gemacht."

Wir kommen am Haus meines Bruders an und ihre Haushälterin lässt uns rein.

„Höre ich da meinen Bruder?" Nikolay begrüßt uns im Foyer. Wir umarmen uns und tauschen Grüße in unserer Muttersprache aus.

Anya gesellt sich zu uns, gekleidet in einem Geschäftskostüm. Wir umarmen uns und ich küsse sie auf beide Wangen. „Ich muss zur Schule los. Ich bin kurz vor Mittag bei dir, um Izzy abzuholen. Ich freue mich sie kennenzulernen." Ihre lebhaften Augen leuchten, wenn sie aufgeregt ist. Ich wette, sie freut sich darauf, eine Schwägerin zum Herumtollen zu haben.

Im Moment bin ich mir nicht sicher, wo unser Zuhause sein wird. Russland wäre für eine Amerikanerin zu viel Kulturschock. Ich dränge Izzy, darf sie aber nicht so sehr drängen, dass sie davonläuft. Baby-Schritte sind die beste Strategie.

„Ich werde dir ihre Informationen schicken und es ihr sagen. Nimm sie irgendwo schön zum Mittagessen hin und hab Spaß."

„Mache ich, auf jeden Fall," antwortet sie. Sie gibt ihrem Mann einen Kuss, der sogar einen Fremden erröten ließe, dann greift sie nach ihrer Jacke und Tasche und verschwindet mit ihrer Leibwache auf die Straße.

„Wie ist das Eheleben?" Ich frage, aber ich muss nicht. Mein Bruder strahlt nach diesem feuchten Kuss.

Nikolay rollt mit den Augen und sein Gesicht bricht in ein breites Grinsen aus. Er dreht sich um und geht in die Küche. Nicht allzu lange her, dass wir in dieser Küche saßen und Anyas Rettung planten, nachdem ihr Halbbruder sie entführt hatte.

„Du kannst nicht ernst sein. Ich bin tausend Tode gestorben, bis wir Anya fanden und ihren Psycho-Bruder töteten. Jetzt bist du es, der alle Hände voll zu tun hat."

Nikolay rutscht in die Küchen-Nische und mustert mich mit weisen, prüfenden Augen.

„Du siehst gut aus, Bruder."

„Danke." Ich kann nicht aufhören zu grinsen.

„Ich kann es kaum erwarten, diese Frau kennenzulernen, die dich verzaubert hat."

„Mm. Das bleibt unter uns."

Er gibt mir ein verständnisvolles Nicken.

„Wie heilt dein Arm?"

„Gut. Du kennst mich", sage ich mit einer Schulterzucken, während ich mir einen Kaffee aus der Kanne auf dem Tisch einschenke.

„Die Mädchen werden heute Spaß haben." Nikolay nimmt einen Schluck von seinem Kaffee und seine Haushälterin räumt den Tisch ab.

„Bist du sicher, dass du Izzy und die Hochzeit als Köder verwenden willst? Was, wenn Izzy erschossen, entführt oder, noch schlimmer, getötet wird? Ich weiß, wie es ist, in dieser Angst zu leben, Bruder."

Unsere Blicke treffen sich. „Ich kenne keinen anderen Weg. Wir müssen das tun, um den Feind aus der Reserve zu locken. Sie machen keine Fehler. Sie benutzen keine Technologie und selbst wenn, ich kann nicht jedes Telefon überwachen. Es gibt zu viele Verdächtige."

Er nickt zustimmend.

„Ich vertraue deinem Instinkt. Mir wurde gesagt, dass die russische Delegation in New York City ihren Technikexperten Tito unter die Lupe nimmt. Mehr als zwanzigtausend sind verschwunden und sie vermuten, dass er etwas damit zu tun hat."

„Kirill?" Nikolaj fragt nach meinem besten Freund.

„Er schwört, dass er keine Ahnung hat, mit wem Tito zusammenarbeitet oder für wen er deckt. Izzy und ich wären tot, wenn Kirill zu ihrem Team gehören würde. Glaube mir, ich habe es selber in Betracht gezogen, aber er kommt ungeschoren davon."

„Ja, du und dein Misstrauen und deine Regeln." Er lehnt sich zurück auf den Stuhl und legt einen Arm auf die Rückenlehne.

„Stimmt. Nun, Izzy bringt mich dazu, die Regeln zu brechen."

„Das denke ich mir." Er lacht leise. „Vertraust du ihr?"

„Ich tue es, zum größten Teil." Ich mache eine schnelle Bestandsaufnahme und füge hinzu: „Ich vermute, so viel wie ich kann."

Wie sehr traue ich ihr? Genug, um ein Kind mit ihr haben zu wollen. Ich habe noch nie zuvor gewollt, ein Kind mit jemandem zu haben. Wenn ich mich auf dieses Engagement einlasse, wäre es völlig daneben, dies ohne ein gewisses Maß an Vertrauen zwischen uns zu tun. Ich muss anfangen, meiner zukünftigen Frau zu vertrauen. Vertrauen wird uns näher bringen, aber meine Gewohnheiten zu ändern, ist eine Herausforderung.

„Du siehst müde aus, Dmitry. Bleibst du nachts wach?" fragt er, ein wissendes Grinsen breitet sich auf seinem Gesicht aus.

„Natürlich." Ich lache. „Sie ist eine sexy Frau und sehr entgegenkommend. Wer würde dafür nicht die ganze Nacht wach bleiben wollen? Ich hatte noch nie zuvor so dringend leben wollen, bis ich sie kennengelernt habe. Was soll ich sagen? Ich sehe eine Zukunft mit ihr."

„Ja." Er sitzt aufrecht auf seinem Stuhl. „Ich verstehe. Warte nicht, bis es zu spät ist, um Ich liebe dich zu sagen. Wenn du es jetzt gut hast, warte ab, was passiert, nachdem diese Worte ausgesprochen wurden."

„Wir müssen die Leute finden, die hinter diesen Entführungsversuchen stehen, bevor sie vor deiner Haustür auftauchen. Apropos, ich habe etwas ernüchternde Nachrichten. Die Schauspieler, die uns in Vegas darstellten, wurden in einer Gasse ermordet."

„Diese Schweine!" Nikolaj schlägt mit der Faust auf den Tisch, was unsere Tassen klirren lässt.

„Ich weiß. Es macht mich krank. Ich hätte nie gedacht, dass es soweit kommen würde."

„Izzy muss damit in Verbindung stehen. Keine Mafia würde sonst so weit gehen." Nikolaj fährt sich mit einer Hand über das Kinn. Dann wirft er mir einen intensiven und ernsten Blick zu. „Du bist in Gefahr." Er schiebt die Morgenzeitung zu mir. „Schau mal, was ich gefunden habe."

Ich nehme die Zeitung, die so gefaltet ist, dass nur ein Artikel zu sehen ist.

„James Murphy tot aufgefunden", lese ich laut vor. „Verdammt! Gerade als ich dachte, es könnte nicht schlimmer kommen." Ich stöhne.

„Stimmt. Nun, was denkst du?"

„Murphy war in die irische Mafia involviert und wegen eines RICO-Falles unter Bundeseinheit. Das Timing beunruhigt mich. Er könnte gewusst haben, wer Izzys Vater war und warum sie den Iren und Russen so wichtig war. Ich kann verstehen, dass die Iren sie für Druckmittel oder als Verhandlungschip wollen, wenn sie mit einer anderen Mafia verwandt ist. Die Italiener versuchen, mehr Geld aus uns herauszuholen; vielleicht will jemand Brücken bauen, während sie Alexsei Sidova verärgern. Mir ist aufgefallen, dass er sich verbirgt, während seine Frau eine öffentliche Figur ist. Ich traue ihr nicht. Sie ist altmodisch, aus einer KGB Familie."

„Interessant." Nikolaj stützt seinen Ellbogen auf den Tisch und legt nachdenklich das Kinn in seine Handfläche.

„Ich denke, Izzy ist ein Teil der Familie Moretti. Ich habe nur noch nicht herausgefunden, wie sie hineinpasst. Die Tochter des Don ist gestorben, bevor Izzy geboren wurde, und die Unterlagen stimmen überein."

„Unterlagen können gefälscht werden."

„Stimmt. Daran habe ich auch gedacht. Ich würde meinen Namen ändern, wegziehen und nie wieder zurückkommen. Also, wenn Maria Morettis Tochter ist, bedeutet das, dass Izzy seine Enkelin ist und die Iren könnten sich mit ihnen verbünden wollen. Sie könnten die Russen auf diese Weise unter Druck setzen. Das wäre ein kluger Zug von ihnen."

„Ja, aber das erklärt nicht, warum die Russen sie suchen. Und wie würden sie wissen, dass die Morettis ein Kind haben, das sie seit über zwanzig Jahren nicht gesehen haben?"

„Wenn wir das wüssten, wüssten wir, wer hinter allem steckt.

Tito muss wissen, dass er in unserem Fokus steht, nachdem wir ihn mit der Reise nach Vegas hereingelegt haben."

„Verdammt ja, und du hast recht, es muss jemand in der Bratva Sidova geben, der weiß, was die Iren vorhaben." Nikolay steht auf, und ich tue es ihm gleich. „Ich muss ins Büro. Wir eröffnen ein Hotel in Japan. Was für ein Albtraum, gegen etablierte Hotels konkurrieren zu müssen. Wir müssen nicht nur den Geschmack einer internationalen Klientel erfüllen, sondern sie auch mit den besten Sushi-Köchen beeindrucken. Daher stelle ich Köche von unseren Wettbewerbern ab."

Ich lache. „Gut gemacht, Bruder, wirklich gut gemacht."

Wir sprechen über die neuesten Geschäfte der Familie und gehen zur Tür.

„Wann kommen Roman und Mutter?"

„Bald. Tu mir nur den Gefallen und sorge dafür, dass deine Braut nicht entführt wird, bevor die Hauptveranstaltung stattfindet." Seine Worte sprechen aus Erfahrung.

„Ich werde mein Bestes geben." Ich lache und umarme ihn, bevor ich zu Milan ins Auto steige, der schon gewartet hat.

Izzys Vergangenheit ist voller Geheimnisse. Selbst jetzt behalte ich einige davon für mich, weil ich nicht möchte, dass sie sich Sorgen macht. Ich bezweifle, dass sie das so sieht, wenn ich ihr alles erzähle, nachdem wir verheiratet sind. Bis dahin gibt es keinen Grund, die schönste Zeit ihres Lebens zu ruinieren. Ja, es ist eine Zwangsheirat, aber sie macht das Beste draus. Andererseits steckt sie in einer Zwickmühle und ich bin ihre einzige Lösung. Wenn ihre Feinde entlarvt und sie sicher ist, muss ich ihr einen Grund geben zu bleiben, wie ein Baby, denn ich kann mir ein Leben ohne sie nicht vorstellen.

„Milan, fahr mich zum Juwelier."

„Verstanden", antwortet er. Ich schreibe Izzys Telefonnummer an Anya und sage ihr, dass sie sich bis Mittag fertig machen soll für ihr Date. Ich bin froh, dass Anya sie in die neu erworbenes Boutique der Familie begleitet, um ihr bei der Auswahl eines Hochzeitskleides zu helfen.

Meine Mutter teilt mir mit, dass die Einladungen versandt wurden. Sollten wir den Veranstaltungsort in letzter Minute wechseln, um unsere Sicherheit zu gewährleisten? Das wäre ein kluger Zug. Ich könnte einen anderen Veranstaltungsort unter einem anderen Namen reservieren. Es macht mich nervös, eine Falle zu stellen und zu hoffen, dass wir nicht selbst hineintappen.

# KAPITEL 27, IZZY

Als ich aufwache, ist Dmitry schon fort, also streife ich durch die Villa und erkunde sie. Ich war noch nie in einem so großen Haus. Ich lächle und erinnere mich an die Notiz, die er hinterlassen hat, unterschrieben mit russischen Worten und seinem Namen. Dass er sich die Mühe gemacht hat, mir eine Notiz zu hinterlassen, berührt mein Herz, aber was sie aussagt, ist ein weiteres Rätsel.

Ich finde, was vermutlich der formelle Essbereich ist, der bis zu zehn Personen Platz bietet. Gut, dass wir einen Koch haben, wenn er von mir erwartet, so viele Gäste auf einmal zu unterhalten und zu verköstigen.

Dann finde ich sein Büro und kann dem Drang, einzudringen, nicht widerstehen. Was wird mir dieser Raum über ihn verraten? Die Überreste der Zigarren von gestern Abend und ihre Brandyreste belegen, dass er seine Zeit mit den Jungs genießt.

Lange Fenster geben den Blick auf einen Garten voller Schatten spendender Bäume und einen Rasen frei, der groß genug für ein Fußballspiel ist. Was für ein toller Garten für Kinder.

Das Büro ist mit dunklem Holz und dunklem Leder dekoriert, sehr männlich. Der Teppich ist so dunkel, dass man hier jemanden umbringen könnte, ohne sich um Blutflecken kümmern zu müssen.

Fast steige ich auf die stattliche Holzleiter, die zu den Bücherregalen führt, die außerhalb meiner Reichweite liegen. Ich habe einen Fuß auf der Leiter, als ich Erik seine Kehle räumen höre.

Ich halte inne und drehe meinen Kopf zu ihm, der die Tür ausfüllt. Ich sehe die Beule einer Pistole unter seiner Anzugjacke, und mir wird klar, dass die Bedrohung echt ist und noch nicht vorbei.

„Das hole ich für Sie, Gnädige Frau."

„Bitte nennen Sie mich Izzy. Ma'am lässt mich alt fühlen."

„Herr Volkov wird es nicht mögen."

„Das ist in Ordnung. Ich bin nicht sehr förmlich."

Schnell geht Erik zur Leiter und hält sie, während ich hochklettere und meine Finger über die Buchrücken alter, in Leder gebundener Bücher streichen. Ich finde britische Klassiker von Charles Dickens, Jane Austen und Emily Brontë, unter anderen. Es gibt Bücher auf Russisch, die ich nicht erkenne.

„Lesen Sie auf Russisch, Erik?"

„Ja, ich kenne sowohl Englisch als auch Russisch. Muss ich übersetzen?"

„Ich wünschte, ich wüsste, was Dmitry sagt, wenn er mich Usha Moya nennt. Ich spreche es wahrscheinlich nicht richtig aus." Ich steige von der Leiter herunter.

„Es bedeutet meine Seele. Es ist eine liebevolle Anrede."

Meine Seele. Wirklich? Das ist unerwartet von einem Mann, der mal heiß, mal kalt ist.

„Wow", murmele ich. Jetzt bin ich wirklich verwirrt. Es gibt so viele Schichten in diesem Mann.

„Gefällt Ihnen das Haus? Er hat es gerade gekauft."

„Wirklich? Ich liebe es. Also ich meine, es ist riesig. Ist es in Ordnung, wenn ich mich umschaue?"

„Ja, ich werde mich mit dem Wachhaus und dem Sicherheitspersonal in Verbindung setzen. Wenn Sie fertig sind, möchte Charlotte sicherlich mit Ihnen über die Speisekarte sprechen und besprechen, wie Sie den Haushalt führen möchten."

„Ich weiß nicht, wie man einen Haushalt führt. Ich hatte noch nie Angestellte." Ich stehe da und fühle mich ungenügend.

„Nun." Er richtet sich auf. „Dmitry würde sich freuen, wenn Sie Interesse zeigen würden, Ma'am."

„Izzy, bitte", flehe ich ihn an. „Überlassen Sie meinen Verlobten mir. Wir werden die ganze Zeit zusammen sein; wir sollten uns besser kennenlernen. Ich werde weiter erkunden und Sie in der Küche treffen, wenn ich fertig bin."

„Und Frau Volkov wird in zwei Stunden hier sein."

„Anya, richtig?"

„Ja, ich lasse Sie jetzt alleine."

Erik verschwindet, und ich gehe weiter zu weiteren Räumen. Es gibt ein Medienzimmer, ein Spielzimmer und ein formelles Wohnzimmer. Oben befindet sich ein informelles Wohnzimmer mit einem riesigen Flachbildfernseher. Ich gehe weiter einen anderen Flur entlang und finde Gästezimmer mit Ensuite-Badezimmer und privaten Bädern. Es gibt einen großen Gemeinschaftsbereich zum Abhängen und Brettspiele spielen.

Als ich glaube, ich habe jeden Zentimeter des Ortes gesehen, gehe ich nach oben, um mich umzuziehen und bemerke einen Raum neben unseren Schlafzimmern. Ich stoße die Tür auf und finde einen turmartigen Raum mit plüschigem beigem Teppich und hellgrünen Wänden. Es ist hell, mit viel natürlichem Licht, das durch die Fenster hereinkommt. Ich laufe herum und berühre weiße Möbel wie eine Kommode, Würfel und Bücherregale nahe dem Boden. Ich öffne eine Tür, im Glauben, es sei ein Schrank. Stattdessen ist es ein weiterer Raum, der mit diesem verbunden ist, möglicherweise für ein Kindermädchen. Könnte dies eine Kinderkrippe sein?

Mein Verstand ist überwältigt von der Möglichkeit. Wie lange plant er schon eine Familie und kannte er mich, bevor wir uns trafen? Könnte er die Ereignisse hinter unserer Zwangsheirat manipulieren?

Ich bin hin- und hergerissen und finde es allzu weit hergeholt. Er hat nichts getan, um mich dazu zu bringen, ihm und seinen

Handlungen zu misstrauen. Er nennt mich seine Seele. Tränen steigen in mein Auge. Er will eine Frau und ein Kind. Ich bin gewollt. Wenn ich meine Familie nicht finden kann, kann ich mit ihm eine haben.

Ich schließe die Tür zu dem makellosen Raum. Es ist persönlich, es hat für mich eine Bedeutung und jetzt weiß ich, dass er eine Familie will. Würden wir hier leben? Mein Kopf schwimmt vor der Möglichkeit, irgendwo dauerhaft zu sein.

Ich schlüpfe in unser Zimmer, ziehe ein warmes Outfit an und gehe die Treppe hinunter, um das Personal zu treffen. Ich, mit Personal. Es klingt so seltsam. Ich bin gleichzeitig vergnügt und erleichtert.

Charlotte ist eine junge Frau mit lebhaftem roten Haar und blasser Haut. Sie trägt eine beige Uniform, eine weiße Schürze und praktische Schuhe.

„Charlotte." Ich strecke meine Hand aus. Wir schütteln uns die Hände, und ich finde ihre Hand warm und weich. Nicht das, was ich von jemandem erwartet habe, der von Beruf reinigt und aufräumt.

„Frau."

„Oh, nein. Ich bin Izzy. Ich bin nicht formal", bestehe ich.

„Izzy, ich möchte wissen, was Sie gerne essen. Wir können damit anfangen, zu welcher Zeit Sie das Abendessen serviert haben möchten." Ihr Gesicht ist offen und ehrlich, ihre Stimme freundlich. Ich mag sie sofort.

"Ich habe keine Ahnung." Ich halte mir beide Hände vor den Mund. Wie kann man von mir erwarten, diese Entscheidungen zu treffen? „Ich werde mit meinem Ehemann sprechen. Lassen Sie uns mit sieben Uhr beginnen und bei Bedarf anpassen."

„Großartig. Ich brauche eine Liste von Lebensmitteln, die Sie diese Woche gerne essen würden. Ich mache den Einkauf und werde auch alles persönlich abholen, was Sie wollen."

Ich lasse ein Kichern los - so viele Entscheidungen.

"Ich werde darüber nachdenken. Ich mag sehr gerne ein großes Rippenbraten, Kartoffeln und Gemüse, wenn das möglich ist?"

"Absolut."

Ich höre ein Telefon summen und sehe Erik in der Tür stehen.

"Anya ist an der Wache. Ich werde sie draußen treffen und unser Auto starten."

"Danke."

Er geht und eine Minute später betritt eine junge Frau, die ich als Anya kennen lernen werde, wie ein Hauch von Sommerluft den Raum.

Sie streckt ihre Hand aus und sagt: "Du musst Izzy sein. Ich bin Anya."

Ihre honigblonden Haare fallen über ihre Schultern und locken sich perfekt, um ihr Gesicht zu umrahmen. Sie hat eine Stupsnase und saphirblaue Augen. Sie trägt einen unverschnallten schwarzen Wollmantel und hat eine Handtasche am Arm, während sie ihre Lederhandschuhe abstreift.

Sie gibt mir eine kurze Umarmung, und ich wünschte, ich sähe so stilvoll aus wie sie.

„Ich bin so froh, Sie zu treffen. Wissen Sie, wo wir hingehen?"

„Sie sind in guten Händen. Wir essen zu Mittag und dann nehme ich Sie mit, um Ihr Hochzeitskleid auszusuchen. Erik wird uns fahren und mein Bodyguard wird uns begleiten."

Von ihrem Gesichtsausdruck her ist sie nicht gerade begeistert, ständig verfolgt zu werden.

Als wir im SUV wegfahren, ist es das erste Mal, dass ich das Haus und das Grundstück im Tageslicht sehe. Anya bemerkt, wie ich meinen Hals verdrehe, um alles aufzunehmen.

„Ganz das Haus, nicht wahr?"

„Erstaunlich. Ich habe noch nie an einem so schönen Ort gewohnt. Das Haus meiner besten Freundin in New York ist zwar schön, aber das hier ist eine andere Liga."

„Ja, die Männer von der Bratwa verwöhnen ihre Frauen. Sie wären zufrieden, in einer Höhle zu leben, solange sie ihre Zigarren und Cognac haben. Wir nicht. Ich bringe Sie zum Mittagessen ins Zima, ein russisches Restaurant, das uns gehört." Sie lacht. Ich nehme an, dies ist eins von vielen Restaurants, die ihnen gehören.

„Sie werden auf dem Fulham Palast heiraten. Es ist ein schöner Ort, im Tudorstil, an der Themse. Mit alten Backsteinen und schöner Landschaft. Es ist teuer und sendet die richtige Botschaft."

„Ist das wichtig?"

„Ja, Sie werden eine öffentliche Hochzeit haben, mit strenger Sicherheit, und es wird wunderschön sein. Die Einladungen sind raus, also weiß jeder das Datum. Nach dem Mittagessen bringe ich Sie zu unserer Boutique und Sie werden ein Hochzeitskleid aussuchen."

„Es kommt mir komisch vor, wenn Sie das sagen. Ich habe nie beabsichtigt, Dmitry zu heiraten."

„Keiner von uns hat jemals vor, sie zu heiraten, Izzy", stellt sie sachlich fest.

„Wirklich?"

„Sicher. Es gibt arrangierte Ehen, aber für einige von uns sind es die Umstände. Meine Hochzeit wurde arrangiert. Meine Familie zog weg und er blieb hier. Wir waren von unseren Vätern versprochen und wussten es nicht, bis sie starben."

„Das tut mir leid, das ist so traurig."

„Das gehört dazu. Deshalb sind wir so sicher wie möglich unterwegs. Dmitry, er ist still, aber schlau. Die Männer neigen dazu zu brüten, also drängen Sie sie nicht. Sie haben so viel im Kopf. Fragen Sie nicht nach Details. Sie geben sie nicht preis."

„So viel weiß ich. Meine beste Freundin ist Alena. Sie werden sie bei der Hochzeit treffen. Sie wird meine Trauzeugin sein. Sie wird auch verheiratet."

„Ah, die russische Mitbewohnerin."

„Ja, haben Sie gehört?"

„Teile davon."

„Ich kann sehen, dass Dmitry verrückt nach Ihnen ist."

Mein Herz macht einen Sprung. Ist er? Anya würde es wissen, da sie sich schon länger kennen.

„Wie?" frage ich nach.

„Er hat diesen Blick. Er hat sogar heute gelächelt, was ungewöhnlich ist. Normalerweise ist er nicht glücklich."

Das überrascht mich nicht. Jeder Mann, der einem anderen in einer Bar ein Messer in die Hand rammen kann, ist eher brutalen als liebevollen Handlungen gewöhnt.

„Wie ist ihre Mutter?" Ich bin neugierig auf seine Herkunft und sein Familienleben.

„Sein Vater war ein Don, der mit eiserner Faust regierte, aber seine Söhne liebte. Nikolay und Dmitry gingen aufs Internat, aber Roman war das Baby, und ihre Mutter, Natasha, konnte es nicht ertragen, dass er geht. Sie ist hart, liebevoll und manchmal sentimental. Sie hat nicht dieses ewig miese Gesicht, das die meisten Bratwa-Ehefrauen wie einen Schild tragen."

Ich muss schmunzeln. Ich mag Anya, sie hat Humor, und wenn sie und Nikolay verliebt sind, besteht vielleicht Hoffnung für uns.

„Was weißt du über uns?"

„Zuerst einmal, vertraue niemandem außer dem inneren Kreis der Bratva. Ich weiß, dass du Schutz benötigst, und das ist der Preis, den du dafür zahlst." Sie wendet sich mir zu, als der Fahrer vor dem Restaurant hält. Ihr ernster Gesichtsausdruck fesselt meine Aufmerksamkeit, als sie emotionslos sagt, „Dmitry wird dich nie gehen lassen."

Ein Schauder durchfährt meinen Magen. Die Wahrheit ist, ich weiß, dass sie recht hat. Er erinnert mich ständig daran, dass ich sein bin - sein Besitz. Ich gehöre ihm. Und dafür werde ich beschützt.

Wir steigen aus und machen uns auf den Weg ins Restaurant.

Wir werden an der Tür vom Maître d' begrüßt und zu einem Tisch in der Nähe des Fensters geführt. Als unser Kellner herantritt, bitte ich Anya für uns zu bestellen.

„Ivan, schön dich zu sehen. Das ist Isabella, Dmitrys Verlobte."

Er ist ein großer Russe mit dunklen Haaren und dunkelbraunen Augen. Seine Tätowierungen schauen unter seinen langen Ärmeln hervor und reichen bis auf seine Hände. Ich wette sein Körper ist voll davon.

„Schön dich kennenzulernen." Er lächelt, und ich habe den Eindruck, dass es gezwungen ist.

„Hallo", antworte ich höflich.

Anya bittet ihn, abgefülltes Wasser und Speisen zu bringen, die nach russischen Gerichten klingen.

Als er geht, frage ich: „Kennen wir ihn?"

„Er gehört zu uns. Die meisten Mitarbeiter kommen aus Russland. Ich bin so beschäftigt, dass ich nicht oft rauskomme, aber Nikolay und ich kommen hier häufig her."

Als das Essen kommt, ist es ziemlich gut. Ich könnte mich an die Rote-Bete-Suppe gewöhnen. Anya erzählt mir von ihrem Studium. Wir tauschen Informationen über uns aus, so wie Mädchen das eben tun. Nach dem Mittagessen bringen Milan und ihr Wächter uns zu dem Geschäft der Familie, in dem ich Hochzeitskleider anprobieren soll.

Das Schaufenster ist schick, mit weißer und goldener Schrift. Es ist die Art von Ort, an dem ich in New York vorbeigegangen wäre, weil er exklusiv und teuer wirkt.

Wir gehen hinein und unsere Leibwächter nehmen Positionen an den vorderen und hinteren Türen ein. Eine Verkäuferin weist mich zu einer Umkleidekabine, in der vorausgewählte Kleider an einer beweglichen Garderobe hängen. Sie sind alle exquisit.

„Nimm, was immer dir gefällt. Es ist unser Geschenk an dich." Anya lächelt mich an.

„Ich kann nicht annehmen..." Aber sie unterbricht mich, bevor ich mehr sagen kann.

„Der Don will es dir schenken. Du solltest besser wissen, als mit ihm zu streiten."

„Streitest du mit ihm?"

„Ab und zu, aber es geht eher darum, seine Schlachten zu wählen. Und selbst dann sind wir die einzigen, die unsere Männer mit unseren Worten beugen können. Ihre Untergebenen würden es nicht wagen, sie in Frage zu stellen."

„Das verstehe ich schon, aber diese hastig arrangierte Hochzeit fühlt sich falsch an. Ich will nicht jedem etwas vormachen", erkläre ich.

„Isabella, du hast Glück, einen Bratva-Mann zu haben. Er

würde wenn nötig sein Leben für dich geben. Und versuch nicht mir zu sagen, dass du ihn nicht liebst. Selbst ich kann sehen, dass du an ihn denkst. Außerdem hast du ihm den ganzen Nachmittag über Updates geschickt. Also, ich glaube, du bist dir selbst gegenüber nicht ehrlich."

Sie hat recht. Ich kann nicht leugnen, dass ich Gefühle für Dmitry habe. Mein Körper sehnt sich nach ihm, und das ist noch nicht alles. Mein Herz macht einen Sprung, wenn er einen Raum betritt. Ich werde feucht, wenn er mich ansieht, und ich glaube ihm, wenn er sagt, dass ich ihm gehöre. Er hat die Möglichkeit jedes anderen Mannes, ihn zu ersetzen, zerstört.

„Ach, ich sehe es in deinem Gesicht." Anya wirft mir vor, Gefühle für diesen rücksichtslosen Mann zu haben. „Du kannst das Erröten deiner Wangen und den Glanz in deinen Augen bei der Erwähnung seines Namens nicht verbergen." Ihre Augen weiten sich, genauso wie ihr Grinsen. „Du liebst ihn", sagt sie leise.

„Äh." Mir fehlen die Worte. Ich dachte, es wäre nur der Pornostar-Sex, den wir haben, der mich so von ihm besessen macht. Die Möglichkeit, dass er mich lieben könnte, macht mich schwindelig. „Wirklich?"

„Oh, ja, du solltest es genauso gut zugeben. Du bist schlecht im Lügen, Izzy. Nicht vor einer Frau, die weiß, was Liebe mit ihrem Ehemann ist. Weiß Dmitry Bescheid?"

„Oh, nein", antworte ich und greife nach einem Hochzeitskleid zum Anprobieren.

„Gut. Lass ihn es zuerst sagen."

„Und wenn er es nie tut?"

„Vertrau mir, wenn ein Bratva-Mann eine Frau liebt, markiert er sie praktisch, und Gott helfe jedem Mann, der sie einen Moment länger ansieht als nötig."

„Oh, ja, das sehe ich. Er ist definitiv genau das", murmele ich.

Ich ziehe mich bis auf meinen Slip aus und probiere das Kleid, das meine Aufmerksamkeit erregt. Es ist ein Meerjungfrau-Kleid aus Chantilly-Spitze, handgefertigt in Frankreich. Ich steige in das Kleid und ziehe es hoch. Mein Herz schlägt schneller. Der tiefe

Ausschnitt und das passende Oberteil heben meine Brüste hervor und zeigen meinen Ausschnitt wunderschön. Der enge Satin-Gürtel verschlankt meine Taille. Ich drehe mich um, um die Fischschwanz-Schleppe zu sehen. Der tiefe V-Rücken macht es sexy. Dies ist mein Kleid.

Anya wartet, als ich aus der Umkleidekabine komme.

„Ich liebe es. Dreh dich um", sagt sie.

„Bitte, nimm das Handy aus meiner Tasche und filme es. Ich muss es meiner Freundin in New York schicken."

Anya findet mein Handy und nimmt auf, wie ich in dem Kleid herumwirbele.

„Ich liebe dieses Kleid", ruft sie aus. „Es ist unglaublich. Die Passform ist perfekt."

„Das denke ich auch."

„Ich habe gehört, dass du eine recht erfolgreiche Modedesignerin bist. Ich bin mir sicher, du hättest den Job bei der Ballettgesellschaft angenommen, wenn es nicht diesen schmutzigen Vorfall gegeben hätte."

Mein Mund fällt auf.

„Was?" Meine Stimme ist kaum hörbar.

„Ach, du hättest diesen Job sowieso nie annehmen können." Sie richtet die Schleppe und macht weitere Fotos aus verschiedenen Winkeln.

„Du bist talentiert. Ich würde nie glauben, dass sie dich übersehen würden. Aber ihr Verlust ist unser Gewinn. Ich würde lieben, wenn du eine Modelinie für uns entwerfen würdest."

Es wird schmerzlich deutlich, dass wenn Dmitry schweigt, es daran liegt, dass er etwas zurückhält. Wie kann er es wagen, mir den Job wegzunehmen, den ich wollte. Der schöne Tag, der bisher so toll war, ist jetzt getrübt, und es gibt nicht genügend Politur in der Welt, um das zu beheben.

„Wann hast du das erfahren?"

„Das war, bevor du New York verlassen hast. Ich weiß nicht, wie das keinen Streit hervorrufen konnte, aber ich denke, es gehört der Vergangenheit an." Sie steckt mein Handy in meine Tasche.

Ich stürme zurück in die Umkleidekabine.

Bin ich benutzt worden? Warum hätte er es mir nicht sagen sollen? Ich wette, er hat meinen E-Mail-Account gehackt und wahrscheinlich mein Handy geortet.

Es hat keinen Sinn, ihr zu sagen, dass ich die E-Mail nie erhalten habe und Dmitry die Schuld gebe. Sie denkt, wir sind ein liebendes Paar. Sie ist eine Volkov, und ihre Treue wird immer ihrem Ehemann und seiner Familie gehören. Ich bin nur die Außenseiterin.

Ich lasse der Verkaufsmitarbeiterin wissen, dass ich das Kleid nehme, und sie packt es in eine lange Nylon-Tasche. Ich sage nichts auf Anyas Bombennachricht, aber sie muss merken, dass es eine Überraschung war.

Stattdessen plaudern wir über das Wetter und den Verkehr, während wir zum Haus zurückkehren. Die Geschwisterbeziehung, die wir aufbauten, ist leider zerbrochen. Es hat keinen Sinn, mich an ihr auszulassen. Sie ist meine Quelle von innen. Trotzdem habe ich mich noch nie so alleine gefühlt. Ich bin in einem neuen Land und weiß nicht, wem ich vertrauen kann. Ihre Bratwa ist eine verdammte Geheimgesellschaft, in der die Männer herrschen und die Frauen blind folgen.

Nicht diese Frau, sage ich mir.

Ich bin erleichtert, als Anya mit ihrem Wächter geht. Erik bringt das Kleid in mein Zimmer. Wut steigt in meiner Brust auf, während ich in der Küche auf und ab gehe. Ein kräftiger Mann mit einer Schürze rührt etwas auf dem Herd. Das muss unser Koch, Jon, sein. Der Geruch von Rosmarinkartoffeln und Rind macht mich übel. Großartig, ich bin so aufgebracht, dass mir schlecht ist.

"Was ist los, Madame?", fragt Charlotte, während sie Brötchen zum Abendessen zubereitet.

"Nichts", schnappe ich. "Ich kümmere mich darum."

Wenn eine Ehe nichts weiter als eine glorifizierte Gefängnisstrafe ist, muss ich dem Aufseher zeigen, wer der Boss ist.

Es ist dunkel, als ich am Haus ankomme. Die kalte Luft setzt ein, als Milan und ich das Haus betreten. Wir legen unsere schwere Kleidung im Garderobenraum ab. Ich habe Izzy zuvor eine Nachricht geschrieben und nichts von ihr gehört. Anya sagte, sie hätten eine tolle Zeit gehabt. Ich wusste, dass ein Tag in der Stadt meinen kleinen Vogel glücklich machen würde.

Ich schaue auf mein Handy und sehe eine Nachricht von Kirill. Er erzählt mir, dass Alenas Vater behauptet, es gäbe einen andauernden Streit zwischen Alexsei und seiner Frau. Sie hätten schon seit einiger Zeit getrennte Zimmer. Das ist interessant, Ärger im Paradies. Kirill wird mir Fotos von der privaten katholischen Schule und den dort studierenden Moretti-Kindern schicken. Ich stecke mein Handy wieder in meine Anzugtasche.

Ich rieche das Prime Ribs, das im Ofen schmort und gehe in die Küche. Seltsamerweise ist das Personal ungewöhnlich ruhig. Ich blicke zum französischen Koch, Jon, und nicke ihm zu. Er nickt mir schnell zurück.

„Izzy?"

„Oben, Herr Volkov," antwortet Charlotte verträumt und zeigt nach oben. Sie deckt den Tisch und beschäftigt sich damit, den

Tisch perfekt zu machen. Ich eile die Treppe zwei Stufen auf einmal hinauf.

Unsere Schlafzimmertür ist geschlossen.

Ich bin verwirrt. Was für ein Spiel spielt Izzy? Sie wusste, dass ich unterwegs bin.

Vorsichtig öffne ich die Tür zu unserem Schlafzimmer und werde sofort mit Schuhen beworfen, die mit Präzision und Geschwindigkeit auf meinen Kopf abzielen. Ich weiche aus und wehre sie mit Händen und Armen ab.

„Wie kannst du nur!" schreit sie.

„Was?"

Scheinbar bin ich jetzt sicher, da ihr die Schuhe ausgegangen sind.

„Du hast mir die Arbeit weggenommen, die ich haben wollte. Wie konntest du nur?"

„Es war zu gefährlich für dich. Außerdem arbeiten Bratva-Frauen nicht. Das habe ich doch klar gemacht." Meine Stimme ist tief und autoritär.

„Klar? Ich sage dir, was klar ist. Du hast mich belogen. Du hast mich ausspioniert. Nur so könntest du es gewusst haben."

Sie hat recht. Ich bin schuld.

Verdammt.

„Wir würden gehen. Es ist besser, eine höfliche Absage zu haben, indem man sagt, dass man im Ausland ist und die Optionen offen lässt, oder nicht?" Ich manipuliere die Situation.

„Du hattest nie vor, in New York zu bleiben. Du hast meine Chance auf ein Leben nach dieser Scheinehe zerstört!" schreit sie laut genug, dass alle im Erdgeschoss es hören können.

„Isabella. Genug!" Ich schreie auch, aber meine Stimme hat einen 'leg dich nicht mit mir an' Klang. Sie erstarrt und schaut mich an wie ein erschrecktes Reh. Ich brauche, dass sie zur Ruhe kommt und mir zuhört.

„Du bist unvernünftig. Die russische und irische Mafia in New York haben Leute, die dich jagen. Du wärst in New York ein leichtes

Ziel gewesen, das weißt du." Meine Fäuste ballen sich, während ich den Drang unterdrücke, gegen eine Wand zu schlagen. Sicherlich wird sie meinen Standpunkt verstehen und logisch handeln.

„Wegen was? Niemand kann mir sagen, was diese Männer von mir wollen. Wir haben keine Ahnung, wann das vorbei ist, und ich bin so müde." Ihre Stimme wird leiser und zeigt, wie anstrengend das Ganze für sie war. Ich hätte das kommen sehen müssen. Dies ist alles neu für sie und sie ist von einem Leben in Freiheit zu einem in einem goldenen Käfig gewechselt. Sie sinkt auf den Rand des Bettes.

"Ich kann nicht in New York leben. Ich kann meine Tante nicht anrufen und ihr erzählen, was los ist. Mein einziger Freund ist tausende Kilometer entfernt und ich muss nach Regeln leben, die ich nicht verstehe", schluchzt sie. "Ich habe alles Bedeutende in meinem Leben wegen dir verloren." Tränen laufen ihr Gesicht hinunter. Sie wischt sie mit der Rückseite ihrer Hand weg und verschmiert ihr Augen-Makeup.

Sie hat einen Punkt. Das ist es, was wir unseren Frauen antun. Es macht mich traurig, sie so verzweifelt zu sehen. Mein Herz tut weh, aber mein Kopf ist auf ihre Sicherheit fokussiert. Ich kann ihren Forderungen nicht nachgeben. So sehr ich ihr auch sagen möchte, was sie hören will, ich kann nicht. Ich bin ein Bastard, der Geheimnisse hütet, aber ich weiß, was das Beste für sie und uns ist.

"Alena wird zur Hochzeit hier sein", antworte ich sanft, während ich mich dem Bett nähere. "Auch deine Tante wird hier sein. Ich habe ihr verschlüsselte Nachrichten geschickt, in denen ich mich vorstelle, und du wirst Emails von ihr auf deinem Handy finden. Ich leite deine Mails über Server um, die nicht zurückverfolgt werden können. Du kannst frei mit ihr und Alena über die Hochzeit sprechen. Der Ort wurde bekannt gegeben und ist allgemein bekannt."

"Warum jetzt? Könntest du das nicht schon vorher machen?" Sie hebt ihren Kopf und schnieft, wischt sich die Nase an ihrem Ärmel.

Ich greife ein Taschentuch vom Nachttisch und reiche es ihr. Sie tupft sich die Nase. Ich beuge mich über sie und gebe ihr einen

Kuss auf die Stirn. "Ich konnte zu der Zeit nur so viel tun. Außerdem wollte ich, dass du Zeit mit mir verbringst, ohne dass andere sagen, du kennst mich nicht gut genug, um zu heiraten. Deine Tante muss glauben, dass wir verliebt sind. Die ganze Welt muss glauben, dass wir verliebt sind."

"Und du?" Sie schnieft und starrt auf ihre Hände.

"Was ich?"

"Liebst du mich?" Sie hebt ihren Kopf, um meinem Blick zu begegnen. Wenn ich in ihre Augen sehe, brechen meine Mauern zusammen.

"Ich liebe dich, Isabella. Warum sonst würde ich solche Anstrengungen unternehmen, um dich sicher zu halten und meine Freiheit aufzugeben?"

Eine Träne entgleitet ihrem Auge. Sie wischt sie schnell weg.

"Sag mir jetzt, wenn du mich nicht liebst, Isabella." Meine Stimme ist roh. Ich bin entblößt, aber ich muss wissen, wo sie steht.

"Ich liebe dich auch", sagt sie. Ihre Stimme ist sanft, als sie meine Ohren füllt. Ich kann es kaum glauben, bin aber begeistert.

Ich atme aus. Ich hatte gar nicht bemerkt, dass ich den Atem angehalten hatte, während ich auf ihre Antwort wartete. Ich hoffe, sie weiß, dass wir nicht nur Sex haben. Ich mache Liebe mit ihr und mein Herz ist voller Versprechen auf ein neues Leben mit ihr an meiner Seite. Sie wird mich davon abhalten, ins Chaos zu geraten.

"Fühlst du dich besser?" frage ich, während ich meine Arme um sie lege und sie an meine Brust ziehe.

"Ich denke schon." Sie legt den Kopf auf meine Schulter. Ich streiche ihr die Haare aus dem Gesicht.

"Gut. Ich möchte Liebe mit dir machen. Du lenkst mich ab, aber das ist in Ordnung. Du bist mein Licht in der dunkelsten Nacht und ich werde nicht verneint", flüstere ich ihr ins Ohr.

Sie ist schlaff in meinen Armen. Ihre blau-grauen Augen sind voller Emotionen, als meine Lippen auf sie herabfallen. Ich fahre mit meiner Hand durch ihr Haar und ziehe ihren Mund auf meinen. Wir küssen uns und lassen unsere Kleidung fallen, werfen sie durch den Raum, ohne an etwas anderes als einander zu denken.

Sie liegt auf dem Bett, ihre Brüste glänzen unter dem sanften Licht im Zimmer. Mein Schwanz ist hart. Ich krieche auf das Bett und schiebe meine Finger in die Frau, die ich liebe. Sie ist feucht und spreizt die Beine für mich.

Ich ziehe meine Finger heraus und packe meinen Schwanz, richte ihn an ihrer Eingangstür aus. Ich lehne mich über sie und sie legt ihre Hand neben den Blauvogel, den ich mir heute auf der Brust habe tätowieren lassen.

"Ist das?" Ihre Augen suchen die meinen.

"Es ist für dich, meine Liebe. Du bist meine Seele."

Ich dringe in sie ein und meine Welt wird zu einem Kaleidoskop. Bilder, Gefühle und was die Zukunft bringt, vermischen sich in meinem Kopf. Ihre Falten sind glitschig, sie empfängt mich. Ich stütze mich auf einen Arm, während ich über ihr liege und mit der anderen Hand ihre straffe Arschbacke greife. Sie ist meine Frau. Verdammt, wenn ich einen Tag ohne meinen Schwanz in ihr vergehen lasse. Ich stoße in sie. Sie stöhnt unter mir. Ihre Atmung wird schneller.

Wenn sich unsere Blicke treffen, ist es ein Treffen der Seelen. Mein Herz mag schwarz sein, aber es ist für sie da. Wir sind in der Zeit suspendiert, während wir diesen besonderen Moment teilen und uns auf halbem Wege treffen, um unseren Körpern das Gespräch zu überlassen.

Sie klammert sich an meine Oberarme, und ich fühle, wie ihre Klitoris schneller wird, als sie den Kopf zurückwirft und meinen Namen schreit, als sie kommt. Ich stoße noch dreimal in sie und meine Welt explodiert. Ich zittere unter der Intensität. Es ist, als wäre ich ausgeknockt. Mein ganzes Blut strömt in meinen Kopf. Ich gebe mir eine Minute, um mich zu erholen, bevor ich neben sie falle. Sie hat mir das Training meines Lebens gegeben und ich bin gesättigt. Für einen Mann, der seine regelmäßigen Tage im Fitnessstudio wieder aufgenommen hat, seit wir angekommen sind, sollte ich peinlich berührt sein, dass sie mir in den Hintern getreten hat.

Stattdessen lächle ich und starre an die Decke, während ich genieße, wie sich ihr Arm über meine neu tätowierte Brust legt.

"Bevor ich es vergesse, dein Ehering hat einen eingebauten Mikrochip, falls du jemals entführt wirst und wir dich orten müssen. Er wird nur auf meinen Geräten sein, aber es ist zu deiner Sicherheit." Ich drehe mich um und sehe, dass Izzys Körper entspannt ist. Ihr Körper ist weich und warm. "Mit oder ohne Mikrochip, ich werde dich immer finden, Isabella. Du bist für immer meine." Sie dreht sich zu mir und streicht mit den Fingern über den Rand des neuen Tattoos.

"Und du gehörst zu mir", flüstert sie.

# KAPITEL 29, IZZY

Als wir endlich nach unten zum Abendessen kamen, musste Charlotte es noch einmal aufwärmen. Das Rindfleisch war fantastisch. Das ist definitiv besser, als Coupons zu sammeln und beim Einkaufen zu knausern, um über die Runden zu kommen. Das exquisite Essen war hervorragend. Ich habe keine Ahnung, wie man ein Prime Rib zubereitet, also bin ich von unserem Koch Jon beeindruckt. Ich hätte nie gedacht, dass ich mich daran gewöhnen könnte, dass jemand anders mich bedient, aber ich werde es langsam gewöhnt. Ich bin erleichtert, dass ich dieses Haus nicht putzen muss. Ohne Charlottes Hilfe hätte ich für nichts anderes Zeit.

Wir ziehen uns in unser Wohnzimmer im Obergeschoss zurück. Ich gieße Dmitry einen Wodka ein und schreibe meiner Tante eine E-Mail, die sich sicherlich freuen wird, von mir zu hören. Ich habe eine turbulente Liebesgeschichte und eine Reise nach London erzählt – so passen alle Stücke zusammen. Ehrlich gesagt, ist das überhaupt nicht meine Art, weil ich eher ein Planer bin und mich nicht spontanen und irrationalen Verhaltensweisen hingebe, aber was soll's.

Alena ist mit ihren Eltern eingeschlossen, was ihr auf die Nerven geht.

Ich ermutige sie und bin zuversichtlich, dass Dmitry die Männer, die mir nachstellen, aufstöbern wird. Mir ist bewusst, dass das Tippen auf den Tasten des Telefons in den Abend hinein hallt.

Dmitry liest ein Buch auf Russisch. Hier ist es so ruhig, im Gegensatz zur Stadt. Ich greife zur Fernbedienung und schalte die Nachrichten an. Alena fragt, wie es mir geht und möchte Bilder vom Haus haben.

Meine Augen wandern träge zu Dmitry.

"Ach, ich habe vergessen dir zu sagen, Alena und Kirill fliegen mit dem Don und seiner Familie hierher."

"Wirklich? Ich bin mir sicher, Kirill wird es freuen, mit dem Mann Schulter an Schulter zu sein."

"Womöglich."

"Läuft da was zwischen Alena und Kirill?"

"Sie sagt, sie sind solch gute Freunde, dass sie es nicht wegen einem Fick ruinieren möchte."

Dmitry lacht so sehr, dass er sich an seinem eigenen Speichel verschluckt. Er wirft mir einen überraschten Blick wegen meiner Offenheit zu.

Ich zucke mit den Schultern. "Was erwartest du von mir? Ich bin keine Prinzessin, ich bin eine New Yorkerin und das sind Alenas genaue Worte."

"Das bezweifle ich nicht." Er lächelt und die Nachrichten im Fernsehen sind langweilig, also schalte ich auf eine alte Comedy-Show aus Amerika um.

"Anya und ich haben heute bei Zima gegessen. Es war sehr gut."

"Das kann es ja auch sein. Wir geben ein Vermögen für dieses Restaurant aus", brummt er.

Das finde ich amüsant, denn ich weiß, dass jedes Geschäft, das mit Bargeld hantiert, zum Geldwäschen verwendet wird. Wie kann es ihnen also etwas kosten?

"Offenbar verbringt die Bratva viel Zeit dort. Der Kellner, Ivan, kennt uns und schien übermäßig freundlich. Ich fand es merkwürdig."

Dmitry springt von der Couch, wirft sein Buch zur Seite. "Was meinst du mit übermäßig freundlich? Hat er dich angefasst?" Seine Augen sind ein Meer aus Dolchen. Ich würde sagen, dass er sauer ist.

"Nein", antworte ich schnell. "Er hat sich nur so verhalten, als ob er ein Teil der Familie wäre, und nicht unser Kellner. Oder habe ich etwas übersehen?"

"Er wird zur Rechenschafft gezogen. Er sollte seinen Platz kennen und es ist nicht, meiner Frau nachzusteigen." Seine Stimme ist streng. Ich wage es kaum mich zu bewegen.

"Tut ihm nichts. Ich könnte überreagieren."

"Du hast ein gutes Beobachtungsgeschenk. Du hast gewusst, dass du in New York verfolgt wurdest. Vertrau auf deinen Instinkt. Ich werde die Sache untersuchen." Er kehrt zu seinem Platz auf der Couch zurück. Ich entscheide, dass es Männergeschäfte sind und schiebe seine Besitzergreifung auf den Stress, unter dem er wegen der Hochzeit stehen muss.

"Also, wie willst du die Männer finden, die mir nachstellen?"

Er schließt sein Buch. „Ich kümmere mich darum. Ich brauche Dich dazu, dass Du Dein Leben wie gewöhnlich weiterführst. Ich arbeite im Hintergrund. Zudem möchte ich, dass Du Deinem Instinkt vertraust. Jeder, der Dir schaden könnte, wird auf der Hochzeit sein."

„Du meintest, dass ich in Sicherheit sein würde, sobald wir uns bekannt gegeben haben, und jetzt ist es offiziell. Ich dachte, der Auftritt im MET wäre ausreichend. Was ist hier los?"

Dann wird mir etwas klar. Die Hochzeit ist eine Möglichkeit, unsere Widersacher hervorzulocken.

„Moment mal, Du benutzt mich als Köder?" Ich stehe auf und werfe mein Handy auf meinen Sitzplatz.

Er steht wieder auf und beginnt, auf und ab zu gehen.

„Es wird eine Ansammlung von Donnen geben, und einer oder mehrere könnten Dich sehen und vielleicht sogar mitnehmen wollen."

Ich hebe meine Augenbraue. „Der Chip im Ring ist Dein Backup-Plan?"

„So ähnlich. Ich hoffe, wir lösen das alles vorher. Wir haben jede Menge Männer, die an der Situation arbeiten. Wir werden Männer überall in der Location haben."

„Okay." Ich setze mich und antworte Alena per SMS.

„Meine Mutter kommt in die Stadt. Sie bleibt bei Dmitry, und Du wirst Roman bald treffen."

„Ist es eine gute Idee, alle zur Hochzeit zu bringen?"

„Du hast einen Punkt, aber ich kann meinen Brüdern vertrauen, und es wäre auffällig, wenn meine Mutter fehlen würde", antwortet er, während er sein Glas Wodka nimmt.

„Verstehe, die Familie. Werde ich Deine Mutter mögen?"

„Sie kann zurückhaltend sein, aber lass Dich davon nicht beirren. Gefällt Dir Dein Kleid?" Er stellt sein Glas auf den Couchtisch und setzt sich. Ich kehre zu meinem Platz zurück und lege mein Handy in meinen Schoß.

„Oh, ja. Es war ein Geschenk von Anya und Nikolay. Ich hoffe, es war in Ordnung, es zu akzeptieren."

„Ja, das ist es. Das ist sehr nett. Ich werde sicher sein, ihm zu danken."

„Großartig." Ich gähne.

„Ich denke, es ist Zeit zu schlafen. Sag Alena, ich grüße sie", sagt er, während er aufsteht. Dann wartet er auf mich.

Ich schicke eine letzte Nachricht an Alena und folge meinem zukünftigen Ehemann ins Bett. Er kuschelt sich an mich, während ich einschlafe.

Der Morgen kommt zu früh. Ich öffne meine Augen. Es ist später als sonst. Ich strecke mich, als ob ich aufstehen würde. Ich bin so müde und fühle mich wie grippekrank.

Dmitry kommt ins Zimmer, zurück vom Fitnessstudio, wenn man seinem verschwitzten Trainingsanzug und Sneakers trauen kann.

„Geht es dir gut? Ich habe mir Sorgen gemacht." Seine Augen mustern mich.

„Fühl mal meinen Kopf. Ist er warm?"

Er nähert sich mir und legt die Rückseite seiner Hand an meinen Kopf.

„Normal. Soll ich den Hausarzt holen?" Er setzt sich auf die Seite des Bettes. Die Matratze gibt unter seinem Gewicht nach.

„Den Tierarzt? Nein, danke", antworte ich sarkastisch.

Er lacht. „Gut, das war eine Situation, die wir an dem Tag nicht erwartet hatten."

„Es scheint, als wäre es so lange her", füge ich wehmütig hinzu.

„Trotzdem, ich denke, wir sollten Dich untersuchen lassen."

„Mir geht es gut. Wirklich." Ich versuche aufzustehen, aber mein Kopf ist nicht ganz bei der Sache. Vielleicht ist mein Gleichgewicht gestört.

„Glaubst Du, jemand hat mich abgefüllt?" frage ich.

Das Gesicht von Dmitry wird weiß. Er zieht sein Handy hervor, ruft die Wachen ins Zimmer, und murmelt, dass der Doktor gleich kommt.

Ich lege mich zurück aufs Bett. Dmitry nimmt meine Hand. Milan und Erik stehen neben ihm.

„War hier jemand? Ist irgendetwas Ungewöhnliches passiert?" Er bellt sie an wie ein wilder Rottweiler.

„Nein, Sir", antwortet Erik.

„Nichts, Dmitry", fügt Milan hinzu.

„Mir geht es schon besser. Es ist wahrscheinlich nichts." Ich spiele es herunter, aber er geht kein Risiko ein.

„Du bleibst hier." Er wendet sich an die Wachen. „Ihr beide befragt das Personal und berichtet mir."

Sie verlassen den Raum und Panik ist nicht das, was ich in seinem Gesicht sehen möchte. Ich habe Geschichten über Russen gelesen, die ihre Zielpersonen vergiften, und sie können jederzeit jeden erreichen.

„Der Arzt wird gleich hier sein. Hat dieser Junge Ivan etwas in dein Essen getan? Wann hast du dich schlecht gefühlt?"

„Das Essen war super. Mir ging es gut."

Ein älterer Mann betritt den Raum mit einer alten schwarzen Lederhandtasche.

Er hört mein Herz ab, misst meine Temperatur und bittet mich aufzustehen.

Ich werfe die Decke zurück und stehe in meinem durchsichtigen Nachthemd. Ich trage es, weil Dmitry es mag, meine Brust durch den dünnen, spitzenstoff zu sehen. Ich bin sicher, er mag es genauso, wenn ich nackt bin, aber es zieht nachts.

Ich stehe gut und er bittet mich, ein paar Schritte zu gehen.

„Isabella, du bist eine junge Frau. Du scheinst in Ordnung zu sein. Darf ich so kühn sein zu fragen, welche Form von Verhütung du benutzt?"

Dmitry und ich tauschen einen Blick aus. Sofort greife ich an meine Brüste. Scheiße, sie sind größer und empfindlich.

Ich nehme meine Handfläche und klatsche sie an meine Stirn.

Der Arzt gibt mir eine Schachtel. Es ist ein Schwangerschaftstest.

Scheiße. Wie konnte ich so naiv sein? Mein Gesicht wird vor Scham millionenfach rot.

Dmitry rechnet in seinem Kopf. Ein listiges Grinsen ziert sein scharfes aber gutaussehendes Gesicht.

„Pinkel auf den Stab. Du wirst es in weniger als drei Minuten wissen", sagt der Arzt, während er seine Tasche zumacht, aufsteht und sich dann Dmitry zuwendet.

Ich flitze ins Badezimmer. Mein Herz ist in meiner Kehle, während ich pinkle. Wie fühle ich mich dabei?

Wir haben genug Sex gehabt, um es zu einer neuen olympischen Disziplin zu machen.

Dann stelle ich mir eine Mini-Version von Dmitry vor und meine Brust wird schwer vor Sehnsucht nach einer eigenen Familie. Wir lieben uns. Ich wurde abgelenkt durch die Umstände unserer gemeinsamen Wochen und sitze immer noch, während ich zusehe, wie der Test positiv wird. Ich überprüfe ihn zweimal und lese die Schachtel ein zweites Mal.

Sage ich etwas? Wie kann ich nicht?

Wir stecken hier zusammen drin. Dmitry wollte es und er ist vorbereitet, wenn man den Raum am Ende des Flurs und das

Grundstück um uns herum bedenkt, das in ein paar Wochen grün sein wird. Es ist ein perfekter Ort, um eine Familie großzuziehen.

Ich bin peinlich berührt, als ich einen Hausmantel aus meinem Schrank nehme.

„Ist alles in Ordnung?", fragt der Arzt, als er seine Drahtbrille auf die Brücke seiner Nase schiebt. Er ist in seinen sechziger Jahren und erinnert mich an die britische Show über Tierärzte auf dem englischen Land, die vor Jahren auf der BBC lief.

„Ja, alles in Ordnung", antworte ich bescheiden, bevor ich ihm für seine Zeit danke.

„Wenn es euch gut geht, sehe ich mich selbst hinaus." Er wirft einen Blick auf Dmitry und geht.

Wir sind allein.

Ich bin glücklich, aber ängstlich und peinlich berührt. Jeder wird wissen, was wir getan haben, sobald der Babybauch zu sehen ist.

„Nun? Ich gehe davon aus, dass es dir gut geht, wenn du den Arzt gehen lässt." Ich kann sagen, er weiß es, oder zumindest glaubt er es zu wissen.

Ich seufze tief. „Es sieht so aus, als würden wir Eltern werden." Ein winziges Schmunzeln entwischt mir.

„Super. Wir müssen das Kinderzimmer vorbereiten und…"

„Warte. Es ist noch früh und definitiv zu früh für all das."

„Richtig."

„Ich möchte nicht, dass jeder es vor der Hochzeit weiß, und es ist viel zu früh, um irgendetwas zu sagen", warne ich ihn.

„In Ordnung. Ich werde dem Personal sagen, dass es dir gut geht." Er geht und kommt fünf Minuten später zurück.

„Lass uns zusammen frühstücken", schlägt er vor. „Was möchtest du?"

„Omeletts. Ich werde mich anziehen", antworte ich, während ich mich in meinen Kleiderschrank flüchte, mich zwinge zu bewegen, weil ich mich so träge fühle.

Ich geselle mich Minuten später zu Dmitry und er sitzt mit seinem Laptop am Tisch.

„Was gibt's Neues?"

„Ich habe Kirill alte Schulbücher der Moretti-Kinder finden lassen." Er dreht seinen Bildschirm zu mir, als ich mich neben ihn setze. „Sieht eines dieser Mädchen aus wie deine Mutter?"

„Schwer zu sagen." Ich starre genauer auf die Mädchen in karierten Kleidern und frage mich, wie ihr Leben aussieht. „Sie sehen alle bildperfekt aus, oder?"

„Der Schein trügt."

„Stimmt." Ich erinnere mich daran, wie Alena sagte, der italienische Don sei ein gewalttätiger Mann.

„Was ist der Plan für die Hochzeit? Ich meine, erwarten wir, dass mich jemand bemerkt?"

„Ich muss ein paar Dinge gestehen", beginnt er das Gespräch, als unsere vollen Teller vor unserer Nase hin- und herschieben. Orangensaft und Kaffee werden eingegossen und genau um ein und zehn Uhr vor meinem Teller abgestellt.

Ich lege eine Serviette auf meinen Schoß und frage mich dann, wie lange ich noch in all meine teuren Kleider passen werde.

Charlotte verlässt den Raum, und Dmitry räuspert sich.

„Zunächst einmal möchte ich nicht, dass du überreagierst. Ich weiß, dass du Angst haben wirst, und ich bin für dich da."

„Wenn das deine Vorstellung von einer motivierenden Ansprache ist, versagst du kläglich", sage ich, während ich ein Stück Toast vom Rand abreiße und in meinen Mund stecke. Ich hebe die Gabel an und beiße in das goldbraune Omelett, und verdammt noch mal, wenn mir jemand Essen serviert, schmeckt alles besser.

Dmitry nimmt einen Biss vom englischen Speck. Er schluckt.

„Raus damit", sage ich.

„Raus damit?", fragt er, während seine Stirn nach oben geht und eine kleine Falte auf seiner Stirn zeigt.

„Erzähl es mir", dränge ich ihn.

„Oh, okay. Die Schauspieler in Vegas wurden tot aufgefunden. Also wissen diese Männer, dass wir woanders sind."

Ich schlucke das Essen in meinem Mund und hoffe, dass ich nicht ersticke.

„Was? Sie waren unschuldig. Warum würde jemand so etwas tun?"

„Es ist eine Nachricht, sich nicht mit ihnen anzulegen." Seine Stimme ist leiser als gewöhnlich. Mir wird klar, dass wir das dem Personal und damit jedem, mit dem sie sprechen, nicht kundtun wollen.

„Was noch?", flüstere ich.

„Es wird dir nicht gefallen, aber auch James ist gestorben."

„Was?" Meine Stimme ist scharf. Diese Neuigkeit ist surreal und persönlich. Ich habe ihn all diese Jahre nicht gesehen, und jetzt ist jemand anderes, jemand, den ich als Kind kannte, gestorben. „War es wegen mir?"

Er zuckt mit den Schultern. „Es wäre wohl naiv von uns, wenn wir nicht wüssten, wer du bist. Also können wir jetzt davon ausgehen, dass die Iren wissen, wer du bist, und irgendwie wissen es auch ein paar Mitglieder der Bratva. Das ist meine Vermutung."

„Du hast mir das vorenthalten?" Meine Stimme ist hoch. Ich sage mir, dass ich für das Baby ruhig bleiben muss. Ich gehe davon aus, dass es innerhalb der neun Monate unserer Hochzeit sicher zur Welt kommt. Meine Mutter war Katholikin, aber wir sind nie in die Kirche gegangen.

„Ja", antwortet er mit einem tiefen Zischen. „Ich musste dich beschützen und wollte es dir nicht sagen, bis du es wissen musstest."

„Und du wählst ausgerechnet heute dafür?" Ich schenke ihm einen ungläubigen Blick voller Überraschung und Verachtung.

„Ich kann nichts dafür, dass heute alles drunter und drüber ging. Das Baby, gute Neuigkeiten. Die Tatsache, dass wir wissen, was die anderen wissen, ist gut. Oder nicht?"

„Du hast recht, aber wir wissen nicht, warum sie dich wollen. Übrigens, hast du auf dem Schulfoto noch jemand anderen erkannt? Sah jemand deiner Mutter ähnlich?"

„Nicht, dass ich wüsste. Ich meine, es gab viele italienische Mädchen dort. Ich habe nie Bilder von meiner Mutter gesehen, als sie jung war. Ich frage mich, ob meine Mutter und mein Vater sich damals schon kannten. Ich meine, sie war so jung, um ein Kind zu haben, weißt du?"

Er ist für einen Moment nachdenklich. „Du hast einen guten Punkt. Es macht Sinn, dass deine Mutter deinen Vater kannte, aber es gibt keine Spur, wer es gewesen sein könnte."

Wir sind für einen Moment still und ich nutze die Gelegenheit, um mehr zu essen.

„Izzy, bist du sauer auf mich?"

„Wofür?" Ich beschäftige mich damit, das Essen auf meinem Teller hin und her zu schieben, bevor ich meine Gabel wieder lade.

„Das Baby."

„Mm, die Tatsache, dass du meine Verhütungsmittel vor mir verborgen hast und mich in die Unterwerfung getrieben hast?"

„Das."

„Ja, aber ich konnte nicht anders. Ich bin süchtig nach dir. Also, hier sind wir. Warum wolltest du so sehr ein Kind haben?"

„Ich wollte sicherstellen, dass du nicht vor mir davonläufst." Er isst endlich etwas und nimmt einen Schluck Kaffee.

„Wohin sollte ich gehen?" frage ich.

„Du bist hartnäckig. Wenn du dich lange genug darauf konzentrierst, würdest du einen Weg finden." Seine nüchterne Antwort bringt mich zum Lachen.

„Nun, ich bin schwanger, also hat dein Plan, mich zu halten, funktioniert."

„Wie sehe ich aus?" Ich trage einen beigefarbenen Hosenanzug mit passenden Absatzschuhen. Ich schaue in den Wandspiegel. Ich mustere meinen Bauch auf Anzeichen einer Wölbung. Ich bin lächerlich. Dafür ist es viel zu früh. Ich spiele mit dem Diamant-Choker, den mir Dmitry gegeben hat, und stecke die passenden Ohrringe in meine Ohren.

Das Tattoo auf seiner Brust ist verheilt. Mein Herz schmilzt, als ich es sehe, bevor er sein Hemd zuknöpft.

Das Probeessen ist heute Abend. Nur seine Familie, Alena und Kirill sind da.

„Du bist die schönste Frau der Welt, Izzy." Er streicht mit dem Rücken seiner Finger über meine Wange, und mein Körper prickelt. Ich habe viel über Schwangerschaft gelesen, und die Hormone machen viele Frauen super heiß.

Ich erröte. Ich bin es nicht gewohnt, dauernd als schön bezeichnet zu werden. Außerdem glaube ich, dass er voreingenommen ist.

„Ich hoffe, deine Mutter mag mich."

„Das wird sie bestimmt."

Er schließt sein Hemd ab und ich helfe ihm mit seiner Krawatte.

Er hat eine goldene Krawattenspange, die er angelegt, um den Kragen in Form zu halten, was ihm ein gepflegtes Aussehen verleiht. Er legt Wert auf seine Kleidung, und seine Anzüge sind maßgeschneidert, um ihm perfekt zu passen. Das erklärt wahrscheinlich seinen exzellenten Geschmack für Schmuck. Ich wette, er hat das von seiner Mutter, und ich frage mich, ob unser Baby wie er sein wird.

Ich nehme meine Clutch und wir gehen die Stufen hinunter. Erik wartet auf uns, überreicht uns einen Trenchcoat. Milan fährt das Auto vor.

„Ist es immer so methodisch?" Ich werfe Dmitry einen wissenden Blick zu. Ich fühle mich wohl, ihn aufzuziehen. Die Baby-Nachricht hat die Kommunikationswege geöffnet und wir sind uns nähergekommen. Wir waren beide Menschen, die sich fürchteten, sich auf Liebe einzulassen als wir uns trafen, zufrieden mit einer Verbindung. Lustig, wie das Leben manchmal so schnell wechselt.

Jetzt sind wir ein Paar, ein echtes Paar, das sich frei aussprechen kann und unsere inneren Gedanken teilen kann, ohne sich zu verschließen. Es ist eine bedeutende Veränderung für uns beide. Ich bin erleichtert, dass ich seiner Familie nicht lügen muss. Ich habe mich in mein Biest verliebt.

Dmitrys Anzugschuhe hallen mit meinen Absätzen, während wir zur Haustür gehen. Er legt meinen Arm durch den seinen und öffnet die Autotür für mich, bevor er mich sicher verstaut.

Wir kommen bei 34 Mayfair an und ich bin überrascht, dass wir in dem angesagtesten Restaurant Londons essen, da es überfüllt ist. Der Eingang zum Restaurant ist mit Teerosen gesäumt, die gerade zu blühen beginnen.

„Ich habe gehört, dass hier Filmstars essen", flüstert er, während Männer mit Zylinderhüten uns an der Tür begrüßen und unsere Mäntel abnehmen. „Wir haben einen privaten Raum", sagt er und führt uns, mit unseren Wachen hinter uns.

„Gehen sie auch mit?"

„Sicher, warum nicht? Sie werden an den Türen sein und Sie zur

Toilette begleiten. Wir können nicht vorsichtig genug sein." Er senkt seine Stimme. „Jetzt mehr denn je."

Ich stimme ihm zu.

Ich nähere mich dem großen, langen Tisch. Ich entdecke Alena inmitten der vielen neuen Gesichter. Sie springt auf und läuft auf mich zu.

"Oh mein Gott, es ist so toll, dich zu sehen", ruft sie aus. Sie trägt ein teures Kleid und Diamanten. Dmitry begrüßt derweil Kirill.

„Du siehst umwerfend aus." Sie lächelt und flüstert, „Ich werde nichts über 'du weißt schon was' sagen."

„Ich habe dich so sehr vermisst." Ich drücke sie fest an mich.

„Ich weiß. Bist du aufgeregt?"

„Ja."

Sie bewegt sich höflich zur Seite, damit ich Dimitrys Familie begrüßen kann.

Als nächstes ist Anya dran. Wir umarmen uns. „Du hast Alena getroffen?"

„Ja, sie ist großartig. Bist du bereit für deinen großen Tag?"

„Ich nehme an, du bist so bereit wie immer."

Kirill stürmt auf mich zu und umarmt mich, dann erzählt er mir, dass Alena mich vermisst und sie hoffen, dass wir nach New York City zurückkehren.

„Das hoffe ich auch." Ich vermisse mein Zuhause und meine beste Freundin.

Anya führt mich zu ihrem Mann und ich bemerke, dass er und Dmitry die gleiche Nase haben.

„Willkommen." Er umarmt mich herzlich. Ich gehe weiter zu dem Mann neben ihm. Es muss sein jüngerer Bruder sein.

„Izzy, schön dich kennenzulernen." Ich strecke meine Hand aus.

„Gleichfalls. Ich bin Roman." Er schüttelt meine Hand, und ich bemerke, dass er größer ist als sein Bruder, mit dunklerem Haar und einem breiteren Gesicht.

Dmitry legt seine Hand um meine Taille, gibt Roman seine Hand und zieht ihn dann in seine Brust zu einer halben Umarmung.

„Bruder, wie geht es dir?" Dmitry fragt Roman. „Ich höre, du hältst die Stellung in Russland?"

„Ich versuche es." Er nickt seinem Bruder zu.

Roman spricht Russisch mit ihm, also wende ich mich der Frau zu, die wohl Natasha sein muss.

Sie wirkt vornehm mit hohen Wangenknochen und trägt ein schwarzes Abendkleid mit hohem Kragen. Ihre Haare sind zu einer Hochsteckfrisur aufgesteckt und sie ergreift meine Hand.

„So schön, dich kennenzulernen, Izzy."

„Danke, Frau Volkov."

„Nenn mich Natasha. Komm, setz dich zu mir. Ich habe Dmitry seit über einem Monat nicht gesehen", schnurrt sie.

„Natasha." Ich lächle und folge ihr, nehme einen Platz am Tisch ein.

Besorgnis steigt in meiner Brust auf. Ich wollte eine Familie, aber so viele neue Gesichter überwältigen mich. Sie kennen sich alle schon immer und ich gehöre nicht dazu.

Alena kommt auf mich zu, während der Kellner Getränkebestellungen aufnimmt.

„Geht es dir gut?"

„Ich bin es nicht gewöhnt, in einem Raum voller Familie zu sein. Sie sind mir fremd."

„Es wird leichter. Halte einfach durch." Sie drückt meine Hand, um mich zu beruhigen.

„Danke."

„Ich hoffe, du hast ein Getränk bestellt."

„Ich glaube nicht, dass ein Getränk schaden würde", murmle ich.

Eine Champagnerflasche knallt. Ich erschrecke mich. Mein Herz rutscht in die Kehle.

Alle reden miteinander, aber ich bin keine Russin. Ich verstehe nicht, was sie sagen. Ich schnappe mir die Flöten, gefüllt mit dem goldenen Prickelgetränk. Dmitry setzt sich neben mich und spricht mit seiner Mutter.

„Was hast du gesagt?"

„Oh, entschuldigung, wir holen gerade auf. Sie ist einsam,

vermisst meinen Vater. Ich glaube, die Babynews würden sie aufheitern."

„Wir können nichts sagen, besonders da wir nicht wissen, wer hinter uns her ist. Willst du, dass die üblen Männer hinter mir das wissen?"

Ich bin verärgert, dass er in Erwägung zieht, das Baby mehr Gefahr auszusetzen.

„Es ist meine Mutter, Isabella." Sein Ton ist kalt. Ich frage mich, ob seine Mutter Vorrang vor mir haben wird.

„Das ist mir egal. Nein", antworte ich und schicke ihm einen strengen Blick, der sagt, dass diese Unterhaltung vorbei ist.

„Du wirst mich nicht vor meiner Familie bloßstellen. Ich treffe die Entscheidungen, und du wirst tun, was ich sage."

„Lass uns das später besprechen. Deine Familie sieht uns streiten, und sie werden schlecht von mir denken." Ich überblicke den Tisch und stelle fest, dass Nikolay mich beobachtet. „Ich weiß, dass sie wollen, dass du eine Russin heiratest. Ich sehe es in deinem Bruder's Augen. Du bringst mich in eine unmögliche Situation."

„Sie werden darüber hinwegkommen", schnaubt er. „Außerdem, er weiß, dass ich dich liebe. Er vergöttert seine Frau auch."

Ich bin verärgert über sein fehlendes Einfühlungsvermögen. Aber Moment mal, er vergöttert mich?

„Ich bin mir da nicht so sicher", antworte ich und betrachte seinen Bruder, der der Don ist. Dons machen mir einen Heidenschrecken.

„Izzy, ist das ein Spitzname?" Natasha unterbricht uns.

„Es ist ein Name, den ich angenommen habe. Mein echter Name ist Isabella."

„Das ist so hübsch. Anya hat mir erzählt, dass du die Erste sein wirst, die das Designerkleid trägt, das du ausgesucht hast."

„Echt? Das wusste ich nicht", antworte ich höflich.

„Oh, ja. Das Geschäft ist für Couture-Designs. Wir haben Beziehungen in der Modebranche. Also, ich habe keine Details gehört. Wie habt ihr euch getroffen? Ich kann kaum glauben, dass Dmitry sich so schnell verliebt hat. Er ist nicht der Typ, der sich niederlässt." Sie nippt an ihrem Champagner und wirft Nikolay einen Blick zu.

Damit habe ich von seiner Mutter nicht gerechnet. Alenas Worte kommen mir wieder in den Sinn. Die Russen werden den Sohn des Paten, der adoptiert wurde, nicht akzeptieren. Er ist jung und nicht in Russland geboren. Man sieht sofort, dass ich Italienerin bin und ich gehöre auch nicht dazu.

Ich fühle mich übel in der Magengrube. Warum sollten die Russen hinter mir her sein? Dmitrys Familie ist mit der Bratva in New York befreundet, und jetzt frage ich mich, ob ich reingelegt wurde. Nutzt seine Familie mich aus und wissen sie mehr als ich? Kann ich ihnen vertrauen? Verfolgen sie ihre eigene Agenda? Was, wenn hier jeder mehr weiß als ich?

Panik erfüllt meine Brust. Wem kann ich vertrauen?

Alena.

Ich nicke ihr zu, um sie zur Tür zu bitten. Ich entschuldige mich und sage Dmitry, ich würde auf die Toilette gehen.

„Was ist los?" flüstert Alena mir zu, als wir uns im Türrahmen des privaten Raumes treffen.

„Ich frage mich, ob ich reingelegt werde. Seine Familie missbilligt mich. Seine Mutter stellt mir Fragen. Ich habe das ungute Gefühl, sie wissen mehr, als sie mir sagen. Warum sollte die Bratva in New York hinter mir her sein, wenn Dmitry und Nikolay Verbindungen zu ihnen haben? Sie haben wahrscheinlich einen Maulwurf, der ihnen zurückmeldet, was in der Sidovo-Familie vor sich geht."

Wir gehen mit einem Wächter im Schlepptau zur Toilette.

Ich stoße die Tür auf und atme tief durch.

Ich sehe unter den Trennwänden nach und wie durch ein Wunder, ist der Raum leer.

Alena nimmt einen Stuhl, der für eine Anwesende gedacht ist, die nicht da ist, und klemmt ihn unter die Tür.

„Ich will hier nicht sein."

„Du musst heiraten. Sonst wirst du dich dauerhaft auf der Flucht befinden."

„Vielleicht ist das besser." Ich wringe meine Hände.

„Du kannst kein Baby auf diese Art großziehen. Du hast kein Geld. Du wirst nicht arbeiten können. Was hat dir Angst gemacht?"

„Die Art, wie seine Mutter Nikolay angesehen hat. Es ist, als ob sie eine Geheimaktion durchführen. Ich weiß, was du über Nicht-Russen in der Bratva gesagt hast. Sie begegnen Außenstehenden mit Misstrauen. Und ich sage dir, sie vertrauen mir nicht."

Sie lässt einen schweren Seufzer los. „Ich hatte gehofft, dass sie anders wären, aber sie sind der alten Garde und den alten Wegen näher als wir in Amerika. Halte einfach den Kopf hoch, und lass dich davon nicht stören. Es wird besser."

„Ich bin in einem fremden Land ohne Zugang zu meinem Pass. Ich bin eine Geisel." Mein Atmen ist unregelmäßig. Ich habe das Gefühl zu Schluckauf bekommen, aber statt dessen hyperventiliere ich. Tränen rinnen mir über das Gesicht. Ich versuche mich darauf zu konzentrieren, ruhiger zu atmen. Ich streiche eine Träne mit dem Finger weg, aber es ist nicht genug. „Er hat das absichtlich getan. Er wollte ein Kind. Er hat es gemacht, um mich zu fangen." Ich fühle mich betäubt bei der Erkenntnis, dass ich manipuliert wurde. „Ich war so naiv. Dmitry hat das absichtlich gemacht, er wusste, dass der Tag kommen würde, an dem ich fliehen wollte. Er wusste, dass ich ohne meine Eltern aufgewachsen bin und dass ich mein Baby nie zurücklassen würde."

Es wird an die Tür geklopft. Frauenstimmen sind im Flur zu hören.

„Scheisse. Ich hätte daran denken müssen." Ihr Gesicht erstarrt. Sie ist sprachlos. „Ich war froh, dass du zum ersten Mal verliebt warst. Ich habe nie die Kehrseite dessen betrachtet. Das ist meine Welt, nicht deine. Ich hätte eine bessere Freundin sein und dich beschützen müssen." Ihre Worte stürzen hervor, während sie meine Hand in ihre nimmt. Als ich in ihre Augen blicke, weiß ich, dass wir nichts tun können.

Ein erneutes Klopfen an der Tür unterbricht unseren Moment.

„Wartet kurz", schreit sie frustriert. „Wir haben noch Zeit, um das zu klären. Wir werden etwas finden. Das tun wir immer."

Ich nicke. „Ich weiß nicht, wie wir Dmitrys Verfolger umgehen können. Er hat meine E-Mail und mein Telefon abgehört."

„Scheisse", erklärt sie. „Zwischen Kirill und Dmitry haben wir eine Menge Arbeit vor uns, aber verliere nicht die Hoffnung. Du musst sie täuschen. Spiel das Spiel. Wir müssen herausfinden, wer dich will, und dann bringen wir dich hier raus."

Sie geht zur Tür.

Ich nehme Toilettenpapier von einem Spender in einer Kabine und trockne meine Augen. Ich hole tief Luft und nicke Alena zu.

„Endlich öffnet sich die Tür." Alena macht einen Scherz, als die Tür aufschwingt und Frauen hereinstürmen, die ihre Verärgerung murmelnd äußern.

Erik lauert vor der Tür und steckt den Kopf herein, um sicherzugehen, dass wir beide hier sind.

Ich wasche meine Hände, das Wasser ertränkt unsere Stimmen.

"Wir werden einen Plan nach der Hochzeit machen. Wir können Wegwerfhandys besorgen," schlage ich vor.

"Ich besorge dir eins, bevor ich die Hochzeit verlasse."

„Super." Jetzt, da ich weiß, wo ich stehe, lässt die Panik nach. Ich richte meine Schultern auf. Ich bin stärker als die Bratva. Ich werde nicht brechen.

Ich äußere meine Unzufriedenheit gegenüber Dmitry nicht. Ich lächle gnädig, und halte die Unterhaltung leicht. Es ist wie ein Bankett voller Fremder. Ich finde Trost in der Tatsache, dass Alena hier ist.

Ich bestelle ein Steak. Es erinnert mich an zu Hause, zwischen einem Menü mit Wachteln und Enten, was ich nicht ansprechend finde. Ich bin nicht an feines Essen gewöhnt. Die Konversation wirbelt durch den Raum wie Zigarrenrauch.

Nach dem Abendessen gehe ich im Raum umher. Alena und ich holen alles aus ihrem Leben nach, und Kirill geht zu Dmitry.

"Ich kann es kaum erwarten, dich morgen zu sehen. Hast du dein Kleid mitgebracht?" Ich setze mich auf Kirills Platz.

"Ja, es ist wunderschön und hellblau. Anya bestand darauf, es zu bezahlen."

"Das ist nett."

"Du könntest in ihr eine Freundin haben," schlägt Alena vor.

"Vernachlässigbar."

"Sie ist Anwältin."

"Sie ist mit dem Don verheiratet. Ich muss die Regeln befolgen," raune ich. Auch wenn ich nicht alle Regeln kenne, ich weiß, dass Nikolaj nicht verärgert sein soll.

"Okay, ich treffe dich morgen im Palast." Dann flüstert sie, "Du kannst das schaffen."

"Ich weiß." Das bedeutet nicht, dass ich mich darüber freue.

Noch eine Stunde bleibt jeder hängen. Die Fahrt nach Hause ist still. Dmitry weiß, dass ich nicht mit ihm zufrieden bin, sagt aber nichts. Stattdessen spricht er mit Milan.

Emotional bin ich erschöpft, als wir zu Hause ankommen. So viele Gedanken brodeln in meinem Kopf, dass ich bete, ich werde einschlafen.

"Hast du den heutigen Abend genossen?" Fragt Dmitry, während er sich in seine Loungewear ändert.

"Sehr nett." Ich beruhige ihn. Das Essen war ausgezeichnet. "Die Atmosphäre war schön. Deine Familie ist auf der Hut."

"Gib ihnen Zeit. Meine Mutter ist depressiv. Sie hat die Liebe ihres Lebens verloren. Sie waren über dreißig Jahre zusammen. Es braucht Zeit, um das zu verarbeiten. Sie wird sich anpassen. Gib meinen Brüdern den Vorteil des Zweifels. Ich bin sicher, sie werden sich auch einstellen. Wir sind nicht vertrauensvoll. Das gehört zum Gebiet."

So sehr ich ihm auch glauben will, ich bin mir nicht sicher, ob es in meinem besten Interesse ist, dies zu tun.

"Ich bin müde. Ich muss schlafen." Ich täusche ein Gähnen vor.

Er küsst meine Lippen. Ich möchte ihn hassen. Zu wissen, dass ich meine Vermutungen für mich behalte, wird schwieriger, wenn er seine Hand meinen Arm hinuntergleiten lässt. Er hebt meine Hand und küsst den Ring, den er mir gegeben hat.

Mein Atem bleibt in meiner Kehle stecken. Ich werde versuchen, ihm zu widerstehen.

"Gute Nacht," murmelt er gegen meine Hand. Sein warmer Atem weckt in mir eine vertraute Sehnsucht.

Er verlässt leise den Raum. Erschöpft schlafe ich ein.

Meine Träume sind gemischt. Ich bin in Gefahr. Ich renne mit einem Baby in meinen Armen. Ich muss mein Baby retten. Ich schaue hektisch umher und suche jemanden, der mir hilft.

Ich schrecke hoch. Meine Augen fliegen auf. Ich bin wach und sitze im Bett. Ich schwitze. Das Zimmer ist dunkel und ruhig. Ich erinnere mich daran, wo ich bin und sage mir selbst, dass ich in Ordnung bin.

Ich suche im Bett nach Dmitry, nur um festzustellen, dass er nicht zurückgekehrt ist. Ich nehme mein Handy. Es ist zwei Uhr morgens.

Werden meine Alpträume zurückkehren? Warum rannte ich? Sagt es meine Zukunft voraus, oder manifestieren sich meine schlimmsten Ängste?

Ich schüttele mein Kissen auf und lege meinen Kopf darauf. Ich ziehe die Decken fest, ich weiß, ich muss mich beschützt fühlen. Ich brauche Dmitry. Nach gestern Nacht habe ich beschlossen, mich unabhängig von den Umständen selbstständig zu machen. Je früher ich es tue, desto besser wird es mir gehen.

* * *

„TANTE EMMA", rufe ich aus, während ich mich im Palast anziehe. Meine Tante ist eine große Frau mit grauen Haaren. Sie ist in ihren späten Sechzigern und strahlt mich an, umarmt mich, sobald ich das kleine Zimmer betrete, das für die zukünftige Braut vorgesehen ist.

„Wie geht es dir? Ich habe dich vermisst. Ich bin so froh, dass du gekommen bist." Ich umarme sie fest, bevor ich zurücktrete, um sie noch einmal zu betrachten. Sie trägt ein hellblaues Chiffonkleid und passende Schuhe.

„Ich hätte nie gedacht, dass du so jung heiraten würdest. Ich nehme an, sobald du nach New York umgezogen bist, war es nur noch eine Frage der Zeit." Sie bedauert, dass ich erwachsen geworden bin. „Du bist so hübsch. Deine Mutter hätte diesen Tag hier heute so gerne miterlebt."

„Ich weiß." Ich ziehe die Stirn kraus.

Sie betrachtet mich. Ich trage einen Chanel-Anzug mit passenden Schuhen. Meine Haare sind hochgesteckt, mit Hilfe eines Glamoursquads, das vor Sonnenaufgang bei uns zu Hause ankam. Was ist bloß mit diesen frühen Morgenstunden? Alles, was ich tun will, ist schlafen und vergessen, dass ich den Verdacht habe, mein Ehemann benutzt mich, um in der Bratva voranzukommen. Nur, wieso genau, das kann ich nicht herausfinden.

„Sie wäre so stolz auf dich, Isabella. Du warst das Licht in ihrem Leben. Ich bin so glücklich, euch beide kennengelernt zu haben. Wie geht es Dmitry, und was ist in New York passiert, dass du mich nicht kontaktieren konntest?"

„Ich glaube, es ist eine Verwechslung." Ich lüge. „Es tut mir leid, wenn ich dir Sorgen bereitet habe. Ich bin sicher, alles wird sich mit der Zeit klären." Ich spiele meine Situation herunter und hoffe, dass ich nicht in die Hölle komme für das Lügen, aber ich will nicht, dass sie sich Sorgen macht. „Ich bin so froh, dass du da bist. Hier ist nur Dmitrys Familie. Alena ist auch hier. Hast du sie gesehen?"

Alena tritt an meine Seite. Wir umarmen uns.

„Alena, ich liebe dich so sehr", flüstere ich ihr ins Ohr.

„Ich liebe dich auch. Du siehst unglaublich aus."

„Erinnerst du dich an meine Tante?"

"Ja." Sie wendet sich an Tante Emma und umarmt sie. In den vergangenen Jahren haben wir einige Ausflüge unternommen, um sie zu besuchen. Zu dritt können wir unsere Lieblingsfilme zusammen anschauen und zum Abendessen selbstgemachte Pizza zubereiten.

„Also, Tante, hat meine Mutter jemals etwas darüber gesagt, wer mein Vater gewesen sein könnte?"

„Deine Mutter war sehr verschlossen, was ihre Vergangenheit anbelangt. Hast du etwas herausgefunden?"

Ich zucke mit den Schultern. „Ich weiß nicht, ob ich es jemals herausfinden werde. Aber wahrscheinlich hat Mama ihren Namen geändert. Ich habe das Gefühl, sie war in Schwierigkeiten."

„Sie liebte es nicht, Fragen zu beantworten. Es war, als ob ihre Vergangenheit nicht existierte. Sie war sehr beschützend dir gegenüber."

„Kanntest du James Murphy? Ich erinnere mich, dass sie sich für eine gewisse Zeit verabredeten." Ich spiele einen Scherz, um zu sehen, ob sie mir ein wenig Information gibt.

„Er war ein netter Mann. Ich mochte ihn. Aber ich vermutete, dass er auch Dinge zu verbergen hatte. Für einen Mann in seinem Alter hatte er viel Geld."

„Was meinst du damit?"

"Er hat deine Mutter sehr verwöhnt. Das erinnert mich daran." Sie geht zu einem Stuhl im Raum und holt ihre Handtasche. Sie zieht eine lange rechteckige Schachtel heraus und reicht sie mir. „Das ist für dich. Sie gehörten deiner Mutter. Ich bin sicher, du erinnerst dich daran, wie sie diese bei schicken Date Nights trug."

Ich öffne die Box und darin liegt Mamas Perlenkette und passende Anhänger Ohrringe.

„Wow, ich hatte diese ganz vergessen."

„Nun, man kann sie nicht jeden Tag tragen. Aber du hast sie zum Abschlussball getragen."

Ich habe es getan. Ich erinnere mich daran, wie ich mit einer Freundin aus der Schule gegangen bin. Ich glaube, ich war verärgert darüber, dass ich allein auf der Welt war und jeden auf Abstand hielt, mit Ausnahme von Emma. Ich liebte sie von ganzem Herzen, weil sie sich um mich gekümmert hat. Sie ist süß und hat meine Stimme kaum gegen mich erhoben. Sie ist das Sinnbild der Geduld. Sie wird nie übermäßig aufgeregt.

Ich nehme die Perlen und schaue zu ihr hoch.

„Ich werde sie anlegen, nachdem du dein Kleid angezogen hast."

„Danke." Ich gebe ihr die Perlen und die Schachtel zur sicheren Aufbewahrung zurück.

„Nun, es ist an der Zeit, dass du dein Kleid anziehst", unterbricht Alena.

„Da ist sie", begrüßt mich eine aufgeregte Stimme, als eine Tür sich öffnet und Anya hereinschwebt. Sie trägt auch Hellblau und strahlt. Um ihren exquisiten Hals trägt sie eine atemberaubende Saphirkette. „Ich hoffe, ich bin nicht aufdringlich, aber ich wollte dich in der Familie willkommen heißen und sicherstellen, dass du alles hast, was du brauchst."

„Danke, Anya. Das Kleid?" Ich werfe einen Blick auf das alte Zimmer mit den aufwendigen Goldarmaturen, und ein unglaublicher Kronleuchter hängt über unseren Köpfen. Ich kann mir nicht vorstellen, wie viel es gekostet hat, diese Location zu mieten, aber ich weiß, dass es wahrscheinlich für Frauen in England ein Märchen wahr gemacht hat. Es ist, als wären wir Royales, weil wir hier stehen.

„Es hängt hinter dem Paravent, hinter dem du dich umziehen kannst."

Ich nicke und gehe auf die andere Seite des Zimmers. Alena ist dicht hinter mir und folgt mir hinter den Paravent. Ich beginne mich auszuziehen und sie hängt meine Kleidung auf Kleiderbügel und auf das Rollgestell.

Im Hintergrund höre ich Anya plaudern mit meiner Tante.

Ich steige in das Kleid, und Emotionen durchströmen mich. Familie und Freunde und Männer, die mich tot sehen wollen, sind hier. Was für eine Kombination. Ich hoffe, dass es nach heute alles vorbei sein wird, und ich nicht ständig über meine Schulter schauen muss, wo auch immer ich hingehe.

Alena schließt mein Kleid, und ich drehe mich um, um mein Spiegelbild im ovalen Spiegel zu sehen, der auf Beinen steht, die an Löwenpranken erinnern.

„Du siehst umwerfend aus", murmelt Alena. „Dmitry wird außer sich sein, wenn er dich sieht."

„Glaubst du?"

„Ich weiß es." Sie strahlt.

„Lass uns deine Kette holen." Sie nimmt meine Hand, und wir gehen zu den Frauen im Zimmer.

„Das Kleid ist fantastisch." Tante Emma klatscht in die Hände. „Es passt perfekt zu dir."

Ich bin sicher, sie fragt sich, wie wir uns das leisten konnten, aber angesichts des Ortes der Hochzeit versteht sie sicherlich, dass ich einen reichen Mann heirate.

Sie legt die Kette um meinen Hals und schließt sie.

Ein Fotograf nähert sich und positioniert uns, knipst ein Bild, dann fährt er fort zu bellen.

„Bist du glücklich?", fragt meine Tante.

„Ja." Das Wort verlässt meine Lippen, bevor mir bewusst ist, dass ich gesprochen habe.

Bin ich glücklich? Ich war es, bis ich mich von Dmitry's Familie abgelehnt fühlte. Ich habe keine Ahnung, wo wir nach der Hochzeit leben werden. Ich frage mich, ob wir in London bleiben werden. Das Haus ist meiner Meinung nach zu teuer für ein Zweitwohnsitz. Wir haben Personal. Gott, ich hätte nie geträumt, dass ich in einem Palast heiraten würde in meinen wildesten Träumen. Jetzt, wenn die Geheimnisse meiner Mutter ans Licht kommen, wäre ich zufrieden.

Alena muss von meiner Seite gegangen sein, denn sie legt mir einen Strauß aus weißen Rosen und Flieder in die Hand. „Dein Blumenstrauß."

„Hast du diese ausgewählt?" Meine Augen fragen sie, während ich den Strauß an meine Nase hebe und den Duft der frisch geschnittenen Blumen genieße.

Der Fotograf lässt uns zusammen posieren, Klick, Klick.

„Nein, Dmitry hat Anya gebeten, sie zu holen. Die Kapelle ist wunderschön. Der Festsaal ist atemberaubend. Die Hochzeitsplanerin ist etwas ganz Besonderes", sagte er.

„Ich weiß. Ich bin sicher, Dmitry hat dafür viel bezahlt."

„Ich bin sicher, er liebt dich. Du solltest mit ihm sprechen", sagt sie leise.

„Du hast einen Punkt. Ich weiß nicht, wem ich vertrauen soll."

„Es ist Zeit", verkündet Anya. „Folgt mir." Ihre Absätze klacken auf den Marmorböden. Alena steht neben mir mit einem Strauß in der Hand, und Tante Emma hat auch einen. Sie gibt mich weg.

Der Fotograf macht immer weiter Fotos, und ich zucke zusammen, wann immer er blizt.

Wir gehen von unserem Flügel über Platten, die auf die kreisförmige Auffahrt vor dem Palast führen. Ich bin mir sicher, dass sie früher von Pferden und Kutschen genutzt wurde. Ich befinde mich

in einem unwirklichen Märchen, das an einen historischen Liebes-
roman erinnert.

Die überdimensionalen Holztüren zur Kapelle ragen vor mir auf.
Ich klammere mich fester an den Strauß. Alle sind in der Kapelle.

Die Wachen öffnen die Türen.

Anya begibt sich zu ihrem Platz neben einem leeren Stuhl.
Nikolay und Dmitry stehen vor dem Priester. Ich habe keine
Ahnung, welchen Glauben ich durch diese Heirat annehme. Die
Kapelle ist voll von Fremden. Angst durchdringt meinen Körper.
Sind die schrecklichen Männer hier? Was haben sie vor? Ich fahre
mit meinem Daumen über meinen Verlobungsring, um sicherzuge-
hen, dass er auf meinem Finger ist, falls ich entführt werde.

Dies sollte ein glücklicher Tag sein. Ich frage mich, was meine
Mutter mir heute gesagt hätte. Ich berühre die Perlen um meinen
Hals und sage mir selbst, dass sie im Geiste bei mir ist.

Ich stehe vor einem Ganzkörperspiegel, Alena und Anya an
meinen Seiten.

„Du siehst wunderschön aus", sagt Alena. „Bist du bereit?"

Ich kenne meine Pflicht gegenüber der Familie, und in diesem
Moment kann ich mich gut in die Königsfamilie hineinversetzen.
Mir mag das Opfer, das ich bringe, nicht gefallen, aber es muss
gebracht werden.

„Ich bin sicher, du vermisst deine Mutter heute, an allen Tagen.
Sie hat dich geliebt." Tante Emma lehnt sich näher zu mir und flüstert: „Sie hätte gewollt, dass du sicher bist."

Anya küsst meine Wange. „Du bist bereit. Ich sitze vorne, wenn
du etwas brauchst."

„Danke."

Ich sehe zu, wie Alena den Gang hinuntergeht. Ich halte den
Kopf hoch, jeder steht auf, aber ich halte meinen Blick auf den
Altar gerichtet. Dmitrys Augen sind lebhaft, als er mich betrachtet.
Ich weiß, was er denkt. Ich frage mich, was er für unsere erste
Nacht als Ehepaar geplant hat.

Die Musik beginnt, und alle stehen auf. Tante Emma nimmt

meinen Arm und führt mich den Gang hinunter. Sie übergibt mich an Dmitry, der meine Hand nimmt. Alena steht zu meiner Linken.

Wir stehen uns gegenüber und wiederholen unsere Ehegelübde. Für mich ist alles ein Wirrwarr. Ein Ring wird an meinen Finger gesteckt. Meine Hand kribbelt von seiner Berührung. Ich halte seine Hand. Sie ist warm und hat mir sehr viel Zärtlichkeit gezeigt, aber ich kann nicht abschütteln, dass er vielleicht die ganze Zeit nur gespielt hat. Ich stecke den Ring an seinen Finger. Wir küssen uns, und ich spiele es vor der Menge vor. Ich habe eine Rolle zu spielen.

Vielleicht kann ich heute von der Vergangenheit loslassen. Wir verlassen die Kapelle und betreten den Empfangsbereich. Drinks werden auf silbernen Tabletts vom Personal des Palastes serviert, das wie Wolken an einem Sommertag umherzieht. Man hat mir gesagt, dass diese Angestellten Vollzeit arbeiten, aber ich habe den Kellner von Zima, Ivan, bemerkt. Ich frage mich, ob er heute als Teil von Dmitrys Team hier ist. Es wäre klug, heute Männer der Bratva verdeckt arbeiten zu lassen.

Menschen eilen an uns vorbei, schütteln meine Hand und Dmitrys. Ich sehe den Tisch für das Brautpaar am anderen Ende des großen Saals, gefüllt mit riesigen Fenstern.

Kirill erscheint. Eine ältere Frau begleitet ihn.

„Dmitry, Izzy, ich möchte Ihnen die Frau von Don Sidovo, Llea, vorstellen."

„Es ist nett, Sie kennenzulernen", antwortet er. Ich nehme ihre Hand und es sind ihre Augen, die mich überraschen. Sie passen nicht zu ihrem aufgesetzten Lächeln. Heute ist ein Bankett der Größen. Der schwer fassbare Don muss bei unserer Hochzeit sein. Mm. Ich habe keine Ahnung, wie er aussieht.

Alena steht rechts von mir. Ich lehne mich zu ihr über und frage: „Wo ist der schwer fassbare Don?"

„Dort drüben." Sie nickt mit dem Kopf zur Tür, durch die wir hereingekommen sind.

„Izzy, herzlichen Glückwunsch zu Ihrem Hochzeitstag. Ich wünsche Ihnen alles Glück der Welt", murmelt Llea.

„Danke", antworte ich.

Ich beobachte die Frau vor mir. Sie hat ein unterkühltes Gesicht, und ich zweifle an der Aufrichtigkeit ihrer Worte. Seitenblickend beobachte ich ihren großen Mann, der meine Seite verlassen hat und mit Nikolay spricht.

"Entschuldigung", murmle ich, als ich den Raum durchquere. Alena folgt mir. „Es stimmt etwas nicht mit dieser Frau. Sie hat im Flugzeug zu viele Fragen über dich gestellt."

„Echt?" Ich halte inne, und Alena macht einen weiteren Schritt, bevor sie bemerkt, dass ich stehen geblieben bin. Meine Augen sind auf eine hohe Gestalt gerichtet. „Wer ist das?"

„Das ist Don Sidovo."

Ich habe keine Ahnung, was mir durch den Kopf ging. Ich nähere mich dem Mann im dunklen Anzug und tippe ihm auf den Arm, um seine Aufmerksamkeit zu erregen.

Ivan zieht Nikolay zur Seite.

Don Sidovo dreht sich um. Unsere Blicke treffen sich.

Es ist, als würde ich in mein eigenes Spiegelbild schauen. Gänsehaut bedeckt meinen Körper wie ein Balsam. Ich öffne meinen Mund, aber es kommen keine Worte heraus. Die Form und die Farbe unserer Augen ist identisch. Das kann nicht sein.

„Du siehst aus, wie..." beginnt er, Unglauben in seinen Augen.

„Meine Mutter?", beende ich für ihn.

„Ja."

Tränen steigen in meine Augen. Ich schnappe nach Luft, als ich meine Arme um seinen Hals lege und die Augen schließe. Mein Vater lebt! Ich lege meine Wange an seine.

Er ist groß und robust. Ein Mann von Statur und Macht. Sein Haar ist links gescheitelt und Stellen von Grau schimmern durch sein dunkles, dichtes Haar. Seine Arme umschließen mich.

„Mariana Moretti", ist der Name, der seinen Lippen entfleucht. „Ich dachte, sie wäre getötet worden. Wo ist sie?"

Ich löse mich aus unserer Umarmung. Meine Augen sind trüb, und der Rest der Bilder wird ruiniert sein, wenn ich weine.

„Mariana? Die Tochter von Santino Moretti?" frage ich.

„Ja." Mein Herz bricht für einen Mann, der nach all diesen Jahren noch immer in meine Mutter verliebt ist.

Sie muss ihren Namen in Maria geändert haben. Ich versuche, die Teile zusammenzufügen. Sie starb bei einem Autounfall in New York City, als ich noch sehr jung war."

Sein Gesicht fällt. Der Schock und die Ungläubigkeit in seinem Gesicht sind unbeschreiblich. „Wie kann das sein? Sie war so lebendig . Maria starb kurz nachdem ihr Vater von uns erfahren hatte. Ich dachte, es war zu auffällig, um nicht orchestriert zu sein. Was ist passiert?"

„Ich weiß es nicht. Sie erzählte mir, mein Vater wäre tot. Ich hatte keine Ahnung."

„Wie alt bist du?"

„Dreiundzwanzig", antworte ich und nehme die Arme von seinem Hals. Ich glätte mein Kleid, nehme aber die Augen nie von seinen. In meinem Leben verschwinden Menschen im Handumdrehen. „Du bist mein Vater."

„Du bist meine Tochter." Seine Stimme klingt vor Stolz und Unglauben. „Ich wusste es nie."

„Was ist passiert?" Ich möchte die Details wissen. Wie kann das sein?

„Komm, gehen wir ein Stück", sagt er, als wir die Veranstaltung verlassen, um nach draußen zu gehen. Er wirft einen Blick über die Schulter, als ob er jemanden sucht. Macht er sich Sorgen? Warum reden wir hier draußen? Er ist ein Don. Warum sollte es ihn interessieren, wer uns sieht?

Die Sonne ist heller als ich sie je gesehen habe, während mein Vater seinen Arm durch meinen fädelt. Die Wolke über meinem Leben hat sich aufgelöst. Wir gehen an dem großen Wasserspiel vorbei und halten an, um auf den Pflastersteinen zu reden.

„Was ist passiert?" Ich frage noch einmal, ungeduldig nach Details suchend.

„Sie war so jung, wir waren verliebt, aber unsere Familien hassten sich. Sie schlich sich immer aus ihrem Arbeitsplatz in einem Café. Als ihr Vater davon erfuhr..." Er schließt kurz seine

Augen, als ob er Schmerzen hätte. „Ich kann es mir nur vorstellen. Er ist ein bitterer und gemeiner Mann. Ich konnte ihr nicht helfen. Seine Männer hätten mich umgebracht. Mein Vater schickte mich nach Russland, aus Angst, dass es ein Anschlag auf mich geben könnte. Ich hörte, sie sei bei einem Autounfall ums Leben gekommen."

„Das erste Mal muss sie ihren Tod vorgetäuscht haben."

Er greift nach meiner Hand. Als hätte er meine Mutter ein zweites Mal verloren. „Sie war noch am Leben nach der Beerdigung, die ihr Vater abgehalten hat." Seine Stimme verklingt. „Dieser Hurensohn. Ich bringe ihn um." Sein Gesicht verzieht sich vor Wut. Er nimmt meine Hand und seine Augen werden weicher. „Es tut mir so leid. Ich wusste es nicht. Ich wünschte, ich hätte es gewusst. Aber Santino muss für das bezahlen, was er mir angetan hat. Er hat mir etwas genommen, das nicht zu ersetzen ist."

„Wir müssen die verlorene Zeit nachholen", sage ich. „Ist es das wert, einen Krieg zu beginnen? Ich kann dich nicht noch einmal verlieren."

„Wir sind schon zu lange weg. Die anderen werden es bemerken", sagt er und wirft nervös einen Blick auf das Gebäude. Wen sucht er?

„Jemand ist hinter mir her. In deiner Organisation und auch die Iren", platzt es aus mir heraus.

„Ich habe Gerüchte gehört. Ich wusste es nicht. Ich lasse Leute in meiner Organisation beobachten. Du bist die Prinzessin, die die Italiener und die Russen vereinen soll. Das wird den Iren nicht gefallen, also wenn sie dich zuerst erreichen..."

„Werden sie die Allianz zwischen dir oder den Italienern zum Nachteil der anderen bilden." Ich beende seinen Satz. Seiner Wut nach zu urteilen, würde ich sagen, dass er sich eher auf die Seite der Iren stellen und die Italiener als Vergeltung ausschalten wird.

„Aber warum sucht jemand aus deiner Organisation nach mir?" Ich schaue ihn fragend an, aber wir werden von Ivan unterbrochen, der will, dass wir Fotos machen.

Ivan ruft uns zu, uns am Brunnen für ein Gruppenfoto zu

versammeln. Ich suche nach Dmitry und sehe ihn auf mich zu kommen. Ich lächle. Ich kann es kaum erwarten, ihm die Neuigkeiten zu erzählen.

„Es hört nie auf, oder?", sagt mein Vater.

„Bei solch einem Anlass kann man nie genug Fotos haben." Ich lächle, während ich wieder zu meinem Vater schaue.

Ich kann nicht genug von ihm bekommen. Er ist ein Fremder, aber tief drinnen fühlt es sich an, als hätte ich ihn schon immer gekannt. Er nimmt meine Hand und drückt sie liebevoll. Ich hebe die Ecke meines Kleides an, um leichter über die unebenen Pflastersteine zu gehen, und als wir gerade den Wasserfall erreichen, höre ich einen lauten Knall und werde durch die Luft geschleudert. Meine Ohren läuten.

Mein Körper schlägt auf die harten Pflastersteine. Ich huste. Jemand liegt auf mir. Ich huste erneut. Mein Körper schmerzt. Ich bin bedeckt von Steinen und Ziegeln. Ich höre Stimmen und Sirenen. Die Dunkelheit übernimmt, aber ich möchte wach bleiben. Ich wehre mich wild, während mich jemand zu sich zieht.

Dmitry.

Was ist passiert? Mein Kopf schmerzt. Mein Kleid ist ruiniert. Trümmer fallen von mir. Inmitten des Geruchs von Rauch erkenne ich einen Hauch von Moschus und Minze. Ich bin sicher. Mein Kopf ist zu müde zu halten. Ich kann nicht sprechen. Ich höre einen wütenden männlichen Ruf, "Macht Platz".

Ich gleite in die Dunkelheit. Ich bin müde. So müde.

# KAPITEL 32, DMITRY

$\mathcal{E}$rik machte mich darauf aufmerksam, dass Izzy das Gebäude mit einem Mann verließ, und ich nahm an, sie würde entführt werden. Ich rannte zum Palasteingang und sah Ivan im Windfang mit einem panischen Ausdruck im Gesicht stehen.

Sie hat erwähnt, dass er hier ist. Was zur Hölle geht hier vor?

Ich warf einen Blick auf den Brunnen und beobachtete einen großen, vornehmen Mann mit meiner Frau, bevor der ohrenbetäubende Lärm einer Bombe die Luft erfüllte. Ich zuckte zusammen, dann sah ich zum Brunnen, wie Ziegel und Mörtel durch die Luft flogen. Es ist, als würde ein Highlight-Reel in Zeitlupe abgespielt werden. Alexsei und meine Frau liegen am Boden. Er hat gerade meine Hand geschüttelt, und als sich unsere Blicke trafen, bemerkte ich seine Ähnlichkeit mit meiner Frau. Ich wurde für eine Sekunde abgelenkt, bevor die Hölle losbrach.

Ich schrie um Hilfe und rannte. Es fühlt sich an, als würde ich in Zement laufen. Sie darf nicht sterben. Es darf nicht sein. Wir waren so vorsichtig. Ich greife nach ihr und entdecke Alexsei. Er muss sich über sie geworfen haben, um sie zu schützen - mein Adrenalin steigt. Ich ziehe ihn von ihr weg und lege ihn auf den Rücken. Nikolay ist bei mir und hilft mir, die Trümmer zu durchwühlen.

Meine Hände bluten, als wir sie erreichen. Ich hebe sie in meine Arme.

„Lass mich helfen", sagt Nikolay, während in der Ferne Sirenen heulen.

„Nein, sie wird schon klar kommen. Hilf ihrem Vater", schreie ich und trage sie zum Bereich, wo ein Krankenwagen eintrifft. „Sammelt Ivan aus Zima und die Frau des Don's ein."

Meine Frau liegt still. Ich will ihre Stimme hören. Der Sanitäter will sie nehmen, aber ich weigere mich und lege sie auf die Trage. Ich halte ihre leblose Hand. Die Männer in Uniform wollen, dass ich mich von ihr entferne. Ich weigere mich.

Meine Mutter und Roman kommen an. Roman zieht mich weg. Ich wehre mich.

„Sie müssen ihre Arbeit tun", sagt er. Ich weiß, dass es eine vernünftige Aussage ist, aber sie zu schützen ist meine Aufgabe, und ich habe versagt.

Es fühlt sich an, als würde mir das Herz aus der Brust geschnitten, während ich warte. Es war ein dummer Streit gestern Abend. Ich war ein Arschloch, stritt mich über etwas, dass eigentlich nichts war, und ich hätte mich bei ihr entschuldigen sollen. Es liegt nicht in meiner Natur, mich für irgendetwas zu entschuldigen. Wir sind die Anführer der Männer. Wir nehmen uns, was wir wollen, und scheissen auf die Konsequenzen. Ich bin es gewohnt, Probleme verschwinden zu lassen.

„Dmitry, wir werden mit dir ins Krankenhaus fahren", sagt meine Mutter besorgt.

„Wir haben ihr einen Tropf gegeben, aber wir bringen sie ins Krankenhaus", sagt der Sanitäter zu mir.

„Ich folge euch", antworte ich, ohne darüber nachzudenken, wie ich dorthin komme.

Die Polizei ist vor Ort. Ein Absperrband wird um den Bereich gelegt.

„Wie geht es Alexsei?", frage ich Roman. Ich bin für das verantwortlich. Es sieht so aus, als hätten wir die Schurken ausfindig gemacht, aber um welchen Preis?

„Er ist im anderen Fahrzeug. Ich nehme an, er wird mehrere Verletzungen haben, da seine Anzugjacke zerrissen ist. Wir werden auch ihn überprüfen. Milan hat das Auto hier drüben bereitgestellt." Er legt einen Arm um meine Schulter und führt mich zu einem Fahrzeug.

Ich kann nicht begreifen, was geschah. Dass Ivan auf der Hochzeit gearbeitet hat, ist verdächtig. Wir hatten einen Verräter in unseren Reihen, und ich habe es nie gewusst. Ich übersehe Details wie diese normalerweise nicht.

„Sie wird in Ordnung sein. Wir werden dafür sorgen, dass sie die beste Pflege bekommt", sagt Mutter.

„Du warst gestern Abend nicht einmal nett zu ihr", antworte ich, wütend darüber, dass das Schicksal meiner Frau unbekannt ist und meine Familie mich beim Probeessen enttäuscht hat.

„Ich war es nicht. Es tut mir leid. Ich war eifersüchtig. Sie ist wunderschön und so verliebt in dich. Es machte mich neidisch, dass dein Vater nicht hier ist, um diese schönen Momente mit mir zu genießen. Sein Tod war sinnlos. Ich bin nicht stolz auf mein Verhalten. Ich werde es dir wieder gutmachen."

Ich wende mich an Nikolay. "Du hast Blicke mit Mama ausgetauscht. Was sollte das?" Ich werde nicht zulassen, dass meine Familie Izzy wie eine Außenseiterin behandelt.

„Ich wollte, dass Mama nett ist und Izzy die Familie gibt, die sie nie hatte. Wir sind Brüder. Nichts außer einem Verrat lasse ich zwischen uns kommen. Ich überwache alles, halte die Männer in Schach und verdiene Geld. Aber meine wichtigste Aufgabe ist es, die Familie zusammenzuhalten. Ich weiß, dass du sie liebst, Dmitry. Ich würde niemals zwischen dich und deine Frau kommen." Er klopft mir auf den Rücken.

Hat Izzy überreagiert? Ich sah die Blicke, und ich bin sicher, Mama war nicht sie selbst. Sie war nicht mehr die warme, nährende Mutter, die sie war, bevor Papa starb.

Ich lehne meine Ellbogen auf meine Knie und sinke meine Hände hinein. Izzy und das Baby müssen es schaffen. Ich kann kein anderes Ergebnis vorstellen. Ich kann mir eine Zukunft ohne sie darin nicht vorstellen.

Wir kommen im Krankenhaus an. Nikolay springt gemeinsam mit mir aus dem Fahrzeug. Wir warten in der Notaufnahme. Ich gehe auf und ab.

„Wie lange wird das dauern?", frage ich die Krankenschwester.

„So lange es dauert. Sie bekommt die beste Versorgung. Bitte. Setzen Sie sich. Es könnte eine Weile dauern."

Nikolay reicht mir einen Kaffee, als bräuchte ich noch mehr Anregung. Mein Herz rast. Mein Kopf ist am Rotieren. Mama und Milan betreten den Warteraum.

„Gibt es schon Neuigkeiten?" Mama fragt. Ihr Gesicht ist blass, und ich bemerke, dass sie abgenommen hat.

Sie steht unter Stress, und jetzt gibt es noch mehr. Sie war wachsam, als mein Bein verletzt wurde. Sie saß jeden Tag bei mir, als ich im Krankenhaus lag. Ich verstehe, wie dies ihr Flashbacks geben würde.

Ich gehe zu meiner Mutter und umarme sie. „Es wird in Ordnung sein. Es muss so sein."

Sie tätschelt meine Hand auf ihrer dünnen Schulter. „Ich bin sicher, sie wird es schaffen."

Ich mache mir Sorgen um das Baby. Es ist so früh. Ich bin erleichtert, dass wir niemandem etwas gesagt haben, da unklar ist, wie viel Stress meine Mutter aushalten kann.

Roman, Alena und Anya stürmen in die Notaufnahme.

„Gibt es Neuigkeiten?" fragt Roman ängstlich.

„Nein," antwortet Nikolay mit seiner Bassstimme.

„Okay." Alena wringt ihre Hände und beginnt auf und ab zu gehen.

„Wir haben Ivan eingesammelt. Und wir haben Männer bei Alexseis Frau. Die Polizisten befragen sie, aber du weißt, sie wird ihre Spuren verwischen," sagt Roman.

"Wir werden sie erledigen. Lassen Sie sie nicht aus den Augen unseres Vollstreckers," knurre ich. "Außerdem müssen wir Tito von der Sidovo Bratva einsammeln lassen. Ich bin sicher, dass er gegenüber Schmerzen abgeneigt sein wird. Ich will wissen, was er weiß."

"Ich werde sicherstellen, dass es erledigt wird," antwortet Nikolay, während er nach draußen geht, um sein Handy zu benutzen.

"Er wird dafür sorgen, dass Gerechtigkeit geschieht," sagt Roman. "Wenn ich ihn kenne, wird er die Strafe gern ausführen."

"Wie hast du gewusst, dass Alexsei ihr Vater ist?" fragt Alena.

"Es fiel mir wie Schuppen von den Augen, als ich ihn sah. Ich dachte, der Tod des Mädchens Moretti kam mir zu gelegen. Aber wie starb Maria Jahre später in einem echten Autounfall? Ich hoffe, wir finden es heraus. Ich habe das Profil von Alexseis Frau erstellt. Ihre Vergangenheit durchleuchtet und bin zu dem Schluss gekommen, dass sie eine Opportunistin ist. Ihr Sohn würde das Reich ihres Mannes nicht erben. Sie war verzweifelt bemüht, ihn zum Don zu machen, das glaube ich. Gier ist meistens der Anfang vom Ende für diejenigen im Verbrechen. Sie will die Krone ihres Mannes stehlen."

"Ich kann das sehen. Sie ist auffällig, hochnäsig und eine pathologische Lügnerin. Ich bin mit ihr geflogen und sie hat mich genervt. Ich hatte das Gefühl, Alexsei zu kennen. Ich hätte es zusammenfügen sollen." Alena hört auf zu laufen. "Ich hätte sie warnen sollen", verkündet sie, als sich unsere Blicke treffen.

"Du hattest keine Möglichkeit, es zu wissen, Alena."

Ich brauche nicht, dass sie sich selbst die Schuld gibt. Sie ist Izzys beste Freundin und jemand, dem sie vertraut. Ich weiß, wie selten das ist, da ich nur denen vertraue, die sich als vertrauenswürdig erwiesen haben. Es scheint, dass Izzy und ich uns mehr ähneln, als ich vor ein paar Stunden dachte.

"Es ist meine Aufgabe, sie zu beschützen", murmele ich und trete mir erneut dafür, dass ich nicht an ihrer Seite war, als die Bombe explodierte.

Ich höre, wie die Türen hinter uns zischen. Ich drehe mich um und sehe einen Arzt mit Weißkittel, der das Wartezimmer betritt. Ich eile ihm entgegen.

Izzy wird es gut gehen. Sie hat eine Gehirnerschütterung und wird in ein Privatzimmer im oberen Stockwerk verlegt.

"Das Baby geht es gut." Er lächelt.

Ich nicke, erfüllt von Erleichterung. Ich spüre die Blicke aller auf mir. Nikolays Augen treffen die meinen, seine Augenbrauen heben sich. Mamas Augen sind tränennass, und sie wischt sie mit ihrem Finger weg. Alena hebt ihre Hand vor den Mund und atmet erleichtert aus.

"Was?" Ich frage defensiv, "Wir wollten nichts sagen, weil es noch zu früh war." Ich gestikuliere mit meinen Händen, um zu demonstrieren, dass es außerhalb meiner Kontrolle war. "Der Arzt hat die Überraschung gebrochen", füge ich hinzu.

Nikolay und Roman lachen vor Erleichterung und diskutieren, wer der Lieblingsonkel sein wird. Ich schaue zu Mama: "Werde jetzt nicht sentimental", sag ich, aber es ist zu spät. Mama trocknet erneut ihre Augen ab, aber ihr Gesicht wird schnell zu einem Wasserfall. Sie sucht in ihrer Handtasche nach einem Taschentuch.

Ich mache mich auf dem Weg, um meine Frau zu suchen.

* * *

ALS ICH DAS Zimmer im dritten Stock finde, heben Mitarbeiter meine Frau auf das Krankenhausbett.

"Sie sollte jeden Moment wieder zu sich kommen", sagt die Assistentin.

"Danke."

Ich eile an Izzys Seite. Sie trägt ein Krankenhauskleid und ihr Arm ist an Infusionen angeschlossen. Sie hat Klebeetiketten auf ihrer Brust und die Leitungen führen zu einem Herzmonitor.

Ich greife nach ihrer Hand und setzte mich neben das Bett. Ich senke meinen Kopf in die Bettdecken.

"Es tut mir so leid, dass ich mit dir gestritten habe. Es tut mir leid, dass ich das nicht früher herausgefunden habe. Ich hätte an deiner Seite sein sollen, als die Bombe explodiert ist."

"Es ist okay. Ich war bei meinem Vater."

Ich reiße meinen Kopf hoch, überglücklich. Izzys Gesicht ist bleich. Ihre Stimme ist schwach. Ihre Lippen wirken trocken. Aber ich bin überglücklich, dass sie wach ist und sich daran erinnert, was passiert ist.

"Was?" Ich frage.

"Papa hat seine Arme um mich gelegt. Er hat mich beschützt."

"Was hat er gesagt?" Ich stehe auf und beuge mich über das Bett, um sie zu hören.

„Er wusste nie, dass ich existierte. Ich glaube, seine Affäre mit meiner deutlich jüngeren Mutter und die Tatsache, dass ihr Liebhaber ein Russe war, was absolut tabu war, brachte die Italiener gegen sich auf. Das entfachte einen tief verwurzelten Hass meiner Familie. Wird er okay sein? Bitte sagt mir, dass er okay sein wird..." Ihre Stimme bricht ab und ihre Lippen zittern.

Ich erkenne, wie zerbrechlich sie ist und welche Tragödie es für sie wäre, ihren Vater Minuten nachdem sie ihn gefunden hat, zu verlieren.

„Ich werde Nikolay anrufen. Ich bin sicher, er wird nach ihm sehen."

Sie nickt und schläft wieder ein. Ich halte den Atem an, aus Angst sie könnte in Not sein, und rufe die Krankenschwester. Eine Frau in weißer Uniform kommt ins Zimmer. Ohne ein Wort zu sagen, überprüft sie ihre Vitalwerte und teilt mir mit, dass sie schläft und dass sie viel Schlaf benötigen wird, um sich von den zahlreichen Prellungen auf ihrem Körper zu erholen.

Ich höre Stimmen im Flur und die ganze Familie strömt mit Heliumballons, auf denen Gute Besserung gedruckt steht, herein.

# KAPITEL 33, IZZY

Meine Augen flattern auf. Weiße Wände. Ich atme schneller.

Dmitry nimmt meine Hand. Ich suche in seinem Gesicht und als er lächelt, weiß ich, dass ich sicher bin.

Alena und Natasha murmeln, während sie gegen die Wand in meinem Zimmer sitzen.

„Mein Vater?" Ich habe Angst zu fragen, denn die Antwort könnte bedeuten, dass ich einen weiteren Elternteil verloren habe.

„Er ist angeschlagen, aber es wird erwartet, dass er es übersteht", antwortet er. „Wir werden dich später zu ihm bringen. Wie fühlst du dich?"

„Nicht schlecht, wenn man alles in Betracht zieht." Ich kämpfe mit dem Bett und hebe es an, damit ich mich setzen und alle sehen kann. „Wie lange muss ich hier bleiben?"

„Du könntest heute entlassen werden."

„Ist es jetzt sicher?"

„Wir haben alle zusammengetrieben. Es scheint, dass James herausgefunden hat, wohin du gehörst, aber er hat nur einem Bruder in der irischen Mafia davon erzählt. Sie wollten jedoch einen Deal mit den Italienern eingehen und…"

„Ich war die Person, die das ermöglichen sollte."

„Ja, als Morettis Enkelin wärst du eine passende arrangierte Ehe eingegangen, die die Russen verärgert hätte."

„Wow, aber die Russen?"

„Llea, Alexseis Frau, wollte, dass ihr Sohn das Ruder übernimmt. Sie hatte einen Maulwurf innerhalb des irischen Clans und hatte mit Tito ihren eigenen Plan im Gange. Er ist der Geld- und Technik-Typ für die Bratva. Das Laptop, das ich bekam, hat er verfolgt, erinnerst du dich? Er hat für sie spioniert. Auf jeden hat er spioniert. Er war glücklich, alles was Llea unternommen hat, preiszugeben, um dich zu finden. Wir denken, jemand, vielleicht James, hat dich in der Stadt gesehen. Ein grünes Licht, um alles in Bewegung zu setzen. James ist der Einzige, der wusste, dass du existierst. Er kannte deinen Namen und wo du lebst. Von dort an konntest du verfolgt werden.

„Ich bin mir nicht sicher, ob die Russen oder die Iren mehr Informationen von ihm erhalten haben. Wir werden es vielleicht nie erfahren. Llea war verbittert, denn dein Vater liebte immer deine Mutter. Ich nehme an, deshalb haben die Morettis deine Mutter vor Jahren getötet. Damit wurde der Bedarf, nach ihr zu suchen, beendet. Du warst ihr Geheimnis. Als sie weglief, hatte sie genug Geld, um ihren Namen zu ändern. Sie hat es gut geschafft, zu verschwinden, solange niemand nach ihr suchte. James war ihr Verhängnis. Ohne James hätte dich niemand gefunden, denn niemand wusste, dass du existierst."

„Das musste so hart für Mama sein. Kein Wunder, dass sie einsam war. Sie ließ ihre Geschwister und ihre Eltern zurück. Vielleicht hat ihr Vater sie auch misshandelt. Es könnte Druck im Haus gegeben haben, der sie dazu brachte, zu gehen." Ich verarbeite diese Information und es ist unwirklich.

„Was wird mit ihnen passieren? Llea und Tito?"

„Um Llea musst du dich keine Sorgen machen. Ich bin sicher, Alexseis Männer werden sich um sie kümmern. Und du hattest recht mit Ivan. Er hat die Bombe platziert und sein Handy stimmte mit den Nachrichten auf Lleas Burner überein."

„Also war auch mein Vater ein Ziel. Wie konnte er das nicht wissen?" Ich suche bei meinem Mann nach Antworten.

Dmitry ist still. Er zuckt mit den Schultern. „Ich weiß es nicht, meine Liebe. Alles, was ich weiß, ist, dass du und unser Baby gesund sind. Es tut mir leid wegen des Streits."

„Danke." Vielleicht hat mein Biest eine andere Seite, die nicht so biestig ist.

„Welcher Tag ist heute?" Ich frage.

„Der Tag nach unserer Hochzeit, wieso?"

„Ich wollte wissen, wie lange ich weg war", antworte ich. „Geht es dem Baby gut?"

„Ja." Dmitry schenkt mir Wasser ein und führt es an meine Lippen.

Ich nippe daran.

Natasha geht zu meinem Bett.

„Es tut mir so leid, dass du gedacht hast, ich mochte dich beim Probeessen nicht. Tatsache ist, ich vermisse meinen Mann. Ich wünschte, er wäre hier." Sie hält inne, nimmt dann meine Hand in ihre. „Deine Hochzeit hat mich an meine Jugend erinnert. Willkommen in der Familie. Und ich kann es kaum erwarten, dieses Liebeskind zu sehen."

Ich blicke schnell zu Dmitry. „Der Arzt hat es ausgeplaudert. Sie haben dir anscheinend aufgrund von Medikamenten oder so einen Schwangerschaftstest gemacht." Er lacht. Ich weiß, dass es ihm gar nicht so leid tut. Aber er strahlt vor Stolz.

„Alena, geht es dir gut?" Meine Freundin kommt zu meinem Bett.

„Mir geht es super. Du hast uns einen Schrecken eingejagt, aber das Schlimmste ist vorbei", atmet sie aus. „Jetzt kann ich endlich Hausarrest entkommen." Sie lächelt, und ich frage mich, wie lange sie noch in London bleiben wird.

„Ich hoffe, wir können etwas Zeit miteinander verbringen, bevor du nach Hause reist."

„Das wäre schön. In deinem Haus ist bestimmt noch Platz für eine mehr", neckt sie mich.

„Du hast unser Haus gesehen?"

„Nun, ich habe Bilder davon gesehen. Und wie sieht es mit der Flitterwochen aus? Ich habe dich nie gefragt, ob ihr welche macht. Ich meine." Ihre Augen huschen durch den Raum und auf das Bett. „Das hier sind keine Flitterwochen."

„Ich nicht …"

„Ja, ich habe eine Woche in Bali geplant. Ich dachte, du würdest gern ein anderes Land sehen."

„Bali? Das ist unglaublich."

„Wow, du Glückliche", sagt Alena. Sie drückt meine Hand. „Ich bin so froh, dass alles geklappt hat."

„Ich auch."

Natasha und Alena gehen zum Mittagessen und Dmitry hilft mir aus dem Bett. Ich verlasse mein Zimmer und es stehen Bobbies Wache.

„Wofür ist das?"

„Jemand hat versucht, dich und deinen Vater zu töten", flüstert er. „Ich bin nicht sicher, ob sie es jemals herausfinden werden." Wir gehen den Flur hinunter zum Zimmer meines Vaters, das ebenfalls bewacht wird.

Ich bin nervös, meinen Vater zu sehen. Maschinen piepen. Er scheint zu schlafen. Ich gehe vor Dmitry her und nehme meinem Vater die Hand. Dmitry legt seine Hand auf meine Schulter.

„Papa, ich bin's."

Der gutaussehende Mann im Bett wacht auf. Er blinzelt ein paar Mal.

„Izzy, bist du es. Es ist real."

„Ja. Es bin ich. Wie geht es dir?"

„Viel besser jetzt. Es war kein Traum? Du bist meine Tochter?" Seine Augen beginnen bei dieser Erkenntnis zu leuchten.

„Ja. Wie fühlst du dich?"

„Mir geht es gut. Mach dir keine Sorgen um mich." Er wirkt mit seinem grauen Haar an den Schläfen sehr vornehm. Seine hohen Wangenknochen verleihen ihm ein jüngeres Aussehen, obwohl ich weiß, dass er Anfang Fünfzig ist.

„Ich mache mir Sorgen um dich." Meine Augen werden feucht. „Mir wurde gesagt, mein Vater sei vor Jahren gestorben. Ich kann dich nicht noch einmal verlieren."

Ein Stuhl kratzt auf dem Boden. Dmitry schiebt ihn unter mich.

„Erzähl mir davon. Meine Frau hat versucht, mich zu töten, und sie wusste von dir. Ich hatte jemanden, der ihre Geräte verfolgt hat. Ich wusste, dass sie mich nicht liebt, aber sie hat Männer gegen mich aufgebracht, um an Macht zu gelangen. Sie war hinter einem Juwel her. Ich wusste nicht, was es war."

„Es tut mir leid. Wir haben schon so viel Zeit verloren. Ich möchte dich kennenlernen."

Er schüttelt ungläubig den Kopf. Das war sicherlich eine bittere Pille zum Schlucken. Der Verrat eines Ehepartners ist in bestem Fall brutal. Für sie war es tödlich. Ich bin sicher, wir werden Llea nie wieder sehen.

„Du bist immer noch der Don, und das Geschäft geht wie gewohnt weiter", wirft Dmitry ein.

„Es ist fürchterlich, ein Don zu sein. Es frisst die Jahre, die mir noch bleiben, und wofür? Ich habe zwei Kinder, die verwöhnt sind und ein vom Luxus verwöhntes Leben führen, dass ich ihnen finan-ziere. Ich war kein guter Vater. Ich habe sie und meine Frau verwöhnt."

„Ich weiß nichts über Verwöhntheit. Mama und ich sind über die Runden gekommen. Wir hatten keinen Luxus."

„Ich sehe, du bist mit altmodischen Werten aufgewachsen. Du bist stolz darauf, deinen eigenen Weg zu gehen. Du hast Mut, genau wie deine Mutter. Das bewunderte ich an ihr."

„Es war nicht leicht für sie, aber sie sorgte für uns." Ich stimme zu.

„Sie hasste ihren Vater. Er verbot uns, uns zu heiraten. Unsere Familien waren Feinde. Als er von mir erfuhr, schlug er deine Mutter. Ich fand es seltsam, dass sie bei einem Autounfall ums Leben kam. Ich habe sie immer in meinem Herzen behalten." Er legt seine andere Hand auf seine Brust. „Wie verlief dein Leben?" fragt er. Er sitzt etwas aufrechter im Bett, und seine Augen wandern über mein Gesicht, als würde er es sich einprägen. „Du erinnerst mich so sehr an sie. Du siehst aus wie sie, weißt du. Du hast ihre sanfte Art, aber wenn du gedrängt wirst, drängst du zurück."

„Vielleicht. Dmitry versorgt uns gut. Und wir haben ein tolles Zuhause für das Baby."

„Welches Baby?"

„Unseres, es ist noch sehr früh, aber seine Familie weiß es schon, also solltest du es auch wissen."

„Das ist unglaublich. Ich habe nie daran gedacht, Großvater zu werden, aber die Idee gefällt mir. Ich möchte, dass wir uns besser kennenlernen."

„Das werden wir", antworte ich und frage mich, warum er so redet. „Das tun wir doch, oder? Wir haben uns zweimal innerhalb von zwei Tagen gesehen." Ich bin überzeugt, dass er sich erholen wird. Er muss einfach.

Er lacht herzhaft. „Stimmt. Allerdings denke ich an etwas Dauerhafteres."

„Was meinst du? Wir können zwischen New York und England pendeln." Ich werfe Dmitry einen Blick zu. „Nicht wahr?"

„Klar, wann immer du willst", antwortet er.

„Ich habe dein ganzes Leben verpasst. Ich möchte nichts mehr verpassen. Ich möchte, dass Dmitry der neue Don wird, damit ich in den Ruhestand gehen kann."

Ich öffne meinen Mund und drehe mich zu meinem Ehemann, hebe meine Hände und frage stumm, was ich darauf sagen soll?

Dmitry zuckt mit den Schultern.

„Papa, ich verstehe nicht. Du kannst doch keinen Außenseiter in deine Bratva bringen, oder?"

„Ich bin der Anführer. Ich kann tun und lassen, was ich will."

Mm. Ich bin sprachlos.

„Ich möchte dich kennenlernen. Ich kann Dmitry helfen, sich einzufinden. Sein Ruf eilt ihm voraus. Er ist einer solchen Position würdig. Ich habe ihn nicht eingeladen, mich in New York zu treffen, wegen der Gefahr, die mich umgibt. Aber dein Mann ist ein

Kriegsveteran und hat ein gutes Gespür für Menschen. Das braucht man als Anführer. Man muss wissen, wie andere Menschen ticken."

Ich frage mich, was mein Mann getan hat, um die Gunst meines Vaters zu erlangen.

Wenn ich meiner Vaters Stimme zuhöre, kommen seine Wörter aus tiefster Liebe. Ich verstehe, warum die Morettis das Andenken an meine Mutter mit einem inszenierten Tod auslöschen mussten. Mein Vater hätte sie bis ans Ende der Welt gesucht. Die Familie Moretti ist nicht auf Liebe aufgebaut. Sie baut auf Lügen und der Zerstörung anderer. Tatsächlich kamen die Morettis nicht zu unserer Hochzeit, obwohl sie eingeladen waren.

„Die Morettis schützen die Ihren nicht", murmele ich.

Jetzt wundert es mich nicht mehr, warum meine Mutter sie verlassen hat. Sie fühlte nie die bedingungslose Liebe ihrer Eltern. Niemand stand für sie ein. Nachdem sie gegangen war, ging jeder mit seinem Leben weiter. Mein Großvater, Santino, wollte das und orchestrierte alles, um es meiner Mutter unmöglich zu machen, nach New York zurückzukehren und, was noch wichtiger ist, sie von meinem Vater fernzuhalten. Sein Plan hielt die beiden für immer auseinander.

„Er ist ein abscheulicher Mann. Ich habe den Beweis, den ich brauche, um in den Krieg zu ziehen, aber ich kann das Dir nicht antun. Die Morettis sind auch Dein Blut."

„Ich will sie nicht sehen. Ich weigere mich."

„Ich möchte, dass ihr beide nach New York City zurückkehrt. Ich werde als Don zurückkehren und alles in Ordnung bringen. Ich werde Dmitry unter meine Fittiche nehmen, damit er übernehmen kann."

"Das ist nicht nötig, Dad."

"Ich weiß. Es ist das, was ich will. Ich bin nicht gereist. Ich habe das Leben nicht genossen. Ich will die Zeit genießen, die mir bleibt, solange ich tun kann, was ich will."

"Was ist mit deinem Sohn?" frage ich. Ich möchte nicht, dass mein Ehemann in Gefahr ist.

"Mein Sohn ist zu jung. Ich werde ihm etwas anderes geben, um es zu führen. Er ist nicht für unser Geschäft geeignet." Er winkt mit der Hand durch die Luft, als wäre es nichts. Ich habe seinen Sohn nie getroffen. Seine Kinder kamen zur Hochzeit nicht. Ich bin sicher, ihre Mutter ließ sie zu Hause bleiben, wissend, was sie mit der Bombe vorhatte.

Ich schaue auf und sehe, dass Dmitry sprachlos ist.

"Zwei Bratvas, die sich vereinigen. Wir können uns ausweiten," spricht Dmitry, während er auf und ab läuft.

„Das ist es, was wir brauchen, neues Blut, neue Energie." Vater sieht mich an, „Du wirst die Prinzessin sein, zu der du bestimmt warst, Isabella."

„Ich brauche das nicht. Ich möchte nur dich in meinem Leben haben."

„Das hast du. Du könntest es satt haben, mich herum zu haben, aber ich werde dich niemals verlassen."

Eine Träne entweicht meinem Auge. Mein Vater liebt mich. Verdammt, diese Schwangerschaftshormone. Endlich weiß ich, was in meiner Mutter's Jugend passiert ist. Ich finde Abschluss und Frieden. Sie muss über mich wachen, denn aus dem Chaos habe ich meinen Vater und eine neue Familie mit meinem Ehemann gefunden.

Dmitry lässt uns allein zum Reden. Nach einer Stunde sagt eine Krankenschwester, dass ich gehen muss, weil mein Vater Ruhe braucht.

Ich küsse seine Wange und gehe zurück in mein Zimmer. Ich werde aus dem Krankenhaus entlassen, und ich bin erleichtert. Ich möchte nach Hause gehen. Erik und Milan überschütten mich mit Umarmungen und Glückwünschen. Ich habe meinen ersten Tag als Bratva Braut überlebt, und ich habe so viel zu feiern. Dmitry hilft mir ins Auto.

Das Anwesen hat nie einladender ausgesehen als heute. Ich kann es kaum erwarten, eine echte Dusche zu nehmen und in etwas weniger schickes zu wechseln. Mein Hochzeitskleid wird den Vorfall vielleicht nicht überleben.

"Was machen wir mit diesem Angebot?" frage ich meinen Ehemann.

Charlotte bringt Dmitry einen Wodka. Der Geruch des Essens, das unser Koch zubereitet, macht mich hungrig. Wir machen es uns im Wohnzimmer im Erdgeschoss gemütlich. Es ist als ob nach unserer Hochzeit nichts passiert wäre, und doch hat sich unser gesamtes Leben erneut verändert.

"Was willst du?" Dmitry nippt an seinem Wodka. "Ich weiß, du willst eine Beziehung zu deinem Vater, und es ist schwer, das über die lange Distanz zu machen."

"Stimmt, aber deine Familie ist hier."

"Meine Familie ist dort, wo sie sein muss. Du bist meine Familie."

Ich nicke.

"Ein Bruder ist in Russland und ist hier. Wir könnten der Anker in New York City sein."

"Fühlst du dich dabei wohl?"

"Vielleicht könnte ich es einmal mit Modedesign versuchen."

Dmitry lehnt sich in seinem Stuhl zurück. Er hebt das Shotglas Wodka. "Vielleicht." Dann gibt er mir ein brutal freches Lächeln. Mir wird bewusst, dass wir unsere Ehe nie vollzogen haben.

„Ich liebe dich, Isabella." Er überquert den Raum und kniet vor mir. „Du bist meine Sonne und der Mond. Ich würde überallhin reisen, um dich glücklich zu machen."

"Wusstest du, wer mein Vater ist?"

„Ich hatte keine Ahnung, aber seine Frau hat mir nicht gefallen. Die Morettis? Ja, wir sind uns, denke ich, alle einig, dass du Sizilianer bist. Dein Vater hätte jeder sein können. Ich wollte dir nicht vertrauen. Es war merkwürdig, dass du nie mehr wusstest. Vertrauen widerspricht meinen Regeln."

„Du und deine Regeln", spottete ich. „Du hast mir nicht vertraut?"

„Ich dachte, es gäbe mehr zu deiner Geschichte, aber mit der Zeit habe ich gelernt, dass ich jemandem vertrauen muss. Und dabei habe ich erkannt, dass ich bei der Frau beginnen sollte, die ich liebe."

„Kluger Mann, da stimme ich zu." Ich lehne mich zurück auf dem Sofa und beobachte meinen Mann.

Er durchquert den Raum, nimmt meine Hand und küsst sie. „Ich liebe dich mehr, als du weißt."

„Das fange ich an zu bemerken", antworte ich zurückhaltend.

Das Abendessen wird angekündigt.

Ende.

Wenn dir Brutal Promise gefällt, lade dir Sinful Promise herunter.

Besuchen Sie shopzoebethgeller.com und bestellen Sie Ihre Vorbestellungen frühzeitig.

irty: Eine dunkle Mafia-Romanserie Micheli Mafia Italienischer König: Ein dunkler Mafia-Roman Band 1

Schmutzige Rache: Ein dunkler Mafia-Roman Band 2
Schmutziger Handel: Ein dunkler Mafia-Roman Band 3
Geborener Schmutz: Ein dunkler Mafia-Roman Band 4
Schmutzige Geschäfte: Ein dunkler Mafia-Roman Band 5
**Volkov Bratva**
Des Königs Versprechen
Brutales Versprechen
Sündhaftes Versprechen
**Borrelli Mafia**
Mafia-König: Matteo
Zoes Facebook-Fangruppe
ZBG Mafia-Fangruppe

# ZOE BETH GELLER: MAINE SPORTS

Besuchen Sie shopzoebethgeller.com und bestellen Sie Ihre Vorbestellungen frühzeitig.

## Maine Megaladons Football-Serie
So tun, als ob mit dem Football-Star
Die Besessenheit des Spielers

**MAINE MAULERS EISHOCKEY-SERIE**
Verliebter Rookie (jetzt als Hörbuch)
Zackiges Eis
Heißer als der Puck
Von der Nanny auf die Bank gesetzt
Puck im Ofen
Mit dem Mannschaftskapitän pucken
Mit dem Torhüter pucken
Facebook-Fangruppe für Sport
Zoe Beth Gellers Eishockeyteich-Leser

# ZOE BETH GELLER: SIN BIN

Besuchen Sie shopzoebethgeller.com und bestellen Sie Ihre Vorbestellungen frühzeitig.

**Sin Bin Eishockey-Serie**

TYLER: Angehakt (kostenlose Vorgeschichte zur Serie)
Die Sin Bin Eishockey-Serie
Jackson: An den Banden
Alan: Zwischen den Pfosten
Erik: Feuer und Eis
Blayze: Schlagschuss
Paavo: Der Verteidiger
Spencer: Strafbank
Isak: Trainer
Kaden: Spielzeit
Liam: Der Durchsetzer
Jake: Rauflustig
Facebook-Fangruppe für Sport
Zoe Beth Gellers Eishockeyteich-Leser